Scarlet
스칼렛

Scarlet

스칼렛

달콤하게
채우다

달콤하게
채우다

1판 2쇄 찍음 2011년 9월 15일
1판 2쇄 펴냄 2011년 9월 20일

지은이 | 김진영
펴낸이 | 정 필
펴낸곳 | 도서출판 **뿔미디어**

기획총괄 | 이주현
기획 | 손수화
편집장 | 이재권
편집책임 | 이경순
편집 | 심재영, 문정흠, 주종숙, 이진선
관리, 영업 | 김기환

출판등록 | 2002년 9월 11일 (제1081-1-132호)
주소 | 부천시 원미구 상3동 533-3 아트프라자 503호 (우)420-861
전화 | 032)651-6513 / 팩스 032)651-6094
E-mail | BBULMEDIA@paran.com
홈페이지 | www.bbulmedia.com

값 9,000원

ISBN 978-89-6639-250-6 03810

달콤하게 채우다

나이보다 순수한 그녀와 나이만큼 당찬 그녀석의 알콩달콩한 사랑 이야기.
달콤하게 채우다!

SCARLET ROMANCE NOVEL

김진영 장편 소설

Scarlet
스칼렛

c o n t e n t s

프롤로그

달력의 날짜는 3월인데 한낮의 바람은 한겨울처럼 차다.

"너 그렇게 다니다 감기 걸리면 고생한다. 뭐라도 걸치고 나가."

어머니의 잔소리에 윤후는 마지못해 검정색 목도리를 목에 둘렀다. 자신의 것인지 친구의 것인지 잘 생각이 나지 않는 목도리였지만 두르고 나니 제법 목이 포근했다.

오후 3시까지 청담동의 어디어디로 오라는 교수님의 말씀을 떠올리며 윤후는 지하철역으로 걸음을 옮겼다. 차를 타고 갈까도 생각을 해보았지만 그곳의 지리나 주차 상황을 몰랐기에 대중교통을 이용하기로 했다.

얼굴에 와 닿는 쌀쌀한 기운에 여전히 겨울이란 생각을 했는데 거리의 가로수들은 어느새 화사한 봄기운을 피워내고 있었다.

보는 이의 눈을 저절로 밝히는 벚나무의 화사한 연분홍색과 울타리 너머로 고개를 내민 귀여운 개나리꽃의 노란색, 소담한 꽃봉오리가 청순하고 아름다운 백목련의 하얀색과 올망졸망 귀여운 이파리들의 산뜻한 연록색.

한여름 장미처럼 강렬한 빛깔도 화려한 모란처럼 탐스러운 자태도 아니건만 쌀쌀한 기운을 이기고 피어난 봄꽃들은 회색으로 가라앉은 칙칙한 도시의 풍경에 부드러운 설렘을 더했다.

재미없게 반복되는 보도블록의 지루함도, 단출하기 그지없는 표지판들의 딱딱함도 다양하게 피어난 봄꽃들 앞에선 제법 보암직한 오브제가 되었다.

'그래서 다들 꽃놀이를 가는 건가?'

오늘따라 눈길을 잡아끄는 봄꽃을 잠시 바라보다 윤후는 아쉬운 듯 걸음을 재촉했다.

"거의 도착했습니다. 아니요, 오실 즈음에 다시 한 번 전화를 주세요. 예, 그럼 천천히 오십시오."

이 교수와 통화를 마친 윤후는 휴대전화를 점퍼 주머니에 넣었다. 차가 막혀 생각보다 늦을 수 있으니 먼저 들어가라는 얘기였는데 윤후는 어떻게 할까 잠시 생각에 잠겼다.

윤후가 이곳에 들른 건 이 교수와 함께 누군가를 만나기 위해서였다. 대학 입학 때부터 자신을 눈여겨보았다는 학과장 이 교수는 며칠 전 윤후에게 자넬 만나고 싶어 하는 친구가 있다는 말을 넌지시 꺼냈었다.

『저를요?』

『우리 과에 좀 독특한 학생이 있다는 얘길 했더니 당장 데려와 보라고 해서 말이야.』

『그 독특한 학생이 저란 말씀인가요?』

윤후가 되묻자 이 교수는 웃음 띤 얼굴로 짧게 고개를 끄덕였다.

『제가 그렇게 독특한가요?』

『아주 평범하진 않지. 안 그런가?』

그 말에 윤후의 한쪽 눈썹이 올라가자 이 교수가 웃음을 머금은 채 다음 말을 이었다.

『칭찬의 의미로 한 말이니까 기분 나쁘게 듣지 말고.』

『아니요, 기분 나쁘게 생각하지 않습니다. 그냥 좀 의외라고 느꼈습니다.』

『그렇다면 다행이고. 아무튼 내가 자네에 관한 얘길 좀 했더니 그 친구가 관심을 보여서 말이야. 알고 지내면 나쁜 인연은 아니니까. 어떤가, 한 번 만나보는 게.』

이 교수의 권유에 윤후는 알았다고 선선히 고개를 끄덕였다. 자신을 만난 적이 없는 누군가가 자신에게 관심을 갖고 만나고 싶어 한다는 말이 여전히 의아했지만 거부감보다는 호기심이 일었다.

『장준환이라고, 영화사 '라루스' 대표야.』

영화사라는 말에 윤후의 미간이 멈칫 좁혀졌다.

윤후의 표정이 눈에 띄게 달라지자 이 교수는 설명처럼 곧바로 손을 저었다.

『자네가 짐작하는 이유 때문에 만나라는 건 아니야. 자네가 영화배우니 모델이니 하는 일에 관심이 조금도 없다는 거, 잘 알고 있으니까 말이야.』

이 교수가 차분하게 설명을 더하자 윤후는 '그렇다면 상관없습니다.' 라고 담담하게 대꾸했다. 남들보다 큰 키와 눈에 띌 만큼 잘생긴 외모 때문에 윤후는 길거리 캐스팅 제의를 받기도 했고 졸업을 앞둔 지금까지 대학의 홍보 모델을 해달라는 권유를 받기도 했다.

하지만 윤후의 대답은 한결같이 '죄송합니다, 전 관심이 없습니다.' 였다. 윤후가 그런 제안을 거절을 한 이유는 간단했다. 진심으로 그 일에 흥미가 없었기 때문이었다.

이 교수는 이미 얘기가 되어 있으니 먼저 올라가도 상관이 없을 거라고 했지만 아무래도 함께 가는 것이 나을 것 같아 시간을 보낼 만한 찻집을 살펴보기 시작했다.

그런데 바로 그때 사람을 태운 택시 한 대가 윤후가 서 있는 근처에서 멈추어 섰다.

서 있던 자리에서 두어 걸음 물러선 윤후는 뒷좌석에 앉아 있던 여자가 계산을 치르고 택시에서 내리는 것을 보았다.

"감사합니다. 덕분에 빨리 왔어요."

듣는 사람의 기분까지 덩달아 밝게 만드는 여자의 목소리에 윤후의 눈길이 자연스럽게 머물렀다. 거스름돈을 챙겨 건네는 운전기사를 향해 여자는 빠르게 손과 고개를 저어보였다.

"아니요. 잔돈 안 주셔도 돼요."

"아유, 고마워요."

"아니에요, 제가 더 감사해요. 길이 가파르다고 여기까진 잘 안 올라와 주시거든요."

말을 마친 여자는 뒷좌석에서 꽤 묵직한 종이 상자를 꺼내 바닥에 내려놓았다. 짧은 단발머리에 단정한 디자인의 더플코트를 입은 여자는 자그마한 체구 때문인지 종이 상자의 크기가 더 크고 무겁게 보였다. 그 종이 상자 위에 길쭉한 직사각형의 상자가 여러 개 담긴 비닐

봉투를 올린 여자는 씩씩하게 두 손을 탁탁 털었다.

"짐 다 내렸어요?"

"예, 아저씨."

"그럼 출발합니다."

"네에. 좋은 하루 되세요."

"그래요, 학생도 좋은 하루 돼요."

뒷좌석의 문을 닫은 여자는 택시가 자리를 뜨자 호흡을 가다듬으며 낮게 상체를 숙였다.

'설마 저걸 한 번에 들려는 건 아니겠지?'

의아해서 지켜보는데 여자는 작게 '하나 둘 셋.'을 세더니 온 힘을 다해 상자를 들어올렸다.

"……!"

그 상자를 두 팔로 안아든 여자가 빨간색 벽돌 건물을 향해 힘겹게 걸음을 떼자 윤후는 안 되겠다 싶은 마음에 그녀에게로 성큼 걸음을 옮겼다. 여자가 향하는 곳이 영화사가 있는 건물이었기에 더 망설일 이유가 없었다.

"저기요."

윤후가 부르는 소리에 여자는 걸음을 멈추고 짧게 심호흡을 하였다.

"네?"

대답한 여자가 뒤를 돌아보려 하자 윤후가 앞으로 다가가 얼른 그 상자를 붙잡았다.

"괜찮으면 제가 들어드릴게요."

"네? 아니요. 괜찮습니다."

여자의 말이 채 끝나기도 전에 윤후는 그 상자를 자신에게로 옮겨 들었다. 중력의 법칙을 실감하게 만들던 상자의 무게가 깃털처럼 가볍게 줄어들자 여자는 두 눈을 동그랗게 뜨고 윤후를 쳐다보았다. 얼떨떨한 얼굴로 두 눈을 깜빡이던 여자는 이미 돌아서서 걸음을 옮기고 있는 윤후에게 '앗, 감사합니다!' 라며 큰 소리로 인사를 전했다.

"어디까지 가세요?"

상자를 들고 어느새 로비를 지난 윤후는 엘리베이터가 있는 곳으로 향하며 여자에게 질문을 던졌다.

"5층이요."

대답을 마친 여자는 얼른 엘리베이터의 상향 버튼을 눌렀다.

"그래요? 저도 5층에 가는데."

"앗! 정말요?"

여자의 눈길이 자신에게로 향하자 윤후가 고개를 끄덕이며 그녀에게 시선을 맞추었다.

여자는 결이 고운 짧은 단발에 머리카락 색보다 짙은 갈색 눈동자를 갖고 있었다. 화장기 없이 작고 하얀 얼굴과 유난히 잘 어울리는 그 갈색 눈동자는 몹시도 선명하고 깨끗해서 거울처럼 무언가를 비출 것만 같았다.

도착 음과 함께 엘리베이터 문이 열리자 윤후와 여자는 자연스럽게 엘리베이터 안으로 향했다. 잠시 끊겼던 두 사람의 대화는 엘리베이터 문이 닫히자 자연스럽게 이어졌다.

"그럼 영화사에 일 보러 오신 거예요?"

"예. 거기 대표님을 뵈러 왔어요."

"거기 대표님이라면, 저희 장준환 대표님이요?"

"저희 대표님이라고 하시면, 그쪽도 '라루스'에서 근무하시는 건가요?"

"네. 맞아요."

여자가 반갑게 고개를 끄덕이자 윤후의 얼굴에도 옅은 미소가 떠올랐다. 귀엽고 총명한 느낌을 주는 제 또래의 여자가 영화사에서 근무를 하고 있다는 것이 왠지 반갑고 신기했다.

그때 어디선가 달디 단 냄새가 윤후의 코끝을 확실하게 자극해왔다. 윤후가 반사적으로 킁킁 냄새를 맡자 곁에 선 여자가 '아, 그거 도넛이에요.'라고 대꾸를 해주었다.

"도넛이요?"

"네. 거기 비닐 안에 있는 거요. 제가 무지 좋아하는 도넛인데, 오늘 한 상자를 사면 두 상자를 준다고 해서 바로 두 상자를 사버렸어요."

"아아."

"오늘 엄청 운이 좋은 날인가 봐요. 아까 그 택시 기사 아저씨도 완전 친절하셨거든요. 그런데 이렇게 짐까지 들어주는 좋은 분도 만나고."

쉴 새 없이 지저귀는 새처럼 종알종알 떠드는 여자의 얼굴은 대단히 귀하고 좋은 선물을 받은 것처럼 뿌듯하고 행복해 보였다.

대체 어떤 도넛이기에 저런 표정을 짓는 것인지 궁금해서 윤후는 비닐에 담긴 상자를 내려다보았다. 그러나 브랜드를 확인한 윤후는 의아함에 설핏 미간을 좁혔다. 한 입 베어 문 순간 어지러울 정도로 달기만 해서 아예 관심을 끊고 있던 브랜드 로고가 보였기 때문이었다.

"단 걸 좋아하시나 봐요?"

윤후의 물음에 여자는 웃음 띤 얼굴로 빠르게 고개를 끄덕였다.

"네. 무지 좋아해요."

그 말을 하며 어찌나 환하게 웃는지 지켜보는 윤후의 얼굴에도 미소가 떠오를 정도였다.

"그쪽은, 단 거 좋아하세요?"

여자의 물음에 윤후는 순간 대답을 망설였다. 평소 같으면 좋아하지 않는다고 바로 대답을 했을 텐데, 그녀의 해맑은 얼굴을 보고 있으니 그런 부정적인 말을 꺼내기가 머뭇거려졌다.

"아주 싫어하진 않아요."

윤후가 완곡하게 대답하자 여자가 두 눈을 동그랗게 뜨고 윤후를 쳐다보았다.

"그건 좋아하지 않는다는 뜻인 거죠?"

여자가 확인하듯 질문을 던지자 윤후는 '네. 아주 좋아하진 않아요.'라고 솔직하게 대답해 주었다.

"아아. 그렇구나."

천천히 고개를 끄덕이는 여자의 표정이 어딘가 실망스러운 빛이 보이자 윤후는 괜스레 미안한 마음이 들려 했다. 싫어하는 걸 싫어한다고 말했을 뿐인데 왜 그런 생각이 드는 것인지 알 수가 없었다.

"그렇지만 입맛은 바뀔 수도 있어요. 저도 그랬거든요."

그녀의 말이 끝나자마자 '딩동!' 하는 엘리베이터 도착 음이 들렸다.

너무나 정확한 타이밍에 울리는 벨소리에 두 사람은 동시에 쿡, 웃음을 터뜨렸다.

먼저 내린 여자가 문이 닫히지 않도록 버튼을 눌러주자 윤후가 상자를 고쳐들며 엘리베이터에서 내렸다.

"감사해요. 덕분에 너무 편하게 왔어요."

여자가 싱긋 웃으며 인사를 전하자 윤후가 괜찮다며 대답처럼 미소를 지었다.

"여기 잠시만 앉아계실래요? 제가 대표님을 좀 뵙고 올게요."

"예."

코트를 벗은 여자가 모퉁이로 사라지자 윤후는 그녀가 말한 자리에 기다란 몸을 숙여 앉았다. 여자의 자리엔 다양한 종류의 책과 파일, 갖은 종류의 메모들이 빼곡하게 붙어 있었고 작고 귀여운 캐릭터 인형과 작은 화분들이 옹기종기 열을 맞춰 놓여 있었다.

여자가 놓고 간 상자와 그 위에 놓인 도넛 상자를 보면서 윤후는 잠시 고개를 기울였다.

『입맛은 바뀔 수도 있어요. 저도 그랬거든요.』

여자의 말을 떠올리며 버터와 설탕이 잔뜩 들어간 달디 단 냄새를 한 번 더 맡아보았다.

'이 맛이 좋아질 수도 있을까?'

고개를 갸웃했던 윤후는 부담스러우리만큼 달기만 한 그 냄새가 조금 전보다 한결 참을 만하게 다가오는 걸 느꼈다.

'희한한 일이군.'

그것이 그녀가 해준 말 때문인지 아니면 꽤 행복해 보이는 그녀의 미소 때문인지 몰라도 적어도 예전처럼 싫어하지 않을 거란 짐작이 드는 느긋한 오후였다.

1.

10월의 열대야

　P호텔에서 가장 큰 연회장인 크리스털 볼룸엔 많은 사람들이 북적이고 있었다.

　개봉을 앞둔 아시아 합작 영화 '운명' 의 제작발표회와 칵테일파티를 겸한 행사인 만큼 참여한 이들의 면면도 대단했다. 영화에 출연한 배우들을 비롯해 감독과 제작자, 국내외 유명 배급사와 영화사 관계자들, 그들이 초대한 엔터테인먼트계의 수장들과 취재기자들, 그리고 운 좋게 초대장을 거머쥔 일반인들까지 천여 명은 족히 되는 사람들이 만들어내는 소음과 열기로 실내온도는 한여름 열대야처럼 뜨거웠다.

　그 소란함과 혼잡함을 피해 일찌감치 뒤로 물러난 영서는 연회장 전면에 설치된 스크린에 잠시 시선을 두었다. 스크린 가득 '운명' 의 예고편이 서너 가지 버전으로 상영되고 있었다.

　주제가와 함께 흘러나오는 예고편은 화려한 CG를 덧입혀서인지 얼마 전 보았던 가편집본보다 훨씬 그럴듯해 보였다.

엄청난 홍보와 여론 몰이로 기대치를 잔뜩 올려놓았으니 개봉 첫 주 정상을 차지하는 것은 문제가 없을 것이다. 하지만 영화의 알맹이가 겉포장보다 시원찮을 때 관객들의 반응은 가차 없이 냉정해진다.

'오영서, 너나 잘하세요. 남의 잔칫집에 와선 웬 오지랖······.'

자신의 생각에 가볍게 한숨을 내쉰 영서는 파티에 참석한 영화사 '라루스(La Luz)'의 직원들을 찾아보았다. 저만치에 파티에 걸맞은 옷차림을 한 남녀직원들이 삼삼오오 짝을 지어 얘기를 나누고 있었다. 음료나 맥주가 든 잔을 들고 웃음을 머금은 그들의 얼굴은 영서와 달리 지루해 보이지 않았다.

"다행이다."

조그맣게 중얼거린 영서는 간단한 다과와 음료가 마련되어 있는 베버리지 테이블로 향했다.

"잠시 후에 운명의 주연배우들과 감독님의 무대 인사가 있겠습니다."

사회자의 안내 멘트가 나간 후 머지않아 깔끔한 칵테일 드레스 차림의 여배우들과 턱시도를 갖춰 입은 남자 배우들이 무대 위로 등장하기 시작했다. 아름답고 화려한 별들의 등장에 연회장 구석구석에 흩어져 있던 사람들의 시선이 일제히 무대 쪽으로 향했다.

배우들이 환한 미소를 지으며 손을 흔들자 여기저기서 박수소리와 함성이 터져 나왔다. 저절로 눈이 부신 카메라 플래시의 세례 속에서 배우들이 인터뷰를 하는 동안 영서는 하품이 터져 나오는 입을 가리며 손목시계를 바라보았다.

저녁 8시 30분.

7시부터 입장이 시작되었으니 이제 겨우 1시간 30분이 지난 셈이었다.

영화제 행사 중 가장 성대하고 화려한 파티장에 있으면서도 지루함과 피곤함을 느끼다니.

부실한 체력을 실감하며 영서는 담당 웨이트리스에게 오렌지 주스를 주문했다.

"감사합니다."

인사를 하고 잔을 받아든 영서는 말간 플라스틱 잔에 담긴 주스를 한 모금 마셨다. 그러나 그것을 채 넘기지 못하고 고스란히 바닥에 내뿜고 말았다. 사람들이 무대 쪽으로 향했기에 망정이지 누군가 옆에 있었다면 크게 곤란했을 상황이 벌어진 셈이었다.

"손님, 괜찮으십니까?"

웨이트리스가 놀란 얼굴로 다가오자 영서가 괜찮다며 빠르게 고개를 끄덕였다.

"어우, 미안해요. 주스 맛이 좀 이상해서."

"네?"

웨이트리스가 눈을 동그랗게 뜨고 되묻자 영서가 어설프게 웃으며 얼른 손을 저었다. 순도100% 오렌지 주스에서 소주 맛이 난다고 했다간 자신을 이상하게 볼 것이 틀림없었다.

"아무것도 아니에요, 신경 쓰지 마세요."

말을 마친 영서는 가방에서 티슈를 꺼내 주스를 닦기 시작했다. 당황한 웨이트리스가 만류했지만 영서는 괜찮다면서 자신이 저지른 실수의 흔적을 꿋꿋하게 닦아냈다.

주스로 손이 끈끈해지자 영서는 손을 닦기 위해 연회장 밖으로 나갔다. 화장실로 향하는 길이 유난히 길다고 느껴졌을 때 순간 우욱하고 가벼운 욕지기가 났다.

"아, 정말, 미치겠다."

걸음을 멈춘 영서는 깊게 심호흡을 하며 속이 가라앉길 기다렸다. 아무래도 닷새 연속 술을 마신 것이 몸에 무리를 준 것이 분명했다. 지금 헌혈을 하면 맑은 소주가 흐를지도 모른다는 엉뚱한 생각을 하며 영서는 멈추었던 걸음을 옮겼다.

화장실 세면대에서 꼼꼼하게 손을 닦은 영서는 고개를 들어 무심히 거울에 비친 제 모습을 보았다. 그러다 '헉!' 소리를 내며 거울 앞으로 바짝 다가섰다. 핏기 없이 창백한 두 뺨과 메마른 입술이 영락없는 환자처럼 보였기 때문이었다.

"이런……!"

씁쓸하게 입맛을 다신 영서는 가방 어딘가에 처박혀 있을 파우치를 찾기 시작했다. 립글로스라도 덧발라 창백한 몰골을 적당히 감춰야 예의지 싶은 생각이 들었다.

영서가 주섬주섬 가방 속을 뒤지고 있을 때 서너 명의 젊은 여자들이 화장실 안으로 우르르 몰려왔다. 몸매를 한껏 드러낸 초미니 블랙 원피스에 엄청난 킬 힐을 신은 여자들은 하나같이 늘씬한 팔다리에 완벽한 볼륨을 가진 엄청난 미모의 소유자들이었다. 자신과 전혀 다른 세계에서 날아온 것 같은 그녀들을 보며 영서는 그대로 두 눈이 휘둥그레졌다.

그제야 손끝에 잡힌 파우치를 꺼낸 영서는 파우더 룸 의자에 앉아 내용물을 살펴보았다.

사용하는 일이 드물어 줄지 않는 립글로스와 늘 새것 같은 파우더로 얼굴에 색깔을 입힌 영서는 등받이에 몸을 기대며 잠시 눈을 감았다. 뭔가에 신경을 써 집중을 했더니 핑그르르 현기증이 몰려왔기에 일단 그렇게 조치를 취했다.

162cm 키에 빈약한 볼륨, 어깨까지 찰랑이는 갈색 머리카락을 가진 영서는 파티장과 다소 어울리지 않는 깔끔한 화이트 셔츠에 검정색 스키니 진을 입고 있었다.

완전히 격식을 갖춰야 하는 정식 파티가 아니라 가벼운 옷차림으로도 참여가 가능한 자리여서 옷차림에 크게 신경을 쓰지 않았다. 하지만 검정색 카디건과 캐주얼한 디자인의 플랫슈즈, 무엇이든 다 담을 수 있는 큼직한 백을 든 영서의 수수한 모습은 화장을 고치고 있는 그녀들에 비해 결코 초라하지 않았다.

눈앞의 그녀들이 어디서나 눈에 띄는 화려한 장미라면 영서에겐 싱그러운 향기를 지닌 들국화나 산뜻한 코스모스처럼 친근하고 은은한 매력이 있었다.

화장기 없이도 희고 뽀얀 피부에 총명함과 순함이 느껴지는 커다란 갈색 눈동자.

작고 귀여운 콧날과 도톰한 입술이 예쁘장한 얼굴이었지만 영서는 자신을 꾸미는 일에 도통 취미가 없었다. 얼굴 위에 뭔가를 덧바르는 것이 영 갑갑하고 귀찮았기에 제대로 된 화장을 하는 일이 극히 드물었다.

영서의 그런 털털한 면면은 외모를 꾸미는 일에 무척이나 공을 들이는 손위 언니 영인에게 언제나 잔소리의 빌미가 되었다. 그래서 영서는 남자가 아닌 언니를 만날 때 건성으로라도 화장을 하곤 했다.

『여자 피부에 자외선이 얼마나 치명적인 줄 알아! 피부 좋다고 으

스대지 말고 지금부터라도 관리를 해! 나이 들어 봐. 금가루가 아니라 다이아몬드를 찍어 발라도 빛이 안 나! 빛이!」

영인의 폭풍 잔소리에 마지못해 선크림을 챙겨 바른 것이 올 여름부터였으니 자신이 생각해도 너무하단 생각이 조금 들긴 했다.

"에취!"

여자들이 떠난 뒤에도 강렬하게 느껴지는 향수의 잔향에 연신 재채기가 튀어나왔다. 덕분에 애써 가라앉혔던 속이 다시 비릿하게 울렁거렸다.

"아, 왜 이러지?"

손으로 명치께를 쓸어내리던 영서는 휴대전화를 꺼내 재욱에게 문자를 보냈다.

「아무래도 컨디션이 영 아니다. 감기 기운도 좀 있는 거 같고. 대표님한텐 내가 전화할 테니까 애들 잘 챙겨줘, 먼저 들어갈게.」

그러자 재욱에게서 바로 답문이 날아왔다.

「용케 잘 버티셨습니다, 팀장님. 대표님한텐 내가 잘 말씀드릴 테니까 신경 쓰지 말고 푹 쉬셔. —정 과장」

입사동기에 동갑내기임에도 꼬박꼬박 상사대접을 하는 재욱에게 영서는 미소를 띤 이모티콘과 함께 「고맙다, 정 과장」이라는 메시지를 보냈다.

액정 화면에 배터리 충전을 하라는 메시지가 떴지만 영서는 전화기를 대충 가방에 집어넣었다. 휴대전화의 전원이 켜 있는 동안 장 대표의 전화를 받지 않고 쉰다는 것이 절대로 불가능한 일이기 때문이었다.

영서가 프로듀서로 근무하고 있는 영화사의 대표 장준환은 40대

후반임에도 50대로 보이는 중후한 외모에 자타공인 애주가였다. 직원 면접을 볼 때 술을 마시지 않는다고 하면 불합격을 생각할 만큼 술에 대한 애정이 남다른 그는 밤샘 술자리의 예찬론자이기도 했다.

덕분에 술을 한 방울도 입에 대지 못했던 영서도 때에 따라 소주 반병을 비울 수 있는 주량을 갖게 되었다. 그러나 초콜릿과 쿠키, 아이스크림과 케이크처럼 달콤한 것을 좋아하는 영서에게 술은 언제나 부담스럽고 맛없는 기호식품일 뿐이었다.

요즘처럼 연이어 술을 마시게 될 때면 극심한 피로와 어지러움을 동반한 숙취로 몇날며칠을 시달렸기에 웬만해선 밤을 새우는 술자리엔 참석을 하지 않으려 했다. 그러나 새로운 영화의 투자와 그에 관련한 사람들을 만나는 자리였기에 피하고 싶어도 피할 수가 없는 자리가 계속 이어지고 있었다. 정신력으로 마시는 술에도 한계를 느끼던 차에 재욱이 알아서 배려를 해주니 영서는 무거웠던 몸과 마음이 한결 가벼워지는 것만 같았다.

*　*　*

오영서 팀장을 숙소인 C호텔까지 바래다주고 오라는 정재욱 과장의 명을 받은 윤후는 망설임 없이 예스라고 대답했다.

아는 얼굴보다 모르는 얼굴이 넘쳐나는 낯선 장소에서 슬슬 지루함을 느끼던 차에 공식적으로 그곳을 벗어날 수 있는 구실이 생긴 셈이니 마다할 이유가 없었다.

스물여덟 강윤후에겐 유명 호텔 연회장에서 펼쳐지는 화려한 파티보다 삼겹살과 소주가 오가는 왁자한 술자리가 훨씬 더 편하고 즐거웠다.

P호텔의 1층 로비를 나서며 윤후는 영서에게 전화를 걸었다. 제법 길게 신호음이 울렸지만 그녀는 전화를 받지 않았다. 그리고 다시 전화를 했을 땐 전원이 꺼져 있다는 안내멘트가 들려왔다.

'벌써 도착했나?'

윤후는 고개를 갸웃하며 손목시계의 시간을 확인했다.

저녁 8시 30분, 이 정도면 그녀가 호텔에 얼추 도착했을 시각이었다.

웬만해선 끝까지 자리를 지키는 오 팀장이 몸이 아프다며 자리를 떴다는 것과 전화기 전원이 꺼져 있는 것이 윤후는 적잖이 신경 쓰였다. 호텔엔 잘 도착했는지 약은 챙겨 먹은 건지. 아무래도 직접 확인을 해야 맘이 놓일 것 같았다.

윤후가 C호텔을 향해 걸음을 재촉하고 있을 때 서너 명의 여학생들이 그의 뒤를 총총히 쫓아왔다. 여학생들은 건널목에서 신호를 기다리는 윤후의 모습을 은근슬쩍 자신들의 휴대전화 카메라에 담기 시작했다. 학생들의 시선과 행동을 느낀 윤후는 검정색 비니를 최대한 깊게 눌러쓰며 얼굴을 가렸다.

인디고 블루 청바지에 청회색 니트와 검정색 캐주얼 재킷.

윤후의 옷차림은 지극히 평범했지만 사람의 시선을 잡아끄는 묘한 매력이 담겨 있었다.

184cm 키에 긴 팔과 다리, 트레이닝복을 입어도 폼이 나는 서구적 체형을 가진 윤후는 고등학교 재학 시절 의류 카탈로그 모델을 할 만큼 눈에 띄는 미소년이었다. 아르바이트로 촬영을 하던 그때 유명 에이전트의 명함을 받기도 했지만 윤후는 별다른 의미를 두지 않았

다. 평범한 아르바이트보다 짭짤한 보수가 맘에 들었지만 사람을 상품 취급하는 현장 분위기가 맘에 들지 않았기 때문이었다.

웬만한 여자보다 깨끗한 피부에 반듯한 이목구비, 쌍꺼풀 없이 깊은 눈매를 가진 윤후의 얼굴은 시를 쓰고 피아노를 치면 어울릴 것 같은 매우 정적인 분위기를 풍겼다. 그러나 윤후는 못하는 운동이 거의 없을 만큼 무척이나 다재다능한 스포츠맨이었다. 특히 농구를 잘해서 체육대회가 있는 날이면 으레 반대표나 과대표로 나가 팀을 승리로 이끌었고, 포켓볼과 당구, 볼링 실력도 수준급이라 동성 친구들 사이에서도 꽤 인기가 높았다.

친구들과의 우정을 소중히 여기고 불의를 보면 참지 못하는 성격 때문에 윤후는 종종 크고 작은 시비에 휘말리곤 했다. 그런 아들이 못내 불안했던 어머니는 고등학교만은 졸업해 달라고 호소했지만 윤후는 결국 학교를 자퇴하기에 이르렀다. 며칠간 무단결석을 하고 친구들과 여행을 떠났는데, 학교 측에서 형평성에 어긋나는 체벌을 했기 때문이었다.

그에 대한 항의로 윤후는 자신이 모든 책임을 지고 학교를 떠날 결심을 했고, 윤후의 희생으로 친구들은 무사히 졸업장을 받을 수 있었다. 어머니는 윤후의 결정에 적잖은 충격을 받았지만 사업가인 아버지는 윤후가 그런 결정을 내린 것에 대해 진지하게 이유를 물어왔다.

『제가 책임을 지는 게 맞다고 생각했습니다. 머릿속으로 딴 생각이나 하면서 멍하게 앉아 있는 것보다 제대로 바람을 쐬고 오는 게 더 좋지 않겠느냐고 친구들을 설득했거든요.』

『…….』

『선생님께 말씀드리지 않은 건 분명히 잘못이지만 여행을 가서 사고를 치지도, 말썽을 일으키지도 않았어요. 그래도 교칙을 어긴 건 잘못한 일이라고 생각했기 때문에 벌을 주시면 달게 받자는 얘기까지 한 상태였어요. 그런데 학교 측에서 내린 처벌이 저희가 생각했던 것과 정말이지 너무나 달랐습니다. 누구는 반성문 몇 장을 쓰는 걸로 가볍게 처리되는가 하면 누구는 며칠씩 정학처분이 내려졌거든요.』

『……흠.』

『어떻게 이렇게까지 다른 처벌을 하시는 거냐고 형평성에 어긋난 거 아니냐고 여쭸습니다. 그랬더니 평소 학습태도와 성적을 가지고 결정하신 거라고 대답을 해주시더라구요. 하지만 제 생각은 달랐어요.』

『학교 측 결정이 부당하다고 느낀 거냐?』

『예.』

『그렇게 느낀 이유가 있었니?』

『다른 학생들에게 나쁜 선례를 남기지 않기 위해서라고 했지만 다분히 감정적이고 한쪽으로 치우친 결정이란 생각이 들었거든요. 하지만 이 모든 문제를 일으킨 원인제공자는 결국 저니까 제가 모든 책임을 져야 한다고 생각한 겁니다. 기억에 남는 좋은 추억을 만들어보자고 벌인 일이었는데 절 믿고 따라준 친구들에게 상처만 안기는 결과가 되어 버린 것 같아서 너무 미안하기도 했고요. 제가 자퇴를 하게 되면 보다 확실한 일벌백계의 효과가 되는 셈이니까 학교 측에서도 굳이 안 된다고 안 하실 것 같았어요.』

『……자퇴를 하게 되면 그 후엔 어떻게 할 생각이냐?』

『제가 하고 싶은 게 뭔지, 할 수 있는 게 뭔지 알아볼 생각이에요.

어른들 눈엔 그게 노는 걸로 보일 수도 있겠지만 공부라는 게 꼭 책상에 앉아서만 하는 게 아니라고 아버지께서도 말씀해 주셨으니까.』

『제대로 놀아 볼 생각이냐?』

『예.』

망설임 없는 아들의 대답에 아버지는 한숨 대신 웃음을 지어주었다.

아들이 자신의 잘못이 무엇인지 알고 인정하고 있으며 친구를 생각하는 마음에 그런 결정을 내렸다는 걸 느꼈기에 그것을 그대로 인정해 주었다. 그런 남편과 아들을 보며 어머니는 노심초사였지만 아버지는 남자는 여러 일을 겪어봐야 큰 사람이 되고, 어렸을 때 놀아본 놈이 나이 들어서 사고를 안 치는 거라고 아무 걱정도 하지 말라고 어머니를 안심시켰다. 그때 일을 계기로 윤후는 아버지를 더욱 존경하게 되었고 부자지간은 전보다 돈독해질 수 있었다.

남들이 재수를 하며 입시학원에 다니는 시간, 윤후는 뜻이 맞는 친구들과 록밴드를 만들어 홍대 클럽에서 공연을 시작했다. 윤후는 무대 뒤쪽에서 베이스를 쳤지만 출중한 외모 덕분에 그가 공연하는 클럽엔 늘 여자팬들이 북적였다. 오는 여자 막지 않고, 가는 여자 붙잡지 않았던 윤후는 언제나 스캔들에 휘말렸지만 제대로 사귄 여자 친구는 극히 드물었다.

멤버들이 하나둘 입대를 하면서 밴드가 자연스럽게 해체 수순을 밟게 되자 윤후는 대학이란 것에 대해 서서히 관심을 갖기 시작했다. 관심 없는 것에 눈길 한 번 주는 일이 없지만 한 번 꽂히는 일엔 죽어라 열성을 다하는 윤후는 그 근성을 유감없이 발휘해 검정고시를 통과했다. 그리고 이듬해엔 Y대 경영학과에 문제없이 합격을 하였다.

자신의 합격통지서를 받아들고 눈물을 흘리는 어머니를 보며 윤후는 그간 자신이 걸어온 길에 대해 진지한 반성과 고민을 하게 되었고 어머니가 바랐던 대로 대학 생활에 충실히 임하기 시작했다. 그 결과 좋은 학점으로 장학금까지 거머쥐게 되었지만 윤후는 그것에 그리 큰 의미를 두지 않았다.

연예인을 떠올릴 만큼 출중한 외모에 장학금까지 받는 실력까지 겸비한 윤후는 자연스럽게 여학생들의 관심의 대상이 되었다. 일부 남학생들은 윤후를 질투하거나 선망의 대상으로 삼기도 했지만 정작 윤후는 자신이 그런 관심의 대상이 된 것에 대해 역시나 관심이 없었다.

그렇게 모범적인 대학생활을 해오던 윤후는 졸업을 앞두고 눈에 띄게 성적이 떨어지기 시작했다. 입학부터 윤후를 눈여겨보아 왔던 학과장 이 교수는 그를 따로 불러 혹시 무슨 고민이 있는 게 아니냐며 진지하게 상담을 해왔다. 그에 윤후는 이젠 장학금에 흥미가 없어졌을 뿐이라는 대답을 해 그를 당혹스럽게 만들었다. 이 교수는 자신의 오랜 지기였던 장 대표에게 그 얘기를 꺼냈고, 장 대표는 그 말을 듣자마자 윤후에게 바로 관심을 보였다.

"웃기는 녀석이구만. 말이 나온 김에 우리 사무실에 한 번 데리고 와 봐."

그것이 인연이 되어 윤후는 '라루스'를 찾아가게 되었고 영화사 건물 앞에서 영서와 우연히 만나게 된 것이었다. 시나리오들과 기획안, 참고 자료로 챙겨온 DVD들로 묵직한 영서의 짐을 대신 들어주었던 윤후는 그녀를 자기 또래의 수습사원이거나 아르바이트생 정도로만 생각했었다. 그녀의 소탈한 옷차림과 수수한 외모가 워낙 앳된 느낌을 주었기 때문이었다.

『아무래도 회의가 길어질 것 같아요.』

소곤거리며 말을 전한 영서는 윤후에게 그녀가 좋아하는 도넛과 커피를 챙겨주었다. 그녀의 권유에 도넛을 먹어볼까 생각을 하고 있을 때 회의실 문이 벌컥 열렸고 상기된 얼굴의 장 대표가 다급히 누군가를 찾았다.

『오 팀장! 잠시 들어와 봐!』

한눈에 장 대표를 알아본 윤후는 그가 지칭하는 '오 팀장'이 누굴까 당연히 궁금해졌다.

사무실 한 쪽에서 제법 존재감을 드러내던 재욱이 당연히 그 팀장이라고 여겼던 윤후는 재욱 대신 영서가 '네.'라고 답하는 것을 보며 그대로 놀랄 수밖에 없었다.

제 또래로만 보였던 그녀가 팀장이라는 직함을 가진 것도 놀라운데 자신보다 무려 네 살이나 나이가 많다는 얘기에 제대로 충격을 받고 말았다.

'저 사람이 팀장이라고? 저 사람이?'

누군가에 대한 적잖은 놀라움과 그만큼의 호기심.

거기에 보태진 장준환 대표의 호쾌한 입담과 분주하면서도 밝은 사무실 분위기.

라루스의 모든 것에 호감을 느낀 윤후는 그곳에서 일하기로 마음을 먹었고, 다음 날부터 촬영 현장에 바로 투입이 돼 수습 근무를 시작하였다.

영서의 직속 부하 직원이 되어 일을 배우게 된 윤후는 그녀에 대한 호기심과 호감이 점점 더 커져갔다. 그저 작고 여리게만 보였던 그녀가 팀장으로서 일을 그야말로 멋지게 해냈기 때문이었다.

남자들은 자신이 리더가 되는 것을 꿈꾸지만 자신이 충성을 다할 수 있는 리더를 만나기를 바라기도 한다. 그런 점에서 오영서 팀장은 윤후를 포함한 부하 직원들이 충분히 존경하고 따를 만한 멋진 리더였다.

그녀는 위에서 군림하며 일방적으로 지시를 내리는 것이 아니라 함께 의견을 나누고 때에 따라 상대방의 마음을 움직일 줄 아는 부드러운 카리스마를 지니고 있었다.

부하 직원이 실수를 했을 때 다른 사람과 비교를 하며 주눅이 들게 하거나 수치심을 주지 않았고, 부질없는 경쟁심을 유발시키는 유치한 행동을 하지도 않았다. 일이 제대로 진행이 되지 않을 땐 함께 뛰며 쉼 없이 격려를 해주었고 좋은 성과를 냈을 땐 칭찬과 격려를 아끼지 않았다. 상대방이 가진 장점을 끌어내 일이 잘 되게 하는 것, 그것이 팀장 오영서가 가진 최대의 강점이자 내공이었다.

그러나 일을 제외한 다른 면에선 그녀는 참으로 허술하고 빈 구석이 많은 사람이었다.

몇날며칠 같은 옷을 입고 출근한다거나 무늬와 색깔이 전혀 다른 양말을 신고 올 때도 심심찮게 있었다. 일이 풀리지 않거나 머리끝까지 화가 났을 때 단 것을 주면 기분이 풀리는 게 눈에 보였고 취하면 구석으로 가 슬그머니 잠이 드는 그녀다운 술버릇을 갖고 있었다.

길어진 머리카락을 틀어 올리며 다듬는 게 귀찮아서 길렀더니 감는 데 시간이 걸린다며 투덜거렸고, '이걸 계속 길러야 하나? 말아야 하나?' 진지하게 의견을 물어오기도 했다.

그런 엉뚱함 때문에 원래 나이보다 어려보이는 걸지도 모른다는 생각을 하고 있을 때 건널목의 신호가 붉은색에서 초록색으로 바뀌어졌다.

큰 걸음으로 건널목을 건넌 윤후는 편의점에서 계산을 치르고 있는 영서를 발견하자 그대로 걸음을 멈추었다. 윤기가 흐르는 갈색 머리카락을 찰랑이며 편의점을 나선 영서는 미소 띤 얼굴로 가방 속에 비닐봉지를 챙겨 넣고 있었다.

그 모습을 본 윤후가 반갑게 아는 체를 하려는데 가방을 고쳐 맨 영서가 C호텔과 반대 방향으로 부지런히 걸음을 옮기기 시작했다. 당연히 방향을 잘못 잡은 것이라 생각한 윤후는 손을 들어 그녀를 부르기 시작했다.

"팀장님! 오 팀장님!"

그러나 영서는 어딘가에 단단히 정신이 팔린 듯 윤후가 부르는 소리를 듣지 못했다.

어느새 도로 쪽으로 내려간 영서는 빈 택시를 잡더니 택시가 서자마자 바로 뒷좌석에 올랐다. 기사에게 무어라 행선지를 말한 영서는 여전히 웃는 얼굴로 좌석에 등을 털썩 기대었다. 실내조명 아래 드러난 그녀의 들뜬 얼굴을 놓치지 않고 바라본 윤후는 의아한 느낌에 고개를 갸웃거렸다.

'분명히 아프다고 했는데? 내가 잘못 알아들은 건가?'

그러다 천천히 고개를 저었다. 그랬다면 정 과장이 굳이 자신을 보낼 이유가 없었다.

영서가 쓸데없는 거짓말을 할 사람이 아님을 알면서도 머리카락에 껌이라도 붙은 것처럼 찜찜한 생각이 들자 윤후는 망설임 없이 뒤따라온 택시를 잡았다. 보조석에 오른 윤후는 기사에게 영서가 탄 택시를 따라가 달라는 부탁을 하고 그녀에게서 한시도 눈을 떼지 않았다.

그녀가 피치 못할 약속 때문에 핑계를 대고 빠져나온 것이라면, 지금 그녀를 따라가선 안 되는 거였다. 아니, 어쩌면 정말로 몸이 좋지 않아서 병원에 간 것일 수도 있었다. 하지만 조금 전 그녀의 표정은 아프다는 것이 믿겨지지 않을 만큼 어딘가 즐겁고 행복해보였다.

그녀를 쫓아가는 동안 새로운 물음표가 끊임없이 떠오르자 윤후는 한 가지로 모든 질문을 잠재웠다. 따라가 보면 안다. 그녀의 최종 목적지가 어디인지 알게 되면 이 모든 문제는 깔끔하게 해결될 것이 분명했다.

2.

당신이 잠든 사이에

바다는 지루하지 않았다. 한순간도 지루할 틈이 없었다. 하얀 포말을 일으키며 넘나드는 파도를 보는 것도, 모래집을 쌓았다 무너트리는 일도 재미있었다.

한적한 곳에 자리를 잡고 앉아 밤바다와 사람들을 지켜보던 영서는 호텔로 가지 않고 이곳에 들르기를 잘했다고 생각했다. 밤의 바다는 낮과는 또 다른 매력이 넘쳐났다. 일렁이는 검은색의 파도는 날것의 생기를 강하게 풍겼고, 차분하게 가라앉은 모래사장은 몸에 와 감기는 실크처럼 가볍고 부드러웠다.

해운대만큼은 아니었지만 광안리 해변에도 제법 많은 사람들이 산책을 하고 있었다.

부산국제영화제를 즐기기 위해 먼 길을 마다하지 않은 젊은이들이 대다수였는데 개중엔 국적과 인종이 다른 외국인들도 간간이 섞여 있었다. 젊은 그들은 둥그렇게 모여앉아 이야기를 나누거나 소리를 지르며 바다를 향해 뛰어들기도 했다. 조용히 손을 잡고 바닷가를 거니는 이들이 있는가 하면 시시각각 조명이 변하는 광안대교의 모습을 카메라에 담느라 바쁜 이들도 있었다.

다양한 생김새만큼이나 다양한 방법으로 바다를 즐기는 이들을 보며 영서는 다시 흐뭇한 웃음을 지었다. 자신의 결정이 옳았다는 생각이 확실해지자 저절로 그런 웃음이 피어났다.

P호텔의 정문을 나설 때만 해도 호텔의 편안한 침대에 무작정 누울 생각뿐이었다.

그러나 싱싱한 바닷바람이 온몸을 휘감아오자 바다를 봐야겠다는 생각이 불쑥 차올랐다.

이렇게 가까운 거리에 바다를 두고 쓰디 쓴 술만 마시다 서울로 간다는 건 바다에 대한 예의가 아닌 것 같았다.

확실하게 마음을 정한 후, 호텔과 조금 떨어진 곳에 있는 광안리로 방향을 정했다. 해운대 근처엔 장 대표가 자주 가는 횟집이 많아서 호젓한 산책이 절대 불가능했기 때문이었다.

활기가 넘치는 바다를 보며 기분이 좋아진 영서는 편의점에서 사온 초코바를 꺼내 한입 크게 베어 물었다. 달콤한 초코바에서도 약간의 술맛이 느껴졌지만 오렌지 주스를 마실 때보다 한결 참을 만했다. 고소한 아몬드, 부드러운 누가와 캐러멜로 속이 꽉 찬 초코바로 입가심을 한 영서는 모래 위에 손수건을 펼쳐 그 위에 앉았다. 두 다리를 앞으로 쭉 뻗어 발끝을 까닥이던 영서는 자연스럽게 머리 위 하늘을 올려다보았다.

바닷바람이 닦아 놓은 10월의 하늘빛은 짙은 감색의 보석처럼 한없이 깊고, 투명하게 맑았다. 자연이 만들어 놓은 아름다운 색에 연이어 감탄하던 영서는 두 손을 모은 채 모래 위에 몸을 뉘였다. 낮의 열기를 머금은 모래에서 훈훈한 기운이 느껴지자 모래사장이 자신을 안아 주는 것 같은 포근한 기분이 느껴졌다.

"우와, 진짜 예쁘다……!"

세심한 예술가가 공을 들여 만든 작품처럼 근사한 하늘을 보면서 영서는 깊게 숨을 들이마셨다. 완벽하게 아름다운 밤하늘의 빛깔과 그 위를 수놓은 별들을 보고 있노라니 아름다운 것은 사랑스러움과 고독을 함께 일으킨다는 어느 시인의 시구(詩句)가 자연스레 떠올랐다.

그러자 자신이 어두운 우주를 홀로 떠도는 외로운 인공위성이 된 것 같은 기분이 들었다. 그 외로움이란 감정이 손에 잡힐 듯 선명하게 심장을 눌러오자 공복감과 흡사한 허전함이 커다란 파도처럼 영서를 덮쳐왔다. 근심걱정을 모르는 어린아이처럼 신나게 들떠 있던 마음이 바람 빠진 풍선처럼 시들하게 쪼그라들자 영서의 갈색 눈동자가 커다랗게 흔들렸다.

너무도 갑작스러운 감정변화에 당황하고만 영서는 두 눈을 빠르게 깜빡이며 손에 쥐고 있던 초코바에 힘을 주었다. 남아 있던 초코바로 허기를 잠재운 영서는 가슴 위에 손을 올린 채 길게 숨을 내쉬었다. 지금 느끼고 있는 공허함이 이런 것으로 채워지는 것이 아님을 알고 있었지만 지금 당장은 별 다른 대안이 떠오르지 않았다.

그런데 문득 그녀의 입술을 타고 '별이 진다네.' 라는 노래가 흘러나오기 시작했다. 왜 갑자기 그 노래를 부르게 된 건지 의아했지만 부르다보니 그 노래가 점점 마음에 들었다. 노래에 담긴 가사말이 지금의 하늘과 자신의 심정을 너무도 잘 대변해 주고 있었기 때문이었다. 아름답지만 왠지 울적한 멜로디에 취해 손가락을 까닥이던 영서는 입으론 계속 노래를 흥얼거리면서 자연스럽게 눈을 감았다.

규칙적인 파도소리와 사람들의 은은한 웃음소리. 귓가에 감기는 노랫소리가 주는 평온함에 당연한 것처럼 졸음이 몰려오자 눈을 살짝 부비며 하늘을 올려보았다.

'여기서 잠들면 안 되는데, 이러다간 감기가 걸릴지도 모르는데……'

그런 걱정이 되었지만 느릿하게 감겨오는 잠기운을 도저히 이겨낼 수 없었다.

＊　＊　＊

영서가 모래 위에 앉는 것을 보았을 때만 해도 윤후는 미심쩍은 듯 경계를 늦추지 않았다. 그러나 그녀가 모래 위에 등을 대고 누웠을 때 그만 피식 입꼬리를 올리고 말았다.

오영서 팀장의 최종 목적지가 광안리 바닷가라는 게 명확해지자 머릿속을 괴롭히던 찜찜한 의문들이 한 번에 깨끗이 사라졌다.

다분히 즉흥적인 행동이었지만 그녀다운 결정이라 생각하며 윤후는 조용히 영서를 지켜보았다. 영서가 두 발을 까닥이며 노래를 불렀을 땐 나직하게 그 노래를 따라 부르기도 하면서.

그러다 영서가 노래를 멈추고 조용해졌을 땐 또 무슨 일인가 집중해서 그녀를 바라보았다. 그런데 그녀가 꽤 오래 눈을 감고 있자 고개를 갸웃하며 설핏 미간을 좁혔다.

'설마, 자는 건 아니겠지?'

영서의 술버릇이 수면이라는 걸 알고 있었지만 지금 그녀가 있는 곳은 동료들과 함께한 회식자리가 분명코 아니었다. 게다가 이곳은 사방의 칸막이가 전혀 없는 한밤중의 바닷가였다! 그녀의 휴식을 방해해선 안 된다는 생각에 거리를 두고 있던 윤후는 결국 자리에서 몸을 일으켜 그녀가 누운 자리로 향했다.

그녀가 정말로 잠을 자고 있는 것인지 아니면 생각에 잠겨 쉬고 있는 것인지 확인을 해야 할 것 같아서 저절로 걸음이 빨라졌다.

"……."

'아니, 어떻게, 잠을 잘 수가 있지?'

영서가 정말로 곤하게 잠을 자고 있자 윤후는 그대로 할 말을 잃어버렸다.

그녀가 바닷가에 도착해서 잠이 들기까지의 과정들을 가감 없이 바라보았음에도 지금의 상황이 도무지 믿어지지 않았다.

'아니, 뭐 이런 대책 없는 사람이 다 있지? 대낮에 선탠을 하는 것도 아니고, 잠을 자려고 바닷가에 왔단 말이야? 이 늦은 시간에? 그러다 사고라도 생기면 어쩌려고!'

생각만으로 등줄기가 선득해지자 매끈한 미간에 심각한 주름이 새겨졌다.

윤후가 영서를 깨우려고 몸을 숙이자 반듯하게 누워 있던 영서가 윤후가 있는 방향으로 자연스럽게 몸을 틀었다. 윤후가 바닷바람을 막아 주자 본능적으로 방향을 바꾼 것이었다.

그러나 윤후는 곧바로 영서의 어깨를 붙잡고 그녀를 깨우기 시작했다.

"오 팀장님, 얼른 일어나세요."

"……."

"여기서 자다간 감기 걸리기 십상입니다."

"……."

"잠을 자려거든 호텔에 가서 주무세요. 얼른 일어나세요, 얼른요."

그럼에도 영서가 꿈쩍도 하지 않자 이번엔 제법 세게 그녀의 어깨를 흔들었다. 그 힘에 부스스 눈을 뜬 영서는 제 앞에 있는 윤후를 보며 느리게 눈을 깜빡였다.

"강윤후……? 네가 왜 여기 있어?"

그렇게 묻는 영서의 눈동자와 목소리엔 졸음이 여전히 잔뜩 담겨 있었다.

"정 과장님께서 오 팀장님 잘 좀 모셔다 주고 오라고 명령을 하셨거든요."

"명령……?"

"예."

"근데, 내가 여기 있는 건, 어떻게 알았어?"

영서의 물음에 순간 당황했던 윤후는 곧 자신이 따라온 이유를 떠올렸다.

"아까, 편의점 앞에서 그렇게 불렀는데 못 들으셨어요?"

"어. 못 들었어……."

"그렇게 큰소리로 불렀는데도 못 듣고, 전화까지 꺼져 있으니까 걱정이 돼서 쫓아왔죠."

"아아. 그랬구나……."

휴대전화 전원을 꺼놓고 있었던 터라 영서는 그 말을 곧이곧대로 믿었다.

"그런데, 윤후야. 나 지금, 무지 졸리거든. 딱 5분, 아니 10분만 더 잘게."

"안 돼요."

딱 잘라서 거절했건만 영서의 두 눈은 이미 절반 이상 감겨 있었다.

"야박하게 그러지 말고오."

"후우. 그럼 딱 10분입니다. 10분 지나면 가차 없이 깨울 거니까 그렇게 아세요."

"응……."

까무룩 대답을 마친 영서는 아이처럼 몸을 웅크리며 깊게 눈을 감았다. 그런 영서를 못 말리겠다는 듯 바라보던 윤후는 입고 있던 재킷을 벗어 그녀에게 덮어 주었다.

윤후의 재킷이 이불 노릇을 하자 영서가 눈을 감은 채 '따뜻하다…….' 고 작게 중얼거렸다. 그 중얼거림에 굳어 있던 윤후의 얼굴에 피식 미소가 떠올랐다. 모로 웅크린 영서의 자세가 불편해 보인 윤후는 쓰고 있던 비니를 벗어 그녀의 가방 위에 올렸다. 영서의 가방을 베개로 만든 윤후는 그녀의 머리맡에 가방을 괴어주고 표정을 살폈다. 어딘가 불편해보였던 영서의 표정과 자세가 한결 안정되게 바뀌자 뿌듯한 얼굴로 씨익 입꼬리를 올렸다.

앞으로 남은 시간을 확인하기 위해 손목시계를 본 윤후는 영서에게로 다시 눈길을 돌렸다. 두 볼이 상기되어 잠이 든 영서를 보고 있으니 아무리 미운 사람도 자는 얼굴을 보면 미워할 수 없다고 하시던 할머니의 말씀이 떠올랐다.

'미운 게 아니라 나도 졸리게 만드는 얼굴이네.'

제 방에 누워 자는 것처럼 편안한 그녀의 모습에 덩달아 눕고 싶다는 생각이 들자 윤후는 다시 피식 웃으며 바닷가로 고개를 돌렸다. 두 손을 등 뒤로 뻗어 모래사장을 짚은 윤후는 조금 전 영서가 그랬던 것처럼 두 다리를 앞으로 길게 뻗었다. 그리고 영서가 불렀던 노래를 나직하게 흥얼거리기 시작했다. 그러다 왠지 멋쩍은 기분이 든 윤후는 손목시계를 다시 확인하다가 영서에게로 눈길을 멈추었다.

모로 누운 영서에게 시선이 머물자 어느새 그녀를 들여다보는 것으로 자연스럽게 자세가 바뀌어졌다. 1년여의 시간이 넘도록 같은 사무실에서 근무를 했지만 오늘처럼 가까이, 이토록 꼼꼼하게 그녀를 들여다본 적은 한 번도 없었다.

그러자 영화사 건물 앞에서 그녀를 처음 만났을 때가 떠올랐다.

화장기 없이 작고 하얀 얼굴에 커다란 갈색 눈동자가 유난히 인상적이었던 그녀.

판에 박히게 예쁜 얼굴은 아니었지만 그렇다고 눈에 띄지도 않는 평범한 얼굴도 아니었다.

맑고 깨끗한 인상과 유난히 크고 동그란 갈색 눈동자에 첫눈에 호감을 느꼈던 것도 사실이었다. 하지만 거기까지였다. 그녀가 자신보다 나이가 많은 사람이고 자신이 따라야 할 상사라는 걸 알게 된 후 자연스럽게 선을 그은 것인지도 몰랐다.

"……."

그런데 이렇게 들여다보니 예쁜 구석이 자꾸만 눈에 들어오기 시작했다. 동그란 이마에서 시작되어 코와 입술, 턱과 목으로 이어지는 선이 모난 곳 없이 부드러웠고, 내려앉은 속눈썹이 유난히 길고 예뻤다. 화장한 얼굴보다 맨 얼굴을 볼 때가 더 많았고, 졸거나 잠든 모습을 본 적도 한두 번이 아니건만 지금 그녀의 얼굴은 여느 때보다 예쁘고 사랑스러웠다.

'뭐냐, 강윤후…….'

세상모르게 자고 있는 상사의 얼굴을 보며 예쁘다느니, 사랑스럽다느니 하는 말을 떠올리는 것이 의아했지만 그렇다고 눈길을 거두고 싶지도 않았다. 평온한 기운이 도는 그녀의 하얀 얼굴과 붉은빛이 도는 도톰한 입술에 자꾸만 시선이 머물렀기에 나름 심각한 얼굴로 이유를 고민해 보았다. 그러다 갑자기 쿡 웃음을 터뜨렸다. 그녀의 입술 위에 묻어 있는 다갈색 얼룩을 발견했기 때문이었다.

"어쩐지 자꾸 시선이 가더라니."

피식 입꼬리를 올린 윤후는 영서의 입가에 묻은 초콜릿을 손가락으로 살짝 닦아 주었다.

윤후의 손가락이 입술을 건드리자 영서가 얼굴을 찌푸리며 더욱 몸을 움츠렸다.

그 바람에 영서와의 거리가 가까워진 윤후는 눈썹을 휙 올리며 그대로 동작을 멈추었다.

별것 아닌 상황에 왜 흠칫 놀라는 것인지 의아해하고 있을 때 어디선가 아주 달콤하고 맛있는 향기가 솔솔 풍겨왔다. 포실포실한 솜사탕처럼 달콤하고, 갓 구운 빵처럼 포근하고 따스한 향기. 사람을 기분 좋게 만드는 달콤한 향기에 끌리듯 움직이던 윤후는 향기의 진원지가 영서의 입술이라는 걸 깨닫게 되었다.

"……?"

그녀에게서 왜 이런 향기가 나는 것인지 고개를 갸웃하던 윤후는 달콤한 숨결이 새어 나오는 붉은 입술을 잠시 뚫어져라 바라보았다.

촉촉한 윤기가 도는 핑크색 입술 사이로 살며시 드러난 붉은 속살에 마른침을 삼키던 윤후는 너무도 큰 소리에 깜짝 놀라 얼른 고개를 뒤로 뺐다. 그런데 어찌된 영문인지 멀어졌던 자신의 얼굴이 영서를 향해 가까이 다가가기 시작했다. 자석에 끌리는 쇠붙이처럼 점점 더 거리를 좁히는 자신을 보며 '어? 이러다 부딪치겠는데?' 라는 생각이 들었을 때 그녀의 입술 위에 제 입술을 누르고 있는 자신이 보였다.

1초, 2초, 3초…….

어느새 눈까지 감은 윤후는 영서의 아랫입술을 머금고 부드럽게 빨아들이기 시작했다.

자신의 의지와 다르게 움직이는 입술로 인해 온몸의 세포가 살아나는 느낌을 받았을 때 낯익은 벨소리가 윤후의 귓전을 울려왔다. 계속되는 벨소리에 눈을 뜬 윤후는 눈앞에 벌어진 상황에 흠칫 놀라 얼른 입술을 뗐다. 뒤로 휙 물러나 두 눈을 깜빡이던 윤후는 얼떨떨한 얼굴로 제 입술을 만져보았다. 그러자 조금 전 행동이 무엇인지 깨달아졌고 정신이 번쩍 들만큼 찌릿한 충격이 뒤를 따랐다.

"헉!"

소리를 내며 숨을 들이마신 윤후는 집요하게 울어대는 전화기를 재킷 주머니에서 꺼냈다. 바닷가를 향해 몸을 휙 돌린 윤후는 발신자의 이름을 확인할 새도 없이 전화를 받았다.

"여보세요?"

—안녕하십니까? **론입니다. 고객님의 신용으론 이천만원까지 대출이 가능하며…….

전화를 건 사람이 정 과장이 아님을 확인하자마자 거칠게 전화를 끊었다. 그러자 긴장이 일시에 풀리며 허탈한 한숨이 저절로 터져 나왔다.

"빌어먹을!"

나직하게 욕설을 내뱉은 윤후는 머리를 쓸어 올리며 영서에게로 휙 눈길을 주었다. 조금 전 무슨 일이 있었느냐 싶게 영서는 여전히 푸욱 잘 자고 있었다. 그저 살짝 입술을 맛보았을 뿐인데, 그 입술만 바라보고 있는 자신이 당황스러워 윤후는 바닷가로 얼른 시선을 돌렸다.

"후우!"

들뜬 열기를 식히기 위해 호흡을 가다듬어 보았지만 이상하게 점점 더 열이 차올랐다.

심장 부근에서 피어오르기 시작한 열기가 어느새 정수리까지 차오르자 윤후는 다시 '빌어먹을!' 을 외치며 세차게 고개를 저었다. 예상치 못한 자신의 행동과 그로 인해 뜨거워진 몸 때문에 혼란스러워진 윤후는 열이 오른 몸을 식히기 위해 무작정 걷기 시작했다. 서늘한 밤바람이 온몸을 휘감고 지나갔지만 가파르게 상승한 체온이 좀처럼 내려가지 않았다.

3.
키스의 증명

바닷가를 나와 호텔로 향하는 동안 윤후는 아무런 말이 없었다. 그렇다고 한마디도 없었던 건 아니었다. 영서가 하는 얘기에 고개를 끄덕인다거나 질문을 던졌을 땐 '예, 아니오.'로 간단하게 의사표시를 하긴 했다.

하지만 그게 전부였다. 윤후가 수다스러운 성격이 아니라는 것쯤은 이미 알고 있었다.

그런데 지금, 윤후의 침묵은 사람의 마음을 어딘가 불편하게 만드는 그런 류의 침묵이었다.

'나 때문에 애들이랑 어울리지 못해서 그런가? 아님 내가 무슨 실수를 했나?'

아무리 생각해 보아도 마땅한 답이 떠오르지 않았다.

'도대체 뭐지?'

영서가 골똘해하는 사이 두 사람을 태운 택시가 호텔 앞에 다다랐다. 보조석에 있던 윤후가 문을 열고 내리자 뒷좌석에 있던 영서도 뒤를 따라 택시에서 내렸다.

생각에 잠긴 영서가 1층 로비에 도착했을 때 선글라스를 낀 늘씬한 남자와 검은 양복을 입은 남자 여럿이 그녀의 곁을 스치듯 지나갔다. 왠지 낯익은 얼굴 같아 고개를 갸웃하던 영서는 그의 뒷모습을 유심히 쳐다보았다. 그러다 그가 차세대 한류스타 유지훈이라는 걸 깨달았다.

'여기서 머무나 보네.'

영화제 기간 동안 많은 배우와 감독들이 해운대와 가까운 C호텔과 P호텔에서 주로 머물렀다. 그래서 일부 극성팬들이 몇 달 전부터 객실 예약을 했다는 얘기를 듣기도 했었다. P호텔의 연회장으로 가는 중인가 보다며 고개를 돌렸을 때 한 무리의 여자들이 그를 쫓아 우르르 몰려오는 것이 보였다.

'아뿔싸!'를 외치며 물러나던 영서는 발목이 엇갈리면서 이내 균형을 잃어버렸다. 그대로 뒤로 넘어진다는 생각에 눈을 질끈 감고 버둥거리는데 누군가 영서의 어깨를 소리 나게 붙잡았다.

저절로 번쩍 떠진 두 눈에 윤후의 얼굴이 커다랗게 다가오자 영서가 '헉!' 소리를 내며 두 팔을 버둥거렸다.

"움직이지 말아요."

자신이 한 얘기대로 영서가 동작을 멈추자 윤후가 그녀를 자신에게로 와락 끌어당겼다.

빠른 속도감에 겁이 난 영서는 본능적으로 윤후의 목을 꽉 껴안았다. 윤후의 두 손이 어깨와 허리를 붙잡아 위로 들어 올리자 영서는 '엄마야!'를 외치며 두 눈을 다시 질끈 감았다.

넘어지지 않도록 붙잡았음에도 두 눈을 꼭 감은 채 매달린 영서 때문에 윤후는 어쩔 수 없이 상체를 숙여야 했다. 영서보다 큰 키로 인해 다리를 벌리고 선 어정쩡한 자세였지만 그녀가 자신을 의지하고 있다는 것이 묘하게 안심이 되었다. 그러나 그녀에게서 흘러나오는 달콤한 향기와 부드러운 감촉에 애써 식힌 체온이 점점 올라가기 시작했다. 그에 영서와의 거리를 벌리며 질문을 던져야만 했다.

"괜찮아요?"

나직한 목소리에 눈을 뜬 영서는 그를 감싸고 있던 팔을 내리며 빠르게 고개를 끄덕였다.

영서가 고개를 숙인 채 고개를 끄덕였기에 윤후는 그녀의 표정이 제대로 보이지 않았다. 혹시 다친 게 아닌가 걱정이 되어 윤후는 영서에게로 바짝 상체를 숙였다.

"정말 괜찮아요?"

재차 물으려는데 영서가 고개를 들며 '고마워.' 라는 대답을 들려주었다. 바로 그 순간 내려다보던 윤후의 턱과 올려다보던 영서의 이마가 쾅! 소리를 내며 힘껏 부딪쳤다.

"윽!"

윤후가 입 부근을 가리자 영서가 이마를 감싼 채 얼른 그를 올려다보았다.

"윤후야! 괜찮아?"

깜짝 놀란 영서가 목소리를 높이자 윤후가 입 부근을 가린 채 고개를 끄덕였다.

"손 좀 내려 봐. 혹시, 피나는 거 아니니? 응?"

윤후가 다른 손을 들어 괜찮다는 의사표현을 했지만 영서는 영 안심이 되지 않았다. 프런트에 있던 호텔 직원이 무슨 일이냐며 다가오자 영서가 이마를 문지르며 그에게 의료실이 어디 있느냐고 물었다.

"의료실 말씀입니까? 의료실은……."

"아닙니다. 괜찮습니다."

윤후의 목소리에 영서와 호텔 직원이 동시에 그를 돌아보았다.

"보시다시피 별거 아니에요."

양손을 들어 보이며 괜찮다는 미소를 지은 윤후는 영서의 손목을 붙잡더니 엘리베이터가 있는 곳을 향해 걷기 시작했다.

"정말 괜찮아?"

"네. 괜찮아요. 턱이 좀 얼얼한 것 빼곤."

긴 다리로 앞서가는 윤후를 따라가다 보니 영서의 걸음도 자연스레 빨라졌다.

"턱이 얼얼해? 그것뿐이야?"

"예."

간단하게 대답한 윤후는 엘리베이터의 상향 버튼을 눌렀다. 마치 기다렸던 것처럼 엘리베이터 문이 열리자 윤후는 영서를 데리고 안으로 들어섰다. 23층까지 운행되는 객실 전용 엘리베이터는 바깥의 전경을 고스란히 볼 수 있는 전망용 엘리베이터였다.

늦은 시각이 아니었음에도 안에는 윤후와 영서, 두 사람만이 타고 있었다. 그때까지 영서의 손을 꼭 쥐고 있던 윤후는 그녀의 손을 놓고서 20층 버튼을 눌렀다.

"아까 무지 큰소리가 났는데. 이가 다친 건 아니고?"

"아니요."

그 말을 하며 윤후가 뒤로 물러나자 영서가 불만스런 얼굴로 그에게 다가갔다.

"너, 아까부터 왜 그래?"

"뭐가요?"

"내가 뭐라고 물어도 '네, 아니오.'로만 대답하고. 지금도 무조건 괜찮다고만 하잖아."

"그거야 괜찮으니까 괜찮다고 하는 거죠."

"그런데 표정이 왜 그래?"

"내 표정이 어떤데요?"

"하나도 안 괜찮아 보여. 아파 보인다고."

영서는 꽤 심각한 얼굴로 그 말을 했지만 윤후의 눈엔 그런 영서가 더없이 예뻐 보였다. 별 거 아닌 일로 그녀를 걱정하게 만든 것이 미안하면서도 그녀가 자신을 염려하는 것이 기분이 좋아서 자기도 모르게 자꾸 웃음이 나오려고 했다. 하지만 드러내면 안 될 것 같아 시선을 피하는데 영서가 그의 손을 잡아당기며 자신을 보게 만들었다.

"나한테 뭐 서운한 거라도 있어?"

"네?"

"아님 내가 너한테 무슨 실수라도 했니?"

'실수'라는 단어에 윤후의 미간이 움찔 좁혀졌다. 영서가 조금 전 바닷가의 일을 말하는 것 같아 그대로 속이 뜨끔했다.

"없어요. 그런 거."

나직하게 대꾸한 윤후가 바로 시선을 피하자 영서가 한숨을 지으며 그를 채근했다.

"강윤후. 그러지 말고 솔직하게 얘길 해."

영서가 그렇게까지 말을 하자 윤후가 하는 수 없이 그녀를 보며 물었다.

"내가 그렇게 걱정돼요?"

"어!"

"알았어요. 확인하고 싶으면 확인해요."

정수리 위에 있던 윤후의 얼굴이 갑자기 다가오자 영서가 흠칫하며 뒤로 한 걸음 물러났다. 그녀의 반응에 윤후가 피식 웃음을 짓자 영서가 헛기침을 하며 다시 앞으로 간격을 좁혔다.

"그렇게 들이대지 말고, 살짝 좀 들어 봐."

"이렇게요?"

"응."

자신이 하라는 대로 윤후가 턱을 들어 보이자 영서가 검진을 하는 의사 선생님처럼 신중하게 턱을 살펴보았다. 영서의 손가락이 턱선을 살살 어루만지자 윤후의 미간이 설핏 좁혀졌다. 온몸의 신경이 턱 끝으로 몰려온 것처럼 그녀의 손짓 하나에도 예민한 반응을 보이고 있었다.

"이렇게 눌러도 괜찮아?"

"네."

"괜찮으니까 아프면 아프다고 말해."

별이 든 것처럼 맑게 반짝이는 동그란 눈동자가 오롯이 자신을 쳐다보자 윤후의 입가엔 어느새 기분 좋은 미소가 번져갔다.

"나 멀쩡한데."

"멀쩡하다고?"

"정말 심하게 다친 거면 아마, 한마디도 못 할걸요? 볼래요?"

윤후가 아무렇지 않게 툭툭 턱을 치자 영서가 기겁하며 얼른 그의 손을 붙잡았다.

"그러지 마, 강윤후!"

영서가 큰 소리로 이름을 부르자 윤후가 멈칫하며 그녀를 바라보았다.

"예전에 내 친구가 그랬어. 무거운 거 들다가 목이 뻐근하다고 했는데, 나중에 뼈에 금이 간 거였다고. 걔가 그것 때문에 얼마나 고생을 했는지 알아?"

"……."

그것은 당연히 윤후가 알지 못하는 이야기였다. 걱정스러운 마음에 꺼낸 친구 얘기였지만 하고나니 왠지 멋쩍은 기분이 되어 영서는 슬그머니 잡았던 손을 놓았다.

"흥분해서 미안해. 그래도 혹시 모르는 거니까 조심하라는 뜻으로 한 얘기였어."

"알아요. 그런 뜻으로 말한 거."

"응? 알아?"

영서가 되묻자 윤후가 가볍게 고개를 끄덕였다.

"그럼 다행이고. 암튼 위에 올라가면 얼음찜질부터 해. 그래도 계속 아프고 그러면 정형외과에 가보자."

"잠깐만요."

"응?"

"병원에 갈 사람은 내가 아니라 팀장님 같은데요?"

"응? 내가?"

"이마 말이에요. 빨갛게 변했어요."

윤후가 손가락으로 이마를 가리키자 영서가 아무렇지 않은 듯 슥

슥 이마를 문질렀다.

"하나도 안 아파. 그냥 간질간질해."

"그건, 나도 그런데?"

"아니야. 너, 아까 분명히 얼얼하다고 했어."

"아깐 그랬는데, 지금은 괜찮아요."

"그래도 내가 하라는 대로 해. 지금 아프지 않다고 마음 놓지 말고."

"왜 그렇게 사람 말을 못 믿어요?"

"못 믿는 게 아니라 네가 고생할까 봐 그러지."

영서가 두 눈을 동그랗게 뜨고 또박또박하게 대꾸를 하자 윤후가 싱긋 눈초리를 휘었다. 마치 반사판을 켠 것처럼 유난히 환한 윤후의 미소에 영서는 갑자기 쿵, 심장이 내려앉는 것 같았다. 그 철렁하고 생소한 느낌에 현기증이 난 것처럼 머리가 어지러웠다.

"내가 증명하면 믿을래요?"

"증명? 무슨 증명?"

그 순간 아래까지 내려앉았던 심장이 멋대로 속도를 내며 뛰기 시작했다. 그 아찔한 속도감에 영서는 그대로 정신이 혼미해지는 것 같았다.

"내 턱이 멀쩡한 건지 아님 정말로 문제가 있는지?"

윤후가 한 발 다가오자 영서가 한 발 물러나며 고개를 뒤로 뺐다. 상당히 도발적으로 보이는 눈빛에 영서는 자기도 모르게 겁을 집어먹었다.

"그, 그걸 어떻게 증명하는데?"

그런 중에도 질문을 놓치지 않는 그녀를 지켜보다 윤후는 곧바로 상체를 숙였다. 청결하고 상쾌한 비누 향이 코끝에 와 닿는 게 느껴졌을 때 윤후의 두 손이 영서의 얼굴을 부드럽게 감싸왔다. 갑작스런 윤후의 행동에 영서의 두 눈이 휘둥그레졌을 때 윤후의 입술이 그녀의 입술에 살며시 와 닿았다.

"자, 잠깐만. 강윤후."

밀어낼 생각조차 못한 채 입을 연 순간 매끄러운 혀가 입술을 가르며 와락 밀려들었다.

"흡!"

너무나 낯선 감촉에 움찔했던 영서는 두 눈을 빠르게 깜빡이며 윤후의 가슴을 밀어냈다. 그러나 윤후는 꿈쩍하지 않은 채 그대로 입술을 밀착시켰다.

"……!"

따스한 물속을 헤엄치는 물고기처럼 부드럽게 유영하는 혀의 움직임에 영서는 점점 오묘한 기분을 느끼기 시작했다. 입안의 점막과 입천장을 간질이다 혀를 휘감아오는 그 감각은 진하고 달콤한 초콜릿 타르트를 맛보는 것 같은 달콤함을 그녀에게 선사했다. 한없이 다정하고 몹시도 부드러운 그 느낌에 취해 버린 영서는 스르르 눈을 감으며 좀 더 크게 입술을 벌렸다.

오랫동안 잊고 있던 감각을 간질간질하게 깨워내는 키스에 영서뿐 아니라 이젠 윤후도 속절없이 빠져들기 시작했다. 따사롭고 포근한 입안의 살집과 고른 치열을 차례로 어루만진 윤후는 말캉한 혀를 감아 당기며 영서의 허리를 감싸 안았다. 방향을 바꾸느라 살짝 입술을 떼었던 윤후는 영서의 고개를 뒤로 젖히며 더욱 깊게 입을 맞추었다. 맛보면 맛볼수록 갈증이 느껴지는 달콤함에 그것을 탐하고픈 욕구가 점점 거세어졌다.

추릅. 추릅. 춥!

입맞춤의 농도가 점점 진해지고 맞닿은 손길 아래 체온이 서서히 올라가자 영서의 허리에 꼿꼿하게 힘이 들어갔다. 내부에서 피어오른 야릇한 감정에 가녀린 신음소리가 흘러나오자 감겨 있던 영서의 두 눈이 갑자기 반짝 떠졌다.

자신이 낸 소리에 스스로 놀란 영서는 앞에선 윤후의 가슴을 다시 힘껏 밀쳐냈다. 민다고 해서 밀릴 윤후가 아니었지만 거부감이 느껴지는 행동에 키스를 멈추고 그녀를 바라보았다.

윤후의 팔이 느슨해지자 영서는 재빨리 그의 품에서 벗어났다. 윤후와 거리를 두고 선 영서는 고개를 숙인 채 호흡을 가다듬었다. 온 몸의 피가 얼굴에 몰려든 것처럼 뺨이 홧홧하게 달아오르자 손등으로 입술을 가린 채 미간을 잔뜩 찌푸렸다. 조금 전 키스를 어떻게 해석해야 할지, 윤후를 보며 무슨 말을 해야 할지 제대로 된 생각이 아무것도 떠오르지 않았다.

"이제 믿어져요?"

조금 갈라진 윤후의 목소리에 영서는 반사적으로 고개를 들어 그를 보았다.

"내가 그랬죠? 멀쩡하다고."

그 말에 멈칫했던 영서는 윤후가 턱을 가리켜 보이자 그 뜻이 비로소 이해가 되었다.

"아, 그래. 다행이다, 정말……."

앞에선 윤후를 향해 영서는 자신도 모르게 어색한 웃음을 지어보였다. 여전히 얼떨떨한 자신에 비해 맞은편에 선 윤후는 너무도 침착하고 멀쩡해 보였다. 그래서 반사적으로 그런 웃음이 나온 것인지도 몰랐다. 그러나 말을 마치기가 무섭게 두 다리가 휘청 흔들렸다. 그런 영서를 윤후가 붙잡는 바람에 둘 사이의 거리는 키스를 나눌 때처럼 다시 가까워졌다.

"괜찮아요?"

"어, 어. 괜찮아."

빠르게 끄덕인 영서는 붙잡힌 팔을 빼내며 애써 밝게 대꾸를 해주었다.

"이래서 술을 마시면 안 되는 거야."

어색함을 무마시키려 꺼낸 말에 분위기가 더 어색해지자 영서가 코를 찡긋거리며 아랫입술을 깨물었다. 그 순간 윤후의 두 눈에 파바박! 스파크가 일었다. 영서의 입술에 온 신경이 가 있는 상황에서 그녀가 그런 행동을 취하자 몸속의 피가 폭발하는 마그마처럼 뜨겁게 끓어올랐다.

딩동!

도착 음과 함께 엘리베이터의 문이 열리자 영서가 뛰듯이 나가며 윤후에게 말했다.

"먼저 들어갈게. 급하게 전화 올 데가 있거든."

손으로 전화하는 모양을 보이며 미소를 지은 영서는 정말 급한 일이라도 있는 양 객실복도로 힘껏 뛰어나갔다.

이제 막 닫히려는 엘리베이터의 문을 열고 천천히 내린 윤후는 영서가 사라진 복도를 보며 긴 숨을 내쉬었다. 만약, 엘리베이터 문이 열리지 않았다면 그녀를 붙잡고 또다시 키스를 했을 거라는 생각이 밀려들었다. 그러자 영서가 달아난 것이 조금도 서운하지 않았다. 자신을 피해 달아난 그녀가 고맙다는 생각까지 하며 그녀가 사라진 방향을 오래도록 바라보았다.

객실 안으로 들어서자마자 현관문을 닫은 영서는 카드 키를 손에 쥔 채 잠시 서 있었다. 민망함과 설렘이 만들어낸 열기에 두 뺨이 따갑게 화끈거리자 얼굴을 감싼 채 그 자리에 주르륵 주저앉았다.

'키스 후에 윤후가 뭐라고 한 것 같은데? 괜찮다고 한 건가? 아님, 멀쩡하다고 한 거였나?'

그 생각을 하다 영서는 빠르게 고개를 저었다.

'틀림없이 제정신이 아닌 거야. 맨 정신으로 어떻게 그런 사고를 치느냐고!'

윤후의 키스를 거부하기는커녕 적극적으로 받아들이며 신음소리까지 냈다는 것이 키스보다 큰 충격으로 영서를 어지럽혔다. 눈도 제대로 마주치지 못하고, 전화 올 데가 있다는 핑계를 대고 달아난 것이 생각할수록 창피하고 민망했다.

머릿속이 엉킨 실타래처럼 뒤죽박죽인데 이젠 심장까지 쿵쾅거리며 소리를 보태자 두 눈에 힘을 주며 주먹을 불끈 쥐었다.

"안 돼, 오영서. 정신 차려, 정신!"

큰 소리를 내며 자신을 추스른 영서는 감은 눈을 뜨며 깊게 심호흡을 했다. 냉장고에서 작은 생수병을 꺼내 병째 마시며 어지러운 속을 달랬다. 차가운 생수에서도 알코올의 맛이 느껴졌지만 지금은 그걸 따질 상황이 아니었다.

500ml의 생수병을 한 번에 비운 영서는 두 손을 심장 위에 올리고서 아주 느리게 심호흡을 하였다. 그렇게 몇 번을 반복하자 객실에

들어섰을 때보다 기분이 한결 나아진 것 같았다. 그럼에도 두근거리는 심장에게 제발 진정하라고 부탁을 하며 영서는 침실로 걸음을 옮겼다.

갑작스런 해프닝이었다 해도 윤후와 나눈 키스가 첫 키스를 나눌 때처럼 설레었다는 걸 부정할 순 없었다.

"……너무 오랜만에 해서 그런 거야."

지금 느끼는 혼란함과 떨림의 이유를 영서는 그렇게 정의 내렸다. 처음이자 마지막으로 사귄 사람과 헤어진 것이 스물여덟이었으니 얼추 4년 만의 키스였다. 그러니 그런 여파가 온 것이라고 스스로를 납득시켰다.

옷을 갈아입을 생각도 못한 채 침대에 엎드린 영서는 그대로 가만히 두 눈을 감았다. 무섭게 방망이질 치던 심장과 꼭대기까지 차오른 열기가 식자 온몸이 물에 젖은 솜처럼 축축하게 무거웠다. 눈만 감으면 잠이 쏟아질 것 같았는데 이상하게 점점 더 정신이 맑아졌다. 그리고 너무나 당연한 것처럼 키스의 감촉이 살아나기 시작했다.

자신을 감싸오던 기다란 팔과 얼굴에 닿았던 넓고 단단한 가슴. 부드럽게 때로 강하게 머물던 입술의 감촉과 한없이 뜨거운 호흡……!

생생한 감촉과 느낌들이 꼬리에 꼬리를 물고 이어지자 영서는 베개에 얼굴을 묻으며 '으으으!' 소리를 질렀다. 자세를 바꾸면 잠이 올까하여 똑바로 몸을 뉘였지만 말똥말똥한 눈으로 천장을 보고 있는 자신이 보일 뿐이었다.

"왜 그래, 오영서. 네가 무슨 십대 소년 줄 알아……?"

투덜거리는 영서의 목소리는 지친 사람처럼 기운 없이 허탈했다.

그깟 키스 한 번에 이런 반응을 보이는 것이 도무지 이해가 되지 않았다.

'이게 다 강윤후 때문이야!'

일단 그렇게 원망해 보았지만 그 마음이 오래가진 않았다.

오영서에게 강윤후는 성실하고 재능 있는 직장 동료, 이기적인 또래들에 비해 의리가 있는 부하 직원, 그 이상도 그 이하도 아니었다. 물론 윤후를 처음 보았을 때 참 분위기 있게 생긴 얼굴이다, 라는 생각을 하긴 했었다.

사무실에 들르는 신입 배우들 못지않게 준수한 외모라고 느꼈지만 그건 영서만이 느끼는 특이사항이 아니라 대부분의 사람들이 공감하는 공통사항이었다. 그리고 윤후는 그녀보다 네 살이나 어린 부하 직원이었다. 그를 남자로 생각해 본 적이 한 번도 없었는데, 어째서 이런 반응을 하는 것인지.

'나도 모르게 윤후를 남자로 보고 있었나?'

그러다 흠칫 고개를 저었다.

'너, 지금 무슨 생각을 하는 거야? 아, 강윤후! 넌, 왜 갑자기 입을 맞춰서 사람을 이렇게 곤란하게 만드는 거야? 내가 그렇게 만만해 보였니?'

윤후가 자신을 놀리기 위해 조금 과한 장난을 쳤다는 생각이 들자 영서는 오히려 마음이 차분하게 가라앉았다.

'그래, 그런 거야. 조금 짓궂은 장난인 거야.'

그렇게 깔끔하게 정리를 하고 나니 샤워를 해야겠다는 생각이 자연스럽게 뒤를 이었다. 따스한 물에 몸을 씻고, 잠을 푹 자고 나면 조금 전의 일이 아무것도 아닌 일로 무시할 수 있을 것 같았다.

그런데 뭔가 이상했다. 몸이 제 뜻대로 움직여지지 않았다. 손가락

하나를 움직이는 데도 굉장히 힘이 들었고 무거운 돌을 얹은 것처럼 몸 전체가 한없이 아래로 가라앉았다.

"이상하다, 왜 이러지……?"

잠시 눈을 감고 정신을 집중하려는데 무지근한 두통과 피로감이 한꺼번에 몰려왔다. 모래수렁 아래로 빠져드는 아득함을 느끼며 몸이 추욱 늘어졌을 때 멀리서 차임벨 소리가 들려왔다. 그러나 두 눈을 뜰 만한 힘도, 목소리를 내어 말을 할 힘조차 남아 있지 않았다.

* * *

"오 팀장. 정신이 들어?"

"팀장님. 저희 알아보시겠어요?"

벌떼처럼 웅웅거리는 말소리에 영서는 이마를 찡그리며 부스스 눈을 떴다. 흐릿하게 퍼져 있던 영상이 하나로 합쳐지자 직원들의 얼굴이 점점 또렷하게 자리를 잡았다. 약속이라도 한 것처럼 하나같이 걱정스러운 표정에 영서는 못내 불만스러운 듯 이맛살을 찌푸렸다.

"다들 얼굴이 왜 그래?"

자신의 목소리가 낮게 가라앉아 있음을 느끼며 영서는 상체를 일으켰다. 그러자 곁에 있던 재욱이 영서의 어깨를 눌러 도로 침대에 눕게 했다.

"그냥 누워 있어. 지금은 무조건 절대 안정해야 한다고 했어."

"절대 안정……?"

"저혈당에다 간수치가 엄청 높아서 꼭 그래야 한다고 의사 선생님께서 신신당부하셨어."

그 말에 영서가 흠칫 놀라 재욱을 쳐다보았다.

"심각한 거래?"

그러자 재욱이 손사래를 치며 빠르게 고개를 저었다.

"아니, 그 정돈 아니고. 당분간은 무조건 쉬어야 된대. 잘 먹고, 잘 자고, 절대 스트레스 받지 말고."

그게 심각한 게 아니면 무어냐고 물으려다 영서는 질문을 바꾸었다.

"……얼마나?"

"일단 간수치가 정상으로 되돌아와야 한다니까. 넉넉잡고 한두 달이면 될 거야."

"뭐어? 한두 달?"

영서가 걱정에 목소리를 높이자 재욱이 별일 아니라는 듯 그녀의 손을 붙잡았다.

"그러니까 딴 생각 마시고 무조건 푹 쉬시라고. 알았지?"

"회사 일은 어떡하고?"

"일은 무슨, 당분간은 무조건 쉬라는 말 못 들었어? 절대 안정! 스트레스 금지!"

"재욱아."

"또 쓰러지면 그땐 정말 큰일이니까 무조건 안정해. 아까 윤후 전화 받고 얼마나 놀랬는지 알아?"

윤후의 이름을 듣는 순간 반사작용처럼 가슴이 지끈거렸다. 영서가 갑자기 미간을 찌푸리자 재욱이 금테 안경을 올리며 호들갑스러운 반응을 보였다.

"왜 그래? 어디가 또 아파?"

"아픈 게 아니라, 시끄러워서. 네 목소리가 좀 크니?"

영서가 농담처럼 대구를 하자 재욱과 직원들의 얼굴에 안도감이 확 번졌다.

"대표님은 아직 못 오셨어. 얘기가 생각보다 길어져서."

"별일도 아닌 걸 뭐하러 말씀드려. 일하는 분 신경 쓰이게."

"이게 어떻게 별일이 아니야? 우리 회사 기둥이 쓰러질 뻔했는데, 당연히 말씀을 드려야지. 이참에 대표님도 좀 느끼셔야 해. 아, 내가 우리 애들 너무 굴리는구나, 술로!"

재욱의 너스레에 영서가 푸시시 웃음을 터뜨렸다.

"꼭 그렇게 말해야 된다."

"당연하지. 한 자도 안 빼고 전할 거니까 염려 말아. 너 일어난 거 봤으니까 우리 그만 가볼게. 오 팀장님 쉬셔야 하니까 다들, 그만 일어나자."

재욱이 주변을 둘러보며 말을 하자 직원들이 못내 아쉬운 얼굴로 고개를 끄덕였다.

"좀 있다 대표님이랑 합류해야 돼서 가봐야 해. 윤후는 대표님 모시러 먼저 갔고. 참, 네 휴대폰 빵빵하게 충전해 놨으니까 언제든 전화하구. 알았지?"

"응."

재욱이 휴대전화를 손에 쥐어주고 일어나자 영서가 궁금한 얼굴로 그를 불렀다.

"재욱아."

"응?"

"내가 쓰러진 건 어떻게 알았어?"

"대표님이 네 전화기가 꺼져 있다고 계속 걱정을 하셨거든. 난 쉬니까 그런가 보다 했는데 대표님이 '혹시 모르니까 전화기는 켜놓고 있으라고 해라.' 그러시는 거야. 그래서 별수 없이 윤후한테 부탁을 했지. 윤후가 그 말을 하려고 객실로 갔는데, 아무리 벨을 눌러도 네가 문을 안 열더래."

"……!"

"그 말 듣는데 등골이 서늘한 거야. 윤후가 나처럼 널 그냥 뒀으면 어쩔 뻔했어. 아무튼 대표님이랑 윤후 아니었음 너 진짜 큰일 날 뻔했어."

재욱이 직원들을 데리고 밖으로 나가자 소란했던 병실이 이내 고즈넉하게 조용해졌다.

얘기치 않게 찾아온 적막함과 단조로운 시간의 흐름에 지루해진 영서는 몸을 일으키다 도로 침대에 누웠다. 피잉 현기증이 몰려와 머리가 어질했기 때문이었다.

일정한 간격을 두고 떨어지는 수액을 쳐다보며 한숨을 짓던 영서는 재욱이 놓고 간 휴대전화를 확인해 보았다. 읽지 않은 문자 메시지와 부산에서 촬영한 사진 파일들을 보는데, 어느 순간 가슴이 답답해졌다.

"나쁜 놈."

조그맣게 중얼거린 영서는 휴대전화 폴더를 닫으며 다시 한숨을 지었다. 직원들과 장난치듯 찍은 사진들 속에서 윤후의 모습을 보았을 뿐이었다. 그것도 심하게 흔들려서 제대로 구분조차 가지 않는 옆모습을. 그런데 어이없게도 보고 싶다는 생각이 들었다. 그리고 당연하다는 듯 입맞춤의 기억이 되살아났다. 하지만 영서는 고개를 휘휘 저으며 생각들을 떨쳐냈다.

그날 새벽, 혼자서 호텔을 빠져나온 윤후는 영서가 입원해 있는 병실을 찾아갔다.

핏기 없이 해쓱한 영서의 얼굴과 가녀린 팔에 꽂아 있는 링거바늘을 본 윤후는 답답함에 머리를 쓸어 올렸다. 후회와 죄책감, 걱정과 원망의 감정이 뒤얽히며 만들어낸 복잡한 감정에 한숨이 흘러나왔지만 그녀가 깰까 봐 맘껏 내지를 수도 없었다.

처음 영서를 데리고 왔을 때 응급실 담당의의 설명을 무슨 정신으로 들었는지 하나도 기억나지 않았다. 하지만 의식을 잃고 쓰러진 그녀를 발견했을 때 느꼈던 두려움을 생각하면 지금도 소름이 돋을 지경이었다.

만일 정재욱 과장이 전화를 하지 않았다면, 그녀는 어떻게 되었을까?

다시금 떠오른 불길한 상상에 윤후의 까만 눈동자가 어둡게 가라앉았다. 너무도 고요한 그녀를 보며 가만히 손을 내밀었던 윤후는 손끝에 느껴지는 규칙적인 숨소리에 굳은 얼굴이 차츰 풀리었다.

누적된 피로와 약간의 영양실조, 간에 무리를 줄 만큼 지독한 워커홀릭.

그녀가 쓰러진 이유가 그동안의 노고 때문이라는 것을 알면서도 자신의 돌발적인 행동이 일조를 했다는 생각을 깨끗하게 떨칠 수 없었다.

영서를 보며 두 눈을 깜빡이던 윤후는 어제 자신이 한 행동들에 대해 되짚어 보았다.

바닷가에서의 입맞춤은 충분히 그럴 수도 있다고 생각했다. 정겨운 가족이나 귀여운 어린아이에게 해주는 것처럼 친근하고 다정한 인사 같은 거라고 정의를 내렸었다. 하지만 엘리베이터 안에서의 키스는 의도가 분명한, 확실한 키스였다. 분위기에 끌린 즉흥적인 반응일 수도 있었지만 호감을 가진 이성을 향한 지극히 본능적이고 솔직한 키스였다.

그런데 왜 이렇게 가슴이 답답하고, 아릿한 것인지. 지금껏 연애 경험이 많은 건 아니었지만 키스를 한 후 이런 감정을 느꼈던 적은 단 한 번도 없었다.

혼란스러운 얼굴로 손을 내린 윤후는 영서의 가느다란 손가락 끝에 가만히 손을 올렸다. 그저 손끝이 닿았을 뿐인데 심장 언저리가 저릿하게 아려왔다. 기묘한 감각에 미간을 좁힌 윤후는 나직하게 한숨을 지으며 손길을 거두었다.

"이 감정이 뭔지, 알고 싶어. 제대로……."

한동안 자리를 지키고 서 있던 윤후는 영서가 깨어나기 전 병실 밖으로 걸음을 옮겼다. 어슴푸레하게 어두웠던 하늘이 푸르게 밝아진 것을 보며 윤후는 잠시 걸음을 멈추었다. 얼굴에 와 닿는 아침 공기가 제법 쌀쌀하게 느껴졌지만 햇살처럼 따스한 미소가 잔잔히 번지기 시작했다.

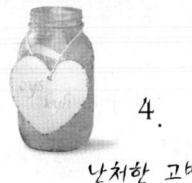

4.
난처한 고백

"차타고 편하게 가라니까 왜 이렇게 말을 안 들어?"

"기차 타고 가는 게 훨씬 편해요."

"그러다 또 쓰러지면 어쩌려고."

"그땐 몸 상태가 안 좋아서 그런 거구요. 지금은 말짱해요."

"네가 의사야? 무조건 쉬어야 된다는 얘기 못 들었어?"

장준환 대표가 얼굴까지 붉히며 목소리를 높이자 영서가 곤란함에 한숨을 지었다.

"강윤후, 뭐하냐? 오 팀장 짐, 안 싣고!"

윤후가 차 트렁크에 영서의 짐을 싣자 장 대표가 보조석 문을 열며 그녀를 보았다.

"뭐해? 차까지 태워 주랴?"

"그럼 부산역까지만 태워 주세요."

"오 팀장. 여태 내가 한 말 귓등으로 들었어?"

"부산에서 서울이 옆 동네도 아니고. 지금 서울 갔다가 부산까지 또 내려오는 거 윤후한테 무리예요."

그러자 장 대표가 곁에 선 윤후에게 물었다.

"강윤후. 여기서 서울까지 무리냐?"

"아닙니다."

윤후가 분명하게 대답하자 영서가 움찔 미간을 좁혔다.

"거봐. 가능하대잖아."

"대표님……."

"윤후, 너. 운전 경력이 어떻게 되지?"

"7년입니다."

"사고 경력은?"

"없습니다."

"확실하냐?"

"주차 위반 딱지 몇 번 뗀 거 말곤 깨끗합니다."

자신감에 찬 윤후의 대답을 들으며 장 대표는 고개를 끄덕였다. 그리고 몹시 흐뭇한 눈길로 영서를 바라보았다.

"오 팀장도 들었지? 무려 7년 동안 접촉사고 한 번이 없었단다. 7년 동안!"

"윤후 운전 경력이랑 이 상황이 무슨 상관이……."

그러나 장 대표는 영서의 말이 끝나기도 전에 차 열쇠를 윤후에게 건넸다.

"서울 도착하는 대로 오 팀장 입원 수속부터 밟아라. 알았지?"

"예."

"은혜 병원이라고 내 친구가 있는 병원인데. 위치가 어딘고 하니······."

자신의 의견은 배제한 채 이야기 중인 두 사람을 보며 영서는 잠시 어이가 없었다.

"대표님. 저 그 정도 아니거든요. 그러니까 너무 환자 취급 마세요."

그러자 장 대표가 심각한 얼굴로 영서를 돌아보았다.

"나를 피도 눈물도 없는 몰염치한 악덕 기업주를 만들어야 속이 시원하겠냐."

"네?"

"어제 정 과장이 그러더라. 너 이렇게 된 거 다, 내 탓이라고."

"대표님."

"그래. 네 말대로 나, 라루스 대표야. 그러니까 내 결정에 따라."

"어째 협박하시는 거 같으세요."

"협박이든 부탁이든 무조건 알겠습니다, 해."

"그렇지만······."

"둔한 놈. 일 잘하는 놈이 왜 그렇게 말귀를 못 알아들어? 그만큼 네 상태가 좋지 않다, 꼭 그렇게 말을 해야 하나?"

영서에게 잔뜩 겁을 준 장 대표는 그녀의 어깨를 잡으며 진지하게 덧붙였다.

"지금 오 팀장이 해야 할 가장 중대하고도 시급한 일은 높아진 간 수치를 정상으로 되돌리고 건강하게 컴백하는 거야. 한 며칠 쉬면 되겠지, 그런 안일한 생각으로 넘어갈 생각 말고, 이참에 확실하게 간 사수를 해! 회사는 나랑 정 과장이랑 어떻게든 돌아가게 할 테니까, 치료에만 집중하고, 알았지?"

"무슨 말씀인지 알았으니까 너무 겁주지 마세요."

"겁주는 게 아니라 사실을 말하는 거야. 그러니까 서울 올라가는 즉시! 입원 수속 밟고, 치료 받는다. 오케이?"

"대표님."

"대표님 소리 그만 하고 그냥 알겠습니다, 그러겠습니다, 해 봐."

장 대표의 부탁에 영서는 결국 '예. 그럴게요.'라고 말할 수밖에 없었다.

그 말에 울컥해진 장 대표는 영서를 끌어안으며 울 것 같은 얼굴이 되었다.

"미안하다, 오 팀장! 내가 너무 미안해서, 뭐라고 할 말이 없다!"

갑작스러운 포옹에 당황했던 영서는 진심으로 걱정하는 마음이 느껴지자 그를 야멸치게 밀어내지 못했다.

"대표님도 참. 누가 보면 제가 엄청 아픈 줄 알겠어요."

"미안하다. 그동안 혹사시켜서. 흑!"

자신보다 몇 배나 큰 장 대표를 위로하며 토닥이는 영서를 본 윤후는 시간이 길어지자 불안함이 점점 커져갔다. 영서에게 기댄 채 훌쩍이는 장 대표의 모습이 가냘픈 아기 사슴에게 기댄 커다란 불곰 같았기 때문이었다. 저러다 영서가 압사할지도 모른다는 생각을 하며 윤후는 잠시도 눈을 떼지 않았다.

*   *   *

휴게소 주차장에 차를 세운 윤후는 잠든 영서를 보며 그대로 앉아 있었다. 장 대표의 강권으로 차에 탄 영서는 '네가 나 때문에 고생이 많다.' 라는 말을 웃으며 전한 뒤 계속 취침 중이었다.

'불편하지 않나?'

창가를 향해 기울어진 영서의 자세가 걱정이 된 윤후는 스위치를 눌러 시트를 뒤로 눕혀 주었다. 고정된 자세에 변화가 오자 몸을 꼼지락거렸던 영서는 이내 편안한 얼굴로 고르게 숨을 내쉬었다.

그녀가 깨어나면 어쩌나 표정을 살피던 윤후는 길게 그늘진 영서의 속눈썹을 보며 안도의 숨을 내쉬었다. 그러다 피식 허탈한 웃음을 지었다. 영서가 옆자리에 앉게 된 순간부터 지금까지 계속 신경이 쓰였다. 그녀의 표정과 목소리 하나하나에 예민하게 반응을 하고 있는 자신과 다르게 그녀는 평소와 다름없이 그를 대했다.

그것 때문에 맥이 탁 풀리는 기분이었지만 그렇다고 어쩜 그렇게 무심할 수 있느냐고 따져 물을 수도 없었다. 지금 자신이 느끼고 있는 일련의 감정들은 누군가 강요한 것이 아닌 자신에게서 시작된 자신만의 감정이었기 때문이었다.

곤하게 잠든 영서를 바라보다 윤후는 차 문을 열고 밖으로 나왔다. 계속 머물러 있다간 그녀의 입술을 만지게 될 것이 분명했기 때문이었다.

똑, 똑.

차창을 두드리는 소리에 영서가 찡그리듯 눈을 떴다. 차창 너머로 봉투를 들고 서 있는 윤후의 모습이 눈에 들어왔다. 영서와 눈이 마주친 윤후는 밖으로 나오라며 가볍게 고갯짓을 했다. 윤후에게 고개를 끄덕여 보이곤 차문을 열려는데 몸을 덮고 있는 점퍼가 손에 잡혔다. 익숙한 비누 향이 코끝에 느껴지는 순간 달리기를 마친 선수처럼 심장이 두근거렸다.

반사신경처럼 반응을 보이는 심장에 두 눈이 동그래진 영서는 가슴 위에 손을 올리며 윤후가 서 있던 곳을 쳐다보았다. 다행스럽게도 윤후는 저만치까지 멀어져 있었다.

낮게 탄식을 내뱉은 영서는 깊게 숨을 들이마셨다 내쉬며 차 문을 열었다. 쿵! 소리가 날만큼 세게 문을 닫으며 남아 있는 잠기운과 미묘한 떨림이 깨끗이 떨어져주기를 바랐다.

윤후가 파라솔이 놓인 자리에서 기다리고 있는 것을 발견한 영서는 그리로 걸음을 옮겼다.

다가온 영서에게 의자를 내어준 윤후는 그녀가 앉자 봉투 안에 있던 것들을 테이블 위에 내려놓았다.

"와, 감자다. 오오, 떡볶이다!"

버터구이 감자와 떡볶이, 견과류와 음료수가 탁자 위에 나타날 때마다 영서는 진심으로 감격해 하며 두 눈을 초롱초롱하게 반짝거렸다. 늘 보아왔던 모습이지만 볼 때마다 새롭게 느껴졌기에 윤후는 신기하다는 듯 '그렇게 좋아요?' 라고 영서에게 물었다.

"응!"

곧장 대답한 영서가 해맑게 웃자 윤후의 미간이 설핏 좁혀졌다. 노릇하게 구워진 감자를 한 입에 쏙 넣으며 행복해하는 영서를 보다가 윤후는 생수병의 뚜껑을 땄다. 자신이 구운 감자보다 못한 존재가 된 것 같은 억울한 생각이 들었지만 영서를 향해 말없이 생수병을 내밀었다.

"고마워. 그런데 넌 왜 안 먹어?"

"별로 생각이 없어요."

그러자 영서가 감자 한 개를 이쑤시개로 집어 윤후에게 주었다.

"난 됐어요. 팀장님 많이 드세요."

윤후가 부드럽게 거절을 하자 영서가 아쉬운 얼굴로 윤후를 보았다.

"여기 감자구이 진짜 맛있는데."

윤후가 마지못해 감자를 챙겨 들자 영서가 고개를 기울이며 윤후의 표정을 살폈다. 그 눈빛에 어쩔 수 없이 감자를 입에 넣자 영서가 매우 흡족한 얼굴로 떡볶이를 먹기 시작했다.

"떡볶이도 줄까?"

"아뇨. 떡볶이까지는……."

"떡볶이도 맛있는데."

이러다간 떡볶이까지 먹게 될 것 같아 윤후는 미리 이유를 설명했다.

"아까 라면을 먹어서 별로 내키지 않아요."

"응? 왜 라면을 먹었어? 차라리 밥을 챙겨 먹지."

"밥 먹기는 좀 애매한 시간이라. 아, 이런 거 말고 식사를 할 걸 그랬나 봐요."

"아니야. 나도 밥은 좀 그래."

영서가 그 말을 하며 콜라 캔에 시선을 주자 윤후가 캔을 가져가 입이 닿는 부분을 냅킨으로 닦았다. 뚜껑을 딴 윤후가 역시나 말없이 캔을 내밀자 영서가 '아, 고마워.'라며 그것을 받아들었다. 그러다 서로의 손가락 끝이 닿자 감전된 사람들처럼 동시에 손을 놓아 버렸다.

그 바람에 캔이 넘어지며 안에 있던 내용물이 테이블로 쏟아졌다.

"앗!"

영서가 깜짝 놀라 일어나는 사이 흘러내린 콜라가 탁자와 음식물을 흥건하게 적셨다. 영서보다 빠르게 몸을 일으킨 윤후는 콜라 캔을 세우며 영서를 살폈다.

"괜찮아요?"

"어. 난 괜찮아. 윤후 너, 옷 버리지 않았어?"

"예. 멀쩡해요."

"그래? 다행이다. 근데 이거 아까워서 어떡하지?"

"아까워도 하는 수 없죠. 여긴 내가 치울 테니까 저기 매점에 가 있으세요."

"아니야. 나도 같이 치울래."

영서가 냅킨을 꺼내 탁자를 닦으려 하자 윤후가 그녀의 손을 잡으며 고개를 저었다.

"됐어요. 내가 할 테니까 얼른 가세요."

얼결에 손목이 잡힌 영서는 움찔하더니 슬그머니 제 손을 빼냈다.

"어. 그럴게, 그럼."

영서가 빠르게 물러나며 매점 쪽으로 돌아서자 윤후가 하던 일을 멈추고 그녀를 바라보았다. 총총히 멀어지는 그녀의 뒷모습을 잠시 쳐다보던 윤후는 다시 탁자를 치우기 시작했다.

잠시 후, 윤후와 함께 있던 자리로 돌아온 영서는 그가 보이지 않자 주변을 둘러보았다. 그러다 눈길을 돌리니 아무 일도 없었던 것처럼 깨끗하게 치워진 탁자가 보였다. 그러자 윤후가 깔끔한 성격이라는 게 다시금 떠올랐다.

라루스에서 하는 기획이나 홍보 작업은 한 프로젝트가 대체로 두

세 달 정도의 기간이 소요되었다. 그 기간 동안 밤낮의 구분 없이 일을 하는 경우가 허다했기에 직원들은 급속도로 가까워질 수밖에 없었다. 그래서 프로젝트가 끝날 즈음엔 팀장이니 이사니 하는 직함보다 각자의 이름과 애칭이 뒤섞인 호칭으로 서로를 부르게 되는 경우가 종종 있었다. 물론 다른 회사와 미팅을 하는 경우엔 상대방의 직함이나 이름에 대해서 제대로 된 호칭을 해주었다.

그렇게 몇 번의 프로젝트를 끝내고 나면 아무리 꾸미려고 해도 원래의 성격이 고스란히 드러나는 법이었다. 그런 고된 시간을 거쳐 끝까지 살아남게 된 직원들은 가족만큼이나 가까운 사이가 되었고 여느 친구보다 끈끈한 동료애를 지니게 되었다.

계속되는 밤샘 작업이 이어지면 풀 메이크업을 고수하던 여직원들도 흐트러진 모습을 보이기 마련이었다. 그러나 윤후는 피곤하고 야윈 모습을 보이긴 했어도 늘 청결한 비누 향이 배어 있었다. 여직원들은 그런 윤후에게 더없는 호감을 느꼈지만 정 과장을 비롯한 남자들은 틀림없이 결벽증이 있는 거라며 질투 어린 시선을 보냈었다.

이렇게 깔끔하게 정리를 했으니 아마도 손을 씻으러 간 모양이란 생각을 하며 영서는 윤후를 기다렸다. 그리고 머지않아 저만치에서 걸어오는 윤후가 보였다.

"……."

오후 햇살이 꽤 눈부신 듯 윤후는 살짝 미간을 찌푸리고 있었다. 검정색 셔츠에 데님 청바지를 입었을 뿐인데도 윤후는 수많은 사람들 사이에서 아주 당연한 것처럼 눈에 띄었다.

넓고 반듯한 어깨와 걷어 올린 셔츠 아래로 드러난 단단한 두 팔, 곧고 긴 팔다리의 움직임에서 느껴지는 힘과 우아함. 미소년의 분위기를 가진 준수한 얼굴과 남자다운 몸의 조화가 그림처럼 잘 어울렸지만 영서에겐 그 모든 것이 이상하리만큼 낯설게 느껴졌다.

"왜 빈손이에요?"

윤후가 묻자 영서가 '빈손 아닌데.' 라며 뒷주머니에서 뭔가를 꺼냈다.

"자."

영서가 드링크제와 알약을 들려주자 윤후가 의아한 얼굴로 영서를 바라보았다.

"뭐예요, 이게?"

"운전하느라 고생했잖아. 같이 먹으면 피로 회복에 도움이 된대."

"팀장님은요?"

"어. 나도 마셨어."

"약이 아니라 간식이요. 배고프면 예민해지잖아요."

"응? 내가 그랬나?"

영서가 눈썹을 모으며 생각에 잠기자 윤후가 피식 입꼬리를 올렸다.

"농담한 건데."

"농담? 무슨 농담을 그렇게 진지한 얼굴로 해?"

"그래요? 별로 재미없었어요?"

"응."

망설임 없는 영서의 대답에 윤후의 한쪽 눈썹이 위로 쓱 올라갔다. 그러자 영서가 고개를 살짝 기울이며 윤후의 표정을 살폈다.

"삐친 거 아니지?"

"삐친 건 아닌데, 생각은 좀 해야겠어요."

윤후가 중얼거리며 계단을 내려가자 영서가 그 뒤를 따르며 윤후에게 물었다.

"무슨 생각?"

"왜 내가 하는 농담은 진지하기만 한가, 뭐 그런 생각이요."

영서가 쿡, 웃음을 터뜨리자 윤후가 걸음을 멈추고 영서를 돌아보았다.

"웃겼어요?"

"어. 웃겼어."

"이건 웃으라고 한 말이 아니었는데."

"정말?"

"네."

윤후가 실망한 얼굴로 돌아서자 영서가 기운 내라는 듯 윤후의 팔을 툭툭 쳐주었다.

"너무 신경 쓰지 마."

"나도 안 쓰고 싶어요."

"지금 내가 몸이 좀 부실하잖아. 그래서 너의 유머 코드를 제대로 이해 못하는 걸 거야. 그러니깐 너무 실망하지 말라고. 알았지?"

영서가 생각지 않은 부분까지 위로를 해주자 윤후의 얼굴에 저절로 미소가 떠올랐다.

윤후가 알았다며 고개를 끄덕이자 영서도 기분이 좋은 듯 환한 미소를 지어주었다.

자신을 보며 해맑게 웃어 주는 그녀로 인해 심장이 두근 반응을 해오자 윤후의 눈동자가 잔잔하게 흔들렸다.

영서와 나란히 걸으며 차 앞에 다다른 윤후는 보조석의 문을 열어

주려다 그대로 손을 멈추었다. 그에 영서가 무슨 일인가 하고 윤후를 쳐다보았다. 한줄기 바람이 그녀의 머리카락을 스치고 지나가자 영서가 손을 들어 흐트러진 머리카락을 귀 뒤로 넘겼다.

작고 하얀 그녀의 얼굴과 가늘고 긴 손가락, 가녀린 목선이 눈부시게 시야를 자극해오자 윤후가 무언가 결심한 듯 그녀의 이름을 불렀다.

"오영서 팀장님."

"응?"

"혹시, 사귀는 사람 있어요?"

"뭐?"

혹 잘못 들은 게 아닌가 해서 되묻자 윤후가 침착하고 분명하게 그 말을 반복했다.

"사귀는 사람, 남자 친구가 있느냐고 물었어요."

그 말에 영서가 두 눈을 동그랗게 뜨고 의아한 듯 그를 쳐다보았다.

"가, 갑자기 그걸, 왜 묻는 거야?"

"왜 묻는 거 같아요?"

윤후가 반듯한 얼굴로 되묻자 동그랗게 커진 영서의 두 눈이 더욱 커다래졌다. 무방비상태에서 불시의 공격을 당한 선수처럼 당황스러워진 영서는 두 눈을 빠르게 깜빡이며 어떤 말을 해야 할지 떠올렸다.

"……그건 내 개인적인 일이잖아. 별로 대답하고 싶지 않은데?"

잠깐의 침묵 뒤에 영서가 내놓은 대답에 윤후의 눈매가 옆으로 가늘어졌다.

"개인적인 일이라 대답하지 않겠다구요?"

"응."

영서는 윤후의 질문에 즉각적인 답을 피했다. 그에게 '없다' 는 진실도, '있다' 는 거짓말도 하고 싶지가 않았다.

"내가 왜 그걸 물었는지 궁금하진 않아요?"

윤후가 또 다른 질문을 던지자 영서가 미간을 좁히며 입을 꾹 다물었다. 처음 질문보다 더욱 곤란한 질문이었지만 이내 담담한 표정을 지으며 처음과 비슷한 대답을 해주었다.

"별로, 궁금하지 않아."

윤후의 눈매가 다시 가늘어졌지만 영서는 모르는 척 보조석의 문을 열려 했다. 그러자 윤후가 그녀의 손 위에 제 손을 올리며 나직하게 상체를 숙였다.

"난, 아주 많이, 궁금해요."

"……!"

위에서 들려오는 듣기 좋은 목소리에 영서는 자기도 모르게 긴장하고 말았다. 영서의 손을 잡은 채 보조석의 문을 연 윤후는 그녀의 한쪽 어깨를 가만히 누르며 자상한 목소리로 말했다.

"타요."

그렇게 하지 않았어도 탈 생각이었지만 부드러운 가죽 시트에 앉는 것이 바늘방석에 앉는 것처럼 불편했다. 영서가 의자에 앉자 윤후가 한껏 상체를 숙이며 그녀에게로 눈을 맞추었다. 왠지 그에게 갇혀버린 것 같은 기분이 들자 영서는 제 몸을 한껏 뒤로 보냈다. 그러나 시트가 있어 완전히 멀어지는 것은 불가능했다.

영서의 불안함이 느껴졌는지 윤후는 더 이상 거리를 좁히지 않고 그녀를 가만히 바라보기만 했다. 한 뼘 이상의 거리를 두고 있었지만 유난히 까만 눈동자와 청결한 비누 향이 영서의 심장을 선명하게 자극했다.

"엘리베이터에서 일은…… 장난으로 한 게 아니었어요."

그 말에 영서의 눈동자가 놀라움으로 커다래졌다. 윤후가 먼저 그 얘기를 꺼낼 수 있다는 걸 짐작하지 못했기 때문이었다.

"그때 팀장님이 날 걱정해 주는 게 좋았어요. 그 모습이 예뻐서 키스한 겁니다."

"……!"

키스라는 구체적인 단어가 윤후의 입을 통해 흘러나오자 기다렸던 것처럼 심장이 내려앉았다. 솔직함과 진지함으로 반짝거리는 눈동자와 햇빛을 등지고 선 실루엣이 위압적으로 다가오자 영서는 얼른 아래로 시선을 내렸다. 그러나 윤후의 또 다른 모습에 또다시 당황하고 말았다. 단추를 풀어 살짝 벌어진 셔츠 사이로 갈라진 가슴 근육이 한눈에 들어왔기 때문이었다. 현기증이 일어날 것 같은 아찔함에 영서는 입술을 깨물며 주먹을 움켜쥐었다. 정신 차리자는 말을 속으로 중얼거리며 자세를 바로 한 영서는 안전벨트의 끈을 생명줄처럼 꽉 붙잡았다.

"강윤후, 그걸 이제 알았어?"

한쪽 뺨 가득 윤후의 시선이 느껴지자 영서는 여유로운 미소를 가장한 채 그에게로 시선을 주었다.

"내가 예쁜 걸 이제 알았냐고."

별일 아니라는 듯 웃고 있는 영서를 보며 윤후는 잠시 아무런 말도 하지 않았다.

"계속 그러고 있을 거야? 출발해야지?"

영서의 재촉에 윤후는 피식 허탈한 웃음을 지었다.

"가야죠."

말을 마친 윤후는 보조석의 문을 닫고 운전석으로 향했다. 윤후가 차의 앞을 돌아오는 잠깐 동안 영서는 심호흡을 하며 안전벨트 단단하게 붙잡았다. 제 입으로 하기 꽤나 민망한 말이었지만 영서는 일부러 그렇게 반응했다.

윤후가 했던 말에 너무 심각하거나 진지하게 반응을 한다면 왠지 윤후도 그렇게 반응을 할 것 같았다. 그래서 가벼운 장난이나 농담처럼 부러 밝게 대꾸를 한 것이었다. 그러면 윤후도 그 일을 대수롭지 않은 해프닝으로 받아들일 거라 여겼다.

"내가 널 걱정하는 건 아주 당연한 거야. 윤후 넌, 내 부하 직원인데 내가 안 챙기면 누가 널 챙기니?"

윤후가 차를 출발시키자 영서가 역시나 밝은 목소리로 단정을 내렸다.

"……그런가요?"

"당연하지."

"……."

"암튼 정말 미안하다. 나 때문에 병원 일에, 운전에. 내가 나중에 크게 한턱 쏠게."

영서가 너그럽게 웃으며 훈훈한 마무리를 하자 윤후도 더는 말을 잇지 않고 알았다는 대답을 하였다. 그녀의 말에 조목조목 반박하고 픈 마음이 있었지만 입원을 앞둔 상황이었기에 일단 물러나 있기로 한 것이었다. 거절과 다름없는 그녀의 대답과 확실한 거리 두기에 씁쓸함마저 느꼈지만 그로 인해 자신이 그녀를 꽤 좋아하고 있음을 자각하고 말았다. 그래서 그녀가 불쾌한 반응을 보이지 않았다는 것에 애써 위안을 찾았다.

*　*　*

"이젠 하다하다 별걸 다 해 보네. 환갑잔치 준비해야 되는 나이에 서른 넘은 소카 병수발까지 하고."

환자복에 링거 바늘을 꼽고 누운 영서를 보며 그녀의 이모 최금숙 여사가 툴툴 한숨을 내쉬었다.

"병수발 할 정도 아니에요. 며칠 잘 자고, 잘 먹으면 금방 낫는 거라고 했어요."

"금방 낫는 병인데 입원을 해? 말이 되는 소릴 해, 이것아."

"그러니까 그게요……."

"조카들 보기도 그렇고, 지 나이도 있고, 독립해야 된다고 기어이 나가더니. 꼴좋다, 꼴좋아."

영서의 짐을 정리하며 푸푸거리는 이모 곁에서 영서의 언니 영인은 말없이 사과를 깎고 있었다. 이모를 좀 말려 달라고 눈치를 주었건만 모르는 건지, 알면서도 모르는 척을 하는 것인지 사과를 깎는 데에만 열과 성을 다하고 있었다. 그렇게 깎은 사과 조각을 접시에 놓기 전에 제 입으로 쏘옥 넣으며 영인은 만족스러운 듯 고개를 끄덕였다.

집에서 간단히 짐만 챙겨오면 되는 일을 군이 이모에게까지 연락을 해 잔소리를 듣게 만든 언니를 원망스럽게 보았지만 영인은 영서의 시선에 아랑곳없이 제 일에만 집중했다.

"뭐어 얼마나 대단한 일을 한다고 몸까지 상해가면서."

"그러게."

이모의 말에 영인이 슬쩍 추임새를 넣자 영서가 끄응, 눈을 감았다
떴다.

"영인이한테 들으니까 술까지 마셨다면서? 하루 멀다하고 야근하
는 애가 술은 왜 마셔, 술을?"

"일하다 보면 마셔야 할 때도 있어요."

"암튼 느이 회사 맘에 안 들어. 특실 챙겨 주면 뭐해. 애초에 이렇
게 아프게 만들지 말았어야지."

"내 말이."

그 말에 영인을 휙 흘겨보자 그녀가 '내가 뭘?' 하는 얼굴로 영서
를 되레 쳐다보았다.

"이모 집에 가보셔야 하는 거 아니에요? 언니도 형부랑 애들 저녁
해줘야 하는 거 아냐?"

"너 병간호 왔다고 형부한테 말했어. 그리고 한 끼 정도는 자기들
이 알아서 먹겠지."

"너두 참. 오지랖이 열두 폭이다. 네가 지금 느이 언니 저녁 걱정
하게 생겼어?"

"이모……."

"영인이 넌 문병을 온 거야, 사과를 먹으러 온 거야?"

이모가 기어이 한마디를 하자 영인은 넉살좋게 눈웃음을 지었다.

"잘 먹고 잘 쉬어야 낫는 병이래서 영서가 좋아하는 사과, 예쁘게
깎아 주고 있지요."

"말이나 못하면."

이모가 못마땅한 눈길을 주었지만 영인은 해맑은 얼굴로 두 사람에게 사과 조각을 내밀었다.

"네 짐, 대충 챙겨오긴 했는데 혹시 빠진 거 있음 전화해. 내일 올 때 챙겨오면 되니까."

"내일 또? 아니야, 언니. 나 혼자 있어도 충분하니까 굳이 안 와도 돼."

"계집애. 네 핑계로 겸사겸사 외출하는 건데, 그걸 또 오지 말라고 하냐? 암튼 형부한테 전화 오면 움직일 수 없을 정도로 심하게 아프다고 해. 눈치 없이 괜찮다고 그러지 말고. 알았어?"

"좋은 거 가르친다."

이모가 혀를 차며 한 소리를 더하자 영인이 자리에서 일어나 이모의 겉옷과 핸드백을 챙겨들었다.

"이모. 들어가실 시간 아니에요? 여기 마무리는 제가 할 테니까 얼른 들어가세요."

"마무리 같은 소리 한다. 영인이 너, 영서 귀찮게 하지 말고, 빨리 집에 들어가."

"네에. 알겠습니다, 이모."

"그러지 말고, 언니랑 같이 저녁 드시고 가세요, 이모."

"느이 이모부, 내가 차리는 밥 아니면 안 드시는 거 몰라서 그러니?"

"그래도 여기까지 오셨는데."

영서가 침대 밖으로 나오려하자 이모가 손을 저으며 영서를 막았다.

"뭐 하러 일어나. 그냥 누워 있어."

"그럼 엘리베이터까지만 배웅해 드릴게요."

"바늘을 두 개나 꼽고 어딜 나온다고 그래. 영인이 너, 영서 저녁 챙기고, 병실 청소도 좀 싹 해놓고."

"네에. 깨끗이 해 놓을 테니까 걱정 말고 들어가세요. 오호호."

영인이 코맹맹이 소리를 하며 가방을 들고 나서자 겉옷을 챙겨 입은 이모가 고개를 절레절레 저으며 병실을 나섰다.

이모의 배웅을 마치고 병실로 돌아온 영인은 영서가 다이어리를 보고 앉아 있자 은근한 목소리로 영서를 불렀다.

"영서야."

"응?"

"아까 병실에 왔던 청년 말이야. 이름이 윤후라고 했던가? 윤호라고 했던가?"

영인이 윤후의 이름을 말하자 펜을 쥔 영서의 손이 움찔 멈춰졌다.

"윤후니? 윤호니?"

"윤후."

"맞다. 윤후라고 했었지? 아우, 내가 요즘 이런다. 뭘 들어도 돌아서면 까먹어. 나이 탓인가?"

"……."

영인이 제 손가락을 꼽으며 나이 계산을 하는 동안 영서는 다이어리에 적힌 스케줄 표를 확인했다.

"그런데 윤후라는 청년, 너희 회사 직원 맞니? 반듯하게 잘생긴 게 배우해도 되겠던데."

"잘만 생겼다고 배우 하나. 배우 아무나 하는 거 아니야, 언니."

영서가 다이어리에 시선을 둔 채 그 말을 하자 영인이 의자를 놓고 앉으며 빤히 영서를 쳐다보았다.

"또 입바른 소리지. 암튼 넌, 그게 문제야."

"대체 뭐가 문제란 거야?"

영서가 이해가 안 간다는 얼굴로 영인을 바라보자 영인이 확신에 찬 어조로 대꾸를 해주었다.

"영서 넌, 여백의 미가 없어."

"여백의 미? 아니, 그건 또 무슨 뚱딴지같은 소리야?"

"빈틈이 없다고 이것아."

"내가 빈틈이 없다고? 하, 그런 얘긴 언니한테 처음 듣는다."

"네가 그러니까 여태 결혼을 못 한 거야."

"아니, 얘기가 갑자기 왜 그리로 튀어?"

그야말로 황당해서 쳐다보자 영인이 검지를 똑바로 세우며 설명을 이어갔다.

"잘생긴 건 잘생겼다고 인정할 줄도 알고, 잘생긴 남자 보면 가슴이 막 설레고 그래야 정상인 거거든."

"빙빙 돌리지 말고 요점을 말해. 언니가 지금 하고 싶은 말이 정확히 뭔지."

"이럴 때 보면 영 눈치가 없는 건 아닌데 말이지."

"언니."

"넌 평상시엔 넉넉하게 굴다가, 남자 얘기만 나오면 바늘 꽂을 틈을 안 주잖아. 난, 그게 문제란 말을 하는 거였어."

"그건, 언니가 윤후 얘기를 하다가 엉뚱한 얘길 꺼내니까 그런 거지."

"윤후라는 직원, 너랑 같은 팀이라며? 네 직속 부하 직원이니까 전혀 엉뚱한 얘기는 아니지."

"그래. 윤후 내 직속 부하 직원이야. 그러니까 더 말조심을 해야지."

"어머머. 내가 뭐 흉이라도 봤니? 잘생겼다고 칭찬한 걸 가지고."

"칭찬이든 험담이든 당사자가 있는 데서 해. 없는 데서 이러쿵저러쿵 하지 말고."

"그 직원이 널 챙기는 게 기특하고 예뻐서 그랬어. 그것도 안 되니?"

"부하 직원이니까 챙겨 주는 게 당연한 거지."

"당연하다고? 그래도 너무 자상하게 챙겨 주던데. 모르고 보면 네 남자 친군 줄 알겠더라."

"아, 쫌!"

영서가 목소리를 높이자 영인이 두 눈을 동그랗게 뜨고 영서를 보았다.

"너 되게 수상하다. 그 직원 얘기만 나오면 발끈하는 게, 너 혹시……."

"그렇게 엉뚱한 소리 자꾸 하면 형부한테 연락할 거야. 언니 다시는 못 오게 하라고."

"난 그냥 순수한 호기심에 물은 것뿐이야. 그렇게 근사한 청년이랑 일을 하는데 집중이 되나 싶어서."

영인이 계속 말을 이어가자 영서가 휴대전화를 꺼내 형부의 전화번호를 찾았다. 그러자 영인이 영서의 휴대전화를 낚아채 얼른 등 뒤로 보냈다.

"알았어. 안 한다, 안 해. 난 둘이 같이 있는 게 어울려 보여서 그 랬더니만."

"나 윤후보다 네 살이나 많거든."

"네 살이 뭐? 요즘엔 두 자리 차이 나는 커플도 꽤 있거든요."

영인의 말에 영서는 답답한 듯 한숨을 내쉬더니 입을 꾹 다물고 침대에 몸을 뉘였다. 영서가 아무런 대꾸도 하지 않고 등을 보이며 돌아눕자 영인이 슬쩍 영서를 불렀다.

"영서야, 오영서."

"……."

"야, 삐쳤어? 농담이야, 농담."

그럼에도 영서가 아무런 대꾸를 하지 않자 영인이 입술을 삐죽이 며 의자에서 일어났다.

"저녁 시간이 언제더라?"

영인이 중얼거리며 병실을 빠져나가자 영서가 감았던 눈을 떠 창 가를 보았다.

어느새 어둑해진 하늘이 밤이 길어진 계절임을 실감나게 하자 저 절로 한숨이 흘러나왔다.

몇 년 전부터 이맘때쯤엔 아주 심하게 몸살을 앓곤 했다. 그것이 이별의 후유증이었다는 걸 알았기에 영서는 어쩔 수 없이 그늘진 얼 굴이 되었다.

피치 못할 이유로 그 사람과 헤어져야 했을 때, 그로 인해 절친했 던 친구들과도 소원한 사이가 되어야 했을 때, 잘잘못을 따지고 원망 하는 대신 미친 듯이 일을 했었다. 그렇게 하지 않으면 죽을 것처럼 마음이 아팠기에 몸을 혹사시키며 일을 해냈었다. 그 대가로 무슨 일이든 믿고 맡길 수 있는 사람이라는 신뢰와 명성을 얻었으니 그리 손해를 본 것은 아니었다.

그러나 참회의 눈물을 흘리며 용서를 구했던 그를 온전히 용서하지 못했었다. 그를 사랑하고 믿었던 만큼 크나 큰 배신감이 그를 용서할 수 있는 마음을 하얗게 증발시켜 버렸다.

하지만 시간은 패어 있던 생채기를 부드럽게 채워 놓았다. 잊으려고 애를 써도 잊을 수가 없었던 그 사람의 얼굴과 기억들을 낡고 오래된 그림처럼 희미하게 지워 놓았다. 그래도 쉽게 사랑을 시작할 수 없었다. 또다시 상처 받을 수도 있다는 두려움이, 두 번 다시 겪고 싶지 않은 이별의 아픔이 누군가에게 마음을 여는 일에 보이지 않는 빗장을 걸어 놓았다.

'아니야. 윤후는 아니야.'

그렇게 고개를 젓다가 영서는 퍼뜩 몸을 일으켰다. 지난 사랑과 상처에 대해 떠올리다 윤후의 이름을 연상하는 것이 몹시도 당황스러웠다. 더운 바람을 쏘인 것처럼 얼굴이 화끈하게 달아오르자 양손으로 부채질을 하며 긴 숨을 내쉬었다.

'아니야. 절대 아니야.'

윤후의 물음에 에둘러 거절을 말하고 부하 직원으로만 여기고 있다고 분명하게 선을 그어놓았다. 그래놓고 이런 식의 감정을 느끼다니! 무언가 이율배반적인 이 상황이 마음에 들지 않아 영서는 눈을 감은 채 빠르게 고개를 저었다.

"너 뭐하니?"

영인의 목소리에 영서가 멈칫하며 얼른 눈을 떴다.

"밥은, 먹을 거지?"

식판을 들고 선 영인을 보며 영서는 멈칫 아무 대답도 하지 못했다. 귓전을 건드린 단어들이 무의미한 소리로 흩어져 내리자 그저 멍하니 두 눈을 깜빡이기만 했다.

"언니."

"왜? 밥 먹기 싫어?"

"……여기서 자고 가면 안 돼?"

"뭐어? 왜?"

"혼자 있기 싫어서."

영서의 대답에 영인이 눈썹을 휘익 올리더니 시큰둥하게 '알았어.' 라고 대답을 해주었다. 그리곤 식판을 내려놓으며 영서에게 숟가락을 내밀었다.

"다른 사람 앞에선 그런 표정 하지 마라."

"응?"

"되게 불쌍해 보여."

그 말에 영서가 쿡, 웃음을 터뜨리자 영인이 피식 웃으며 밥공기의 뚜껑을 열어 주었다.

"많이 먹고 힘내, 동생."

"응."

밥알이 모래알처럼 까슬거렸지만 영서는 그것을 꼭꼭 씹어 꿀꺽 삼켰다. 얼른 건강해져서 다시 일을 해야 한다고, 그래야 괜한 생각이 나지 않는 거라고 스스로를 타이르며 병원에서의 첫 식사를 무사히 마쳤다.

5.

달콤 쌉싸름한 밤

30평 남짓한 지하 클럽 '너바나(Nirvana)'의 출입구엔 앙증맞은 해골 캐릭터와 함께 '금일휴업'이라는 프린트물이 붙어 있었다. 오늘이 클럽의 주인이자 윤후의 친구이며, 밴드 '커트 코베인(Kurt Cobain)'에서 기타리스트로 활동했던 제호의 생일이었기 때문이었다.

밤에는 록밴드의 공연장으로, 낮에는 제호의 작업실로 사용되는 장소이니만큼 공연을 할 수 있는 작은 무대와 공연을 감상할 수 있는 테이블 석이 있었고 컴퓨터와 믹싱기계가 설치된 작업 공간, 간이침대와 싱크대 등이 놓인 생활공간이 안쪽 깊은 곳에 자리하고 있었다.

라이브 공연이 없는 평일 저녁엔 찾아오는 손님이 드물었기에 제호는 휴업을 결정하고, 조촐하게 생일파티를 준비했다. 너바나의 'come as you are'를 들으며 윤후와 생일상 차리기를 마쳤을 때 두 사람이 계단을 내려왔다.

한 사람은 드러머로 활동했던 학구적인 분위기를 물씬 풍기는 용현이었고, 또 다른 한사람은 비주얼에서 윤후와 라이벌 관계였다고 스스로 우기는 보컬 기준이었다.

간단한 안부 인사를 나누고 스툴에 앉아 숨을 돌리던 용현은 벽면을 장식한 살벌한 그래피티와 어울리지 않은 파스텔 톤 체크무늬의 테이블보를 못마땅하게 바라보았다.

"뭐냐. 이 언밸런스하게 샤방한 식탁보는?"

"척 보면 모르겠냐. 제호 마누라 되실 분 취향이겠지."

기준이 특유의 심드렁한 어투로 대꾸를 했지만 제호는 몹시 흐뭇한 얼굴로 두 사람을 보았다.

"우리 누리가 직접 재단하고 바느질까지 한, 이 세상에 하나밖에 없는 귀한 테이블보야. 완전 감동이지?"

구릿빛 피부에 짙은 눈썹, 진한 쌍꺼풀로 인해 아랍 왕자라고 불렸던 제호는 입만 열었다 하면 자신의 피앙세 '누리 씨'의 자랑에 여념이 없었다.

"새끼, 그렇게 좋으냐? 아주 입이 귀에 걸렸구만."

기준의 깐죽거림에도 제호는 싱글벙글 웃으며 누리가 생일상까지 봐주고 갔다는 말을 빼놓지 않았다.

다양한 종류의 마른안주와 양념과 프라이드가 섞인 치킨, 아일랜드 드레싱이 곁들어진 과일 채소 샐러드, 동글동글하게 만들어진 참치 주먹밥과 휴대용 가스레인지 위에서 보글보글 끓고 있는 얼큰한 어묵탕. 생일초가 꽂혀 있는 케이크가 아니었다면 술자리와 다를 바 없는 상차림이었지만 제호는 세상에서 가장 행복한 남자의 얼굴을 하고 있었다.

용현과 기준은 '팔불출'이니 '모자란 놈'이니 하며 놀려대기 바빴지만 윤후는 그런 제호가 보기 좋았고, 왠지 부럽기도 했다.

"이렇게 근사한 생일상을 마련하신 누리 씨는 왜 빠지신 건가?"

용현의 말에 제호가 다시 씨익 미소를 지었다.

"결혼 전 마지막 생일이라고 친구들끼리 놀라고 하더라고. 어찌나 맘 씀씀이가 예쁜지."

"그래? 그런 점은 괜찮네."

취향에 있어서 공통분모를 찾기 어려운 용현과 기준이 모처럼 의견일치를 보이자 지켜보던 윤후의 입가에 미소가 떠올랐다.

"회사일은 어때? 할 만해?"

제호가 맥주를 따라주며 묻자 윤후가 잔을 기울이며 가볍게 대답했다.

"응. 재미있어. 얼마 전엔 영화제도 다녀왔고."

"영화제? 그럼 부산에 다녀온 거야?"

'영화제'란 말에 기준이 관심을 보이며 얘기에 끼어들었다.

"그럼 예쁜 여배우들 많이 봤겠다. 누가 제일 예쁘냐? 한예진이냐, 김소희냐?"

"배우들이야 뭐, 다 예쁘지."

"이 자식. 무슨 대답이 그렇게 무성의해."

"화장이며 의상이며 완벽하게 하고 나타나는데 당연히 예뻐 보이지."

"넌 영화일 한다는 녀석이 멘트가 왜 다큐멘터리야? 국어 시간에 배운 수많은 비유와 약간의 과장, 보기에도 좋은 말이 듣기에도 좋은 거 몰라?"

기준의 설레발에 곁에 있던 용현이 손을 저으며 지적에 들어갔다.

"보기에도 좋은 떡이 먹기에도 좋다야. 네 맘대로 바꾸지 마."

"지금 그게 중요해? 어쨌든 의미전달은 됐잖아."

"아니, 중요해. 말이란 자고로 뜻을 담는 그릇인데 그렇게 바꿔선 곤란하지."

내가 맞네, 네가 틀리네 하며 두 사람이 티격태격하자 윤후가 기준의 어깨를 툭툭 건드렸다.

"계속해 봐, 기준아."

"뭘?"

"내 멘트가 다큐멘터리라며?"

"그렇지. 암튼 윤후 넌, 다큐 감각이 아니라 유머 감각이 필요해."

"유머 감각?"

"여자들은 말이다, 너처럼 잘생긴 남자보다 유머 감각 있는 남자를 훨씬 좋아하거든. 물론 난 그 두 가지를 다 갖춘 아주 보기 드문 케이스지만."

기준의 말에 용현이 억울한 얼굴로 한마디를 더했다.

"윤후는 그런 거 없어도 돼. 저 얼굴에 유머 감각까지 겸비하면 나 같은 놈은 어쩌라고?"

그러자 기준이 '너 그 정돈 아니야.' 라며 위로의 말을 건넸다. 그 말에 용현이 건배나 하자며 잔을 들었고, 윤후와 제호도 얼결에 잔을 부딪쳤다.

"케이크 손도 안 댔네."

제호가 앞에 놓인 케이크 접시를 가리키자 윤후가 잔을 내리며 가볍게 대꾸했다.

"이거 말고도 먹을 게 많아서."

"나도 단 거 별로 안 좋아하는데. 이 집 케이크는 가끔 생각날 때가 있어. 누리가 이 집 케이크를 좋아해서 먹게 됐는데, 느끼하지 않은 게 맘에 들더라고."

"그래?"

제호의 권유에 포크로 잘라낸 케이크 조각을 집어 들었다. 달콤한 냄새와 부드러워 보이는 생크림의 질감이 여느 케이크와 비슷하다는 생각을 하며 무심히 맛을 보았다. 그러나 예상을 뛰어넘는 맛에 윤후의 눈썹이 움찔 위로 올라갔다. 입안 가득 퍼지는 맛이 일반적인 단맛과 확실히 다르게 느껴졌다. '맛있다'라는 형용사를 곧바로 떠올리게 할 만큼 맛이 있으면서도 그로 인해 저절로 기분 좋은 미소를 짓게 만드는 매력적인 맛.

그러자 너무나 당연하게 영서가 떠올랐다. 버터 구이 감자를 보고도 손뼉을 치며 좋아하는 사람이었다. 그러니 이렇게 맛있고 예쁜 케이크를 보게 된다면 더 기뻐할 것이 분명했다.

"이 케이크 어디서 샀다고 했지?"

"지하철역에서 학교 쪽으로 올라가다 보면 작은 사거리가 나오거든. 거기 편의점에서 왼쪽으로 꺾어지면 'Sweet box'라고 간판이 보일 거야."

"알았어. 제호야, 나 잠깐 나갔다 올게."

"응? 지금?"

"어. 어쩌면 조금 오래 걸릴 수도 있어."

제호가 그러라며 고개를 끄덕이자 윤후가 곧바로 일어나 계단으로 향했다.

"윤후야! 올 때 담배 좀 사와!"

계단을 뛰어오르는 윤후를 보며 기준이 목소리를 높였지만 윤후는 별 대꾸 없이 빠르게 사라졌다.

주거니 받거니 잔을 기울이며 옛 추억을 회상하던 친구들은 무대에 올라가 딥 퍼플과 밴 헤일런의 곡을 즉흥적으로 연주하기 시작했다. 중간 중간 코드를 까먹고 가사를 개사해서 부르기도 했지만 나름의 열정을 다한 공연이었기에 얼굴에선 땀이 흐르고 갈증으로 목이 다 탈 지경이었다.

"이 자식은 담배를 만들러 갔나. 왜 이렇게 안 와?"

무대에서 내려온 기준은 용현의 담배를 빼앗아 피우며 못마땅한 듯 투덜거렸다. 생수로 목을 축이며 손으로 대충 땀을 닦은 제호는 윤후에게 전화를 걸어 보았다. 신호음이 가는 사이 익숙한 컬러링이 한쪽에서 들려오자 용현과 기준이 테이블 주변을 휘이 둘러보았다. 윤후가 앉아 있던 자리에 흰색 휴대전화가 반짝반짝 빛을 내자 용현이 제호를 보며 말했다.

"윤후, 전화기 두고 간 모양인데?"

그 말에 제호가 휴대전화 폴더를 닫으며 '그래?' 라고 의아한 표정을 지었다.

"어디 간다고 얘기 안 했어?"

"그것까지는 모르겠고, 시간이 걸릴 수도 있다고 했으니까 알아서 오겠지."

"그래. 한두 살 먹은 어린애도 아니고, 뭐가 걱정이야."

기준의 말에 친구들은 고개를 끄덕였고, 이제 제호의 결혼식에 관한 얘기를 두런두런 나누기 시작했다.

그 시각 윤후는 택시를 타고 은혜 병원으로 향하고 있었다. 제호가 알려준 제과점 'Sweet box'에 들렀던 윤후는 예쁘게 포장된 종이상 자를 보다가 무언가 생각난 듯 휴대전화를 찾았다. 그러나 재킷 주머 니 안쪽엔 휴대전화가 들어 있지 않았다.

제호의 클럽에 전화기를 두고 온 것이 떠오른 윤후는 손목시계를 보며 시간을 확인했다. 이제 막 9시를 넘긴 시계 바늘을 보며 한숨을 짓다가 차창 밖으로 시선을 주었다. 영서를 만나러 가기 전에 전화를 하려던 거였는데 왠지 일이 꼬이는 것 같아 기분이 가라앉으려 했다. 병문안을 하기엔 늦은 시간이었지만 무언가를 전해 주기엔 그리 늦은 시간이 아니라며 속으로 몇 번이나 괜찮다는 말을 되뇌었다.

그저 모른 척하기엔 자신이 맛본 케이크가 맛있었고, 영서가 달콤 한 것을 좋아한다는 사실만을 떠올리며 그녀가 웃는 얼굴을 그려 보 았다.

택시에서 내려 병원 입구를 지난 윤후는 어떤 말을 해야 그녀가 거부감 없이 이것을 받아줄지 잠시 고민하였다. 그러나 영서가 머물 고 있는 병실 앞에 다다르자 수많은 단어들이 깨끗한 도화지처럼 하 얗게 지워졌다.

일단 부딪쳐 보자. 확실하게 결정을 내린 윤후는 똑똑 병실의 문을 두드렸다. 안쪽에서 별다른 기척이 없자 윤후는 좀 더 크게 문을 두 드렸다. 그러나 이번에도 별 다른 소리가 없자 고개를 갸웃하며 병실 문을 살짝 열어보았다. 병실의 실내조명은 꺼져 있었지만 침대 주변 에 비상등이 켜져 있어서 주변을 보는 데 큰 지장은 없었다.

"팀장님?"

영서를 부르며 윤후는 안으로 한 걸음을 내디뎠다. 그런데 병실 안 어디에도 그녀가 보이지 않았다. 혹 잘못 들어온 게 아닌가 해서 곳곳에 놓인 주인의 흔적을 살펴보았다.

노트북과 여러 권의 책들, 기획과 투자여부를 결정해야 하는 새로운 시나리오들.

가죽 커버의 낡은 다이어리와 귀여운 캐릭터 펜들, 음료수 병과 초콜릿 볼과 버터 쿠키.

빛바랜 체크무늬 담요 한 장과 부드러운 핑크색의 실내용 슬리퍼.

영서의 것이 틀림없는 물건들이 하나둘 눈에 들어오자 윤후의 얼굴에 안도의 미소가 떠올랐다. 케이크 상자를 수납장 위에 올려놓은 윤후는 흐트러져 있는 물건들을 정리하며 영서를 기다렸다. 그러나 생각보다 오래 그녀가 들어오지 않자 병실을 나와 너스 스테이션으로 향했다.

"말씀 좀 여쭙겠습니다. 특실의 오영서 씨, 다른 곳으로 병실을 옮겼나요?"

"병실 앞에 환자분 이름이 있을 텐데 확인 안 하셨나요?"

"예. 확인은 했습니다만 계속 비어 있어서요. 혹시, 외출을 한 겁니까?"

"잠시만 기다리세요."

차트에 눈을 둔 채 사무적으로 대답을 하던 간호사는 계속 질문이 이어지자 고개를 들었다.

30대 중반으로 보이는 그녀는 아래로 처진 선한 눈매에 다크서클이 꽤 짙어 유난히 지치고 피곤해 보였다. 간호사와 눈이 마주친 윤후는 도움을 구하듯 그녀에게 눈인사를 하였다.

윤후의 잘생긴 외모에 두 눈이 커졌던 간호사는 이내 미소를 지으며 상냥하게 질문을 던졌다.

"특실의 오영서 님 말씀이죠?"

"예."

"좀 전에 키가 아주 큰 남자분이랑 나가는 걸 봤어요."

그 말을 듣는 순간 윤후의 두 눈이 번쩍 빛을 발했다. 이 늦은 시간에 남자와 같이 나갔다는 말을 들으니 저절로 그런 반응이 나온 것이었다.

"환자복 차림이었으니까 그리 멀리 가진 않으셨을 거예요."

속마음을 읽기라도 한 것처럼 시의적절한 그녀의 설명에 윤후는 도움을 주어서 감사하다는 말을 하고서 꾸벅 고개를 숙였다. 인사를 마친 윤후가 빠르게 복도를 뛰어나가자 간호사가 고개를 쑥 빼고 그를 끝까지 지켜보았다. 다른 사람이 그랬다면 주의를 줬을 테지만 지금은 전혀 그럴 마음이 생기지 않았다.

"고맙긴, 내가 더 고맙네요."

흐뭇하게 중얼거린 그녀는 차트로 시선을 내리며 어느새 콧노래를 흥얼거렸다. 빨간색 타탄체크 남방에 회색 후드 티, 빈티지한 데님을 입은 윤후의 모습이 피곤함을 한 방에 날려 버릴 만큼 상큼하고 매력적이었기 때문이었다.

엘리베이터 앞까지 순식간에 도착한 윤후는 초조한 얼굴로 바뀌는 층수를 쳐다보았다. 느릿하게 바뀌는 숫자들이 지루함으로 다가오자 맞은편의 비상구로 미련 없이 방향을 바꾸었다.

긴 다리로 성큼성큼 계단을 뛰어 내린 윤후는 1층 로비를 지나 정원을 향해 달리기 시작했다. 오래 달리기를 한 것도 아닌데 심장이 요란하게 뛰며 가슴을 한가득 울려왔다.

자신이 왜 이렇게 뛰는 것인지 의아한 생각이 들었을 때 카디건을 걸친 영서의 모습이 기적처럼 눈에 들어왔다. 홀로 벤치에 앉아 생각에 잠겨 있는 영서를 발견하자마자 아픔으로 느껴지던 울림이 기분 좋은 두근거림으로 바뀌어졌다. 조울증을 오가는 환자처럼 극과 극을 오가는 감정의 상태가 알코올의 영향일까 다른 무엇일까 생각하다 잠시 걸음을 멈추었다.

"후우……."

차가운 밤공기로 가빠진 호흡을 추스른 윤후는 벤치를 향해 천천히 걸음을 옮겼다. 그녀가 거절의 말을 했다는 걸 기억하고 있음에도 그녀에게로 향하는 발걸음이 조금도 망설여지지 않았다. 그러나 저만치서 나타난 낯선 남자의 모습에 발걸음이 멈춰지고 말았다.

"……!"

가로등을 등지고 선 탓에 남자의 얼굴은 어둠에 가려져 있었지만 꽤 큰 키에 트렌치코트를 입고 있다는 것만은 확실하게 알아볼 수 있었다. 그 모습이 왠지 낯이 익다는 생각이 들었을 때 남자가 캔 커피 하나를 영서에게 내밀었다.

아주 자연스럽게 영서의 옆자리에 앉는 남자로 인해 윤후의 두 눈에 저절로 힘이 들어갔다.

남자가 낮은 목소리로 이야기를 시작하자 영서가 이따금 고개를 끄덕이며 귀를 기울였다. 남자가 말을 마치자 영서가 생각에 잠긴 얼굴로 캔 커피를 만지작거렸다. 남자는 말이 없이 조용했지만 고개를 기울인 모습이 영서의 대답을 꽤 기다리는 눈치였다.

마침내 영서가 닫혀 있던 입을 떼자 남자가 상체를 앞쪽으로 숙이며 경청의 자세를 취했다. 덕분에 어둠에 가려져 있던 그의 얼굴이

가로등 아래 또렷하게 드러났다.

남자의 얼굴이 각인된 순간 윤후의 얼굴엔 놀라움과 의아함이 동시에 떠올랐다. 모나지 않은 부드러운 인상에 금테 안경을 쓴 고수머리의 남자는 윤후에게 영서를 챙기라고 지시했던 정재욱 과장이 분명했다.

"⋯⋯?"

영서와 함께 있는 이가 생면부지의 낯선 남자가 아닌 것이 다행이라 여겨지면서도 이 시간에 영서를 찾아온 재욱이 어쩔 수 없이 신경 쓰였다. 두 사람이 어떤 얘기를 나눈 것인지 알 수는 없었지만 두 사람의 분위기가 꽤 진지하고 심각했기에 더욱 그 자리를 떠날 수 없었다.

* * *

재욱이 떠난 뒤에도 영서는 한동안 벤치에 앉아 있었다. 하늘은 몹시 어두웠지만 깨끗한 느낌이 부산 바닷가에서 보았던 하늘과 비슷한 느낌을 주었다. 조금은 쌀쌀하게 느껴지는 바람을 온몸으로 받으며 영서는 길게 한숨을 내쉬었다. 저녁을 별로 먹지도 않았는데 체한 것처럼 속이 무지근하고 가슴이 답답했다.

카디건 주머니에서 휴대전화를 꺼낸 영서는 며칠 동안의 통화내역과 문자 메시지를 확인했다. 형식적인 안부를 전하는 문자메시지와 마케팅팀과 홍보에 관해서 통화를 한 것이 통화 내역의 대부분이었다. 배터리 칸을 충분히 채우고 있는 눈금을 보며 영서는 설핏 쓸쓸한 미소를 지었다.

시나리오가 안 풀린다는 작가와 함께 밤을 지새우고, 감독을 설득하기 위해 밤새 술잔을 기울이기도 하고. 영화에 걸맞은 배우들과 실력 있는 제작진들을 스카우트하기 위해 동분서주하느라 하루에도 몇 번씩 배터리를 교체하며 전화기가 뜨거워지도록 통화를 했던 일이 얼마 전까지 그녀가 해왔던 일이었다.

마케팅팀 소속 홍보부의 막내에서 실력을 인정받는 프로듀서가 되기까지 10년 가까운 시간을 참으로 열심히 참으로 치열하게 보냈었다. 일을 시작하면 한 가지에만 집중을 하는 성격 탓에 3년을 사귀었던 그 사람에게 '넌 나보다 일이 더 좋지?' 라는 핀잔을 듣기도 했었다.

그에게 헤어지자는 말을 하고 나서도 회사로 돌아가 예고편 편집 회의와 기자 시사회를 밤늦도록 준비했었다. 내로라하는 사람들이 함께 모여서 만들어도 함부로 흥행을 예측할 수 없는 것이 영화제작이었다. 흥행 결과가 좋지 않게 나오더라도 다음에도 일을 맡길 수 있는 사람이 되기 위해 노력을 게을리 하지 않았다.

아무도 거들떠보지 않던 시나리오를 끝까지 밀어붙여 그해 최고의 흥행작으로 만들기도 했고, 틀림없이 될 것이라고 믿었던 작품이 제작비조차 건지지 못하고 초라하게 막을 내렸던 적도 있었다.

하면 할수록 어렵게 느껴지는 일들과 급격히 떨어지는 체력 때문에 처음으로 쉬고 싶다는 생각을 했던 게 올해 초의 일이었다. 하지만 지금의 휴식은 자신이 꿈꾸던 휴식이 아니었다. 병원 벤치에 앉아서 휴대전화를 만지작거리며 지나간 일을 떠올리는 것은 더더욱.

계속 이렇게 앉아 있다간 기분이 더 가라앉을 것 같아서 영서는 벤치에서 일어났다. 무언가 달콤한 것들의 위로를 받으면 칙칙했던 기분이 한결 나아질 것 같다는 생각이 자연스럽게 뒤를 따라왔다.

"……."

혹시나 하는 기대를 안고 열어본 냉장고 안은 청소라도 한 것처럼 깨끗하게 텅 비어 있었다. 문병 왔던 사람들이 가져왔던 과일과 간식거리는 물론이고 한쪽에 나란히 세워진 물병들마저도 바닥을 드러낸 채였다.

"……후우!"

텅 빈 물통을 냉장고에 넣어 둔 언니 영인을 어떻게 이해해야 할까?

빈 물병 하나를 챙겨 들고 인상을 쓴 채 걸어가던 영서는 걸음을 멈추고 자신의 이마를 콩, 쥐어박았다. 별거 아닌 일에도 짜증을 내고, 서운해 하는 자신이 어딘가 못나 보이고 맘에 들지 않았기 때문이었다.

아프고 난 뒤부턴 별거 아닌 말이나 상황에도 이처럼 짜증이 나고 종종 속이 상했다. 그래서 재욱의 얘기를 듣는 내내 마음이 무거웠는지도 몰랐다.

재욱이 영서를 찾아온 건 곧 촬영이 들어가는 영화에 영서를 대신할 사람이 투입되도록 장 대표를 설득해 달라는 부탁 때문이었다. 몸 상태에 따라 퇴원 시기가 앞당겨질 수도 있지만 당분간은 최선을 다할 수 있는 상황이 아니었기에 그의 부탁을 거절할 수도 없었다.

장 대표는 영서가 일을 맡지 않으면 프로젝트 자체를 연기하겠다고 했다지만 수십 억이 넘는 자본이 투입되고 수많은 사람들이 동원되는 제작 현장에서 그런 감상적인 생각은 일을 진행하는 데 아무런 도움이 되지 않았다. 괜한 소문으로 어렵사리 캐스팅한 주연배우가 작품을 고사하기라도 한다면! 생각만으로도 머리가 아파왔지만 서운함이 느껴지는 것 또한 어쩔 수 없었다.

'아니야. 내가 정 과장이었어도 그렇게 말했을 거야.'

그렇게 마음을 다잡으며 영서는 천천히 고개를 끄덕였다. 그러자 무겁기만 하던 발걸음이 조금 가벼워지는 것 같았다.

"시간이 꽤 늦었는데 안자고 뭐하세요?"

다른 병실에서 환자의 혈압을 재고 나오던 간호사가 영서를 보며 반갑게 아는 체를 해왔다.

"낮잠을 자서 그런가. 별로 졸리지가 않네요. 목도 마르고."

영서가 물병을 들어 보이며 웃자 간호사는 찬물보다 따뜻한 물을 많이 마시라며 정겹게 조언을 해주었다.

"그럴게요. 알려주셔서 고맙습니다."

영서가 목례를 하고 지나가려는데 간호사의 목소리가 다시 들려왔다.

"아까 영서 씨 찾아왔던 분 만나셨어요? 왜 키 크고, 아주 잘생긴 남자 분이요."

'잘생긴' 이란 말을 강조하는 간호사를 보며 영서는 그 남자가 누굴까 잠시 생각했다.

오늘 자신을 찾아온 남자는 재욱이 유일했지만 그는 '아주 잘생긴' 얼굴은 아니었다.

190cm에 가까운 키를 가졌으니 키가 큰 남자인 것만은 확실했다. 빼어나게 잘생긴 외모는 아니었지만 그렇다고 못생긴 것도 아니었으니 그녀가 설명한 사람이 재욱이라고 여길 수밖에 없었다. 외모의 기준이나 느낌은 사람에 따라 얼마든지 다른 거니까.

"아아, 정 과장이요?"

"어머나, 과장님이세요? 세상에, 난 어리게 봤는데. 보기보다 나이가 있으신가 봐요."

"서른둘이니까 아주 어린 나이는 아니죠."

"정말요? 진짜 그렇게 안 보이던데. 많아 봐야 대학원생이려니 했어요."

놀라는 간호사를 보며 영서는 또다시 의아한 생각이 들었다. 재욱의 얼굴이 동안이라는 말이 잘생겼다는 말을 들었을 때보다 훨씬 더 어색하게 느껴졌다.

"그런데 재욱이 아니, 정 과장은 왜?"

영서가 정말로 궁금해서 묻자 간호사가 얼굴을 붉히며 쑥스러운 미소를 지었다.

"아뇨. 그분 얼굴 보니까 하루 피로가 싹 날아가는 게, 암튼 보기가 좋더라구요."

"정 과장 인상이 무척 좋으셨나 봐요?"

영서의 말에 고개를 끄덕이던 간호사는 입을 가리더니 소리 내어 웃기 시작했다.

"호호호. 제가 좀 주책이죠. 처녀 땐 이러지 않았는데 애가 둘인 아줌마다 보니까 창피한 줄도 모르고. 영서 씨가 이해하세요."

"어머! 결혼하셨어요?"

"네에. 아쉽게도 그래요."

"아아, 그러셨구나. 제가 큰 실수를 할 뻔했어요."

"실수요?"

"혹시 괜찮다고 하시면 정 과장을 소개드려 볼까 하는 생각을 했었거든요."

오늘은 자신에게 부담을 주고 간 서운한 친구였지만 재욱의 착한 심성을 잘 알고 있었기에 소녀처럼 두 뺨이 발그레해진 간호사가 그의 짝이 아닐까 라는 생각을 잠시 한 것이었다.

"죄송해요. 제가 멋대로."

"아니에요. 그렇게 미안해하지 않으셔도 돼요. 호호. 그나저나 그분 임자 없는 거, 확실하죠?"

"네. 아직까지는요."

"그럼 영서 씨가 한 번 대시해 보세요."

"네?"

생각지도 못한 제안에 영서의 두 눈이 저절로 휘둥그레졌다.

"어우, 아니에요. 전 걔랑 그냥 친구예요. 정말로 편한 친구."

친구라는 단어를 강조했음에도 영서를 보는 간호사의 눈빛엔 '거짓말 말라'는 얘기가 분명히 담겨 있었다.

"진짠데. 제가 왜 그런 거짓말을 하겠어요."

영서가 다시금 강하게 강조를 하자 그녀가 의아한 듯 고개를 갸웃거렸다.

"걔가 실없는 농담을 할 때가 종종 있는데요. 딴엔 분위기를 좋게 만든다고 하는 건데 어찌나 썰렁한지. 그러지 말라고 충고를 했는데도 자꾸 해야 는다면서 말을 안 듣더라구요."

"그래요? 이상하다. 그럼, 내가 잘못 봤나?"

"잘못 보셨다구요?"

"아까 그분이 영서 씨를 찾기에 다른 남자분이랑 나갔다고 얘길 해줬거든요. 그런데 두 눈에서 불이 번쩍, 하더라구요."

"불이 번쩍이요?"

"네에. 엄청나게 질투를 하는 눈빛이었어요. 그래서 난, 그분이 오영서 씨 엄청 좋아하는구나, 했었는데. 영서 씨 얘길 들으니까 내가 실수를 할 뻔했네요."

영서가 무언가를 더 물으려는데 다른 병실에서 간호사를 찾는 다급한 목소리가 들려왔다.

"아우, 내 정신 좀 봐. 영서 씨랑 수다 떠느라 뭘 잠깐 깜빡했어요. 그럼 이만 실례할게요. 그리고 아까 내가 한 얘기 너무 신경 쓰지 말아요. 아셨죠?"

"아, 네."

병실로 사라지는 간호사를 보며 영서는 느리게 두 눈을 깜빡였다. 정 과장 말고 자신을 찾아온 사람이 없었는데 무슨 말을 하는 것인지. 아무래도 다른 사람과 헷갈린 거란 생각을 하며 정수기가 있는 조리실로 걸음을 옮겼다.

물병을 가득 채워 병실로 돌아온 영서는 물병을 냉장고에 넣고 나서 창밖을 바라보았다. 하늘이 완전히 어두워져 있었지만 아무래도 쉽게 잠이 올 것 같지 않았다.

잠자리가 바뀌어서인지 마음이 불편해서인지 병실에 머무는 동안 편하게 잠을 잔 적이 거의 없었다.

일을 할 땐 아무리 열악한 조건 속에서도 마음먹은 대로 쪽잠을 잘 수 있었는데 이곳에선 제대로 잠을 잘 수가 없었다. 그러다 보니 점점 신경이 예민해졌고, 그래서 쉽게 잠을 이루지 못하는 악순환이 반복되고 있었다.

묵혀 놓았던 시나리오를 읽어야겠다는 생각을 하며 탁자 위에 두었던 시나리오 몇 권을 챙겨 침대로 향했다. 그러다 멈칫 그 자리에 섰다. 고개를 갸웃하며 돌아보니 병실 안의 물건들이 모두 깔끔하게 정돈이 되어 있었다.

궁금함과 의아함으로 물건들을 바라보던 영서는 두 팔에 오소소 소름이 돋아났다. 자신이 병실을 비운 사이 누군가 몰래 들어와 손을 댔다는 생각이 들자 저절로 그런 반응이 일었다. 영서는 병실의 전등 스위치를 모두 켜고 이곳저곳을 살피기 시작했다. 그러다 수납장 위에 놓인 상자를 발견하고 멈칫 두 눈이 커졌다.

'정 과장이 두고 간 걸까?'

하지만 재욱은 분명히 빈손으로 와서 미안하다는 말을 했었다.

조금 전 간호사의 말 때문에 머릿속이 복잡해진 영서는 골똘한 얼굴로 상자를 내려 보았다. 'Sweet box'라는 로고가 찍힌 상자를 보자 열어보지 않았는데도 내용물을 짐작할 수 있었다.

상자를 들고 응접탁자로 향한 영서는 그것을 포장하고 있는 은색 리본을 조심스럽게 풀어 내렸다. 그러자 어떤 기대감으로 심장이 몹시 두근거렸다.

"와아……!"

상자 안에 담겨 있는 예쁜 미니 케이크와 먹음직스러운 타르트를 확인한 영서는 감격에 겨운 감탄사를 터뜨렸다. 무언가 달콤한 위로 가 필요했던 시점에 적절하게 등장한 디저트로 인해 그녀가 받은 감동은 생각보다 컸다.

복잡함과 찜찜함, 서운함과 짜증을 말끔하게 지워버릴 만큼 행복해진 영서는 환한 미소를 머금은 채 안의 내용물을 찬찬히 들여다보았다.

입에 넣기조차 아까운 치즈케이크와 티라미스, 크림 케이크와 딸기 타르트에 차근차근 눈길을 주던 영서는 가장자리에 놓인 초콜릿 타르트에 가장 오래 시선을 주었다.

고소한 아몬드 가루가 들어간 파트 쉬크레, 진하고 달콤한 생크림 초콜릿 가나슈. 그 위에 뿌려진 뽀송뽀송한 코코아 가루와 작고 귀여운 초콜릿 마카롱까지!

즐겁게 감상을 마친 영서는 두근거리는 마음으로 초콜릿 타르트를 한 입 베어 물었다. 입안 가득 전해지는 진하고 달콤한 초콜릿 맛을 음미하며 감탄하던 영서는 갑자기 주춤하더니 입을 꼭 다문 채 아무런 행동도 하지 않았다. 아주 쓴 약을 삼킨 것처럼 곤혹스러운 얼굴이 된 영서는 들고 있던 타르트를 상자 안에 내려놓고 조용히 뚜껑을 닫았다.

케이크 상자를 들고 다시 냉장고로 향한 영서는 냉장고의 문을 열고 케이크 상자를 통째로 집어넣었다. 냉장고에 있던 생수를 꺼내 몇 모금 마신 영서는 탁자로 돌아와 자리를 정리했다. 자신을 설레게 만들었던 은색 리본을 쥐고 잠시 망설이던 영서는 그것을 휴지통에 버리며 아랫입술을 잘근 깨물었다.

초콜릿 타르트의 달콤한 여운이 입안을 계속 자극해오자 다시 물을 마시고 실내등의 스위치를 전부 내렸다. 침대로 돌아온 영서는 이불을 목까지 끌어올리고는 두 눈을 꼭 감았다. 혹시나 해서 머리맡의 비상등까지 꺼버렸지만 도무지 잠이 오지 않았다.

타르트를 맛본 순간 떠오른 어떤 기억 때문에 영서는 그것을 계속 먹을 수가 없었다. 어떤 것보다 부드럽고 어떤 맛보다 감미로웠던 입맞춤의 기억이 연상 작용처럼 이어지자 몸에서 열이 나고 두 뺨이 발그레하게 달아올랐다. 답답함과 열기를 이기지 못하고 몸을 일으켜 앉은 영서는 결국 침대를 나와 가로등이 켜진 창가로 향했다.

닫혀 있던 창문을 살며시 열자 차가운 밤바람이 뜨거워진 얼굴을 시원하게 식혀주었다. 두 눈을 깜빡이며 찬바람을 느끼던 영서는 왼쪽 가슴 위에 손을 얹으며 느리게 눈을 감았다.

이 밤바람이 지금 느끼는 불온한 열기를 완전히 거두어주기를 바라고 또 바랐다. 하지만 그 바람과 어긋나는 어떤 목소리가 영서의 귓가를 부드럽게 울려왔다.

"팀장님. 오영서 팀장님."

윤후의 것이 분명한 목소리가 청각을 자극해 오자 영서는 감을 눈을 더 꼭 감으며 휘휘 고개를 저었다.

"거기 왜 그러고 있어요? 감기 걸리면 어쩌려고?"

윤후의 목소리와 향기가 잡힐 것처럼 짙게 다가오자 영서는 곤혹스러운 얼굴로 감은 눈을 크게 떴다. 덜어내고 비워내기 위해 눈을 감았는데 윤후의 목소리와 향기가 더욱 자극을 해오자 어쩔 수 없이 눈을 떠야 했다.

눈을 감고 있어서 생각이 나는 것이라면 똑바로 봄으로써 생각을 떨치리라 맘을 먹으며 주먹을 꼭 쥐고 단번에 뒤를 돌아보았다. 하지만 완전히 돌아서기도 전에 흠칫 놀란 얼굴이 되어버렸다. 자신의 눈앞에 윤후가 정말로 서 있었기 때문이었다.

헛것을 본 것이라 여기며 눈을 감았다 다시 크게 떠보았지만 윤후는 사라지지 않은 채 여전히 그대로였다. 혹시나 해서 눈가를 비벼보았지만 오히려 더욱 깨끗하고 선명하게 그녀의 망막을 채워올 뿐이었다.

6.
두 번째 입맞춤

"왜 그래요? 눈에 뭐가 들어갔어요?"

윤후가 걱정스럽게 묻자 영서는 벙한 얼굴로 빠르게 고개를 저었다.

"창문 닫아도 되겠어요?"

물어오는 윤후를 향해 영서는 '어⋯⋯.' 라고 짧게 대답했다. 윤후가 손을 뻗어 창문을 닫자 불어오던 바람과 소리가 완전히 차단되었다. 그제야 앞에 선 윤후가 실재라는 것이 온전히 실감이 났다.

"팀장님."

"으, 응?"

"머리요. 좀 헝클어졌는데."

"아!"

영서가 손으로 대충 머리를 매만지자 윤후가 가만히 그녀를 지켜보았다.

"됐어?"

"아니요, 아직. 내가 해줘도 돼요?"

머리를 만져 줘도 되겠냐는 윤후의 눈빛에 영서는 별수 없이 고개를 끄덕였다. 윤후의 기다란 손가락이 머리카락을 쓸어내리자 익숙한 비누 향과 서늘한 바람의 냄새가 함께 밀려왔다.

"됐어요."

"아, 고마워."

영서가 그 말을 하며 옅게 웃자 윤후의 눈동자가 설렘으로 흔들렸다. 크고 예쁜 갈색 눈동자가 말을 걸어오자 오늘따라 유난히 심장이 두근거렸다.

"그런데, 어떻게 된 거야?"

영서의 물음에 윤후가 '잠깐만요.' 라며 그녀의 이마에 손을 올렸다. 그 손길에 영서가 움찔 물러나려 하자 윤후가 차분하게 이유를 말해주었다.

"안 잡아먹어요. 열이 있나 보려는 거예요."

"어, 없어. 열 같은 거."

그렇게 말하며 윤후의 손을 슬쩍 밀어냈다. 하지만 윤후는 그 말이 영 못미더운 얼굴이었다.

"확실해요?"

"확실해."

"이마도 뜨겁고, 볼도 빨간데?"

순간 속마음을 들킨 것처럼 철렁한 기분이었지만 영서는 빠르게 표정을 가다듬었다.

"내 이마가 뜨거운 게 아니라 네 손이 찬 거야."

"그런가?"

윤후가 심각한 얼굴로 제 이마를 짚어 보자 영서가 쿡, 웃음을 터뜨렸다. 그렇다고 정말 열을 재보는 윤후 때문에 자기도 모르게 그런 웃음이 터져 나왔다. 영서의 웃음소리에 윤후가 손을 내리며 의아한 얼굴로 그녀를 바라보았다. 왜 웃는 건지 모르겠다는 그의 표정이 귀여워서 다시 또 웃음이 흘러나왔다.

"아니. 그냥. 이 상황이 웃겨서."

"그럼 혼자 웃지 말고, 같이 웃어요."

"그게, 말로 하면 별로 안 웃긴 거야."

영서가 웃는 이유가 여전히 궁금했지만 윤후는 그녀가 웃었다는 사실에 일단 만족하기로 했다.

"그래도 웃으니까 좋은데요?"

윤후가 그렇게 말하자 이번엔 영서가 의아한 얼굴로 그를 쳐다보았다.

"웃는 얼굴을 봐서, 마음이 좋다구요."

"아아. 어."

그리고 잠시 어색한 침묵이 감돌자 윤후가 얼른 화제를 돌렸다.

"그런데, 여기 있던 상자 어디로 치웠어요?"

"그 케이크 네가 사온 거야?"

"네."

"아아, 그랬구나. 난 재욱이가 챙겨 온 건 줄 알았어."

"그럴 줄 알고 다시 온 거예요. 팀장님이 오해할까 봐."

"응? 그걸 어떻게 알았어? 재욱이가 나 만나러 온다고 얘기했어?"

"간호사 선생님이 알려주셨어요. 그래서 정원까지 갔었는데, 두 분이 너무 심각하게 얘기 중이라 아는 체를 할 수가 있어야죠."

"그럼, 여기 물건들도 네가 정리한 거야?"

"좀 어지러워 보여서 치운 건데, 혹시 기분이 나빴다면……."

"아니야. 나빴던 건 아니고, 조금 놀랐어. 내가 없을 때 모르는 사람이 들어왔다고 생각했으니까."

"미안해요. 그것까진 생각을 못했어요. 다음엔 꼭 메모를 남길게요."

윤후가 사과를 했지만 영서는 간호사가 했던 얘기를 되짚느라 그의 말을 듣지 못했다.

'그럼, 간호사가 설명한 사람이 윤후?'

"케이크만으론 허전할 것 같아서. 커피도 챙겨 왔는데. 드실래요?"

윤후가 탁자 위에 둔 컵 캐리어를 보며 물었지만 생각에 잠긴 영서는 이번에도 그 말을 듣지 못했다.

"팀장님."

영서가 역시나 별 반응이 없자 윤후가 그녀의 얼굴 앞에서 소리 나게 손가락을 튕겼다. 그 소리에 영서가 깜짝 놀라 쳐다보자 윤후가 심각한 표정을 하고서 영서와 눈을 맞추었다.

"아, 미안……. 뭘 좀 생각하느라."

그런데도 윤후의 표정이 풀리지 않자 영서가 슬며시 그의 눈치를 보았다.

"화났어?"

"……."

"내가 좀 그렇잖아. 한 번에 두 가지 일 못하고, 집중하면 다른 소리 잘 못 듣고."

그러자 윤후가 들고 있던 커피 컵을 영서의 손에 하나씩 쥐어주었다.

"오른쪽은 카페모카, 왼쪽은 아메리카노. 카페모카는 팀장님이 좋아하는 거고, 아메리카노는 케이크 먹을 때 어울릴 것 같아서 준비했어요."

"아, 고마워. 오른쪽이 카페모카?"

영서가 오른손을 들어 보이며 다시 확인을 하자 윤후가 그렇다고 대답을 해주었다.

"사온 지 얼마 안 돼서 굉장히 뜨거워요. 흘리지 않게 조심해요."

부드러우면서도 엄격한 윤후의 지시에 영서는 양손에 컵을 든 채로 고개를 끄덕였다.

"그런데 이거, 언제까지 들고 있어야 해?"

"내가 그만하라고 할 때까지요."

"응? 왜?"

그 말이 끝나기도 전에 윤후가 바짝 다가오자 영서가 반사적으로 뒤로 한 걸음 물러났다. 그러나 등 뒤가 바로 창가였기에 더는 물러설 수가 없었다.

"뭐야, 강윤후? 갑자기, 왜 그러는데?"

영서의 물음에 윤후가 손가락 끝으로 그녀의 입가를 슥 가리켰다.

"여기 코코아 가루가 묻었어요."

그 말에 입가를 닦으려던 영서는 두 손에 컵이 들려 있자 창틀 위로 컵을 내렸다. 그리고 입가를 닦으려는데 윤후가 낚아채 듯 그녀의 손목을 획 붙잡았다.

"그만하라고 안 했는데."

"뭐?"

"내가 말했죠. 그만이라고 할 때까지 들고 있으라고."

"강윤후. 너, 장난이 좀 심하다."

"장난이라구요?"

"그래. 장난."

영서가 힘주어 그렇게 말하자 윤후가 뚫어져라 영서를 바라보았다. 한쪽 손목이 잡힌 상태에서 뜨거운 시선까지 받고 있으니 견디다 못한 영서가 먼저 얼굴을 돌려버렸다. 그리고 붙잡힌 손목을 빼내려 하는데 윤후가 다른 손으로 영서의 턱을 붙잡았다.

그 행동에 영서의 두 눈이 커다래지자 윤후가 고개를 숙여 곧바로 입을 맞춰왔다. 턱을 쥔 채 하는 입맞춤이라 강제적일 것이라 여겼건만 윤후의 입맞춤은 몹시도 다정했다. 영서의 윗입술과 아랫입술을 어루만지듯 머금은 베이비키스는 깃털처럼 가벼웠고 달달한 생크림처럼 부드러웠다. 불편한 욕망이 제거된 순수한 입맞춤에 오히려 떨리는 감정이 느껴졌을 때 윤후가 키스를 멈추고 영서를 붙잡았던 손을 풀어주었다.

"눈만 그렇게 동그랗게 뜨지 말고, 나한테 집중을 좀 해요. 알겠어요?"

조금 전의 키스로 얼떨떨한 얼굴이 되었던 영서는 윤후의 차분한 음성에 차가운 물을 마신 것처럼 정신이 들었다. 그러자 망설임 없이 입을 맞추는 윤후에게, 그런 윤후에게 휘둘리는 자신에게 울컥 화가 났다.

"나 놀리는 게 그렇게 재밌어?"

"내가 지금, 놀리는 걸로 보여요?"

"응. 그렇게 보여."

말을 마친 영서는 윤후를 지나쳐 침대로 향했다.

"가라, 강윤후. 나 자야 할 시간이야."

영서가 굳은 얼굴로 딱딱하게 말했지만 윤후의 발걸음은 그녀가 앉아 있는 침대 쪽으로 향했다.

"나 지금 네 장난 받아 줄 만큼, 한가하지 않아. 컨디션도 엉망이고, 머릿속은 더 그렇고. 그러니까 그만 가주라. 부탁할게."

"팀장님."

"그래. 나, 팀장이야. 네 직장 상사라구. 여기가 사무실이 아니라 병원이라서 그러니? 내가 입원해 있으니까, 아무 일도 할 수 없는 환자니까, 아무렇지 않게 장난이나 치고 무시하는 거야? 그래?"

억지라는 걸 알고 있었다. 재욱의 얘기로 속상한 마음을 윤후에게 풀고 있다는 것도 알고 있었다. 하지만 이렇게라도 하지 않으면 윤후에게 흔들리는 마음을, 넓은 어깨에 기대고 싶어지는 마음을 다잡을 수 없을 것 같았다.

"너 때문에 지금 머리가 터질 것 같거든? 그러니까 제발 좀 가! 빨리 가라고!"

괴로움과 혼란함이 가득한 영서의 목소리를 들으며 윤후는 묵묵하게 아무 말도 하지 않았다. 그저 잠자코 그녀가 하는 얘기를 들어주고만 있었다.

"좋아. 네 맘대로 해."

말을 마치자마자 등을 보이고 누운 영서는 머리끝까지 이불을 끌어올렸다.

돌아누운 영서를 보며 윤후는 낮게 한숨을 내쉬었다. 영서는 아무리 화가 나는 일이 있어도 큰소리를 내는 법이 거의 없었다. 그런 그녀가 목소리를 높이며 감정을 쏟아내자 많이 지쳤구나 하는 생각이 자연스럽게 들었다.

'말이라도 실컷 쏟아내면 속이 좀 시원할 텐데.'

작은 몸을 잔뜩 웅크리고 있는 영서의 뒷모습이 안타까워서 윤후의 얼굴에도 어두운 그림자가 드리워졌다. 그녀를 편히 쉬게 하려면 그녀가 원하는 대로 피하는 것이 나을 수도 있다는 생각이 들었지만 윤후는 병실을 나가지 않았다. 그 대신 침대 가까이에 있는 의자에 걸터앉아 평소처럼 그녀에게 말을 걸었다.

"오늘, 친구 놈 생일이었어요."

"……."

"그런데 친구가 사온 케이크가 꽤 맛있는 거예요. 팀장님도 아시죠? 내가 단 거 별로 안 좋아하는 거."

그 말에 무심코 고개를 끄덕이던 영서는 그러다 퍼뜩 동작을 멈추었다.

"케이크를 맛보는데 팀장님이 생각나더라고요. 이거 먹으면 되게 좋아할 텐데, 그런 생각이요."

"……."

"그래서 왔어요. 팀장님한테 주고 싶어서. 케이크 보면서 기뻐하는 얼굴이 보고 싶어서."

"……!"

"그러니까 무시하고 있다고 말하지 말아요. 팀장님은 무시하고 싶어도 무시가 안 되는 그런 존재니까."

윤후의 목소리는 언제나처럼 편안하고 담담했다. 그녀의 기분을 맞추기 위해 억지로 꾸며낸 것이 아닌 진심이 담긴 작은 이야기가 굳어져 있던 마음을 묘하게 어루만졌다. 거기에 함께 지낸 시간을 통틀어 가장 많은 말을 하고 있는 모습도 적잖은 위로가 되어 주고 있었다.

무시하고 싶어도 무시가 안 되는 존재라는 그 말이 마음을 뭉클하게 건드리자 금방이라도 눈물이 나올 것처럼 눈가가 뜨거워졌다. 계속 눈을 뜨고 있으면 정말로 울 것 같아서 영서는 눈을 감으며 입술을 꾹 깨물었다.

"……"

여전히 등을 돌리고 있는 영서를 윤후는 어느 순간 잠잠하게 바라보았다. 한 팔로도 감싸질 만큼 작고 여린 그녀의 어깨가 오늘따라 유난히 더 작고 가냘프게 보였다.

정 과장이 영서를 찾아온 이유가 일 때문일지도 모른다는 짐작이 되자 그녀의 격한 반응이 점점 더 걱정이 되었다. 힘들어하는 그녀에게 별 다른 도움이 되지 못하고, 그저 위로의 말밖에 할 수 없는 자신의 위치와 입장이 답답할 만큼 속이 상하고, 미안했다.

'차라리 울어 버리지. 그럼, 답답한 맘이 조금이라도 풀릴 텐데.'

그 말을 하려다 그대로 입을 다물었다. 영서가 눈물을 흘리며 서럽게 펑펑 운다면, 자신이 해줄 수 있는 일이 정말이지 아무것도 없을 것 같았다.

"팀장님이 아픈 건, 그동안 아주 열심히, 너무나 훌륭하게 일을 해왔기 때문이에요."

"……"

"과장님이 무슨 애길 한 건지 잘 모르지만 난 믿어요. 팀장님이 지금 이 어려움을 잘 이겨내고, 극복해 낼 거라고."

"……."

"그리고 극복하기 싫으면 안 해도 상관없어요. 그동안은 앞만 보고 달려왔으니까 쉬는 것도 나쁘지 않다고 봐요. 쉬는 동안 지나 온 길을 되돌아보기도 하고, 앞으로 갈 길이 얼마나 남았나 짐작도 해보고. 망가진 곳이 있으면 고치고, 모자란 연료는 넉넉하게 채우고."

"……."

"대표님 말씀처럼 팀장님은 우리 회사 기둥이잖아요. 누군가에게 그런 인정을 받을 정도로 열심히 살아온 거라서 지금 휴식이 필요한 거예요. 그러니까 너무 속상해 하지 말았으면 좋겠어요."

"……."

"팀장님이 허락만 하면, 정 과장님을 때려줄 수도 있는데. 그렇게 할까요?"

눈물을 글썽이며 귀를 기울이던 영서는 윤후의 마지막 말에 쿡 웃음을 터뜨리고 말았다.

영서의 어깨가 들썩이는 것을 본 윤후는 기어이 그녀를 울리고 말았다는 생각에 얼른 몸을 일으켰다. 그때 영서가 뒤집어쓰고 있던 이불을 내리고 몸을 일으켜 앉았다. 그녀의 반응에 윤후는 자신이 생각이 맞았다고 느낄 수밖에 없었다.

"내가 그러라고 하면 그렇게 해 줄 거야? 재욱이 정말 때려줄 수 있어?"

영서의 물음에 윤후는 몹시 진지하게 고개를 끄덕였다. 그런 윤후를 보다가 영서는 두 손으로 얼굴을 완전히 가려 버렸다. 고개 숙인 영서의 어깨가 가늘게 떨려오자 윤후의 미간이 심각하게 좁혀졌다.

잠시 망설이던 윤후는 가만히 손을 뻗어 그녀의 어깨를 토닥였다.

"……그래요. 울고 싶으면 울어요."

윤후가 계속 어깨를 토닥여주자 영서가 두 손을 내리며 작게 한숨을 내쉬었다.

"강윤후. 하나만 해."

"네?"

윤후가 무슨 말이냐는 얼굴로 되묻자 영서가 고개를 들어 윤후에게 대답했다.

"울리든지, 웃기든지. 하나만 하라고."

"……?"

그 말이 선뜻 이해되지 않았던 윤후는 영서의 얼굴에 웃음이 드리워지자 무언가 깨달은 듯 눈썹을 휘익 치켜세웠다. 그녀가 운다는 사실에 가슴이 먹먹했는데, 갑자기 웃는 모습을 보고 있으니 무언가 혼란스러웠다.

"그 말이 그렇게 웃겼어요?"

"응. 웃겼어."

"팀장님 웃기는 거 참 쉽네요."

"그래서 불만이야?"

"아니요."

분명하게 대답한 윤후는 싱긋 웃더니 이불 때문에 헝클어진 영서의 정수리를 편하게 쓰다듬었다. 윤후의 행동에 주춤 놀랐던 영서는 이내 별 거부감 없이 그가 하는 대로 가만히 있었다. 영서가 순한 강아지처럼 눈을 내리고만 있자 윤후는 천천히 손길을 멈추었다. 자신을 끝까지 외면하지 않고 웃는 얼굴을 보여준 그녀가 고마웠지만 젖어 있는 눈가가 못내 신경이 쓰였기에 손을 내려 쓱쓱 눈가를 주었다.

자상한 오빠처럼 구는 윤후의 행동에 영서는 푸시시 웃음이 흘러나왔다. 그러자 따스한 감촉이 영서의 얼굴을 부드럽게 감싸왔다. 두 손으로 얼굴을 감싸오는 윤후를 동그랗게 쳐다보던 영서는 그의 입술이 눈가에 와 닿자 그대로 눈을 감아 버렸다. 왼쪽과 오른쪽 눈가에 차례로 와 닿는 입술의 감촉은 얼굴을 감싼 손길처럼 따스하고 포근했다. 얼굴과 눈가에 머물던 따스한 감촉들이 멀어졌는데도 영서는 감은 눈을 뜨지 않았다. 윤후가 주는 위로에 익숙해져가는 것이 왠지 두려워서 곧바로 눈을 뜰 수가 없었다.

"눈 떠요."

"……."

"그래야 웃겨 주죠."

그 말에 결국 감은 눈을 뜨고 말았다. 별로 웃기는 말이 아닌데도 왜 웃음이 나오는 건지 의아하다는 생각을 했을 때 윤후가 그녀에게로 한껏 상체를 기울여왔다.

양쪽 팔로 침대를 짚은 윤후는 영서의 입술 위에 가볍게 입술을 눌렀다 떼었다. 그 입맞춤에 영서의 두 눈이 다시 동그래졌지만 또 다시 입술을 누르며 조금 더 깊게 입을 맞추었다.

촉, 소리와 함께 입술이 멀어졌지만 향기로운 숨결이 얼굴을 고스란히 어루만졌다. 그 감촉에 얼굴이 달아오르자 잠잠했던 영서의 심장이 빠르게 뛰기 시작했다. 호흡이 자꾸 불안해지자 영서가 혼란스러운 눈길로 윤후를 쳐다보았다.

그녀의 맞은편에 그녀를 응시하고 있는 윤후의 단정한 얼굴이 있었다. 하지만 지금 윤후의 얼굴은 이제껏 영서가 보아왔던 얼굴이 아니었다.

'윤후가 저렇게 생겼었던가……?'

단정하고 예리한 얼굴선과 조화를 이루는 깊고 까만 눈동자. 입꼬리가 살짝 올라간 입술이 언제나처럼 매력적이었지만 전에 볼 수 없었던 남자다운 관능미가 은근하게 더해져 있었다.

그에게 눈길을 주었을 때, 어쩌면 마음까지 사로잡힌 것일지도 모른다는 생각이 들었을 때 듣기 좋은 목소리가 영서의 귓가를 울려왔다.

"너무 그렇게 쳐다보지 말아요. 나도 어쩔 수 없는 거니까."

영서의 시선이 자신을 나무라는 것이라 느낀 윤후는 민망한 듯 얼굴을 붉혔다. 대범하게 입을 맞춘 것치곤 수줍기까지 한 그 모습에 순간 윤후가 꽤 귀엽다는 생각이 들었다.

"팀장님만 보면 키스하고 싶고, 만지고 싶고……."

그리고 안고 싶다는 말을 하려다 윤후는 말을 멈추었다. 지금 얘기만으로도 영서가 꽤 놀라는 얼굴이 되었기 때문이었다.

"그날부터 그 느낌이, 그 감촉이 머리에서 떠나지 않아요. 이 말을 하고 있는 이 순간에도."

솔직하고 진지한 눈빛과 목소리에 영서는 숨을 멈추었다. 자신이 느꼈던 감정을 윤후가 똑같이 느꼈다는 것이 놀라워서 무슨 말을 어떻게 해야 할지 그저 난감하기만 했다.

"팀장님, 아니 당신이 여자로 보여요. 이성적으로 끌린다구요."

"……!"

너무도 확실한 고백의 말에 두 뺨이 홧홧하게 달아올랐다. 남자 친구가 있느냐는 말보다 강도가 센 말이었으니 지난번보다 더욱 강하게 거절의 말을 해야만 했다. 그런데 쉽게 입이 떨어지지 않았다. 당신이 여자로 보인다는 말이, 끌린다는 말이 이상하게 싫지 않았다. 빠르게 뛰던 심장이 폭발할 것처럼 쿵쾅거리자 손으로 힘껏 가슴을 눌렀다.

'이건 좋지 않아. 확실히 정상이 아니야.'

윤후와의 거리가 서서히 좁혀지고 있었지만 물러날 생각을 못한 채 윤후를 그저 바라보기만 했다.

커다랗게 흔들리는 영서의 눈동자에 눈을 맞춘 윤후는 그녀의 뒷머리를 감싸며 부드럽게 입을 맞추었다. 두 입술이 하나로 포개어지며 따스한 호흡이 오고갔을 때 말할 수 없는 전율이 두 사람의 몸을 휘감아 왔다.

자연스럽게 침대에 걸터앉은 자세가 된 윤후는 영서의 등허리를 감싸 자신에게로 끌어당겼다. 혀끝으로 입술 선을 어루만진 윤후는 그녀의 도톰한 아랫입술을 깨물며 미끄러지듯 혀를 집어넣었다. 따스하고 촉촉한 입안을 한 번에 점령한 윤후는 그녀를 감싼 손에 힘을 주며 더욱 깊게 입을 맞추었다.

침착했던 호흡이 빨라지고 체온이 올라갈수록 둘이 나누는 입맞춤의 농도는 점점 진하고 농밀해졌다. 키스 이상의 것을 원하게 만드는 짙은 키스에 경고등의 불이 켜졌지만 끊임없이 이어지는 입맞춤의 열기에 이성의 불빛이 점점 흐릿해졌다.

축축하고 뜨거운 윤후의 입술이 턱을 지나 목선을 탐하자 영서의 입에서 가녀린 신음 소리가 흘러나왔다. 가늘고 어여쁜 쇄골을 뜨겁게 빨아들이는 힘에 온몸이 어지러울 만큼 뜨거워졌다. 더 이상은 안 된다고 당장 거부하라는 목소리가 들려왔지만 윤후의 입술이 주는 달콤함과 짜릿함을 쉽게 거절할 수 없었다.

가녀린 신음에 고개를 든 윤후는 부풀어 오른 영서의 입술을 뜨겁게 집어삼켰다. 한 손으로 영서의 목덜미를 감싸 쥔 윤후는 또 다른 손으로 그녀의 가슴을 어루만지기 시작했다.

윤후의 커다란 손이 가슴을 움켜쥐고 애무하자 목을 안고 있던 영서의 손에 저절로 힘이 들어갔다. 살짝 입술을 뗀 윤후가 허락을 구하는 눈빛을 보내자 영서가 아랫입술을 깨물며 살며시 고개를 숙였다. 그것을 허락으로 받아들인 윤후는 옷자락 안으로 손을 집어넣어 가슴을 감싸고 있는 브래지어를 끌어올렸다. 소담하고 부드러운 가슴이 손안에 들어오자 윤후가 옷자락을 들어 올리며 고개를 내렸다. 하얗고 뽀얀 살결 위로 작고 귀여운 핑크빛 정점이 모습을 드러내자 윤후가 기다렸다는 듯이 그것을 한껏 머금었다. 아픔이 느껴질 만큼 강하게 빨아들이는 힘에 키스를 나눌 때보다 강한 전율이 영서의 몸을 저릿하게 휘감았다.

"흐웃……!"

영서의 입에서 새된 신음이 흘러나오자 윤후가 더욱 세차게 가슴 끝을 빨아들였다. 감당할 수 없는 감각에 현기증이 일어나자 윤후의 머리를 움켜잡은 채 빠르게 고개를 저었다.

"그, 그만……! 그만해, 윤후야. 제발, 그만!"

그럼에도 윤후가 멈추지 않자 영서가 윤후의 얼굴을 붙잡으며 간절한 목소리로 말했다.

"제발, 이 이상은 안 돼. 부탁할게……!"

물기 어린 그녀의 목소리에 윤후는 동작을 멈추고 그녀를 잠시 바라보았다. 그녀의 눈동자가 안 된다는 신호를 보냈지만 윤후는 다정하게 입을 맞추며 그녀의 허락을 구하기 시작했다. 순수한 갈망으로 뜨거워진 그의 눈을 보며 영서는 모든 것을 허락하고 싶은 강렬한 유혹을 느꼈다.

적어도 지금의 기분이라면 그렇게 할 수 있을 것 같았다. 윤후와 나눈 입맞춤이, 자신을 어루만지는 손길이 조금도 싫지 않았으니까. 윤후를 남자로 원하고 있다는 것을 분명하게 알아 버렸으니까. 하지만 후회할 거라는 생각이 서서히 고개를 들었다.

지금 하려는 행동이 옛 연인의 과오(過誤)와 다를 바가 없다는 데까지 생각이 미치자 찬물을 끼얹은 것처럼 열기가 순식간에 식어 버렸다. 윤후의 입술이 관자놀이와 이마 위로 포근하게 와 닿았지만 영서는 고개를 저으며 분명하게 제 생각을 말하였다.

"안 돼. 그러지 마, 윤후야."

확실한 거부 의사에 윤후가 그녀의 얼굴을 감싸며 똑바로 눈을 맞추었다.

"내가 싫어요?"

열기로 일렁이는 까만 눈동자 앞에서 영서는 순간 대답을 망설였다. 그러자 윤후가 그녀를 감싼 손을 내리며 다시 차분한 목소리로 말했다.

"싫으면 싫다고 말해요. 괜찮으니까."

"……싫진 않아."

영서의 솔직한 대답에 윤후가 안도하듯 두 눈을 깊게 감았다 떴다.

"그럼, 뭐가 문제죠?"

"지금 이런 기분에 휩싸여서 이러는 건 아닌 것 같아. 그리고 난……."

"……."

"……준비가 안 됐어."

영서가 말끝을 흐리자 윤후가 무슨 뜻이냐는 듯 그녀를 바라보았다. 그러자 영서가 얼굴을 붉히며 아랫입술을 잘근 깨물었다.

"그러니까, 아직, 경험이 없다고……."

그녀의 말을 되뇌던 윤후는 그 말의 의미를 깨달은 순간 흠칫 미간을 좁혔다. 그제야 자신이 안고 있는 그녀의 몸이 가늘게 떨리는 것을 발견했다.

"맙소사……."

예상치 못한 상황에 당황했던 윤후는 일단 흐트러진 그녀의 옷매무새를 단정하게 정리해 주었다. 그리고 온 맘을 다해 그녀를 꼬옥 안아 주었다. 귓가에 들려오는 심장소리와 달래듯 토닥이는 자상한 손길에 영서는 달떠 있던 몸과 마음이 서서히 진정되는 것을 느꼈다.

"미안해요. 놀라게 해서……."

영서가 더 이상 떨지 않자 윤후는 그녀의 이마에 입을 맞추며 안은 팔에 힘을 주었다. 그 말이 어떤 주문처럼 긴장을 풀리게 만들자 영서는 긴 숨을 내쉬며 가만히 눈을 깜빡였다.

"우는 거, 아니죠?"

윤후가 그렇게 묻자 영서가 아니라며 가볍게 미소를 지었다. 그런 그녀를 들여다보다가 윤후는 참지 못하고 다시 짧게 붉은 입술을 머금었다.

"아……. 안 되겠어요."

"응?"

"계속 있다간 아무래도 사고 칠 것 같아."

"사고?"

"네. 대형사고."

장난스럽게 대꾸한 윤후는 영서를 안은 팔을 내리고 앉아 있던 침대에서 빠르게 몸을 일으켰다. 영서의 머리카락과 옷가지를 다시 제대로 정리해 준 윤후는 그녀의 이마에 가볍게 입을 맞추고 아쉬운 인사를 전했다.

"갈게요."

"응. 조심히 가."

말갛게 쳐다보는 영서를 들여다보던 윤후는 이내 심각한 얼굴로 나직하게 한숨을 내쉬었다.

"왜?"

"어디 가서 그런 표정 짓지 말아요."

"응?"

"너무 예쁘니까."

영서가 뜨악한 표정을 지을 새도 없이 윤후의 입술이 다시 그녀에게로 내려앉았다. 따스한 손길처럼 더없이 자상한 키스를 선사한 윤후는 촉촉하게 부푼 영서의 입술을 손끝으로 부드럽게 닦아 주었다. 또다시 키스하고 싶은 마음을 꾹 누르며 윤후는 겨우겨우 병실을 빠져나갔다.

문을 닫고 나가는 윤후를 끝까지 지켜보던 영서는 그의 모습이 시야에서 사라지자 기진한 사람처럼 풀썩 침대 위로 쓰러졌다. 윤후로 인해 생겨난 긴장과 흥분이 한꺼번에 풀리자 연체동물이 된 것처럼 온몸이 흐늘흐늘 힘이 하나도 없었다.

"미쳤나 봐……."

조금 전 자신이 한 행동들이 도무지 믿기지 않아서 영서는 입술을 만진 채 느리게 눈을 깜박였다. 어떻게든 생각을 정리해야 할 것 같은데 갑자기 졸음이 몰려와 더 이상 생각을 이을 수 없었다.

　어디선가 휴대전화 벨소리가 들려왔지만 영서는 눈을 감은 채 평온한 숨을 내쉬었다. 계속되던 벨소리가 멈추어졌을 때 영서는 완전히 곤하게 잠이 들어 있었다. 병원에 온 뒤 처음으로 맛보는 달고도 깊은 잠이었다.

7.

Waiting for her

「생각할 시간이 필요해. 내가 연락할 때까지 기다려 줘.」

문자를 골똘히 바라보는 윤후의 미간에 심각한 주름이 잡혔다. 두 단락의 문장을 보낸 후 사흘이 지나도록 영서에게선 한 통의 전화도, 문자도 없었다.

'당신에게 필요한 시간은 대체 얼마인 거지?'

병원으로 달려가고픈 마음을 참고 참으며, 통화버튼을 눌렀을 때 윤후가 들을 수 있었던 건 음성사서함으로 넘어간다는 친절한 안내멘트뿐이었다.

그래도 '다신 보지 않겠다.' 라고 말하지 않은 게 어딘가.

그렇게 애써 타일러 보았지만 마음속에서 커져가는 그리움은 어찌할 수가 없었다.

영서가 머물러야 할 공간에 그녀를 대신할 프리랜스 프로듀서가 찾아왔을 때 윤후가 느낀 상실감은 생각보다 컸다. 그 프로듀서를 추천한 사람이 영서였다는 말을 정 과장에게 들었을 때 윤후는 그녀의 마음이 너무도 걱정이 됐다.

프로듀서의 환영회와 단합대회를 겸한 회식을 마치고 2차로 자리를 옮겼을 때 윤후는 집에 일이 있다는 소박한 핑계를 대고 자리를 빠져나왔다. 누군가를 순수하게 환영할 수 없는 마음을 가진 채 거기 계속 머물고 싶지 않아서였다.

윤후가 제호의 클럽에 들어섰을 때 한 인디밴드가 악기 조율을 하고 있었다. 금요일 저녁답게 평소보다 많은 젊은이들이 클럽 안을 채운 것을 보며 제호가 있는 바(Bar)로 향했다.

클럽 주인장다운 포스를 뿌리며 앉아 있는 제호를 향해 윤후가 손인사를 하자 제호가 어서 오라며 반가운 미소를 지었다.

"연락도 없이 어쩐 일이야?"

"맥주가 고파서."

"그럼 마셔야지."

음료 냉장고에서 병맥주를 꺼내 온 제호는 마른안주를 챙겨 주며 대수롭지 않게 물었다.

"여자 문제냐?"

"쿨럭!"

윤후가 맥주를 뿜자 제호가 예상하고 있었다는 듯 차분히 냅킨을 내밀었다.

"뜬금없이 무슨 말이야?"

"지난번 생일 때, 잠깐 나갔다 온다고 하고서 한참 만에 나타났잖아."

"미안하다. 그때 일은 입이 열 개라 해도 할 말이 없어."

그 말에 제호가 가볍게 손사래를 치며 윤후를 보았다.

"사과를 또 받자고 꺼낸 게 아니라. 그날 너, 좀 수상했거든."

"내가 수상했다고?"

"단 거엔 관심도 없던 놈이 케이크를 어디서 샀냐고 묻지를 않나. 별것도 아닌 얘기에 싱글싱글 웃지를 않나. 나중에 용현이랑 기준이도 슬쩍 물어보더라. 윤후 너, 연애하는 거 아니냐고."

"정말, 그렇게 물었어?"

"그렇다니까."

"그래서, 넌? 네가 내린 결론도 그거야?"

윤후의 물음에 제호는 '응.'이라고 명쾌한 답변을 내놓았다. 윤후가 움찔하는 것을 본 제호는 빙그레 웃으며 또 다른 질문을 던졌다.

"대체 어떤 분이신가?"

"뭐, 뭐가?"

"이 정도로 멍석을 깔아 주면 못 이기는 척 털어놓는 게 예인데 그치?"

윤후가 난감한 얼굴로 이마를 매만지자 제호가 피식 웃으며 윤후의 어깨를 툭 쳤다.

"쑥스러워하긴."

"그만 좀 놀려."

"누군지 몰라도 대단한 분이네. 여자한테 무심하던 강윤후, 말까지 더듬게 만든 걸 보면."

"내가 여자한테 무심했다고?"

윤후가 납득이 안 되는 얼굴로 되묻자 제호가 아몬드를 집어 먹으며 담담하게 대꾸했다.

"그동안 내가 보고, 듣고, 느낀 걸 얘기한 거야."

그 말에 윤후의 잘생긴 눈썹이 위로 휘익 올라갔다. 가장 친한 친구인 제호가 하는 말이니 만큼 저절로 그런 반응이 나왔다.

"네가 먼저 누가 좋더라, 얘기한 걸 여태 들어 본 적이 없었거든."

"내가 정말, 그랬어?"

"내 기억으론 그래. 항상 상대방이 먼저 네가 좋다, 네가 맘에 든다, 그랬었거든."

"하지만 나도 그쪽이 싫지 않았으니까 만났던 거였고."

"그럼 이렇게 물어볼까?"

"……?"

"윤후 너. 헤어지자고 했던 사람, 끝까지 붙잡고 매달려 본 적 있어?"

그 물음에 윤후가 미간을 좁힌 채 생각에 잠겼다. 안타깝게도 반박할 만한 기억이 떠오르지 않았다.

"거봐. 없을걸?"

"……!"

그때 조율을 마친 밴드가 콜드플레이의 'In my place'를 연주하기 시작했다.

크리스마틴의 음색을 영락없이 닮은 보컬의 노래를 듣고 있을 때 문득 그런 생각이 들었다.

자신의 그런 무심함이 누군가의 가슴을 아프게 만들었고, 그 아픔이 돌고 돌아 결국 자신에게로 되돌아온 것이 아닐까 하는.

윤후가 생각에 잠긴 얼굴로 맥주를 비우자 지켜보던 제호가 또 다른 병을 그에게 내밀었다. 밴드의 연주와 노래가 진행되는 동안 두 사람은 아무 말 없이 자신들 몫의 맥주를 비워갔다. 공연이 끝나갈 무렵 조용히 앉아 있던 윤후가 담담하게 이야기를 풀어 놓기 시작했다.

"처음엔 자기 일을 참 잘하는 사람이구나. 그런데도 모나지 않고 참 괜찮은 사람이구나. 그 정도의 호감이었어. 그런데 어느 날인가부터 그 사람을 계속 의식하고 있었어."

"특별한 계기 같은 게 있었던 거야?"

"지난번 부산에 갔을 때 그 사람이 술에 취해서 잠이 들었어. 그때 그 사람을 깨우려다 나도 모르게 입을 맞췄어."

"뭐? 윤후 네가?"

제호가 믿겨지지 않는다는 얼굴로 쳐다보자 윤후가 천천히 고개를 끄덕였다.

"그날 이후론 그 사람만 보면 키스하고 싶고, 안고 싶고…… 그 사람이 좋아서 그런 생각이 드는 건지, 단순히 성적으로만 끌리는 건지. 그걸 잘 모르겠어."

"좋아하는 여자랑 있으면서 그런 생각 안 하는 남자가 얼마나 된다고. 우리가 사랑이라고 말하는 감정, 정확하게 연애감정이라는 거, 그것까지 포함하고 있는 거야."

하지만 제호의 그 말이 그렇게 큰 위로가 되지 않았다.

윤후가 나직하게 한숨을 내쉬자 제호가 윤후의 어깨를 잡았다 놓으며 말했다.

"뭐가 그렇게 심각해? 지극히 자연스러운 반응이라니까."

"아무래도 내가, 실수를 한 거 같아."

"실수?"

"응……."

윤후가 입을 다물자 제호가 무슨 일인지 얘기를 하라고 윤후를 재촉했다. 문제를 알아야 답을 찾을 수 있다는 제호의 말에 윤후는 병실에서 있었던 일을 에둘러 말해 주었다.

"……아무래도 그 일 때문에 날 피하는 거 같아."

"흠. 네 말을 듣고 보니 그럴 수도 있겠어."

"……."

"그나저나 요즘 세상에 참 보기 드문 사람이다. 응?"

제호의 말에 윤후가 조용히 고개를 끄덕였다.

"착잡해. 내가 아무한테나 그렇게 구는 걸로 오해하는 건 아닌가 걱정도 되고."

"말 그대로 시간이 필요한 게 아닐까? 지금 몸도 아프고, 여러 가지로 안 좋은 상황이라면서."

"그래서 더 걱정이야. 내가 도움이 되기는커녕 더 힘들게 만든 거 같아서."

"너무 안 좋은 쪽으로만 생각하는 거 아니야?"

"하지만 신경이 쓰여. 퇴원했다고 하던데 정말 나아져서 퇴원을 한 건지. 그날도 얼굴이 좀 야위었던데, 밥은 제대로 챙겨 먹는 건지. 아무튼 계속 신경이 쓰여."

이름조차 밝히지 않은 그녀를 걱정하는 윤후의 얼굴은 평소와 다르게 가라앉아 있었다. 그 모습이 처음엔 낯설게 느껴졌지만 제호는 왠지 점점 반가운 마음이 들었다. 윤후가 이제야 제대로 된 사랑을 시작하겠구나 싶은 마음이 들자 그를 진심으로 응원하고 싶어졌다.

"그렇게 신경이 쓰이고, 걱정이 돼?"

"내가 그 사람한테 부담을 준 게 맞으니까."

"그래서 계속 걱정을 하는 거다?"

"제호 네 생각에도 그렇지? 내가 실수한 게 맞지?"

윤후의 물음에 제호는 조심스럽게 고개를 끄덕였다. 그 반응에 윤후의 표정이 더욱 무거워졌다.

"네가 급하게 군 건 맞지만, 그래서 몇 가지는 확실하게 알았잖아."

"……?"

"네가 그 사람을 많이 좋아한다는 거. 성적으로만 끌린 건 아니라는 거."

"……!"

"그럼 뭘 망설여. 일단 찾아가서 네 마음이 어떤 건지 솔직하게 얘기를 해야지. 그래야 그 사람 마음이 어떤 건지도 확실하게 알 수가 있잖아."

제호의 이야기에 귀를 기울이는 윤후의 표정은 어느 때보다 신중하고 진지했다.

"그 사람이 나와 같은 마음이 아니라고 하면…… 그땐 어떻게 하지?"

"받아들여야지."

제호의 대답에 윤후의 눈썹이 불편하게 꿈틀거렸다.

"그게 아니면, 그 사람 마음이 열릴 때까지 기다려야지."

"둘 다 쉬운 게 아니로군."

"당연하지. 사람 마음을 얻는다는 게, 그럼 쉬운 일이겠어?"

윤후가 흠칫 놀란 얼굴이 되자 제호가 어른스러운 얼굴로 마지막 조언을 덧붙였다.

"그렇지만, 그래서 더 귀한 일이야."

제호의 충고에 윤후는 그대로 벙한 얼굴이 되었다. 그 말을 듣는 순간 적잖은 충격을 받았지만 그로 인해 앞을 가리고 있던 흐릿한 시야가 환하게 밝아지는 것 같았다. 앞으로 어떻게 해야 할지 길이 보이자 무겁고 답답하던 마음이 차츰 가벼워져갔다.

"고맙다, 제호야."

자신에게 꼭 필요한 조언과 충고를 아끼지 않은 친구에게 윤후는 진심으로 고맙다는 인사를 전했다.

"별 말씀을."

윤후의 어깨를 가볍게 쳐주고 나서 제호는 너그러움과 여유가 묻어나는 미소를 지었다. 그 미소를 보고 있으니 사랑이 사람을 성숙하게 만든다는 말을 제대로 실감할 수 있었다.

공연을 마친 밴드가 환호 속에 앙코르 곡을 준비하는 동안 윤후는 제호와 좀 더 이야기를 나누었다. 그들이 앙코르 곡을 마쳤을 때 윤후는 제호와 인사를 나눈 후 클럽을 나섰다.

밤이 깊어질수록 더욱 분주해지는 홍대 거리를 지난 윤후는 집으로 가는 마지막 버스에 올랐다. 귓가에 맴도는 'In my place' 멜로디를 떠올리다 영서에게 다시 전화를 걸었다. 역시 전화기가 꺼져 있다는 안내멘트에 전화기를 내리며 윤후는 한숨을 내쉬었다. 흥청거리는 사람들과 화려한 조명으로 들떠 있던 금요일의 거리가 느릿하고 울적하게 그의 시야에서 멀어지고 있었다.

*　*　*

　생각이 많아질 땐 몸을 움직이는 것이 좋다. 맨손 체조나 달리기처럼 단순한 운동을 꾸준히 반복하면 복잡했던 머릿속이 가벼워지고, 굳어져 있던 근육이 완화가 되기 때문이다.

　그것은 영서가 알고 있는 가장 건전한 스트레스 해소법이자 효과 만점의 긴장 완화법이었다. 그래서 하루 온종일을 집 안을 쓸고 닦는 데 투자하고 있었다. 덕분에 사우나를 마친 사람처럼 땀투성이가 되었지만 반짝거리는 실내를 보고 있으니 더없이 마음이 뿌듯해졌다.

　뽀드득 소리가 날 것처럼 개운해진 욕조에 물을 받은 영서는 로즈힙 오일을 떨어뜨린 후 노곤한 몸을 욕조에 담갔다. 넘치도록 가득 채워진 따뜻한 물과 기분 좋은 향기가 몸을 감싸오자 저절로 두 눈이 감겨왔다. 그러나 목욕도 오래하지 말라는 담당의의 말에 알람 시간을 맞추어야 했다.

　퇴원을 원하는 영서에게 담당의는 며칠 더 입원할 것을 권유했었다. 하지만 영서는 병원에선 제대로 잠을 잘 수가 없다면서 퇴원을 허락해 달라고 거듭 간청을 하였다. 그녀의 고집에 담당의는 마지못해 퇴원 수락을 했고, 언니의 도움을 받아 집으로 돌아온 것이 불과 며칠 전의 일이었다.

　영서가 퇴원을 서두른 가장 큰 이유는 윤후를 보는 것이 감당이 되지 않아서였다. 병실에서 일이 있은 후부터 윤후를 어떻게 봐야 할지, 어떻게 대하는 것이 좋은 것인지 갈피를 잡을 수가 없었다. 그래서 전화 대신 문자를 보냈고, 문자 그대로 생각할 시간을 가지려고 했었다. 하지만 집으로 돌아왔을 때 그 일에 대해 더는 생각을 하지 않으려는 자신을 보게 되었다.

삐비비비. 삐비비비.

단순한 알람 소리에 몸을 일으킨 영서는 알람을 끄고서 커다란 샤워타월을 몸에 둘렀다. 욕실을 나와 갈아입을 속옷을 챙기러 작은 방으로 향했다. 그러다 화장대 거울에 비친 자신의 몸을 자연스럽게 바라보게 되었다. 방금 샤워를 마치고 물기가 촉촉한 그녀의 몸은 핏줄이 보일만큼 희고 투명했지만 쇄골과 가슴께에 멍 자국처럼 보이는 자줏빛 얼룩들이 군데군데 찍혀 있었다. 하얀 피부와 대조를 이루며 유난히 도드라져 보이는 그 빛깔은 윤후가 만들어 놓은 뜨거운 흔적들이었다. 착잡한 얼굴로 한숨을 지은 영서는 서둘러 옷을 입는 것으로 그 흔적들을 감추었다.

그날 밤의 일을 떠올리면 열병에 걸린 아이처럼 몸이 몹시 뜨거워졌다. 그래서 되도록 떠올리지 않으려 했고 할 수만 있다면 더는 생각지 못하도록 깊숙이 묻어 두고 싶었다. 이성이 아닌 감정에 끌려 어른답지 못한 행동을 한 것이 너무나 후회스러웠다. 자신보다 어린 윤후에게 그런 감정을 느낀 것이 단단한 죄책감이 되어 그녀의 마음을 무겁게 짓눌렀다.

대청소와 목욕으로 몸이 노곤했지만 약을 챙겨 먹어야 했기에 영서는 주방으로 향했다. 그러나 냉장고 안엔 먹을 만한 것들이 별로 남아 있지 않았다. 청소에 집중하느라 장을 봐야 한다는 것을 까맣게 잊은 탓이었다. 음식을 시켜 먹을까도 해봤지만 조미료가 잔뜩 들어간 음식은 정말이지 먹고 싶지 않았다. 신선칸에 들어 있던 포도즙으로 갈증을 달랜 영서는 장봐야 할 물품을 메모지에 적은 후 회색 후드 점퍼와 청바지로 간단하게 외출 준비를 마쳤다.

골목 어귀 작은 슈퍼마켓을 들렀던 영서는 역 근처에 있는 대형 마트에서 장을 보기로 마음을 바꾸었다. 다양한 상품을 보면서 쇼핑을 하면 확실하게 기분 전환이 될 것 같아서였다.

마트에 도착한 영서는 카트를 밀며 자신이 사야 할 물품 목록을 주머니에서 꺼내보았다. 그런데 어찌된 영문인지 메모지가 손에 잡히지 않았다. 옷을 갈아입다가 혹은 걸어오는 도중에 어딘가에 떨어뜨린 모양이었다. 그런데 문제는 메모지를 잃어버린 것만이 아니었다. 가장 중요한 지갑을 아예 챙겨오지도 않은 것이었다. 하도 어이가 없어서 헛웃음이 나왔지만 그래도 계산 전에 알게 되어 다행이라고 애써 스스로를 위로했다.

그렇게 왔던 길을 되돌아와 골목 앞 계단에 이르렀을 때 불길한 예감이 그녀의 뒤를 따라왔다.

'설마……?'

그러나 불길한 예감은 제대로 적중을 하고 말았다. 후드 점퍼와 청바지 주머니에는 메모지뿐 아니라 대문과 현관의 열쇠조차 들어 있지 않았다. 혹시나 하는 마음에 대문을 밀어 보았지만 대문은 철옹성처럼 단단하게 닫혀 있었다.

"아아……!"

영서는 제 얼굴을 감싸 쥐며 그대로 절망 어린 탄식을 내뱉었다. 지금 영서가 살고 있는 집은 방 두 개와 욕실 하나, 거실 겸 주방으로 쓰이는 공간과 욕실이 있는 일반 주택이었다. 마당을 지나면 조금 낮은 층에 반지하와 1, 2층으로 된 다세대 주택이 있었지만 거리가 제법 떨어져 있었기에 단독주택과 마찬가지였다. 혼자 살기엔 아파트가 편할 수도 있었지만 영서는 꽃과 나무들이 자라는 화단과 마당이 있는 이 오래된 일반 주택이 훨씬 맘에 들었다.

영서가 이곳에 집을 장만하게 된 이유는 단순했다. 회사까지 출퇴근 거리가 멀지 않고, 집 근처에 공원이 있다는 것. 꽃나무가 있는 화단과 줄넘기를 해도 걸치는 것이 없이 제법 넓은 마당이 있다는 것. 볕이 잘 드는 크고 깨끗한 창이 있고, 산이 가까이에 있어 공기가 쾌적하다는 것. 하지만 이 모든 장점들이 이 순간에는 별다른 도움이 되지 않았다.

이번 기회에 대문 열쇠를 자동 도어록으로 바꿔야 하나 진지하게 고민을 하면서 영서는 다시 한 번 집 주변을 살펴보았다. 시간은 저녁 식사를 준비할 정도의 시간이었지만 해가 진 하늘은 밤처럼 어두컴컴했다.

가까운 곳을 다녀올 생각으로 현관문은 잠그지 않은 채 대문만을 닫고 나왔었다. 열쇠를 잃어버리는 경우에 대비해 화단에 여분의 열쇠를 챙겨 두었지만 문제는 대문이 닫혀 있다는 것이었다. 여차하면 담을 넘어 볼까도 했지만 자신이 넘을 만한 높이가 아니었다. 혹시 이웃 사람들이 올까하여 기다려 보았지만 골목엔 개미 한 마리도 얼씬하지 않았다.

그렇다면 방법은 하나밖에 없었다. 또 다른 열쇠를 갖고 있는 언니, 영인에게 연락을 취해 여분의 열쇠를 받는 것이었다. 하지만 열쇠를 안 챙긴 정신이 휴대전화를 챙겼을 리 만무했다. 요즘 들어 나사가 풀리다 못해 떨어져 나간 것 같다는 생각을 하던 차에 이런 일까지 벌어지자, 몸뿐 아니라 정신에도 이상이 온 것이 아닌가 은근히 걱정이 되었다.

일단 택시를 타야겠다고 마음을 먹은 영서는 올라왔던 골목길을 부지런히 내려갔다. 때마침 빈 택시가 오는 게 보이자 얼른 손을 내밀었다. 그런데 택시가 멈추어 서자 죄송하다면서 그냥 택시를 돌려보냈다. 언니네 집까지 가는 건 별 문제가 아니었지만 언니네 가족들이 외출 중일 때가 문제였다. 영인의 가족은 주말 저녁엔 주로 외식을 했는데, 오늘 일진으로 봐선 그럴 가능성이 아주 농후했다.

아무래도 먼저 통화를 해야겠다는 생각을 하며 조금 창피하더라도 지나가는 이에게 전화기를 빌려야겠다고 마음을 먹었다. 그때 마치 기다렸던 것처럼 차가운 빗방울이 떨어지기 시작했다. 절망스러운 얼굴로 하늘을 우러러본 영서는 후드 점퍼의 모자를 뒤집어쓰며 버스 정류장으로 일단 비를 피했다.

우르르 쾅! 쾅!

천둥까지 울리며 빗줄기가 점점 거세지자 영서는 점점 더 막막한 얼굴이 되어갔다. 버스 정류장의 캐노피는 빗줄기는 피할 수 있었지만 불어오는 바람을 막아 주진 못했다. 땅바닥에서 튀어 오른 빗물에 운동화가 젖고, 덜 말리고 나온 머리카락에 한기가 느껴지자 이마가 점점 뜨끈해졌다. 자신의 몰골이 주인을 잃어버린 강아지나 고양이처럼 불쌍하다는 생각이 들었을 때 코가 간질간질해지면서 연거푸 재채기가 튀어나왔다. 아무래도 비가 그칠 것 같지 않자 영서는 다시 주변을 살피기 시작했다. 정류장 맞은편에 불을 밝힌 편의점이 보이자 일단 그리로 장소를 옮겼다.

영서가 도착한 편의점은 규모가 제법 컸기에 반드시 물건을 사야 하는 부담감은 없었다. 하지만 한쪽 식탁에서 라면과 삼각 김밥을 먹는 여학생들을 보자 뱃속이 요란하게 아우성을 치기 시작했다. 씁쓸하게 입맛을 다신 영서는 카운터에서 담배를 정리하고 있는 남자 직원을 흘깃 쳐다보았다. 동그란 안경에 몸집이 좋은 직원이었는데 나름 친근한 인상이라 용기를 내어 말을 걸기로 했다.

"저어."

영서가 입술을 달싹였을 때 점퍼 차림의 남자가 3단 우산 하나를 계산대 위에 올려놓았다. 어쩔 수 없이 뒤로 물러난 영서는 점원이 혼자가 되는 때를 기다렸다.

과자 봉지를 들고 계산대 쪽을 흘끔거리던 영서는 그녀를 주시하는 남자 직원과 제대로 눈이 마주쳤다. 그가 미심쩍은 눈으로 자신을 쳐다보는 게 느껴졌지만 별다른 방법이 없었기에 일단 그리로 걸음을 옮겼다.

"정말 죄송한데요, 전화 좀 쓸 수 있을까요? 제가 휴대폰을 두고 와서요."

절대 비굴해 보이지 않고 뭔가 믿을 만한 사람이라는 느낌을 주기 위해 영서는 모자를 벗고 표정을 최대한 가다듬었다. 그럼에도 불구하고 그는 그래서 어쩌라는 거냐는 눈빛으로 영서를 바라보았다. 덕분에 살짝 민망한 기분이 들었지만 영서는 그에게 자신의 사정을 솔직하게 털어놓았다.

"저 이 동네 주민이거든요. 그런데 집에 열쇠를 두고 문을 잠가 버려서. 그러니까 전화 한 통화만 하게 해주세요. 그렇게 해주시면 휴대폰 사용한 값이랑 꼭 챙겨 드릴게요."

이야기를 듣고 있던 직원은 살짝 고민을 하더니 마지못한 얼굴로 휴대전화를 내밀었다. 그녀의 표정이나 눈빛이 거짓말을 하는 것으로 보이지 않았고, 비에 젖은 모습이 조금 안쓰럽다는 생각이 들기도 해서였다.

"아, 고맙습니다. 정말, 고맙습니다."

거듭 인사를 한 영서는 영인에게 전화를 걸기 위해 잠시 뒤돌아섰다. 그때 하얀 와이셔츠에 다크 그레이 슈트를 입은 말끔한 분위기의 남자가 편의점 안으로 걸어 들어왔다. 남자의 등장에 라면을 먹던 여고생들이 동작을 멈춘 채 일제히 그를 주시했지만 영서는 전화에 집중하느라 그의 등장을 놓치고 말았다.

꽤 오래 신호가 가는 데도 영인은 전화를 받지 않았다. 남의 전화기를 사용하는 터라 은근히 신경이 쓰인 영서는 정지 버튼을 누른 후 영인의 번호를 다시 천천히 눌렀다. 혹시 모르는 번호라 받지 않을 수도 있다는 생각이 들자 문자를 보내야겠다고 생각하며 계산대 쪽으로 몸을 돌렸다. 직원에게 양해를 구하려던 영서는 자신을 보고 있는 슈트 남의 시선에 자연스럽게 그를 쳐다보았다.

평범한 편의점을 백화점 명품 코너처럼 만들어 놓은 근사한 남자가 자기를 주시하는 것이 의아해서 영서는 한쪽으로 고개를 갸웃거렸다.

'뭐지? 저 사람이 왜 나를 보는 거지? 내 몰골이 너무 엉망이라 그런가?'

마땅한 답을 떠올리며 빠르게 눈을 깜빡이는데 남자가 갑자기 CF에서나 보암직한 환한 미소를 영서를 향해 지어보였다. 톡 쏘는 청량음료처럼 상큼한 그 미소에 주춤한 영서는 자신의 주변을 휘휘 돌아보았다. 그 미소가 자신을 향한 것임을 인지한 영서는 이번엔 얼른 제 얼굴의 여기저기를 만져보았다.

'비 맞으면서 얼룩이 생겼나?'

"괜찮아요. 아무것도 안 묻었어요."

마치 속마음을 읽은 것처럼 다정한 목소리에 영서는 멈칫하며 두 눈을 크게 부릅떴다. 어딘가 낯익은 남자의 목소리에 두 눈에 저절로 힘이 들어갔다.

"강, 윤후?"

확인하듯 묻는 영서를 향해 슈트를 입은 근사한 남자, 윤후가 대답처럼 미소를 지었다. 역시나 매력적인 윤후의 미소에 영서의 눈동자는 더욱 큰 동그라미가 되었다.

비에 젖은 머리카락 때문에 약간의 청순미가 더해진 완벽한 슈트남은 정말로 윤후였다. 그 순간 영서는 제 얼굴을 다시 감싸며 뭉크의 '절규'와도 같은 표정이 되었다.

영서의 반응에 이번엔 윤후가 의아한 얼굴로 그녀를 바라보았다.

"뭘 그렇게 놀라요? 설마, 몰라본 거예요?"

"어……."

영서의 대답에 윤후가 한쪽 눈썹을 획 올리며 '말도 안 돼.'라고 대꾸를 하였다.

"네가 그렇게 차려입으니까, 당연히 몰라봤지."

영서가 나름의 이유를 설명하는데 둘을 주시하고 있던 남직원이 차분하게 입을 열었다.

"그럼 휴대전화 다 쓰신 거죠?"

"아! 죄송합니다!"

영서가 '정말 고맙습니다.'라며 전화기를 돌려주자 윤후가 무슨 일이냐며 영서를 바라보았다. 윤후에게 말을 해야 하나, 말아야 하나 잠시 갈등하던 영서는 결국 윤후에게 속사정을 털어놓았다. 누군가에게든 도움을 받아야만 하는 상황이었기에 그 말을 하지 않을 수 없었다.

"정말 할 수 있겠어?"

"네."

"근데 그 옷으론 좀 무리지 않을까?"

영서의 말에 윤후가 별 걱정을 다 한다면서 재킷을 벗어 내밀었다. 얼결에 윤후의 우산과 재킷을 챙겨 든 영서는 그가 높디높은 담을 넘어 대문을 열어 주기를 바랄 수밖에 없었다.

몇 발자국 떨어져서 담의 높이를 가늠해 보던 윤후는 가볍게 몸을 풀더니 곧 용수철을 단 것처럼 아주 높게 튀어 올랐다. 그리곤 한 마리의 검은 표범처럼 빠르고 우아하게 담장을 훌쩍 넘어갔다. 눈 깜짝할 사이에 벌어진 일에 놀라움이 채 가시기도 전에 대문이 열리자 영서는 감탄하며 힘껏 손뼉을 쳐주었다.

"우와!"

"현관 열쇠는 있다고 했죠?"

"어? 어."

영서가 얼떨떨한 얼굴로 대문 안으로 들어오자 윤후가 그녀가 들고 있던 것들을 옮겨들며 우산을 받쳐 주었다. 영서가 열쇠를 찾아 현관문을 여닫는 것까지 확인한 윤후는 '그럼 가볼게요.'라며 가볍게 목례를 하였다.

"어, 어. 조심히 가."

"네."

인사를 마친 윤후가 돌아서서 마당을 지나가자 영서는 망설임 끝에 그의 이름을 불렀다.

"강윤후! 오늘 고마웠어!"

제법 큰 그녀의 목소리에 윤후가 걸음을 멈추고 뒤를 돌아보았다. 그리곤 그녀를 향해 예의 그 자상한 미소를 지어 주었다.

"그럼, 쉬세요."

"응……."

혹시 일이 있으면 전화를 하라는 말을 하려다 윤후는 그대로 입을 다물었다.

"……."

다시 돌아서는 윤후의 뒷모습을 영서는 저도 모르게 안타까이 쳐다보고 있었다. 뜻하지 않은 상황에서 만나게 된 윤후가 처음엔 많이 놀라웠었다. 하지만 곧 반가운 마음이 들었고 지금은 고맙다는 마음이 더욱 크게 남아 있었다. 남자답게 넓고 듬직한 어깨에 마냥 기대고 싶다는 생각이 들려 하자 영서는 빠르게 눈길을 거두며 현관 안으로 도망치듯 몸을 감추었다.

영서의 집 대문을 닫고 계단을 내려가던 윤후는 현관문이 닫히는 소리에 걸음을 멈추었다. 그 소리가 마치 그녀가 마음을 닫는 소리 같아서 쉽사리 걸음이 떼어지지 않았다.

영서에겐 근처 친척 집에 행사가 있어 들렀던 길이라고 했지만 그것은 윤후가 만든 새하얀 거짓말이었다. 여긴 어떻게 왔느냐고 묻는 그녀에게 당신이 걱정돼서, 그리고 너무나 보고 싶어서, 라고 솔직하게 답을 하지 못했다. 아니, 할 수가 없었다.

열쇠와 지갑을 잃어버려 불안해하는 그녀에게 그런 말을 꺼낸다는 것이 쉽지 않았다. 자신의 솔직함으로 그녀를 더 불안하게 만들고 싶지도 않았다.

부산에서부터 서울까지 영서를 에스코트하던 날. 집 근처와 병원까지 운전을 도맡아 했기에 그녀의 집을 찾아오는 일은 그다지 어렵지 않았다. 다만 자신이 한 행동이 영서가 보냈던 문자와 어긋나는 것이었기에 그녀가 불편해 하지 않도록 나름의 이유를 만든 것이었다.

그녀가 집을 나와 마트로 향하는 것을 그리고 침울한 얼굴로 왔던 길을 되돌아오는 것을 지켜보고 있었다는 것을 알게 된다면 다시는 자신을 보려 하지 않을지도 몰랐다. 그래서 영서가 자신을 아는 체해주었을 때 그리고 도움을 청했을 때 기쁜 마음을 숨기기 힘들었다.

하지만 더욱 해쓱해진 그녀의 얼굴이 어쩔 수 없이 마음에 걸렸다. 그러자 지금 그녀에게 필요한 것이 솔직한 대화가 아니라 편안한 휴식이라는 생각을 하게 되었다.

"후우."

헤어드라이어로 머리카락을 말리던 영서는 다시 긴 한숨을 지었다. 거울에 비친 제 얼굴이 물기 하나 없이 푸석푸석한 것이 무척이나 못마땅했다. 게다가 입고 있는 옷도 전혀 맘에 들지 않았다. 산뜻하고 세련돼 보여 구매했던 회색 후드점퍼는 오늘따라 비를 담은 먹구름처럼 칙칙하고 무겁게만 보였다.

더없이 초라하고 후줄근하게 보이는 제 모습에 영서는 뾰로통한 아이처럼 입을 쑥 내밀었다. 그에 비해 조금 전 윤후의 모습은 너무나 말끔했고, 더없이 준수했다. 그나마 무릎 나온 트레이닝복 차림이 아닌 게 어디냐고 애써 위로하며 헤어드라이어의 전원을 껐다.

욕실을 대충 정리하고 거실로 나오는데 뱃속에서 꼬르륵, 신호가 들려왔다. 잊고 있던 허기가 순식간에 몰려오자 냉장고에 있던 치즈 조각을 꺼내 다급히 응급 처방을 내렸다.

지갑과 열쇠, 휴대전화를 몇 번이나 확인하고서 슈퍼마켓으로 향한 영서는 데워 먹을 수 있는 즉석식품과 라면과 달걀, 우유와 식빵 따위를 되는대로 구입했다. 제법 묵직한 비닐봉지를 들고 계단을 올라왔을 때 대문 앞에 얌전히 놓여 있는 종이 쇼핑백이 눈에 들어왔다.

쇼핑백 위에 적힌 '오 팀장님께'라는 글자를 본 영서는 그것을 챙겨 안으로 들어갔다. 비닐봉지와 종이 쇼핑백을 식탁 위에 내려놓은 영서는 쇼핑백 안에 있는 내용물을 하나하나 살펴보았다. 봉투 안엔 따뜻한 죽과 반찬이 들어 있는 플라스틱 용기, 감기약과 비타민제, 따뜻하게 데운 쌍화탕 병이 들어 있는 약국용 봉투가 얌전히 놓여 있었다.

[혹시 몰라서 감기약을 샀어요. 약을 먹게 되면 그 전에 죽부터 꼭 챙겨 먹어요.]

봉투에 적힌 윤후의 메모를 확인한 영서는 쌍화탕 병을 손에 들고 식탁 의자에 몸을 기대앉았다. 뭔가 따뜻하고 부담스럽지 않은 음식을 먹고 싶다고 생각했었는데…….

자신에게 필요한 것들을 조용히 챙겨 주는 세심하고 자상한 배려에 포근함과 뭉클함이 함께 느껴졌다. 그러나 윤후로 인해 평온했던 마음은 그로 인해 다시 불편해지고 말았다. 말랑했던 심장이 저릿하게 아려오자 흔들리는 속눈썹을 무겁게 감아 버렸다.

'어째서 이렇게 불편한 사이가 돼 버렸을까.'

윤후를 더 이상 편안하게만 대할 수 없는 이 상황이 너무나 버겁고 또 두려웠다.

그를 보아도 아무 이상이 없었던 예전으로 돌아가고 싶다는 생각이 간절해지자 바보처럼 눈물이 나오려 했다. 이렇게 몸과 마음이 약해질 대로 약해진 상황에서 생겨난 감정을 영서는 쉽게 인정할 수 없었다. 아프다는 핑계로 나이답지 않게 어리광을 피우는 것이 아닌가 싶었고 나약하게 흔들리는 제 모습이 맘에 들지도 않았다.

만약 윤후가 자신과 동갑이었다면, 한두 살 정도 어린 남자였다면 달리 생각할 수도 있었다. 하지만 윤후는 자신의 부하 직원이었고 무려 네 살이나 어린 남자였다. 그렇다고 아무렇지 않게 무시해버릴 수 있는 그저 그런 남자가 아니었다. 겉모습은 멀쩡하지만 얘기를 나누는 순간 공허가 느껴지는 속 빈 강정 같은 인물은 더더욱 아니었다. '라루스'에서는 물론이요, 사무실에 들르는 관계자들과 이름을 알 만한 여배우에게까지 관심의 대상이 될 만큼 무시할 수 없는 존재감과 매력을 지닌 참으로 괜찮은 남자였다.

그런 윤후가 자신을 여자로 보게 된 이유에 대해 생각을 하지 않을 수 없었다. 오랜 고민 끝에 영서는 다음과 같은 결론에 도달했다. 지금 윤후가 느끼는 감정은 지극히 일시적이고 즉흥적인 감정일 뿐이라고. 그동안 동고동락하며 쌓이게 된 신뢰와 친근감이 평소와 다른 장소와 상황에 맞물리면서 생겨난 화학작용을 그렇게 받아들이는 것뿐이라고.

그렇지만 휴게소에서처럼 편하게 윤후를 대할 수 없었다. 그저 아무렇지 않은 척하기엔 윤후가 남긴 흔적들이 너무나 분명했고, 그를 바라보는 자신의 시선이 예전 같지 않다는 걸 깨달았기 때문이었다. 그러므로 윤후를 멀리해야만 했다. 윤후가 그런 마음을 알아보기 전에, 다른 이들이 이런 마음을 눈치채기 전에 서둘러 깨끗이 지워야 했다.

8.

내게 너무 겁이 많은 그녀

윤후는 실내가 아닌 야외 테라스에 앉아 있었다. 옅은 하늘색 셔츠에 감색 재킷, 황금색과 갈색이 섞인 넥타이와 갈색 계열의 구두를 매치한 윤후의 스타일은 무르익은 가을 날씨와 무척이나 잘 어울렸다. 서류를 보며 이따금 메모를 하고 있는 윤후를 지나가는 사람들이 한두 번씩 쳐다보았지만 그는 시선을 의식하지 못한 채 일에만 집중하고 있었다.

그러고 보니 오늘도 캐주얼이 아닌 정장차림. 덕분에 단정하면서도 부드러운 남성적 매력이 더욱 드러나고 있었다.

"추운데 왜 밖에 있어? 안에서 기다리지."

영서의 목소리에 윤후가 고개를 들어 그녀를 쳐다보았다. 새까만 눈동자에 영서의 모습이 비추자 단정한 그의 얼굴에 반가운 미소가 바로 떠올랐다.

"햇볕이 좋아서요."

간단하게 대답한 윤후는 보고 있던 서류를 곧바로 정리했다.

"무슨 자료야?"

"이번 영화 마케팅 예산안이요."

"그래? 바쁜데 시간 뺏은 거 아니니?"

"무슨 그런 섭섭한 말씀을. 여기 앉을래요? 아니면 안으로 들어갈래요?"

"괜찮으면, 좀 걸을까? 앉아 있기엔 날씨가 참 좋다."

영서의 말에 윤후는 그러자며 자리에서 일어났다. 카페를 나온 두 사람은 황금색으로 물든 은행나무 가로수 길을 나란히 걷기 시작했다. 이따금 불어오는 바람이 쌀쌀하긴 했지만 맑은 하늘과 따스한 햇볕이 걷기 좋은 오후였다.

"잘 지냈어요?"

"응."

시선을 피한 채 짧게 대답하는 영서를 윤후는 조용히 바라보았다.

영서는 청록색 니트 카디건에 흰색 블라우스를 받쳐 입고 있었다. 밝은 색 청바지에 베이지색 단화, 한쪽 어깨에 메고 있는 큼직한 천 가방. 생각에 잠겨 숙여진 옆얼굴은 투명한 물기를 머금은 것처럼 맑고 깨끗했고, 흔들리는 갈색 머리카락 사이로 가녀린 목덜미와 작고 귀여운 귀가 언뜻언뜻 눈길을 끌었다.

아래로 내려진 기다란 속눈썹과 촉촉한 기운이 도는 붉은 입술에 눈길이 멈춰지자 그 눈가와 입술에 키스하고픈 마음이 자연스럽게 차올랐다. 달콤한 입술과 따스한 숨결을 자신의 것으로 만들고픈 마음이 점점 선명해지자 매끈한 미간에 옅은 주름이 새겨졌다.

"오늘, 휴직원 제출했어."

공원에 다다를 때까지 아무런 말이 없던 영서는 아주 담담하게 그 말을 꺼냈다. 별일 아닌 듯 평범한 목소리였지만 윤후는 놀란 얼굴로 걸음을 멈출 수밖에 없었다.

"한 6개월 쉬고 싶었는데. 대표님이 그렇게는 안 된다고, 3개월만 주겠다고 하셨어."

"많이 안 좋은 건가요?"

윤후가 걱정스럽게 묻자 영서는 가볍게 고개를 저었다.

"아니."

"그런데 어째서."

"쉬고 싶어서. 너도 그랬잖아. 나한테 휴식이 필요하다고. 너무 속 상해 말고 제대로 푹 쉬라고."

그 말을 하는 영서의 얼굴엔 미소가 어려 있었지만 윤후는 그 미소가 편하게만 보이지 않았다. 지금 느끼는 불길함이 단순한 기우(杞憂)이길 바라며 윤후는 조용히 그녀를 응시했다.

"며칠 동안 계속 생각을 해봤어. 너하고 나에 대해서."

윤후의 까만 눈동자가 선명한 빛으로 다가오자 영서는 잠시 말문이 막혔다. 그러나 가방을 잡은 손에 힘을 주며 해야 할 말들을 차분하게 이어갔다.

"미안해."

"뭐가 미안하다는 거죠?"

"그동안 있었던 일 모두. 아무래도 내가 실수를 한 것 같아."

'실수'를 강조하는 그녀의 말에 윤후의 얼굴이 눈에 띄게 굳어졌다.

"부산에선 술에 취해 있었고, 병원에선 여러 가지 일이 겹쳐서 심적으로 많이 힘든 상태였어. 그래서 나도 모르게 너한테 기댔던 거 같아. 앞으론 그런 일 절대 없을 거야. 그러니까 우리 예전처럼 편한 동료로, 그렇게 지내자."

준비해 놓은 원고를 읽는 것처럼 영서의 말은 조금도 막힘이 없었다.

"그게 며칠을 생각해서 내린, 결론이에요?"

"응."

빈틈을 보이지 않으려는 듯 영서는 최대한 간결하게 대답했다.

며칠 사이 완벽하게 달라진 영서의 태도에 윤후는 답답한 듯 머리를 쓸어 올렸다. 자신의 짐작이 빗나가지 않은 것에 대해 짧게 한숨을 지으며 맞은편에 선 영서를 화가 난 얼굴로 바라보았다.

"내가 부하 직원이라서 그런 결론을 내린 거라면, 당장 그만둬요."

"윤후야."

"난, 당신이 그런 감정을 느껴야 할 만큼 어린애가 아니에요."

"강윤후."

"병원에서 있었던 일을 실수라고 하지 말아요. 우린 둘 다 성인이고, 서로에게 분명히 호감을 느끼고 있었어요. 그래서 자연스럽게 끌렸던 거라구요."

말을 하면서 감정을 추스른 윤후는 더없이 진지하게 영서를 바라보았다.

"내가 앞섰던 건 인정해요. 당신에 대한 마음이 무언지 인정하기도 전에 달려들었으니까. 그래서 당신을 겁먹게 만든 거라면, 조심할게요. 당신이 괜찮아질 때까지, 마음의 여유가 생길 때까지 기다릴게요."

진심이 담긴 아름다운 눈동자에 마음이 빼앗길 것 같아서 영서는 시선을 내리며 단정적으로 대꾸했다.

"기다릴 필요 없어."

"……!"

"아까도 말했지만, 난 너랑 불편하게 지내고 싶지 않아."

그녀가 분명하게 선을 그으려하자 윤후의 얼굴에 서서히 그림자가 드리워졌다.

"지금 네가 느끼는 감정은 일종에 습관 같은 거야. 한 공간에서 오랜 시간을 지내면서 생긴 동료애나 정(情)같은 거라고."

"그래서 안 된다는 말을 하는 거예요? 로미오와 줄리엣처럼 첫눈에 반하고, 운명을 느끼게 되는 그런 감정이 아니라서?"

윤후의 반박에 영서는 눈을 들어 그를 볼 수밖에 없었다.

"좀 더 알고 싶어요. 당신에 대해서."

"윤후야."

"당신의 부하 직원이나 동료가 아닌 강윤후란 남자로 당신과 교제하고 싶다구요."

"……!"

"순서가 바뀌긴 했지만 그건 이제부터라도 제대로 시작하면 되는 거니까."

"윤후야, 잠깐만. 내 말을 먼저 들어 줘."

"아니요, 내 얘기부터 들어요. 우리가 습관인지 운명인지 그것도 아니면 또 다른 어떤 것인지. 만나 보면, 사귀어 보면 알 수 있어요."

거듭되는 윤후의 말에 영서는 빠르게 고개를 저었다.

"나는, 그러고 싶지 않아."

너무도 확실한 영서의 거절에 윤후의 얼굴에 순간 당혹스러운 빛이 떠올랐다.

　"왜요? 뭣 때문에요?"

　"네 말대로 만나고, 사귀고, 그래서 서로에 대해 알게 된 후에 아, 우리는 인연이 아니었구나, 그렇게 결론을 내리고 헤어지면 되는 거니?"

　"헤어지는 게 겁이 나서 시작도 해보지 않겠다는 거예요?"

　"그래. 난 누굴 만나는 것도, 헤어지는 것도 도무지 자신이 없어."

　"이해가 안 돼요. 당신이 그런 이유로 겁을 내고 주저한다는 게."

　"너의 이해 같은 거 바라지 않아."

　자신을 밀어내려는 게 확실한 영서의 대답에 윤후는 평정심을 잃지 않으려 애를 썼다.

　"그럼 그동안 내가 봐왔던 건 뭐였죠? 새로운 일에 도전하기를 두려워하지 않고, 옳다고 생각하면 끝까지 밀어붙였던 당신의 추진력은 허울 좋은 말장난 같은 거였어요?"

　"그건 내가 일을 하는 방식이지, 사랑하는 방식이 아니야."

　"일과 사랑의 방식이 다르다구요? 당신은 그게 가능해요?"

　"일과 사랑은 별개의 문제야. 개인적인 감정에 치우쳐서 공과 사를 구분하지 못하고 일을 그르치는 건 프로답지 못한 자세라고 생각해."

　"하지만 일을 하는 건 사람이에요. 그래서 사람이 중요한 거라고, 그래서 마음을 놓치지 않아야 한다고 했던 건 당신이었어요."

　"그것 또한 일에 관한 얘기였지. 사랑에 관한 말은 아니었어."

　"지독하군요. 그렇게까지 날 밀어내고 싶어요?"

"……."

"대체 문제가 뭐예요? 내가 당신을 좋아하는 게. 그래서 당신을 계속 보고 싶다는 게. 그렇게 받아들이기 힘든 일이에요?"

마음을 건드리는 눈빛에 가슴이 아려왔지만 영서는 자신이 생각한 바를 끝까지 이야기했다.

"널 받아들일 수 없어."

"무조건 안 된다고만 하지 말고. 내가 납득할 수 있는 이유를 말해요."

"넌 너무 어려."

"……!"

"그리고 너무 근사해."

영서의 대답에 냉정함을 유지하려던 윤후의 얼굴에 적잖은 균열이 생겼다.

"그게 무슨 말도 안 되는!"

"내 말 끝까지 들어, 강윤후."

그녀의 부탁에 터져 나오는 말문을 가까스로 억눌렀다.

"나는 아직 누군가를 만날 마음의 준비가 안 되어 있어. 마음에 담았던 사람을 잊는 일도, 그 사람의 마음이 변해서 결국 날 배신하게 되는 일도, 정말이지 두 번 다시 겪고 싶지 않아. 네가 겁쟁이라고 비웃어도 어쩔 수 없어. 난 그게 제일 두려워……."

그 말이 마치 '너도 배신할 수 있다.' 라는 말 같아서 울컥 화가 치밀었다. 그러나 그녀가 진심으로 두려워하고 있다는 것이 느껴졌기에 가슴이 뻐근하리 만큼 아파왔다.

"빌어먹을! 뭐가 그렇게 복잡해요?"

발끈하는 윤후를 보며 영서는 서글픈 웃음을 지었다.

"나이가 들면 그렇게 돼. 머리는 복잡해지고, 두려움은 커지고."

두 눈에 얼음이 들어온 것처럼 시리디 시린 웃음. 깊은 상흔과도 같은 영서의 웃음에 윤후는 다시 울컥 감정이 치밀었다. 그녀에게 그런 웃음을 짓게 만든 누군가를 흠씬 두들겨 주고 싶다는 생각에 두 손에 저절로 힘이 들어갔다.

"그래요. 나, 당신보다 네 살이나 어려요. 그러니까 당신처럼 겁먹지도, 당신처럼 두려워하지도 않을 거예요. 내가 당신을 좋아하는 건, 내 마음이니까. 그것까지 막지 말아요."

결코 물러서지 않은 윤후의 당당함에 영서는 순전한 두려움을 느꼈다. 한 걸음 다가오는 윤후를 보며 영서가 그만큼 뒤로 물러나자 윤후가 손을 뻗어 그녀의 팔을 붙잡았다. 그리고 무어라 말할 새도 없이 강하게 끌어당겼다.

"놔줘, 윤후야."

그러나 윤후는 그녀를 안은 팔에 더욱 힘을 주었다. 그리고 원망 섞인 푸념을 나직하게 쏟아냈다.

"나이 많은 게 자랑이에요?"

"놔줘."

윤후의 말을 듣지 않으려 다시 부탁했지만 윤후는 고개를 저으며 영서를 더욱 끌어안았다. 넓고 따스한 품에 꼼짝없이 갇혀 버린 영서는 그를 밀어내려 두 손에 힘을 주었다. 그러나 윤후는 흔들리지 않았다. 영서가 무언가 더 말을 하려 했을 때 정수리 위에서 그의 한숨소리가 흩어져 내렸다.

"……생각보다 더 좋아하는 것 같아."

괴로움 가득한 탄식소리에 영서의 심장이 찌르르 아파왔다.

"그냥 날 받아 주면 안 돼요? 당신을 좋아하는 내 마음을 인정해 주면 안 돼요?"

영서가 입을 꾹 다문 채 아무런 말도 하지 않자 윤후가 그녀를 안고 있던 팔을 천천히 풀어주었다. 그리고 고개를 숙여 그녀와 눈을 맞추었다. 그 눈길을 회피하려 영서가 고개를 돌리자 윤후가 그녀의 얼굴을 붙잡아 자신을 보게 만들었다.

"피하지 말고, 날 봐요. 그리고 다시 한 번 생각해요."

하지만 영서는 고집스럽게 고개를 저었다.

"더 이상 생각하고 싶지 않아. 그러니까 그만 해, 윤후야."

영서가 그 손을 치우며 물러나려하자 윤후가 그녀의 어깨를 붙잡으며 분명하게 말했다.

"아니, 그만둘 수 없어요."

"강윤후!"

"날 그만두게 하고 싶어요? 그럼 내가 납득할 수 있는 이유를 만들어요. 그게 아니라면 날 받아들여야 할 거예요."

"너 정말……!"

"앞으로 사흘만 더 기다릴게요. 그동안 제대로 생각해요. 날 밀어내는 게 힘이 들지, 받아들이는 게 힘이 들지."

말을 마친 윤후는 영서를 붙잡았던 손을 천천히 놓아주었다. 커다랗게 흔들리는 갈색 눈동자를 가슴에 담고서 윤후는 그녀에게서 돌아섰다. 영서가 돌아서는 것을 보는 것보다 자신이 돌아서는 편이 나을 거라는 생각 때문이었다. 그녀의 뒷모습을 보게 되면 그녀를 붙잡게 될 것 같아서, 꼭 끌어안고 놔주지 않을 것 같아서 그렇게 해야만 했다.

* * *

영서가 휴직원을 냈다는 것을 알게 된 이모는 영서에게 조만간 집에 들르라는 말을 전했다.

독립을 한 후 연례행사가 아니면 만나기 힘들었던 이모부와 조카들까지 함께한 저녁 식탁에서 이모는 영서가 자리에 앉자마자 결혼 얘기를 꺼냈다. 영서가 몸이 아프고 힘든 이유가 다 제때에 시집을 가지 못해서 그런 것이라며 당장이라도 시집을 보낼 기세였다.

이모가 극성스러운 잔소리를 할 때마다 은근히 방패막이가 되어주던 이모부마저 별 다른 얘기가 없자 영서는 밥알을 넘기는 것이 모래알을 넘기는 것처럼 불편했다.

좌불안석이었던 식사를 마치고 드디어 현관을 나서는데 이모부가 조용히 영서의 뒤를 따라나섰다.

"바로 집으로 가는 거니?"

"예."

"잠시만 기다려라. 내가 바래다주마."

"아니에요, 이모부. 앞에서 택시 타고 가면 돼요."

"왜? 이모부랑 있기 싫으냐?"

"싫은 게 아니라. 피곤하실까 봐 그러죠."

"녀석. 나 아직 정정하니까 군소리 말고 얼른 타."

그에 영서는 이모부가 운전하는 승용차의 보조석에 별 수 없이 앉아야 했다.

"오늘 이모 때문에 불편했지?"

이모부의 물음에 영서가 웃는 얼굴로 고개를 끄덕였다.

"조금요."

"이모가 그런 말 하는 거 서운하게 생각 마라. 다 네가 걱정돼서 하는 말이니까."

"예. 저도 알고 있어요."

영서의 대답에 이모부가 인자하게 웃으며 영서를 보았다.

"가만있자. 영서 네가 올해 몇이지?"

"서른둘이요."

"서른둘? 허. 대학 졸업한 게 엊그제 같은데. 세월이 참 빠르긴 하구나."

그 말에 영서는 머쓱한 얼굴로 두 손을 그러쥐었다.

"내 생각에도 네가 이제 결혼을 해야지 않을까 싶구나."

"이모부⋯⋯!"

"네가 일에서 보람을 찾는 것도 좋다만. 지금처럼 아프고 힘들 때 옆에 있어 줄 사람이 없다는 게 마음이 놓이지 않아."

"저 이제 괜찮아요, 이모부. 휴직원을 낸 건 그동안 너무 일만 해서, 쉬고 싶어서 낸 거예요."

"그럼. 다시 직장에 복귀하겠다 그런 뜻이니?"

"예."

"지금이야 네 옆에 영인이나 우리 부부가 있다지만 좀 더 시간이 지나 봐. 네 옆에 누가 남아 있을지."

이모부의 말에 영서는 어떤 반박도 할 수 없었다. 이모부가 진심으로 자신을 걱정해서 하는 말이라는 걸 알고 있었기 때문이었다.

"네가 입원했다는 얘길 들었을 때 가장 먼저 든 생각이 뭐였는지 아니? 형님 내외께 죄송하다는 생각이었어. 일 핑계로 너한테 너무 무심했던 게 아닌가, 마음이 좋지 않더구나."

"그런 말씀 마세요, 이모부. 두 분 아니었음 언니랑 저, 아무것도 못했을 거예요."

"니들이 앞가림을 잘해서 그런 거지. 우리가 뭘 한 게 있다고."

양친이 교통사고로 사망한 후 영인과 영서를 데리고 와 친자식처럼 거두고 챙겨 준 이가 바로 이모부와 이모였다. 친자식들이 서운해할 만큼 자매를 챙기고, 대학등록금뿐 아니라 영인의 결혼식 비용까지 보태 준 이모부가 그런 말을 하니 영서는 그저 죄송스러울 뿐이었다.

"죄송해요, 이모부. 별것 아닌 일로 걱정하시게 만들고. 정말, 죄송해요."

"별 소릴 다 한다. 너만큼만 하라고들 해. 그나저나 영서야. 혹시 진지하게 만나는 사람이 있니? 아니면 마음에 둔 사람이 있다거나."

그 순간 윤후의 얼굴이 떠올랐지만 영서는 강하게 고개를 저었다.

"아니요. 없어요, 그런 사람."

"그럼, 사람 좀 만나 볼래?"

"네?"

"이모부 친구 아들인데 두 번 본 적이 있어. 남자답게 훤칠하게 잘생겼는데, 성격도 호탕하고 네가 하는 일이랑 관련이 있는 쪽에 근무를 하는 것 같더구나."

"이, 이모부. 갑자기 그렇게 말씀을 하시면……."

"사실 친구가 진작 얘기를 꺼냈었는데, 네가 워낙 일에 빠져 있는 것 같아서 전하지 않은 것뿐이야. 당분간은 일도 쉬고 휴직원까지 냈다고 했으니 부담 갖지 말고 한 번 만나 봐."

그 말이 얼마나 큰 부담을 주는 말인지 이모부는 아마도 모르는 모양이었다. 영서가 그러겠다고 선뜻 대답을 하지 않자 이모부가 자상한 목소리로 영서에게 물었다.

"무조건 싫다고만 하지 말고 일단 만나 봐. 만나 봐야 좋은지 싫은지 알 게 아니겠니?"

"그렇지만, 이모부. 전 지금 누굴 만나고 싶은 마음이 없어요."

"내가 부탁을 해도 안 되는 거니?"

그 말에 영서가 주저하는 얼굴이자 이모부가 다시 한 번 영서를 재촉했다.

"더도 말고 덜도 말고, 세 번만 만나 봐."

"세 번이나요?"

"그 정도 만났는데도 맘에 드는 구석이 안 보이면 인연이 아닌 게지."

이모부의 말에 영서는 크고 높은 장애물을 만난 것 같은 막막함을 느꼈다. 이모부의 제안이 윤후의 마음을 외면한 대가로 받게 된 벌이 아닐까 하는 심란한 생각까지 들었다.

"말 나온 김에 이번 주 토요일에 만나는 걸로 하자꾸나."

"이번 주요?"

영서가 눈을 동그랗게 뜨고 되묻자 이모부가 대수롭지 않은 일이라는 듯 가볍게 대꾸를 했다.

"질질 끌 필요 뭐가 있어? 두 달만 지나면 해가 바뀌는데."

IS건설의 말단 직원으로 시작해 주요 임원의 자리까지 오른 어른이라 그런지 이모부의 추진력은 영서가 따라가기 벅찰 만큼 빠르고 신속했다.

"하지만 이모부……."

"내가 말했잖니. 일단 세 번만 만나 보라고. 그 정도 성의는 보여야 네 휴가 기간이 잔소리 없이 편할 거 아니냐?"

"……!"

"그렇다고 너무 무성의하게 보여서는 곤란하다. 내 말이 무슨 뜻인지 알지?"

이모부의 마지막 말에 영서는 마지못해 고개를 끄덕였다. 아버지와 다름없는 이모부의 부탁을 계속 거절하는 것이 내심 불편했는데 마지막 말이 그나마 마음의 짐을 덜어 주었다.

※　※　※

"왜, 머리가 마음에 안 드세요?"

넌지시 묻는 헤어디자이너의 물음에 영서는 퍼뜩 정신을 차리고 앞의 거울을 보았다.

"머리가 마음에 안 드시냐구요? 계속 인상을 쓰고 계셔서."

"아, 아니에요. 뭘 좀 생각하느라."

단정하고 심플한 블랙 원피스와 무척이나 잘 어울리는 단발머리를 하고서 미용실을 나선 영서는 양손으로 관자놀이를 가만히 눌렀다. 앉아 있는 내내 신경을 써서인지 머리가 계속 지끈지끈하게 아파왔다.

그러고 보니 두통이 생길 만도 했다. 소개팅이라는 것을 해본 적도

극히 드문데, 자그마치 선을 보는 자리였다. 그것도 이모부와 이모부 친구 분이 마련한 쉽지 않은 자리를 나가는 일이었다. 삼 세 번이라는 조건을 후다닥 마칠 요량으로 선택했지만 가는 길이 마뜩잖은 것은 어쩔 수 없었다. 그래도 만나는 장소가 호텔 커피숍이 아닌 이태원이라는 것이, 어른들을 모시지 않고 당사자 두 사람만이 만난다는 것이 그나마 다행이라면 다행이었다.

'SJ 엔터테인먼트 최승현 실장.'

오늘 만나야 할 남자의 이름과 전화번호를 보며 영서는 잠시 생각에 잠겼다. 약속 장소를 정하느라 한 번 통화를 했었는데 말투에서 꽤나 자신감이 느껴졌다. SJ 엔터테인먼트라면 영화 배급과도 인연이 있었기에 그리 낯선 느낌은 없었다. 하지만······.

그때 또르륵 소리와 함께 건널목의 신호등이 초록색으로 바뀌었다. 약속 장소를 향해 길을 건너던 영서는 큰 짐을 이고 지고, 건너가는 할머니 한 분을 보았다. 아무래도 안 되겠다 싶어서 할머니의 짐을 들어주며 느린 보폭을 함께 맞추었다.

'10여분 지각이라.'

레스토랑의 창가 자리에 앉아 있던 승현은 손목시계의 시간을 확인하며 미간을 찌푸렸다.

'상관없지. 어차피 한 번 보고 말 사람인데.'

가볍게 한숨을 쉬며 물 잔을 들었을 때 누군가 급하게 레스토랑 안으로 들어오는 게 보였다. 앉아 있는 사람들을 둘러본 여자는 유일하게 혼자 자리를 지키고 있는 승현에게로 시선을 멈추었다.

"혹시, 최승현 씨 되시나요?"

다가온 여자가 물었을 때 승현은 형식적인 미소를 지으며 고개를 끄덕였다.

"네. 맞습니다."

"죄송해요. 오다가 일이 생기는 바람에."

꽤 오래 뛰어왔는지 여자의 얼굴은 상기되어 있었고, 콧잔등엔 작은 땀방울이 맺혀 있었다.

"일단 앉으시죠, 오영서 씨."

승현의 말에 영서가 '아, 네.' 라며 그의 맞은편 자리에 앉았다.

"정말 죄송합니다."

영서가 정말 미안한 얼굴로 사과를 해오자 승현이 입꼬리를 올리며 냅킨을 내밀었다.

"일단 땀부터 닦으시죠."

"아, 감사합니다."

영서가 냅킨으로 이마와 콧잔등을 꾹꾹 찍어내는 것을 보며 승현은 피식 입꼬리를 올렸다.

신호 대기 중인 차 안에서 그는 영서를 잠깐 보았었다. 할머니를 도와 길을 건너는 여자를 보며 오늘 만나는 여자가 저런 스타일이라면 어떨까 생각을 해보았다. 그런데 지금 그 여자가 자신의 맞은편에 앉아 있었다. 그러자 마지못해 나온 지루한 선자리가 흥미로워지기 시작했다.

"주문하시죠. 참고로 여긴 파스타가 아주 맛있습니다."

"그래요?"

시원하게 물 한 모금을 마신 영서는 신중한 눈길로 메뉴판을 들여다보았다. 그런 영서를 은근하게 훑어보며 승현은 제 입술을 매만졌다. 서른이 넘은 여자는 여자로 생각하지 않는다는 것이 올해 서른다섯을 먹는 싱글남 최승현의 지론이었다. 그래서 오늘 맞선자리도 별기대 없이 나왔고, 장소도 회사와 가까운 이태원으로 정한 것이었다.

헌데 눈앞의 그녀는 그 지론을 은근히 흔들고 있었다. 메뉴판을 보며 두 눈을 반짝이는 영서는 아무리 보아도 서른둘이란 나이로 보이지 않았다. 옷차림이나 머리모양이 신경 쓴 흔적이 역력했지만 옅은 화장을 한 얼굴에선 인공적인 미가 전혀 느껴지지 않았다.

그러나 승현의 흥미를 가장 끈 것은 자신을 보면서도 전혀 긴장하지 않는, 어찌 보면 무심하기까지 한 그녀의 태도였다. 그의 관심을 끌어내기 위해 일부로 무심한 척하는 내숭이 아니라 정말로 무관심한 눈빛. 그러자 자신을 인정하게 만들고픈 마음이 자연스럽게 고개를 들었다.

"저는 새우 페페론치노로 할게요."

"그거 보기보다 매울 텐데요."

"아, 그래요? 잘 됐네요. 매운 걸 아주 좋아하거든요."

"매운 걸 좋아하신다. 식성이 나와 비슷하군요."

승현은 다가온 웨이터에게 같은 메뉴를 주문했고, 영서는 그 사이물을 좀 더 마셨다.

"영화 프로듀서로 일하신다구요?"

"네."

"근무하는 곳 이름이 어떻게 되죠?"

"라루스예요."

"장준환 대표님이 있는 그 라루스 말인가요?"

"대표님을 아세요?"

영서가 되묻자 승현이 입꼬리를 올리며 씨익 미소를 지었다. 여심을 뒤흔드는 섹시한 미소라고 자타가 공인하는 살인 미소. 헌데 영서의 표정엔 어떤 변화도 없었다.

"예. 이번에 알게 되었죠."

"이번에요?"

"어쩌면 우리 만날 수도 있었는데. 혹시 듣지 못했습니까?"

승현의 말에 영서가 눈을 동그랗게 뜨고 그를 쳐다보았다.

"부산 영화제 행사장에서요. 장 대표님이랑 KTN 케이블, 그리고 저희 SJ 드라마 팀이 조인을 했었거든요."

"정말요? SJ에서 드라마 쪽에 진출을 하는 건가요?"

"아직은 공식화하지 않았지만 케이블 방송을 시작으로 공중파에 배급을 시킬 계획이에요. 그날 영서 씨가 입원하지 않았다면 아마도 술 한 잔을 기울였을 겁니다."

승현에게서 계속 의외의 얘기가 흘러나오자 영서의 얼굴엔 연신 놀라움이 어렸다.

"그런데 몸이 많이 안 좋았던 건가요?"

"예. 계속 무리를 했더니 몸이 신호를 보내더라구요. 10년 가까이 쉬지 않고 달려만 왔더니 체력도 달리고. 그래서 당분간은 무조건 편하게 쉴 계획이에요."

영서가 얘기를 하는 동안 승현의 얼굴엔 미소가 떠나지 않았다. 영서가 앉아 있는 쪽으로 상체를 기울인 승현은 그녀와 눈을 맞추며 적극적으로 호감을 드러냈다.

"장 대표님이랑 일하다 보면 체력적으로 힘들긴 할 거예요. 워낙 이런저런 일을 벌이시는 분이라."

장 대표에 대해 그렇게 표현하는 것이 맘에 들지 않았지만 영서는 일단 반박하지 않았다. 앞으로도 계속 만나야 하는 관계자가 분명한 데다 승현의 말투가 직설적이라는 것을 느꼈기 때문이기도 했다.

"이참에 드라마 제작 쪽으로 전향을 하는 건 어때요? 요즘은 영화 쪽 자금 여건이 좋지 않아서. 영서 씨 정도의 능력이면 우리 SJ에서 원하는 스타일의 드라마 충분히 기획할 수 있을 것 같은데."

"절 그렇게 좋게 봐주시니 고맙네요. 헌데, 전 SJ와 잘 맞지 않아요."

"어떤 점이 맞지 않다는 겁니까?"

"SJ는 국내 영화 제작보다 해외 영화를 수입하는 데 집중을 하시 잖아요. 덕분에 SJ 계열의 영화관은 관객 수가 올라가서 흑자를 보고 있지만요."

영서의 직언에 승현의 미간이 꿈틀 움직였다.

"정말 그렇게 생각하는 겁니까?"

"신연식 감독 데뷔 작품이 걸렸을 때 그 해 잘나가는 외화에 개봉 관 확대하느라 개봉관 수를 40개로 줄이고, 상영 시간도 징검다리로 교차 상영하셨잖아요."

"하하. 별걸 다 기억하고 있군요."

"제가 홍보실 막내로 있을 때 다루었던 작품이라 잊으려야 잊을 수가 없어요."

"하지만 좀 억울한데요. 전 그때 배급 파트 쪽이 아니었거든요."

"지금도 별반 다르지 않은 것 같아서 말씀을 드린 거예요. 예전에 차 대표님이 계실 땐 SJ에서 실험적인 작품들도 제작하고, 인디 영화에 과감하게 지원도 했었는데 요즘엔 그런 쪽에 영 관심을 안 보이는 것 같아서요."

영서의 지적에 진땀을 흘리던 승현은 웨이터가 스프와 샐러드를 놓고 간 사이 물로 목을 축였다. 갈증이 해소된 승현은 스프를 먹는 영서를 보며 피식 웃음을 지었다. 호탕한 그의 웃음소리에 영서가 무슨 일인가 하고 승현을 쳐다보았다.

"그냥. 이 상황이 재밌어서요."

"뭐가 재미있다는 거죠?"

"영서 씨랑 나, 맞선 보러 나온 거 아닌가요?"

"아, 뭐. 그렇죠."

"그런데 우리가 나누는 얘기는 뭐랄까. 맞선에 어울리지 않는 살벌하고 치열한 주제들인 것 같아서 말이죠."

"이런 자리에 나온 사람들이 나누는 얘기라는 게 따로 있나요?"

영서의 물음에 승현이 여유롭게 웃으며 고개를 한쪽으로 기울였다.

"글쎄요? 처음이라 나도 잘 모르겠네요."

승현의 대답에 영서가 곧바로 의외라는 표정을 지었다.

"왜 그렇게 보는 겁니까?"

"좀 의외라서요."

"내가 이런 자리에 처음이라는 게 의외라는 겁니까?"

"네."

"이래 봬도 꽤 소신 있는 운명론잡니다. 그래서 여태 맞선은 보지도 않았어요. 운명의 여신이 점찍어 놓은 내 반쪽 기다리면서."

"그래도 연애는 하셨을 거잖아요?"

허를 찌르는 영서의 물음에 승현은 흠칫 놀란 얼굴이 되었다.

"아, 이런. 그건 아니라고 부정을 못하겠군요."

막힘없는 그의 대답에 샐러드를 먹던 영서가 그를 잠시 쳐다보았다. 그와 눈이 마주친 영서는 마지못해 미소를 지었다.

"그러니까 더 예쁜데요."

"예?"

"영서 씨 말예요. 웃는 얼굴이 아주 예뻐요."

승현의 노골적인 칭찬에 영서는 잠시 할 말을 잃었다. 승현과 부산에서 만날 수 있었다는 말도 의외였지만 너무도 적극적인 그의 태도가 적잖이 부담스러웠다.

"초면에 실례지만 이런 말씀드려도 될까요?"

"얼마나 실례인지 한번 들어 보죠."

승현이 한껏 너그러운 표정을 짓자 영서는 용기를 내 마음속에 있던 말을 털어놓았다.

"전 아직 결혼할 생각이 없습니다."

"그런데요?"

"그런데도 여기 나온 건 승현 씨 아버님과 저희 이모부님이 약속을 하신 거라고 해서. 그래서 나온 거예요."

"아, 그렇군요. 그래서요?"

"좀 전에 맞선을 본 적 없었다고 하셨죠?"

"그랬었죠."

"저도 그렇고, 최승현 씨도 그렇고. 아직은 결혼보다 일에 더 관심이 많잖아요. 그러니까 오늘 돌아가면 어른들께 솔직하게 말씀을 드리는 게 어떨까 해서요. 마음도 없는데 형식적으로 서너 번씩 만나는 거, 시간 낭비에 서로에 대한 예의도 아닌 것 같고."

"그 말은 제가 맘에 안 든다, 뭐 그런 뜻인가요?"

"맘에 들고, 안 들고 할 여지가 있을까요?"

"정말로 자기 생각이 확실한 사람이군요."

"이런 건 분명하게 얘기하는 게 좋을 것 같아서 얘길 한 거였어요. 제 말에 기분이 상하셨다면 죄송합니다."

"뭐 솔직히 기분이 좋지는 않아요. 하지만 영서 씨 얘기의 요지는 나 최승현이 싫은 게 아니라 결혼할 마음의 여유도 그런 의사도 없다, 그런 뜻 아닙니까?"

"네. 바로 그 얘기였어요."

영서가 적극적으로 고개를 끄덕이자 승현이 입꼬리를 올리며 여유로운 웃음을 지었다.

"그런데 이거 어쩌죠?"

"……?"

"여기 오기 전까진 영서 씨와 같은 생각이었는데. 지금은 생각이 좀 달라졌어요."

"달라졌다구요?"

"오영서 씨가 어떤 사람인지 궁금해졌다고 해야 하나."

"전 궁금한 게 없는데요."

영서가 망설임 없이 바로 대꾸를 하자 자신만만하던 승현의 얼굴에 당혹스러운 빛이 떠올랐다. 악의 없이 솔직한 그래서 더 황당하게 느껴지는 그녀의 반응에 승현은 갑자기 큭큭 웃음을 터뜨렸다.

"이거 너무 솔직한 반응인데요?"

승현이 계속 소리를 내어 웃자 영서가 몹시 의아한 얼굴로 그에게 물었다.

"그 말이 그렇게 웃기는 말인가요?"

영서의 물음에 승현은 아니라고 대답하면서도 여전히 웃음을 멈추지 않았다.

'이 사람, 왜 자꾸 웃는 거야?'

하얀 이를 드러내며 시원하게 웃는 승현의 얼굴을 영서는 잠시 멀뚱히 쳐다보았다.

웃는다는 것, 그것은 화를 내며 짜증을 내는 것보다 분명 좋은 반응이었다. 그러나 그 웃음에 묘하게 마음이 불편해졌다.

차이나 칼라의 화이트 셔츠에 편안한 블랙 슈트를 입은 최승현은 구릿빛 피부에 남성스러운 매력이 넘치는 외모의 소유자였다. 자신감이 가득한 말투와 해박한 지식, 적절한 유머 감각과 자신감 넘치는 제스처. 대부분의 여자들이 좋아할 만한 요소를 두루 갖춘 그와 함께 있으면서도 영서는 이 시간이 빨리 지나갔으면 좋겠다는 생각을 자연스레 떠올리고 있었다.

그것은 부산 영화제의 화려한 파티장에서 느꼈던 지루함과 매우 흡사한 감정이었다. 이유가 무얼까 생각하던 영서는 오래지 않자 그 답을 깨닫게 되었다. 정답은 바로 심장에 있었다. 왼쪽에 자리한 자신의 심장이 평소와 다름없는 속도로 조용하고 편안하게 뛰고 있었다.

어떤 설렘도, 어떤 기대도, 어떤 아픔도 없이 지극히 평온하게.

9.

불편한 진심

낯선 차에서 내리는 영서를 보았을 때 윤후가 가장 먼저 느낀 감정은 후회였다.

'어리석은 강윤후. 대체 무슨 생각으로 유예기간을 정한 거냐? 무조건 만나 달라고 애원을 했어도 모자랐을 상황에!'

사흘이란 기간 동안 있는 대로 속을 끓이고 무던히도 애를 태웠었다. 일을 하는 중에도 그녀의 집으로 찾아가고픈 마음을 억누르느라 그야말로 미칠 것 같은 하루하루를 보냈었다. 그런데 영서와 눈이 마주치자마자 복잡하게 들끓던 마음이 거짓말처럼 잠잠하게 차분해졌다.

"여기서 뭐하는 거야?"

다가온 영서가 놀란 얼굴로 그렇게 물었을 때 윤후는 어느새 미소까지 짓고 있었다.

"팀장님을 기다리고 있었어요."

영서를 보는 윤후의 눈빛은 한없이 깊고 따스했다. 어루만지는 것 같은 따스함에 마음이 뭉클해지려 하자 영서는 들리지 않게 호흡을 가다듬었다. 조용했던 심장이 윤후를 보자마자 반응을 했기에 표정관리를 해야만 했다.

　"오래 기다린 거야?"

　"아마도 79시간 쯤?"

　"응?"

　"수요일에 만났었잖아요. 그때부터 쭈욱 기다렸으니까."

　"……!"

　"누구예요? 바래다 준 사람?"

　윤후의 물음에 영서는 잠시 대답을 고민했다. 골목 어귀에 선 윤후를 보았을 때 처음엔 당혹스러웠고 이내 미안해졌다. 최승현의 배려를 끝까지 거절 못하고 함께 차를 타고 온 것이, 그것을 윤후가 보았다는 것이 저절로 그런 마음을 들게 했다. 하지만 그것으로 윤후를 포기하게 만들 수 있을 거란 생각이 문득 고개를 들었다.

　"……SJ 최승현 실장."

　"SJ 최승현 실장이요? 그 사람을 왜요? 일 때문에 만난 거예요?"

　"아니. 개인적인 일로."

　영서의 대답을 듣는 윤후의 얼굴에 바로 경계의 빛이 어렸다. 최승현 실장은 드라마 제작과 관련된 일로 두어 번 마주했던 남자였다. 그런 그를 일적으로 만났다면 충분히 그럴 수 있다고 생각했다. 영서가 일을 그만둔 것이 아니라 잠시 쉬는 기간이었으니까. 그런데 영서는 분명히 '개인적인 일'로 그를 만났다고 강조하고 있었다.

　"개인적인 일이요?"

윤후가 확인하듯 되묻자 영서가 차분한 목소리로 설명을 덧붙였다.

"이모부 친구 분의 자제였어. 그래서 오늘 만나게 됐어."

"가족들이 함께 모였던 거예요?"

"아니."

"그런데 어떻게?"

"맞선."

"네?"

"오늘 그 사람하고 선을 봤어."

구체적이고 확실한 영서의 묘사에 윤후의 두 눈이 놀라움으로 커다래졌다. 가까이 마주한 그녀가 오늘따라 예뻐 보인다는 생각만을 했지 맞선을 보았다고는 짐작조차 못했었다. 그런데 맞선이란 말을 듣는 순간 그대로 말문이 막혀버렸다. 자신에겐 너무나 생소한 그럼에도 무엇을 뜻하는지 정확하게 알고 있는 단어 앞에서 저절로 그런 반응이 나왔다.

"그러니까 이제, 찾아오지 않았으면 좋겠어."

윤후의 얼굴이 눈에 띄게 굳어졌음에도 영서는 흔들림 없이 그 말을 꺼냈다.

"갈게."

짧은 인사말을 건네고 나서 영서는 곧바로 뒤돌아섰다. 잘한 거라고, 이렇게 하는 것이 나를 위한 길이라고 타이르면서 빠르게 걸음을 옮겼다.

영서가 골목길을 올라가는 것을 지켜보던 윤후는 이내 큰 걸음으로 그녀의 뒤를 따라갔다.

"선을 봤다고 해서 결혼을 하는 건 아니잖아요."

영서가 가타부타 말이 없자 윤후가 그녀의 손목을 붙잡아 자신에게로 돌려세웠다.

"대체 왜 그래요?"

"왜 그러느냐고?"

"대체 선 같은 걸 왜 보느냐구요!"

"내가 선을 보든 말든 네가 무슨 상관인데?"

"내가 왜 이러는지 정말 몰라서 물어요?"

윤후의 목소리는 지극히 낮았지만 눈빛은 곧 폭발할 것처럼 끓어오르고 있었다.

"잊었어? 납득할 수 있는 이유를 만들라고 한 건 너였어."

그 대답에 윤후의 눈매가 가늘어지자 잡힌 손목이 시큰하게 아파왔다.

"그래서 선을 봤다는 거예요? 나를 완벽하게 거절하려고?"

되묻는 윤후의 목소리가 더욱 어둡고 탁했다.

"놔줘, 강윤후."

영서가 찡그리며 손목을 당겼지만 윤후는 단호하게 거절했다.

"그렇게 못해요."

강한 악력에 괴로워하는 영서를 보고 있음에도 윤후는 손을 놓을 수가 없었다. 그녀가 자신을 온몸으로 거부하는 것이 참을 수 없을 만큼 화가 치밀었다.

"아파, 윤후야!"

괴로움에 소리치는 영서를 보다가 윤후는 스르르 손을 놓아주었다. 붉은 자국이 생긴 그녀의 손목과 아파하는 얼굴을 보고 있으니 저절로 손에 힘이 풀렸다.

"……미안해요. 아프게 하려던 건 아니었어요."

사과를 했지만 마음이 조금도 편하지 않았다. 영서의 두 눈에 어린 물기가 그 마음을 더욱 비참하게 짓눌렀다. 감정을 주체하지 못하고 그녀를 아프게 만든 것에 실망스러움이 더해지자 마음이 더욱 무거워졌다.

"고의는 아니었어요. 하지만 이해해 달라고 안 해요."

그 말을 하는 윤후를 영서가 말갛게 쳐다보았다. 다시 자유로워진 그럼에도 얼얼한 손목 때문인지 아니면 아픈 마음 때문인지 이상하게 눈물이 나올 것 같았다.

"그런 눈으로 쳐다보지 말아요. 키스하고 싶어지니까."

영서의 눈동자가 겁에 질려 커다래지는 것을 보며 윤후는 한 걸음 뒤로 물러났다.

다가가면 그만큼 달아나고, 이렇게 붙잡으면 놓아달라고 소리치는 그녀를 어떻게 해야 할까?

자신의 마음을 몰라주는 영서 때문에 애가 탔지만 적어도 지금은 그녀를 놓아주는 게 맞는 것 같아서 윤후는 깊게 미간을 찌푸렸다.

"빌어먹을……."

나직하게 내뱉고서 영서에게서 뒤돌아섰다. 그녀를 쫓아가려는 발길을 붙잡으려는 손길을 그렇게라도 억지로 되돌렸다. 그렇게 하지 않으면 조금 전 자신이 내뱉은 말을 행동으로 옮길 것 같아 주먹을 움켜쥐며 마음을 다잡았다.

눈빛만으로도 심장을 옥죄이던 윤후가 시야에서 멀어지자 불규칙하던 영서의 호흡이 서서히 제 속도를 찾아갔다. 안전하게 멀어진 공간 사이로 서늘한 밤바람이 휘몰아치자 욱신거리는 손목이 시리게 아파왔다. 멀어지는 뒷모습에 감당할 수 없는 감정이 눈물로 차오르자 영서가 눈가를 닦고서 그를 원망스레 노려보았다.

"친구로 지낼 수도 있잖아."

물기 어린 영서의 목소리에 윤후가 걸음을 멈추고 뒤를 돌아보았다.

"너하고 나, 여태 그렇게 지내왔잖아."

"그게, 가능하다고 생각해요?"

"노력하면 가능하다고 생각해."

영서의 대답에 윤후의 얼굴에 기막힌 웃음이 떠올랐다.

"보고 있으면 심장이 뛰는 여자를 친구로 보라구요? 그 입술에 키스하고 싶고, 밤새도록 안고 싶은 여자를? 난 그렇게 못해요."

너무도 뜨겁고 너무도 솔직한 눈빛에 불에 덴 것처럼 심장이 욱신거렸다. 그래서 더 솔직하게 마음에 있는 말을 해야 했다.

"네가 느끼는 그 감정이 얼마나 갈 것 같아? 심장이 두근거리는 그 증상은 일시적인 화학반응일 뿐이야."

그것은 윤후에게만 해당되는 말이 아니었다. 어쩌면 스스로에게 가장 하고 싶은 말이기도 했다.

"넌 날 그냥 안고만 싶은 건지도 몰라. 그날 너와 내가 끝까지 갔었다면 나에게 이런 마음이 생기지 않았을 거야. 그냥 아무 일도 아니구나 흥미를 잃었겠지."

"그만해요……."

윤후의 얼굴이 일그러지는 것을 보면서도 영서는 계속 말을 이어갔다.

"난 너와 예전처럼 편하게 지내고 싶어. 친구처럼 동료처럼 그렇게 지내면 안 되는 거야? 왜 네 방식을 고집하는 건데? 내가 받아들일 수 없는 걸 왜 자꾸 받아들이라고 요구하는 거냐구!"

소리치는 영서를 향해 윤후가 걸음을 되돌려 다가왔다. 무언가에 억눌려 금방이라도 울음을 터뜨릴 것 같은 그녀를 보자 심장이 터질 듯 답답했다. 하지만 윤후는 한 발짝 떨어진 거리에서 자신의 걸음을 멈추었다.

"알았어요, 당신 생각이 당신 마음이 어떤 건지."

"......"

"내가 그 정도로 부담이 되었다는 거, 이해하고 받아들일게요. 그러니까 맘에 없는 행동 하지 말아요. 당신 앞에 얼쩡거리는 일 없이 물러나 있을 테니까 괜히 선 같은 거 보고, 그러지 말라구요. 알았어요?"

그 물음에 영서가 아무 말도 하지 않자 윤후가 가만히 주먹을 그러쥐며 애써 차분하게 말했다.

"갈게요."

그 말을 남기고 윤후는 다시 그녀에게서 돌아섰다. 더욱 빠르게 멀어지는 뒷모습을 보고 있을 때 뜨거운 것이 영서의 뺨을 타고 흘러내렸다. 그것이 눈물이라는 것을 알았을 때 윤후의 모습이 시야에서 완전히 사라져 버렸다.

익숙한 밤거리 위로 메마른 플라타너스 잎 하나가 느릿하게 떨어졌을 때 영서의 심장도 쿵 소리를 내며 함께 떨어졌다. 그 아득한 추락감에 그녀의 눈동자가 커다랗게 흔들렸다.

"나…… 거절당했다."

80년대 록음악을 연주하는 밴드의 공연이 끝나고 클럽 안의 사람들이 모두 빠져나갔을 때 윤후가 불쑥 그 말을 꺼냈다. 느닷없는 윤후의 얘기에 의자를 정리하던 제호가 일을 멈추고 그를 보았다. 어떻게 된 거냐고 묻는 제호를 향해 윤후는 한숨 섞인 씁쓸한 웃음을 지었다.

"내가 너무 어려서 싫대."

그 말에 제호가 흠칫 놀라 두 눈을 크게 떴다.

"연상이었어?"

"응."

"얼마나?"

"네 살."

제호가 다른 말이 없이 눈을 껌뻑이기만 하자 윤후가 의자를 옮기다 말고 제호를 보았다.

"왜?"

"생각보다 많아서."

"절대 그렇게 안 보여. 나랑 친구, 아니 나보다 어려 보여."

"그래?"

"정말이야. 실제로 보면 얼마나 작고, 얼마나 예쁜데."

단순히 되물은 것뿐인데 윤후가 슬쩍 열을 올리자 제호가 짧게 웃음을 터뜨렸다.

"알았다. 알았어."

"과장하는 거 아니라니까. 사실을 말한 것뿐이야."

"네가 그렇게 느끼는 거면 그게 맞는 거지."

그 말에 멈칫했던 윤후는 이내 조용히 테이블 위를 정리했다. 그런 윤후를 지켜보다가 제호가 조용한 목소리로 물었다.

"……괜찮냐?"

"아니."

"그럼, 죽겠냐?"

"응. 보고 싶어 죽겠어."

얼핏 아무렇지 않은 목소리였지만 그 속이 어떤 속일지 짐작이 되었기에 제호는 나직하게 한숨을 내쉬었다.

"가자."

제호가 갑자기 겉옷을 챙겨들자 윤후가 무슨 소리냐며 친구를 쳐다보았다.

"한잔하러."

"정리 아직 안 끝났어."

"됐어. 나머진 내가 알아서 할게."

"술은 여기서 마셔도 되잖아."

윤후가 하던 일을 계속하자 제호가 손바닥을 탁탁 털며 윤후의 곁으로 다가왔다.

"여긴 안주가 없잖아."

"안주?"

"간만에 몸을 썼더니 속이 출출해. 나가자."

겉옷을 챙겨 입은 제호가 계단을 올라가자 윤후도 하는 수 없이 제호의 뒤를 따랐다.

이따금 술잔을 기울이는 실내 포장마차로 자리를 옮긴 두 사람은 얼큰한 어묵탕에 소주를 시켰다.

"내가 괜한 조언을 한 게 아닌가 싶어."

제호가 한숨을 지으며 잔을 채워 주자 윤후가 잔을 받으며 옅게 웃었다.

"너 때문이 아니야. 나 때문이지."

"그래도……."

"덕분에 그 사람 마음이 어떤 건지 확실하게 알았으니까 꼭 나쁜 것만도 아니야."

"그런가……?"

"응."

"그런데 뭐가 좀 바뀐 것 같다? 내가 널 위로해 줘야 되는 거 아니었냐?"

"그게 그렇게 중요해?"

"하긴……."

중얼거린 제호가 잔을 비우자 윤후도 조용히 잔을 비웠다.

"너무 억지로 잊으려고 하지 마. 시간이 지나면 다 자연히 해결되더라."

제호가 다시 잔을 채워 주자 윤후가 조용히 친구의 이름을 불렀다.

"제호야."

"응?"

"나 포기한 거 아니야."

"뭐?"

"그 사람 포기한 거 아니라고."

"너, 아까 거절당했다고 했잖아. 내가 잘 못 들은 거냐?"

"아니. 제대로 들었어."

"그런데?"

"기다릴 거야. 그 사람 마음이 열릴 때까지."

"얌마, 그건!"

"쿨 하게 받아들이는 것까진 어렵겠지만 기다리는 건 끝까지 해보려고."

어떤 오기나 고집이 아닌 담담한 다짐이 윤후의 눈동자에 깊게 담겨 있었다. 그러나 제호는 그것을 확인하려는 듯 친구에게 질문했다.

"정말로 기다리겠다고?"

"응."

"괜히 고집 부리지 마. 사랑이라는 건 오기로 되는 게 아니야."

"오기 같은 거 아니야."

"그럼?"

"그냥 그러고 싶어."

걱정 가득한 눈길로 쳐다보는 제호를 향해 미소를 지어준 윤후는 왼쪽 가슴께를 툭툭 두드리며 나직한 목소리로 말했다.

"이 녀석이 그렇게 하래."

그리고 들고 있던 소주잔을 말끔하게 비웠다. 입안 가득 퍼지는 쓰디 쓴 소주 맛에 저절로 미간이 찌푸려졌지만 어느 순간 피식 웃음이 흘러나왔다. 그녀를 기다리는 일이 힘들 거라는 걸 알면서도 바보처럼 웃음이 흘러나왔다.

"그럼, 그렇게 해야지."

제호는 그렇게 말하며 윤후의 빈잔에 술을 채웠다. 그런 제호를 보며 윤후는 다시 싱긋 미소를 지었다. 함께 잔을 기울일 친구가 있고, 누군가 그리워할 사람이 있고. 그만하면 나쁘지 않은 거란 생각이 들자 그녀를 기다리는 일이 조금은 수월할 것 같았다.

* * *

"오영서 씨 계십니까?"

차임벨 소리와 함께 들려온 낯선 목소리에 영서가 현관 밖으로 얼굴을 내밀었다.

"누구세요?"

"예. **택뱁니다."

"택배요?"

"예."

영인이 김치와 밑반찬을 가져오겠다는 말을 했던 터라 영서는 곧바로 대문 앞으로 향했다. 언니가 사정이 생겨 택배를 보냈을지도 모를 거란 생각이 들었다.

"여기 사인 좀 해주십시오."

택배직원에게서 제법 큰 직사각형 상자를 받은 영서는 그가 내민 용지에 수령 사인을 해주었다. 상자를 들고 안으로 들어온 영서는 주소지를 보다가 고개를 갸웃했다. 받는 사람의 이름과 주소는 자신의 것이 맞았지만 보내는 사람의 이름이 적혀 있지 않았다. 상자를 감싸고 있는 테이프를 조심스럽게 떼어낸 영서는 상자 안에 들어 있는 또 다른 붉은색 상자를 보며 다시 고개를 갸웃했다.

"뭐지?"

중얼거리며 상자의 뚜껑을 열던 영서는 뚜껑을 든 채로 두 눈이 휘둥그레졌다. 상자 안엔 영인이 보낸 밑반찬이 아니라 붉고 탐스러운 장미꽃이 한가득 들어 있었기 때문이었다.

선명하고 진한 붉은빛과 어지러울 만큼 강렬한 꽃향기에 어안이 벙벙해진 영서는 한동안 그것을 들여다보았다. 심란한 눈길로 꽃다발을 보던 영서는 아래에 놓여 있는 핑크색 봉투를 발견해 집어 들었다.

[장미 잘 도착했습니까? 백 송이라고 하던데 확인을 못했어요. 영서 씨가 한 번 세어 보고 연락을 줘요, 정확하게 백 송이가 맞는지. —최승현]

아름다운 장미를 받았다는 사실보다 승현이 꽃을 보냈다는 사실에 당혹스러운 기분이 들었을 때 달칵 현관문이 열렸다.

"어으. 무슨 날씨가 이렇게 쌀쌀해. 완전 겨울이다, 겨울."

분홍색 보자기로 싼 큼직한 상자를 한 손에 들고 온 영인은 두터운 머플러를 두르고 털실로 짠 베레모를 귀밑까지 내려쓰고 있었다. 언니의 방문이 갑작스러운 것도 아니었건만 영서는 얼른 상자의 뚜껑을 닫고 영인에게 다가갔다.

"뭘 이렇게 많이 가져왔어?"

영서가 짐을 받아들자 영인이 오른쪽 팔을 두드리며 냉장고로 향했다.

"내 말이. 너 혼자라서 많이 필요 없다고 해도 어찌나 바리바리 싸 주시는지. 들고 오는 데 어깨랑 손목이 다 저릿했어."

영서의 집으로 들어오는 골목은 차가 들어오기에 비좁아서 짐을 옮길 때 사람 손이 필요했다. 그래서 영인은 무언가를 들고 올 때마다 왜 하필 이런 동네에 집을 얻었느냐며 투덜거리기 일쑤였다.

"전화를 하지. 그럼 내가 내려갔을 텐데."

"됐네요. 환자 부려먹는다고 이모한테 한소리 들을라고."

"언니도 참."

"이모가 모과차랑 게장이랑 물김치까지 챙겨 주시잖아. 그러니 통이 좀 무거워야지. 말 나온 김에 차 한 잔 타주라. 향긋하니 마셔야겠어."

"응."

영서가 보자기를 풀며 통을 열어 보자 영인이 의자에 앉으며 모자를 벗었다.

"그 게장 혼자 먹기엔 많지 않니?"

"안 그래도 좀만 덜고 언니네 주려고 했어. 나 비릿한 거 별로 안 좋아하잖아."

"이참에 이런 거 별로 안 좋아한다고 말씀을 드려."

"어떻게 그래. 우리 생각해서 담아 주시는 건데. 그리고 언니네는 애들도 다 잘 먹잖아."

"그야 그렇지만……."

"당신이 해준 요리 맛있게 먹어 주는 걸 제일 좋아하시는 분인데, 괜한 소리 마. 이모 섭섭해 하셔."

"걱정 마. 다른 건 몰라도 그런 얘긴 입 꾹 닫고 있으니까."

영서가 주전자에 찻물을 올리자 영인이 식탁에 놓인 상자를 보더니 바로 뚜껑을 열어 보았다.

"어머나! 이게 웬 장미야?"

그에 영서가 뭐라 말을 하기도 전에 영인이 핑크색 카드를 집어 들었다.

"최승현? 어머! 이 사람 혹시, 네가 선본 사람 아니니?"

"……어."

"어머머. 너 그 사람하고 잘 돼가나 보다. 이렇게 꽃까지 보낸 걸 보면?"

"아니야. 그런 거."

"아니긴 뭐가 아니야. 아무것도 아닌 사람이 이런 걸 왜 보내?"

"그러게. 나도 그게 의외야."

"뭐어?"

찻잔에 모과차를 덜던 영서는 한숨을 지으며 영인을 보았다.

"엊그제 처음 만나서 잘 들어갔느냐고 통화한 게 전분데 갑자기 이런 걸 보내니까. 솔직히 좀 당황스러워. 우리 집 주소를 어떻게 안 건지, 그것도 찜찜하고."

"찜찜하긴 뭐가 찜찜해. 그 사람 너희 회사 대표님이랑 아는 사이라며?"

"언니가 그걸 어떻게 알아?"

"어떻게 알긴, 이모한테 들었지. 그나저나 그 사람 너 되게 맘에 들었나 보다."

그 후로 영인이 뭔가 더 얘기를 했지만 영서는 제대로 새겨듣지 않았다. 호감을 숨기지 않는 것도 모자라 적극적으로 다가오는 승현의 행동력이 놀랍다 못해 부담스럽다는 마음뿐이었다.

주전자의 물이 끓는 소리에 영서가 가스레인지의 불을 끄고 조심스럽게 주전자를 들었다. 뜨거운 물을 따라 목이 긴 티스푼으로 잘 저은 영서는 따뜻한 향기가 피어오르는 찻잔을 영인에게 내밀었다.

"땡큐. 잘 마실게."

후후 차를 불어가면서도 영인의 시선은 연신 장미꽃에 가 있었다.

"언니는 꽃이 좋아?"

"꽃 싫어하는 여자도 있니?"

영인이 되묻자 영서가 멋쩍게 웃으며 맞은편에 앉았다.

"이유가 뭘까?"

"밑도 끝도 없이 무슨 이유?"

"장미꽃 백 송이를 받았는데도 마음이 심란한 이유."

"어머, 너, 장미꽃도 싫어하니?"

"응. 이런 꽃은 그냥 그래."

"그럼 이 꽃도 내가 가져간다?"

"어. 가져가."

"정말? 진짜로?"

영서가 선선히 고개를 끄덕이자 영인은 좋아라 웃으며 차를 마셨다. 꽃을 모두 가져가면 보내준 사람에게 염치가 없다면서 장미 열 송이를 영서의 몫으로 남겼다.

영서의 집엔 화병이 없었기에 큼직한 유리 머그잔이 아쉬운 대로 꽃병이 되었다. 덕분에 장미꽃 줄기와 이파리가 컵의 높이에 맞춰 뭉텅 잘려나갔다.

요즘 들어 꽃꽂이에 재미를 붙인 영인은 승현이 보낸 붉은 장미가 '니콜로 파가니니' 종이라고 알려 주었다. 꽃을 오래 보기 위해선 물에 정종이나 설탕, 식초를 넣으라는 조언을 덧붙인 후에 발걸음 가볍게 현관문을 나섰다.

영인이 정리해 준 장미를 보며 영서는 심란한 듯 한숨을 내쉬었다. 영서는 꽃다발이나 화환 같은 선물을 그다지 좋아하지 않았다. 그렇다고 꽃을 싫어하는 건 아니었다. 사람들의 눈을 즐겁게 하기 위해 화려하게 피었다가 결국엔 쓰레기로 버려지는 꽃의 운명이 왠지 안쓰럽고, 불필요한 낭비 같다는 생각을 떨칠 수 없을 뿐이었다. 그래서 누군가에게 꽃을 받아야 할 일이 생기면 그것을 다른 이에게 넘겨주기도 했고, 그렇게 꽃을 주고 싶으면 차라리 화분으로 달라는 말을 하기도 했었다.

"미안하다. 진심으로 기뻐하지 못해서. 그런데 니들 정말 예쁘긴 해."

꽃들에게 사과의 말을 전한 영서는 휴대전화를 꺼내 승현의 번호를 찾았다. 그가 또 다른 행보를 하기 전에 분명하게 거절 의사를 밝히기로 했다.

―오늘 회의가 있어서 좀 늦을 것 같은데.

"상관없습니다. 끝나는 대로 전화 주세요."

―알았어요. 출발하면서 전화를 하죠.

"아니요. 전화 주시면 제가 그쪽으로 갈게요."

―아니. 내가 근처에 가서 전화를 할게요. 끊어요.

그에 무어라 말하는 영서의 목소리가 들렸지만 승현은 일방적으로 전화를 끊었다.

"최 실장은 어째 점점 더 멋있어지는 거 같다?"

KTN 김동규 대표의 칭찬에 승현이 자리에서 바로 일어나며 환한 미소를 지었다.

"제 눈엔 대표님이 더 그러신 거 같은데요?"

"나야 당연히 멋있어 보여야지. 이 나이에 이런 몸 유지하려고 얼마나 노력을 하는데."

까무잡잡한 피부에 검은 뿔테 안경을 쓴 김동규 대표는 보통 키에 보통 체격을 가진 건강한 남자였다. 50대 초반의 나이였지만 운동으로 다져진 탄탄한 몸매에 패셔너블한 옷차림으로 드라마 쪽에선 멋쟁이로 통하는 그는 패션 감각만큼이나 뛰어난 유머 감각과 넉살을 갖고 있었다. 자칫 딱딱하고 지루할 수 있는 회의 자리나 생면부지의 사람들이 모여 어색할 수밖에 없는 자리에도 김 대표가 참석하게 되면 언제 그랬느냐 싶게 부드럽고 화기애애하게 바뀌곤 했다. 억지가 없는 자연스러운 친화력과 친밀감은 그가 가진 재능이자 무기였다.

"장준환 대표는 아직도 안 왔나?"

"예. 잠시 후면 도착하신다고 연락이 왔습니다."

"그 친구는 왜 만날 혼자 바쁜 척인가 몰라."

"바쁜 척이 아니라 정말 바쁘신 분이잖습니까?"

"어라. 최 실장이 웬일로 장 대표 편을 드시나?"

김동규의 물음에 승현은 대답 대신 입꼬리를 올렸다.

"내 편을 드는 게 불만이십니까?"

우렁찬 목소리에 승현과 김 대표가 동시에 문 쪽을 쳐다보았다. 언제 들어왔는지 장준환 대표와 정재욱 과장 그리고 윤후가 사무실로 들어서고 있었다.

"호랑이도 제 말하면 온다더니 장 대표 당신, 양반은 못 되겠다."

"그래서 뒷담화를 하셨나 봅니다."

"아니라고는 못하지."

말은 티격태격하였지만 악수를 나누는 김동규와 장준환의 얼굴엔 호의적인 미소가 가득했다.

"그런데 저 친구는 누구신가? 라루스에서 배우도 키우시나?"

"배우가 아니라 우리 회사 기획팀 강윤후 사원입니다. 인사드려라. KTN 김동규 대표님."

장 대표의 말에 윤후가 정중하게 인사를 하며 제 이름을 밝혔다.

"처음 뵙겠습니다. 강윤후라고 합니다."

"오오. 강윤후?"

"예."

"자네 말이야. 거기 기획팀으로만 있기엔 아까운 얼굴인데, 최 실장 보기엔 어떤가?"

김동규의 말에 승현이 고개를 끄덕이며 동의의 미소를 지었다.

"예. 저도 김 대표님과 같은 생각을 했습니다. 윤후 씨 처음 보고 데뷔 앞둔 배운 줄 알았으니까요."

"흐음. 우리 내달에 미니시리즈 들어가는 거 있는데. 거기 실장님 역할 안 해 볼려?"

김동규의 갑작스러운 제안에 장준환의 눈썹이 꿈틀 움직였다.

"무슨 농담을 그렇게 진담처럼 하십니까?"

"농담이 아니라 진담이라니까 그러네."

"예?"

"장 대표, 최 실장. 솔직히 의견을 말해 봐. 이 친구 얼굴 사무실에만 썩히기엔 아깝지 않아?"

갑작스럽게 전개 된 이야기에 윤후의 표정이 굳어졌지만 그를 제외한 나머지 사람들은 진지한 시선으로 윤후를 쳐다보고 있었다.

"저 친구는 연기 필요 없이 그냥 앉아만 있어도 그림이 될 것 같단 말이지. 그 왜 드라마에서 나오는 재벌 3세, 겉은 까칠하지만 알고 보면 속은 부드러운 로맨티스트로 보이니까."

김동규의 말에 그와 동석한 KTN의 기획 프로듀서와 제작 프로듀서가 진지하게 고개를 끄덕였다.

"그럼 우리 윤후 개런티는 얼마 정도로 생각하고 계십니까?"

장 대표가 개런티 얘기를 꺼내자 김동규가 즉각 반응을 보였다.

"얼마 주면 하실 건가?"

"윤후가 받는 연봉의 두 배 이상은 주셔야죠. 그 이하로는 절대 양보 안 하니까 그렇게 아십시오."

"대표님."

윤후가 그를 말리려 나서자 장 대표가 윤후를 향해 살짝 미소를 짓더니 곧 김동규를 향해 말했다.

"윤후를 연기자로 키우실 요량이면 정식으로 계약을 하고 트레이닝까지 제대로 시켜 주셔야 합니다. 나중에 연기가 되네, 안 되네 그런 욕은 먹지 않도록 해주셔야 한다는 거죠."

"그거야 두말하면 입 아픈 얘기고. 유 피디야! 우리 신인 연기자들 계약 조건이 어떻게 되지?"

"일반적인 경우 3년 계약을 기본으로 해서 계약금이 나가고. CF나 드라마 출연 등등의 수익 발생에 대해서는 회사와 연기자가 7 대 3의 비율을 받게 됩니다."

유난히 눈이 커서 황소란 별명으로 불리는 유 피디가 장단을 맞추고 나서자 윤후가 손을 저으며 그들을 제지했다.

"말씀 중에 죄송합니다만, 전 연기자가 되고 싶은 마음이 없습니다."

"응? 연기자가 되고 싶은 마음이 없어?"

"예. 제 의견은 묻지 않으시고, 얘기를 진행하시는 거 같아서 실례를 무릅썼습니다."

윤후의 말에 장준환은 흐뭇한 얼굴이 되었고, 김동규는 못내 아쉬운 표정을 지었다.

"그거 진심이야? 정말로, 그럴 생각이 없어?"

"예."

단호하게 답하는 윤후를 승현은 잠시 의아하게 보았다. 김 대표는 자신이 한 말을 그대로 지킬 뿐 아니라 자신이 발견한 원석을 찬란한 별로 만들어 키워낼 만한 확실한 능력과 배경을 가진 사람이었다.

SJ측에서 키우는 연기자들 중에서 김 대표와 만남을 주선해 달라고 은근히 혹은 노골적으로 부탁을 해오는 이들이 있는 것과 너무도 대조적인 윤후의 태도에 어떤 신선함까지 느껴질 정도였다.

'그 팀장에 그 직원인가?'

아무리 탐이 나고 욕심이 나는 제안이라도 관심이 없다면 망설임 없이 거절하는 것이 어딘가 모르게 영서와 닮았다는 생각이 들자 승현의 입매에 웃음이 감돌았다. 이런 와중에도 그녀를 떠올리고 있는 걸 보면 아무래도 단단히 마음을 빼앗긴 게 분명했다.

"뭐 지금은 그렇더라도, 사람 마음이라는 게 상황에 따라서 바뀔 수도 있는 거니까. 나중에라도 좋으니 언제든 연락을 해."

김동규가 윤후에게 손수 명함을 건네자 장 대표가 윤후 걱정을 대표님이 왜 하느냐며 은근히 못마땅한 표정을 지었다. 하지만 윤후는 '감사합니다.' 라며 그가 내민 명함을 받아들었다. 김 대표의 호의를 계속 거절하는 것이 자칫 그의 자존심을 건드릴 수도 있다고 판단해서였다.

"그나저나 최 실장. 좋은 소식 없어?"

"네? 무슨?"

"얼마 전에 최 실장이 꽤 괜찮은 아가씨와 함께 있었다는 정보를 들어서 말이지."

김동규의 말에 승현은 대답 대신 씨익 미소를 지었다.

"오오, 이번 얘기는 그냥 지나가는 소문이 아니었나 보구만."

"글쎄요. 소문이 아닌 건 맞지만 아직 무어라 말씀을 드릴 단계는 아닙니다."

"그 말은 곧 말씀드릴 단계가 될 수도 있다, 그런 뜻인가?"

"아마도 조만간 얘기를 드릴 수 있을 것 같습니다. 아무튼 그건 차차 말씀드리기로 하고. 요즘 드라마 팩토리에서 추진하는 퓨전 사극, 대본이 안 나오고 있어서 딜레이 되고 있다는 말이 있던데……."

승현이 드라마 쪽으로 화제를 돌리자 김동규가 바로 이야기를 풀어나갔다.

"사극을 미니시리즈로 한다는 것 자체가 위험 부담이 컸지. 적어도 50부작은 해줘야 기본 제작비를 건질 수 있는데. 방송국에서 나오는 제작비 끽해야 오천밖에 더 돼? 그걸로는 사나흘 찍으면 끝이야. 끝."

"창립 작품이라고 무리하게 힘을 준 게 역효과를 낸 거겠죠. 드라마는 탄탄한 대본이 우선인데, 왜 그걸 간과한 건지……."

장 대표의 말에 김동규가 반론을 제기했다.

"누가 그걸 모르나. 하지만 잘나가는 작가님들 쓰기엔 비용이 부담되고, 검증되지 않은 신인을 쓰기엔 위험부담이 너무 크거든."

"작가가 없다는 말만 하지, 방송국이든 제작사 쪽이든 작가를 발굴하고 키우는 데 투자를 게을리하는 게 사실 아닙니까?"

"그거야 뭐. 아주 틀린 말은 아니지만."

김동규가 말끝을 흐리자 승현이 분명한 어조로 자신의 의견을 피력했다.

"그래서 공모전을 개최하는 데만 그칠 게 아니라 가능성 있는 신인들을 발굴해 제대로 지원하고 육성시키는 데 지원을 하자고 말씀을 드린 겁니다."

"작가들이 회사에 소속돼서 월급 받으면서 글을 쓰는 걸 좋아할까?"

김동규의 질문에 승현이 자신감 넘치는 어조로 설명을 이어갔다.

"천구백이삼십 년대 할리우드 영화와 구로자와 아키라 감독이 활동했던 때 일본 영화들이 작품 수뿐 아니라 완성도 면에서도 높은 퀄리티를 유지할 수 있었던 이유가 영화감독들의 월급제 때문이었다는 말이 있습니다. 안정적인 수입이 보장된다는 것이 창작하는 사람들에게 마이너스 요인이 아니라 플러스 요인이 된다는 것이죠."

"하지만 적당히 일하고 월급을 받아가는 사람들도 있을 것 아닌가."

김동규가 다시 묻자 이번엔 윤후가 차분하게 의견을 피력했다.

"그런 사람들은 어디에서나 있기 마련입니다. 적극적이고 창의적인 20%가 확실하게 제몫을 하기 시작하면 묻어가는 80%를 충분히 커버하고도 남습니다."

승현이 크게 고개를 끄덕이며 윤후의 의견에 강하게 동조를 하자 김동규 대표도 턱을 매만지며 신중하게 이야기를 들었다.

제작 환경에 대한 어려움을 토로하던 이야기가 앞으로의 제작 방향과 효율적이고 합리적인 투자와 지분 등의 구체적인 이야기로 넘어가면서 시간은 물이 흐르듯 빠르게 지나갔다.

제법 긴 시간의 회의를 마치고 사무실을 나갈 때 승현이 윤후를 부르며 손을 내밀었다.

"강윤후 씨 덕분에 오늘 회의 아주 즐거웠어요. 나와 비슷한 생각을 가진 사람을 만나면 아이디어가 마구 샘솟는다고 해야 하나?"

승현의 칭찬에 윤후가 담담한 얼굴로 그의 손을 잡았다.

"아닙니다. 전 실장님 제안에 동조를 했을 뿐입니다."

"그렇게 생각하는 거 같아서 한 말이었어요."

"아, 예."

윤후가 짧게 고개를 끄덕이며 손을 놓으려 하자 승현이 잡은 손에 힘을 주며 슬쩍 상체를 낮추었다.

"하지만 앞으론 조심을 좀 했으면 해요. 얘기 도중에 불쑥 나서는 거 보기 좋지 않으니까."

나직한 그의 목소리에 윤후가 눈썹을 올리자 승현이 살짝 윙크를 하더니 숙였던 상체를 들었다. 윤후를 잡고 있던 손을 놓은 승현은 윤후의 어깨를 툭툭 쳐주고 자신의 자리로 걸음을 옮겼다.

얼핏 상대방을 생각하는 것 같은 말투였지만 이상하게 마음이 불쾌했다. 그가 영서와 선을 본 사람이란 이유 때문인지 아니면 너무도 자신만만한 태도가 걸리는 것인지 구별이 되지 않았기에 윤후는 생각에 잠긴 얼굴로 그의 집무실을 나섰다.

10.

마음의 그림자

"내가 분명히 그리로 가겠다고 얘길 한 것 같은데? 어째서 여기와 있는 겁니까?"

"회의 후에 약속이 있으셨나요?"

"그건 아니었지만."

"그런데 왜 그렇게 못마땅한 얼굴인 거죠?"

"못마땅한 게 사실이니까."

회사 근처의 커피숍에서 기다리고 있다는 영서의 문자를 받고서 승현은 은근히 기분이 상했다. 그래서 그녀의 맞은편에 앉자마자 그 얘기를 꺼낸 것이었다.

"영서 씨가 내 말을 무시하고 약속을 잡았으니 기분이 좋진 않다는 얘길 하는 겁니다."

"아까 통화하면서 회의가 있다는 걸 알았고, 제가 움직이는 게 나을 것 같아서 이리로 온 거였어요. 귀한 시간을 낭비할 필요가 없다고 생각했으니까요."

영서가 조곤조곤 설명을 했지만 승현의 얼굴엔 못마땅한 빛이 여전히 남아 있었다. 오늘 회의에서 신경을 건드리던 윤후의 존재감과 영서의 반응이 더해지자 자꾸 짜증이 치밀었다.

"영서 씨, 은근히 고집이 있군요."

승현이 과하게 반응을 보인다 싶었지만 영서는 일단 사과의 말을 건네기로 했다. 그와 쓸데없는 감정 소모를 하고 싶지 않아서였다.

"미안합니다. 거기까진 생각을 못했어요."

영서가 선선히 사과를 해오자 승현의 얼굴이 눈에 띄게 달라졌다. 풀어진 그의 얼굴을 보자 자신이 무엇 때문에 승현을 불편하게 여기는지 확실히 알 것 같았다.

상대방으로 하여금 자신의 기분이 어떤 것인지 확실히 느끼게 만드는 그의 태도.

그것은 당당함이나 솔직함보다 독선적인 거만함에 가까웠다.

"그런데 여기서 계속 얘길 할 건가요?"

"여기가 불편하신가요?"

"이렇게 시끄러운 곳은 별로 내키지 않아서. 근처에 자주 가는 바가 있어요. 그리로 자리를 옮기죠."

"오래 걸리는 얘기가 아닌데요."

"일어나요. 그리 멀지 않으니까."

말을 마친 승현이 자리에서 일어나자 영서가 작게 한숨을 쉬며 그를 따라 일어났다. 부드러운 어조로 명령을 하는 그의 말보다 얘기가 길어질 수도 있다는 예감에 한숨이 흘러나왔다.

승현이 영서를 데려간 곳은 중심가에서 떨어진 곳에 자리한 깔끔한 5층 건물이었다.

각층에 커피숍과 디저트 전문점, 고급 프렌치 레스토랑과 이태리 레스토랑이 있는 곳으로 칵테일 바는 가장 위층에 자리해 있었다.

모던하고 심플한 인테리어와 은은한 조명이 무척이나 고급스러운 실내에선 팻 매스니 그룹의 'Au Lait'가 나직하게 흐르고 있었다. 여느 술집들처럼 시끌벅적한 분위기가 아닌 혼자서 술을 마시기에도 좋을 만큼 분위기가 몹시 차분했다.

승현이 바(Bar)로 향하자 키가 큰 바텐더가 정중하게 인사를 해왔다. 여유롭게 인사를 받아준 승현은 그에게 키핑해 둔 위스키를 주문했다.

"영서 씨는 뭐로 할래요?"

"전 오렌지 크림소다로 할게요."

메뉴판을 살핀 영서가 무알콜 칵테일을 주문하자 승현이 가볍게 고개를 주억거렸다.

"깜빡했어요. 영서 씨가 술을 마시면 안 된다는 걸."

"그걸 어떻게?"

"장 대표님께 들었었죠."

그 말에 영서가 두 눈을 동그랗게 뜨자 승현을 가볍게 어깨를 으쓱해 보였다.

"놀랄 거 없어요. 우리가 선을 봤다는 얘기는 꺼내지 않았으니까."

"아, 다행이네요."

영서가 진심으로 안도하는 얼굴이 되자 승현의 얼굴에 다시 못마땅한 빛이 떠올랐다.

"대표님이 알게 되는 게 그렇게 싫습니까?"

"네."

"역시 대답이 빠르군요."

승현이 씁쓸한 얼굴로 스트레이트 잔을 비우는 사이 영서가 주문한 오렌지 크림소다가 놓여졌다.

"컨디션이 괜찮으면 주로 뭘 마십니까? 칵테일 종류 중에서요."

"모히토요."

"헤밍웨이가 즐겨 마셨다는 그 모히토 말인가요?"

승현의 말에 영서는 천천히 고개를 끄덕였다.

"네. 어른이 되고 처음 마셨던 칵테일이 그거였거든요. 저희 팀에서 제일 좋아했던 언니가 그걸 굉장히 좋아했어요."

"어른이 되기 전엔 술을 마시지 않았다는 얘기 같군요."

장난기가 묻어나는 승현의 말에 영서는 부정도 긍정도 하지 않았다. 그녀의 반응에 승현의 입꼬리가 한쪽으로 길게 말려 올라갔다. 상큼하고 청량한 모히토의 맛과 향이 지금의 그녀와 무척이나 어울린다는 생각이 들었다.

"하지만 맛있다고 계속 마셔선 곤란한 칵테일이 모히토죠. 도수가 높은 보드카나 럼이 베이스로 들어가니까."

"안 그래도 이튿날 굉장히 고생을 했었어요. 상큼한 맛이 좋아서 겁 없이 마구 마셨거든요. 덕분에 중요한 걸 깨닫게 되었지만."

"뭘 깨달았죠?"

승현이 꽤 부담스러운 눈길로 질문을 던지자 영서가 칵테일 잔으로 시선을 돌리며 말을 이었다.

"칵테일도 술이다."

"……!"

"마시기 좋은 술이 취하기도 쉽다."

두 번째 말에 승현이 시원하게 웃음을 터뜨렸지만 영서는 조용히 오렌지 크림소다를 마셨다.

"영서 씨 얘길 들으니까 하이볼이 마시고 싶어지는데요?"

하이볼을 주문하는 승현의 얼굴에 기분 좋은 미소가 떠오르자 영서는 이쯤에서 이야기를 꺼내는 게 좋겠다는 생각이 들었다.

"보내주신 장미는 잘 받았어요."

"안 그래도 물어봐야지 했었는데, 백 송이가 맞던가요?"

승현이 느긋하게 물어오자 영서가 짧게 고개를 끄덕였다.

"네. 맞다고 했어요."

"맞다고 했다는 건, 다른 사람이 세어 줬다는 얘긴데."

"네. 언니가 잠시 들렀었거든요."

"손위 언니가 결혼했다는 얘긴 들었어요."

"……저에 대해서 참 많은 걸 아시네요?"

영서의 말에 승현이 빙그레 웃으며 한쪽으로 고개를 기울였다.

"그런가? 난 모르는 게 더 많다고 생각했는데. 내가 알고 있는 건 오영서 씨의 가족 관계나 직장, 나이 정도뿐이고. 그 정돈 오영서 씨도 알고 있는 게 아니었나요?"

"네."

"그런데 장미꽃 얘기는 왜 꺼내는 거죠? 꽃이 맘에 안 들었나요?"

"장미는 예뻤어요. 하지만……."

"하지만?"

"꽃을 보내준 최승현 씨의 마음이 많이 부담스러웠어요."

"내 마음이 부담스러웠다?"

"네."

"좋아요. 계속해 봐요."

승현이 꽤 여유로운 얼굴로 손짓을 해보이자 영서가 짧게 숨을 마셨다 길게 내쉬었다.

"다시 한 번 말씀드리지만 전 아직까지 결혼에 대한 생각이 없어요. 그날 분명히 제 생각을 말씀드렸는데, 오늘 택배를 받고 아주 많이 당황스러웠어요."

역시나 솔직한 영서의 말에 승현의 눈썹이 불편하게 꿈틀거렸다. 그녀가 늦게라도 자신을 보려 했던 이유가 이런 말을 하기 위해서라는 것에 그다지 유쾌하지 않았다.

"흠……."

라임 조각과 얼음조각이 들어간 하이볼 글라스를 매만지던 승현은 그것을 일단 한 모금 마셨다. 화사하고 향긋한 시트러스 향이 입안 가득 퍼지자 불쾌한 기분이 확실히 전환 되었다.

"그럼 장미 말고 어떤 꽃을 좋아하죠? 튤립? 국화? 데이지?"

승현이 애써 부드럽게 질문을 던지자 영서가 다시 침착하게 대답을 해주었다.

"장미꽃 문제가 아니라 최승현 씨가 꽃을 보냈다는 사실이 부담스럽다는 얘기였어요."

"알고 있어요. 그런 의미로 한 얘기라는 거. 날 보자마자 관심이 없다고 한 것도 제대로 기억하고 있고."

꽤 너그럽게 대응을 하던 승현은 마지막 말을 꺼낸 것과 동시에 은근히 약이 올랐다.

"그럼 제가 무슨 말을 하려는지도 아시겠네요?"

영서가 묻자 승현은 가볍게 어깨를 으쓱했다.

"글쎄요, 그건 뭐라 장담을 못하겠군요."

그러나 말을 하는 승현의 얼굴엔 특유의 자신감과 여유가 가득했다. 부족함이나 실패, 상처나 괴로움 같은 인생의 그림자와 무관한 삶을 살아온 얼굴. 여유와 성공, 영광과 우월함을 자신의 것으로 당연하게 누려온 승자의 얼굴. 자신의 거절에 그가 상처를 받지 않을까 염려했던 영서는 그것이 부질없는 기우였음을 다시 한 번 깨달았다.

"이모부께서 그런 말씀을 하셨어요. 세 번을 만나도 마음이 움직이지 않는 거면 인연이 아닌 거라고."

"그것 참 다행이군요."

"뭐가 다행이라는 거죠?"

"영서 씨를 한 번 더 만날 기회가 있다는 거니까."

"항상 그렇게 긍정적이세요?"

"부정적이진 않습니다."

"세 번을 채운다고 해도 제 생각은 달라지지 않을 거예요."

"너무 쉽게 장담하는군요. 사람의 인연이나 마음은 쉽게 예측할 수 있는 게 아닙니다."

되받아치는 승현을 바라보다가 영서는 담담하게 말을 이었다.

"드라마 투자 건도 그렇고, 영화 쪽 일도 그렇고. 앞으로도 만날 일이 생길 텐데, 그전에 확실하게 매듭을 지어야 할 것 같았어요. 오늘 이후로 최승현 씨와 사적으로 만나는 일은 없을 겁니다."

너무 담담해서 사뭇 냉정하게 들리는 영서의 목소리에 승현의 두 눈이 날카롭게 반짝였다. 눈앞의 자그마한 여자가 자신을 거부하는 말을 끊임없이 강조 하는 것이 몹시도 귀에 거슬렸다. 그러나 적어도 아직은 마음의 여유를 잃지 않고 있었다.

"어떤 점이 그렇게 맘에 안 드는 겁니까? 다른 사람들뿐 아니라 나 스스로도 꽤 괜찮은 남자라고 생각하는데."

"그런 자신감이요."

"자신감이라뇨?"

"최승현 씨의 그런 자신감, 저는 아주 불편해요."

영서는 분명 '아주 불편해요.'라고 말했지만 승현에게 그 말은 '몹시 싫어요.'라는 말과 다르지 않았다. 미간을 와락 좁히며 껄끄러운 얼굴이 되었던 승현은 이해하기 어렵다는 눈길로 영서를 바라보았다.

"의기소침하고 기가 죽어 있는 것보다는 나은 거 아닌가?"

"그 점이 불편하다고 한 거지 나쁘다고 한 건 아니에요. 전, 그림자가 없이 밝기만 한 사람에겐 마음이 가지 않아요."

"이 세상에 그림자가 없는 사람은 아무도 없어요."

승현이 어떤 의미로 그런 말을 하는지 알고 있었다. 그가 하는 말이 틀린 말이 아니라는 것도.

"하지만 최승현 씨가 생각하는 그림자와 제가 생각하는 그림자의 기준은 엄연히 다르겠죠."

"영서 씨가 생각하는 그림자의 기준은 뭐죠? 상대적인 기준이 아닌 절대적인 기준을 묻는 겁니다."

승현은 단단하고 고집스럽게 영서의 말을 되받아쳤다. 그 점이 영서에게 거부감을 더하고 있다는 걸 눈치챘음에도 결코 물러나지 않았다.

"영서 씨를 처음 봤을 때 저 여자가 내 여자가 되었으면 좋겠다,

그런 느낌이 왔어요. 함께 얘기를 나누면서 내 느낌이 틀리지 않았다는 확신도 섰고."

"확신이요? 무엇에 대한 확신을 말씀하시는 거죠?"

"영서 씨와 내가 잘 어울리는 한 쌍이 될 거라는 확신이라고 해두죠."

"저에 대해서 뭘 알고 계신데요? 제 이름과 나이, 가족 관계, 직장, 이런 것 외에 또 어떤 걸 알고 있죠? 제가 뭘 좋아하는지, 뭘 싫어하는지, 뭘 두려워하고, 뭘 끔찍해 하는지 전혀 모르고 있잖아요. 아닌가요?"

영서가 침착하게 반박을 하자 승현이 영서의 손을 붙잡으며 느긋하게 대꾸했다.

"그런 건 이제부터 알아 가면 됩니다."

하지만 영서는 그의 손을 그대로 밀어냈다.

"아니요. 전 최승현 씨에 대해서 알고 싶지 않아요."

영서의 확실한 거부에 승현의 표정이 멈칫 굳어졌다. 하지만 이내 웃음 띤 얼굴로 또 다른 제안을 내놓았다.

"좋아요. 날 만나는 게 부담스럽다면 차차 시간을 두고……."

"그러실 필요 없어요. 제 눈엔 최승현 씨가 보이지 않으니까요."

자신의 말과 행동이 무례하게 느껴질 수 있음을 알면서도 영서는 그 말을 해야 했다. 그것이 오늘 승현을 만나야 할 이유이자 목적이었기 때문이었다.

"내가 보이지 않는다니, 내가 그렇게 희미하게 생긴 사람이던가?"

농담처럼 받아쳤지만 승현의 표정은 확실히 뾰족하게 변해 있었다.

"지금 제 눈엔 최승현이라는 사람이 아니라 최승현 씨가 가진 조건만 보여요. 이런 말을 하는 동안에도 우리 회사에 불이익이 생기진 않을까 걱정이 될 만큼 최승현 씨가 가진 지위가 신경 쓰일 뿐이에요. 이렇게 말씀드리면 충분한가요?"

"내가 가진 조건 때문에 내가 보이지 않는다, 그런 말이로군."

"네."

단호하기까지 한 그녀의 대답에 승현이 한껏 미간을 찌푸렸다. 자신의 면을 세워 주면서 확실하게 거리를 두는 그녀의 태도에 불쾌함과 호감을 동시에 느꼈다.

자신이 가진 조건 때문에 자신이 보이지 않는다니.

그것은 그가 여태껏 들어 본 적이 없는 거부의 말이었다. 대부분의 여자들은 그가 가진 조건을 알고 나면 그를 더 좋아했기 때문이었다.

"그럼 대체 오영서 씨가 좋아하는 건 뭡니까?"

승현의 물음에 영서는 잠시 그를 보았다가 칵테일 잔으로 시선을 주었다. 그녀의 반응에 승현의 눈매가 다시 옆으로 가늘어졌다. 날 무시하지 말라고 소리치고 싶은 걸 꾹 참으며 남아 있는 하이볼을 끝까지 비웠다.

"그럼 먼저 들어갈게요."

칵테일 바를 나와 정문을 나설 때까지 승현이 침묵을 고수하자 영서가 그에게 먼저 작별 인사를 고했다. 그럼에도 승현이 아무 말이 없자 꾸벅 인사를 하고 버스 정류장이 있는 곳으로 걸음을 옮겼다.

돌아선 영서가 몇 걸음을 옮기기도 전에 뒤따라온 승현은 그녀의 손목을 붙잡아 제게로 휙 끌어당겼다. 흠칫 놀란 영서가 두 눈을 크게 뜨고 쳐다보자 승현이 앞에 선 영서를 뚫어져라 보며 말했다.

"내가 가진 조건만 보인다고 했습니까?"

다분히 위압적으로 보이는 그의 태도와 번득이는 눈빛에 영서는 주춤하며 손목을 빼내려 했다. 그러자 승현이 잡은 손에 힘을 주며 계속 말을 이어갔다.

"그럼, 내가 가진 조건을 먼저 봐요. 그러다 보면 보이겠죠. 인간, 최승현이."

"잠깐만요, 최승현 씨."

"가요. 집까지 바래다주죠."

승현이 손목을 쥔 채 돌아서려 하자 영서가 분명하게 고개를 가로 저었다.

"아니요. 그러실 필요 없어요."

그녀의 말에 짜증이 치밀었지만 승현은 일단 참으며 그녀를 달래 보았다.

"말 들어요. 고집 부리지 말고."

"고집은 제가 아니라 최승현 씨가 부리는 거 아닌가요? 그리고 술도 마셨는데 어떻게 운전을 하겠다는 거죠?"

확실하게 대꾸한 영서가 다시 손목을 빼내려 하자 승현이 잡은 손에 더욱 힘을 주며 나직하게 으르렁거렸다.

"그건 내가 알아서 할 테니까 내 말대로 해요. 자꾸 거절하면 더 이상은 참지 않습니다."

경고를 담은 사나운 눈빛에 더럭 겁이 났지만 그렇다고 그를 따라가고 싶지 않았다.

"제발 그만 하세요. 제가 아니라고, 싫다고, 분명하게 말씀드렸잖아요. 그런데 왜 자꾸……!"

그 순간 승현의 얼굴이 영서에게로 다가왔다. 알싸한 위스키 향이 코끝에 느껴지자 영서가 뒤로 한껏 몸을 뺐다. 그가 무엇을 하려는지 본능적으로 깨달았기에 어서 달아나야 했다.

그러나 승현의 입술과 두 팔이 영서보다 훨씬 빨랐다. 두 팔로 영서를 붙잡은 승현은 그녀를 껴안으며 거칠게 입술을 눌러왔다.

"읍!"

갑작스런 입맞춤에 경직되었던 영서는 고개를 뒤로 빼며 그에게 힘껏 저항했다. 차갑고 매끄러운 혀가 꼭 다문 입술을 뚫고 침입하려 하자 두 눈을 질끈 감은 채 고개를 마구 저었다.

'싫어!'

단순한 거부감이 아닌 소름 끼치도록 극렬한 거부감에 온몸이 저절로 진저리가 쳐졌다. 억지로 입술을 헤집고 들어오는 불쾌한 감각을 떨쳐내기 위해 영서는 다급히 방법을 떠올렸다. 그와의 거리감이 급격하게 좁혀졌을 때 어떤 생각 하나가 섬광처럼 떠올랐다.

"욱!"

영서가 뾰족한 힐로 발등을 내리찍자 승현의 입에서 단말마의 신음이 터져 나왔다. 올무처럼 자신을 옭아매던 팔이 느슨해지자 그의 가슴을 밀치며 있는 힘껏 정강이를 걷어찼다.

"이 나쁜 놈아! 싫다고 했잖아! 싫다는데 왜 자꾸!"

부들부들 떨며 소리를 지른 영서는 겅중거리며 괴로워하는 승현을 남겨 둔 채 빠르게 몸을 돌렸다. 불쾌함과 불안함으로 터질 것 같은 심장을 안고서 차도로 달려간 영서는 택시를 향해 무작정 손을 흔들었다. 다행히 빈 택시가 그녀 앞에 멈춰 서자 뒷좌석에 오르며 무조건 이곳을 벗어나 달라고 부탁했다.

"아저씨, 빨리 가주세요. 빨리요!"

승현의 모습이 시야에서 사라진 지 한참이 지났지만 영서는 심장 위에 손을 올린 채 조금의 미동도 하지 않았다. 불안하게 요동치던 심장이 차츰 가라앉자 두 눈 가득 핑그르르 눈물이 고였다. 지금 울 게 되면 너무나 비참하고 서러운 기분이 될 것 같아 두 주먹을 꼭 쥐 며 아프도록 입술을 깨물었다.

"하아! 어지간히도 싫은가 보군……."

아득히 멀어진 택시를 보며 승현은 아픔이 섞인 한숨을 내뱉었다. 영서에게 찍힌 발등과 걷어차인 정강이가 참을 수 없을 만큼 욱신거 렸지만 어이없게도 계속 웃음이 나왔다. 드러내놓고 싫다는 말을 듣 고, 아프도록 걷어차였음에도 불구하고 이렇게 실없이 웃음이 나오다 니.

『저에 대해서 뭘 알고 있는데요? ……제가 뭘 좋아하는지, 뭘 싫 어하는지, 뭘 두려워하고, 뭘 끔찍해 하는지 전혀 모르고 있잖아요. 아닌가요?』

'이제 뭘 싫어하는지는 확실하게 알게 된 건가?'

쓰디 쓴 웃음을 지으며 차로 향하던 승현은 끊었던 담배가 문득 그리워졌다.

결국 근처 편의점에서 담배를 구입한 승현은 담배 연기를 깊게 들 이마시며 조금 전 일에 대해 찬찬히 떠올렸다. 영서에게 입을 맞춘 건 다분히 고의적이며 의도적인 폭력이었다. 계속해서 자신을 거부하 는 그녀를 그렇게라도 벌을 주고 싶었고, 완력으로라도 굴복시키고픈 마음이 내재해 있었기 때문이었다.

서른다섯 해를 살아오면서 여자들에게 거절당했던 적이 단 한 번도 없었다. 남들 앞에선 도도하게 거리감을 두던 여자들도 그가 다가갔을 땐 못 이기는 척 받아 주었고, 입술로는 싫다고 했지만 몸을 나눌 땐 자신보다 적극적인 여자들도 있었다.

하지만 오영서는 달랐다. 그녀가 했던 말처럼 확실하고 분명하게 그를 거절했다. 그래서 참을 수 없을 만큼 화가 났고, 불쾌하리만큼 짜증이 치밀었다.

영서와 입을 맞췄을 때 그녀의 거절이 고도의 심리전이 아닌 진심 어린 거절임을 깨달았다. 그렇기 때문에 더더욱 자존심이 상했다. 그녀로 인해 '오는 여자 막지 않고, 가는 여자 붙잡지 않는다.'는 철칙이 뿌리째 흔들리기 시작했다. 그녀가 원한다고 해서 순순히 놔주고 싶은 마음이 정말이지 조금도 들지 않았다.

그것은 영서를 향한 순정이나 열정에서 비롯된 순수한 고집이 아니었다. 키스 한 번에 있는 대로 자존심을 구겨버린 여자에게 그에 맞는 대가를 치르게 하겠다는 일종의 보상 심리였다.

'좋아. 오영서 씨. 날 차버린 값을 제대로 치르게 하지.'

영서와 자신과의 연결 고리가 꽤 많다는 데 생각이 미치자 승현의 입꼬리가 스르륵 말려 올라갔다. 그녀를 굴복시킬 방법들을 하나둘 떠올리며 깊게 담배 연기를 빨아들였다. 그러자 매캐하게 쓰디쓴 담배 맛이 한없이 부드럽고 달콤하게 뒤바뀌었다.

"나쁜 놈! 변태! 호색한!"

집에 들어오자마자 욕실로 달려간 영서는 치약과 칫솔을 꺼내 바로 양치질을 시작했다. 알싸한 민트향에 입안이 얼얼할 만큼 양치질을 했음에도 찜찜한 기분이 좀처럼 나아지지 않았다. 입고 있던 옷가지를 모두 벗어던지고 욕조 안으로 들어간 영서는 뜨거운 물에 몸을 담그며 두 손으로 얼굴을 감싸 쥐었다.

"흐으윽……."

놀라움과 두려움으로 경직되었던 근육들이 서서히 풀어지자 참았던 눈물이 뺨을 타고 떨어져 내렸다. 눈가를 누르고 있는데도 눈물이 멈추어지지 않자 포기한 채 소리 내어 엉엉 울기 시작했다. 너무 분하고, 너무 속이 상해 한동안 울음이 멈춰지지가 않았다. 억울함과 속상함으로 폭발한 감정이 미안함으로 차츰 귀결이 되자 온 얼굴을 적시던 눈물이 스르르 멈추어졌다.

참으로 이상한 일이었다. 최승현이란 남자에게 억지로 입맞춤을 당한 것뿐인데 왜 윤후에게 미안한 마음이 드는 건지 알다가도 모를 일이었다.

계속되는 기묘한 죄책감에 영서는 고개를 아래로 숙이며 깊게 눈을 감았다. 따스한 물의 질감이 얼굴 전체를 감싸오자 숨을 꾹 참으며 그대로 동작을 멈추었다. 폐부가 아파올 때까지 숨을 참다가 고개를 위로 올리며 반사적으로 얼굴을 닦아냈다.

빗물처럼 흘러내리는 물방울들을 닦고 나서 영서는 가만히 두 눈을 깜빡였다. 그리고 다시 깊게 두 눈을 감아버렸다. 불쾌하고 찜찜한 느낌들을 털어내기 위해 기분이 좋아지는 추억들을 두서없이 떠올려 보았다. 그런데 어느새 윤후를 떠올리고 있는 자신을 보고 말았다.

상큼한 미소를 짓는 단정한 얼굴과 깊고 까만 눈동자가 손에 잡힐 듯 분명하게 그려지자 당연한 것처럼 입맞춤의 기억이 뒤를 이었다. 입술을 머금던 포근한 감촉과 강하게 빨아들이던 촉촉하고 뜨거운 감각들이 예민하게 되살아나자 온 얼굴이 정염의 열기로 붉게 달아올랐다.

무겁게 굳어 있던 심장이 아릿하게 뛰어오르자 막을 수 없는 열기가 온몸으로 빠르게 퍼져나갔다. 양 무릎을 모으며 몸을 웅크린 영서는 물에 젖은 손으로 두 귀를 막고 두 눈을 더욱 질끈 감아 버렸다. 아무것도 떠올리지 않기 위해 취한 행동이었지만 참으로 아무 소용이 없었다. 그럴수록 윤후의 모든 것이 심장이 아프도록 그리워질 뿐이었다.

* * *

보글보글 끓어오르는 국물 위로 퐁퐁 소리를 내며 떨어지는 찰진 밀가루 반죽.

제대로 익은 묵은 김치와 콩나물이 들어가 칼칼하면서도 시원한 국물.

거기에 납작하게 썬 감자가 들어간 홍정희표 수제비를 영서는 무척이나 좋아했다.

"이걸 먹으러 여기까지 왔다고?"

국자로 국물을 휘휘 저으며 정희가 묻자 영서가 그렇다고 넙죽 대답을 했다.

"서울서 광주까지?"

"응."

무얼 그리 당연한 걸 묻느냐는 영서의 표정에 정희가 못 말리겠다는 듯 친구를 흘겨보았다.

"암튼 너는. 오면 온다고 미리 연락을 하던가."

"수제비 먹고 싶으면 언제든 오라며?"

"그거야 그렇지만, 이렇게 대뜸 올 줄 알았나."

"그래서 귀찮어?"

"당연히 귀찮지."

"그럼 서울 올라갈까?"

"수제비, 수제비 노래를 불러서 한 솥이나 끓였는데 어딜 도망가? 갈 땐 가더라도 해놓은 건 다아 드시고 가셔."

　정희의 말에 영서가 기분 좋은 듯 흐흐, 소리를 내며 웃었다.

"그럼 자고 가도 되나?"

"아니 그럼, 수제비만 먹고 올라가려고 했나?"

"그건 아니지만 오빠랑 애들이 불편해 할까 봐."

"걱정 마셔. 그이 주말까지 출장이고. 큰애랑 작은애는 학원 간다, 친구들이랑 논다, 저녁이나 돼야 들어와."

"저녁에나? 둘 다 아직 초등학생이잖아."

"요즘 애들 우리 때랑 완전히 달라. 그리고 큰애는 중학교 갈 준비도 해야 돼서."

"중학교? 희수가 벌써 그렇게 됐어?"

　영서가 놀라워하자 정희가 고개를 끄덕이며 한숨을 지었다.

"내년엔 6학년 올라가니까 준비해야지."

"세상에. 벌써 그렇게 됐구나."

"이제 사춘기라고 나랑은 얘기도 안 하려고 해. 뭐 중요한 걸 숨겨

났는지 방문도 꼭꼭 걸어 잠그고."

"그 나이 땐 우리도 그랬었잖아."

"우리는 우리끼리 놀면서 그랬지. 애들은 벌써부터 남자 친구 문제로 머리를 싸매고 있다니까."

"남자 친구?"

"4학년 때 같은 반인 애였는데 첫눈에 반했다나 뭐라나. 지난번에 집에 데려왔었는데 생긴 건 멀끔하니 잘생겼더라고."

"오오. 그래?"

"나랑 달라서 우리 딸은 눈이 높은가 봐."

그 말에 영서가 푸시시 웃으며 정희를 보았다.

"민수 오빠가 어때서? 남자답고 듬직하잖아."

"우리 그이가 좀 남자답긴 하지."

정희가 선선히 인정을 하자 영서가 반달눈이 되어 환한 웃음을 지었다.

영서와 동갑내기 친구인 정희는 중학교 때부터 지금까지 꾸준히 연락을 하고 왕래를 하는 유일한 여자 친구였다. 시를 쓰고 노래를 곧잘 불렀던 평범한 여고생 정희는 그녀를 늘 마음에 두고 있던 동네 오빠, 박민수에게 프러포즈를 받고 동기들 중 가장 먼저 웨딩드레스를 입었다. 덕분에 두 사람의 슬하엔 내년에 초등학교 5학년 딸아이와 두 살 터울인 아들아이가 있었다.

1남3녀 중 맏이인 정희는 또래보다 생각이 깊고 어른스러웠고 또 정이 많았다. 열아홉의 여고생이 사고무친(四顧無親) 혈혈단신(孑孑單身)의 한 남자에게 끌리게 된 것도 자신을 바래다주고 돌아서는 남자의 어깨가 너무도 추워 보여서 안아 줘야겠다는 생각이 들어서라고 했다. 그래서인지 정희는 영서를 친구보다는 동생처럼 여기며 챙겨주곤 했다.

언니 영인의 이기적인 면이 불만이었던 영서는 정희의 그런 아량과 마음씀씀이 늘 고맙고 든든했다. 그래서 다른 친구들과 연락을 끊었을 때도 그럭저럭 버텨낼 수가 있었다.

남편의 직장 문제로 정희가 지방으로 내려가고, 영서가 직장에서 자리를 잡으면서 예전처럼 자주 만날 수는 없었지만 두 사람은 어쩌다 한 번 만나도 어제 본 것처럼 수다를 떨 수 있는, 말이 없이도 맘이 통하는 절친한 사이였다. 그래서 반나절이 넘는 시간을 들여 찾아와 수제비를 끓여 달라고 무작정 조를 수도 있는 거였다.

"와아. 맛있겠다."

커다란 대접 가득 담긴 맛깔스러운 수제비를 보며 영서는 꿀꺽 군침을 삼켰다. 모락모락 피어오르는 김과 쫀득하게 윤기가 흐르는 수제비 모양에 저절로 감탄사가 흘러나왔다.

"잘 먹겠습니다!"

영서가 본격적으로 수제비를 먹기 시작하자 정희가 물 잔을 놓아주며 맞은편에 앉았다.

"천천히 먹어. 입 데었다고 징징거리지 말고."

정희의 잔소리에 영서가 알았다며 고개를 끄덕였다.

"음, 음, 음. 완전 맛있어. 완전 맛있어."

"그렇게 맛있어?"

"응."

"맛있다니 좋긴 한데. 서울에도 수제비 집 많잖아."

"많으면 뭐해. 이 맛이 아닌 걸."

"내가 지난번에 수제비 만드는 법이랑 김치랑 보내줬잖아."

"하라는 대로 해봤지. 근데 이런 맛이 안 나."

"당연히 안 나지. 주부 13년 차랑 아가씨 손맛이 같으면 돼?"

"그러고 보면 홍정희 씨 손맛이 일품이야."

"일품은 무슨."

"가정 시간에도 네가 만든 샌드위치가 젤 맛있었고. 네가 만든 떡
볶이가 학교 앞에서 파는 것보다 훨씬 맛있었어."

"그랬나?"

"응."

"하긴, 우리 그이도 떡볶이 만들어 달라고 조를 때가 있어. 내가
밀가루 음식에 일가견이 있나아?"

"그렇다니까."

영서가 힘주어 말하자 정희가 빙그레 미소를 지으며 영서를 보았
다.

"그렇게 생각해 주니 고맙네."

"상상이 잘 안 가. 민수 오빠가 너한테 떡볶이 끓여 달라고 조르는
거."

천생이 남자답고 과묵하기까지 한 정희의 남편이 그런 부탁을 한
다는 게 영서는 정말로 상상이 되지 않았다.

"애교 같은 영 없는 사람인 줄 알았는데 이따금 귀엽게 굴 때가
있어. 생긴 건 완전 남자답게 생겨 가지고 입맛은 어찌나 애들스러운
지. 채소나 과일 같은 건 슬쩍 미뤄 두고. 햄이랑 고기반찬 같은 것만
해 달라고 한다니까."

"응? 정말?"

"아까 통화할 때도 내가 만들어 준 동그랑땡 생각이 난다면서 출장 갔다 오면 꼭 먹게 해달래."

"건강을 위해선 채소를 꼭 챙겨 먹어야 하는데."

"내가 그 말을 안 했겠니? 그런데 어느 날 그러는 거야. 자기는 계란을 입혀서 부친 햄이나 동그랑땡을 보면 엄마 생각이 난대. 그게 돌아가신 어머니가 싸주시던 도시락 반찬처럼 보인다면서. 그 말을 들으니까 가엾다는 생각도 들고."

남편의 유치한 입맛을 성토하다 어느새 짠하게 생각하는 정희를 보며 영서도 덩달아 마음이 짠해졌다.

"너랑 오빠랑은 항상 사이가 좋은 거 같아."

"항상 좋은 건 아냐. 좋을 때도 있고, 미울 때고 있고. 엊그제도 애들 문제로 다퉜는데 뭐."

"많이 다퉜어?"

"많이는 아니고 그냥 보통. 그이는 공부로 애들한테 스트레스 주지 말라고 하고, 난 그래도 보통은 해야 한다는 주의고."

아이들 학업 문제로 시작된 이야기가 교육 문제, 환경 문제, 남편의 일과 영서의 일, 요즘 하는 드라마와 영화로 자연스럽게 이어졌을 때 영서의 수제비는 말끔하게 비워져 있었다.

"커피는 나가서 마시자. 근처에 괜찮은 카페가 생겼더라구."

"커피는 내가 살게."

"그래? 그럼 아주 근사한 데로 가야겠는데?"

"좋아. 가자. 아주아주 근사한 데."

영서가 일어나 그릇을 치우자 정희가 됐다며 가만히 앉아 있으라는 말을 했다.

"배가 너무 불러서 움직여야겠어."

"밀가루 음식이라 곧 꺼질 거야. 그나저나 나중에 한소리 듣는 거 아닌가 몰라."

"한소리?"

"그이가 신신당부했거든. 수제비 같은 거 해주지 말고, 맛있고 좋은 걸로 대접하라고."

"오빠가 그랬어?"

"어. 내 친구들 중에서 널 제일로 좋아라 하잖니."

정희의 말에 영서가 '나도 홍 여사 부부가 제일 좋아.'라며 맞장구를 쳤다.

"카페라떼랑 카페모카 주세요."

"아니요. 전 카페모카 말고 아메리카노로 주세요."

영서가 커피 주문을 바꾸자 정희가 의아한 얼굴로 친구를 쳐다보았다.

"너 그냥 커피는 잘 안 마시잖아."

"오늘은 그게 마시고 싶어서."

"맞다. 여기 케이크도 꽤 맛있는데."

"아냐. 그것까지 먹을 자리 없어."

"내가 먹고 싶어서 그래. 여기 레어 치즈 케이크랑 초콜릿 무스도 주세요."

단정한 유니폼을 입은 웨이트리스가 메뉴판을 들고 가자 영서가 걱정스럽게 정희를 보았다.

"너무 많이 시킨 거 아냐?"

"케이큰데 뭐."

"그래도."

"웬일이야? 네가 케이크를 다 마다하고."

"그야 뭐, 배가 부르니까."

"앞으로 삼십 분 후면 금방 출출해질걸? 수다 떠는 게 칼로리 소모가 꽤 된다잖아."

정희의 말에 영서가 또 푸시시 웃음을 지었다. 그러고 보니 꽤 오래 단 것을 입에 대지 않았다.

"이 사람 인상 어떠니?"

정희가 내민 휴대전화 액정에 남편과 정희, 선한 인상의 남자가 함께 있는 모습이 담겨 있었다.

"음. 좋은데 뭐랄까, 되게 착한 느낌이야."

"그렇지? 우리 그이 대학 후밴데 사람이 볼수록 괜찮아. 가볍지도 않고 진중하고."

주문한 커피와 케이크가 놓이는 동안 정희는 잠시 말을 멈추었다.

"설마, 그 후배 만나 보라는 얘기는 아니지?"

영서의 말에 정희가 슬쩍 다른 곳을 쳐다보았다. 자신의 짐작이 빗나가지 않자 영서는 실망스러운 기색을 감추지 않았다.

"정희 너."

"일단 만나 봐. 내가 아무렴 너한테 아무나 소개하겠어."

"다들 나 몰래 약속이라도 했어? 왜 날 결혼 못 시켜서 난리들이야?"

"그거야 네 나이가 만만치 않으니까 그러지. 너, 내년이면 서른셋이야. 결혼 안 하고 독신으로 살 게 아니라면 지금부터라도 마음의 준비를 해야지."

"⋯⋯."

"잔소리나 참견이라고만 생각하지 말고, 널 아끼고 걱정해서 마음 쓰는 거라고 받아들여."

"나도 알아. 이모부도 너도 나 생각해서 그런다는 거. 그렇지만 이렇게 무작정 누군가를 만나라는 건 정말이지 적응이 안 돼."

"너, 기하 선배. 아직도 못 잊은 거니?"

참으로 오랜만에 들어보는 한 남자의 이름에 영서의 갈색 눈동자가 멈칫 커다래졌다. 그러다 한숨처럼 하아, 웃음을 터뜨렸다.

"⋯⋯그 이름 정말 오랜만에 들어 본다."

웃고 있었지만 영서의 목소리엔 어느새 옅은 물기가 살포시 어렸다. 영서의 반응에 정희는 잠시 입을 다물었다가 천천히 말을 시작했다.

"아직도 못 잊었구나."

"아니. 거의 다 잊었어."

"거의 다?"

"응. 그런데, 참 이상해. 그 이름은 영 잊히지가 않아."

아스라한 영서의 표정을 보며 정희는 작게 한숨을 지었다. 여전히 힘겨워하는 영서가 안타까운 마음이 들었지만 예전보다 단단해진 그녀의 모습에 시간이 약이라는 말이 조금씩 실감 되었다.

"그래도 너, 많이 나아졌어. 예전엔 선배 이름만 꺼내도 어쩔 줄 몰라 했었는데."

정희의 말에 영서는 가만히 고개를 끄덕였다.

"응. 지금은 그냥저냥 견딜 만해."

"다행이다."

"응."

"얼마 전에 수연이 애기 돌잔치에 갔었어."

"그랬어?"

"거기서 봤어. 혜원이."

혜원이란 이름에 영서의 미간이 움찔 흔들렸다. '기하' 라는 이름만큼이나 듣기 힘들었던 이름이 연속해서 그녀의 심장을 자극해왔다.

"이제 곧 세 아이의 부모가 될 거래. 그 두 사람."

"그렇구나."

조용히 읊조리던 영서가 말간 얼굴로 커피 잔을 그러쥐었다.

"정희야. 우리, 그 얘기 그만하자."

여전히 웃으면서 말을 했지만 영서의 얼굴은 어딘가 슬프게 그늘져 있었다.

"그만하긴 뭘 그만하니?"

무조건 피하려고만 하는 영서가 답답하고 화가 나서 정희는 괜히 어깃장을 놓았다.

"이미 다 지난 얘기잖아."

"뭐가 지난 얘기야? 선배 얘기만 나오면 너 아직도 이런 반응인데."

"시간이 더 지나면 아무렇지 않게 얘기할 때가 오겠지. 그렇지만 지금은 별로 듣고 싶지 않아. 그러니까 다른 얘기하자. 응? 정희야."

"넌 괘씸하지도 않니? 그 두 사람, 네가 힘들고 아파하는 동안 애까지 낳고 보란 듯이 잘 살고 있는 거? 넌 사람 만나는 것까지 겁내면서 바보처럼 살고 있는데."

"네 말이 맞아. 나, 그 사람들 보는 게 힘들어서 도망쳤어. 그리고 할 수만 있다면 앞으로 계속 피하고 싶어."

영서가 선선히 수긍을 하자 정희가 답답함에 목소리를 높였다.

"잘못한 건 두 사람인데, 네가 왜 피해? 그 사람들이 널 피하게 만들어야지."

정희가 식식거리며 얼굴이 붉어지자 영서가 얼른 친구의 손을 붙잡았다.

"그만 하자. 정희야."

"넌, 분하지도 않니? 나랑 기하 선배랑 사귀는 걸 알면서도 접근한 혜원이나, 모르는 척 그 마음을 받아 준 기하 선배나."

"그때는 내가 선배한테 참 무심했었어. 선배가 집안일로 힘들어할 때 난 회사일로 바빴었고, 선배가 결혼하자는 말을 꺼냈을 때 아직은 때가 아니라고 피했으니까."

영서가 담담하게 지난 일을 회상하자 정희가 답답한 한숨을 내쉬었다.

"그렇다고 걔랑 잠을 자? 아무리 술에 취했고, 서운한 마음이 있었다고 해도 그건 해선 안 될 일이었어. 내가 두 사람이 함께 있는 걸 보지 않았다면, 넌 아마 둘 사이에 무슨 일이 있었는지 끝까지 몰랐을 거야."

"기하 선배, 나한테 충분히 사과했었어. 내 앞에서 무릎까지 꿇고 미안하다고, 용서해 달라고 울면서 매달렸었어, 정희야."

"그러고 가서 혜원이를 또 만났잖아. 아니야?"

그 말에 영서가 정희를 잡았던 손을 가만히 놓았다. 그리고 아랫입술을 깨물며 골똘한 얼굴이 되었다. 영서가 침묵하자 정희가 속이 타

앞에 놓인 물 잔을 들어 벌컥벌컥 마셨다.

"혜원이가…… 자살 기도를 했었대."

"뭐?"

그동안 말하지 않았던 얘기를 영서가 꺼내자 정희가 놀란 얼굴로 물 잔을 내려놓았다.

"약을 먹고 혼수상태에 빠져 있는 걸 응급실로 옮겨서 살려냈다고 했어."

"……!"

"나는…… 선배를 그냥 놔줄 수밖에 없었어. 목숨까지 걸만큼 필사적으로 매달리는 혜원이를 보면서, 그런 혜원이한테 흔들리는 선배를 보면서…… 난 아무것도 할 수가 없었어."

계속되는 영서의 말에 정희는 그저 놀란 얼굴로 이야기를 들을 수밖에 없었다.

"기하 선배를 이해할 수도, 용서할 수도 없었어."

"……영서야."

자신의 손을 잡아 주는 정희를 보며 영서는 흐릿하게 웃음을 지었다. 단단하게 얽히고 꼬여서 절대로 풀어지지 않을 것 같던 실타래가 이야기를 털어놓은 순간 서서히 풀어지는 게 느껴졌다.

"괜찮아?"

걱정과 애정이 가득한 정희의 물음에 영서는 '응. 괜찮아.' 라고 진심 어린 대답을 해주었다.

"커피가 아니라 술을 마실 걸 그랬나."

정희의 말에 영서가 바람이 빠진 풍선처럼 푸시시 웃음을 지었다. 그 웃음소리에 맞은편에 앉은 정희도 피식, 웃음을 지었다.

경쾌한 피아노 연주곡을 들으며 두 친구는 조용히 커피를 마셨다. 따스하고 향기로운 그러면서 씁쓸한 맛이 지나간 기억과 어딘가 닮았다는 생각이 들었다. 커피 잔을 내린 정희가 포크로 치즈 케이크를 맛보자 영서가 초콜릿 무스 케이크를 가만히 바라보았다.

"왜 쳐다보기만 해? 설마 다이어트 하는 건 아니지?"

정희의 말에 영서는 제 앞으로 나온 포크를 손에 쥐었다. 그리고 살짝 잘라낸 케이크 조각을 한입에 쏘옥 집어넣었다.

"맛이 어때? 괜찮지?"

정희의 물음에 영서는 고개를 끄덕이며 천천히 미소를 지었다.

"……응. 아주, 달콤해."

*   *   *

"담배 있나?"

불쑥 들려오는 재욱의 목소리에 윤후가 모니터에서 시선을 들어 그를 보았다.

"없습니다."

"비슷한 거라도 줘 봐."

그 말에 윤후가 재욱의 얼굴을 찬찬히 살펴보았다. 거듭되는 밤샘 작업 때문인지 재욱의 눈가는 판다곰처럼 어둡게 그늘져 있었다.

"담배가 아니라 수면이 필요한 거 같은데요."

"잘 기분이 영 아니라서 말이야."

"네?"

"아니다. 됐다."

재욱이 축 처진 어깨를 하고 사무실 밖으로 나가자 윤후가 책상 서랍을 열어 보았다. 가지런히 정돈된 서랍 안엔 포장도 뜯지 않은 껌 한 통과 막내 여직원이 챙겨 준 막대 사탕 서너 개가 들어 있었다.

"뭐냐, 이건?"

"껌이랑 사탕이요."

"몰라서 묻는 게 아니라."

"어렵게 끊으신 거 웬만하면 하지 마세요."

나직한 잔소리에 재욱이 피식 웃으며 막대 사탕 하나를 집어 들었다.

"넌 담배도 안 피우고 용케 잘 버틴다. 스트레스 쌓이면 어떻게 푸나?"

"운동을 하거나 음악을 듣거나 이따금 술을 마시기도 하고."

"어찌나 건전하신지."

투덜거린 재욱은 껍질을 깐 사탕을 입에 넣으며 옥상 난간에 구부정하게 기대어 섰다.

"무슨 일 있으세요?"

"일이야 뭐, 늘 많지."

"촬영장에 문제라도 있습니까?"

"별로. 배우들이랑 스태프들이랑 손발이 아주 척척 잘 맞아."

심드렁한 재욱의 대답에 윤후가 고개를 한쪽으로 기울였다.

"그럼, 뭣 때문에 그러시는데요?"

윤후가 거듭 이유를 묻자 재욱이 땅이 꺼져라 한숨을 내쉬었다. 지나치리만큼 낙천적인 재욱이 그런 반응을 보이니 절로 신경이 쓰일 수밖에 없었다. 그러나 재촉의 말 대신 조용히 그를 기다렸다. 그 마음이 전해졌는지 옥상을 내려다보고 있던 재욱이 윤후에게로 고개를 돌렸다.

"오 팀장 말이다."

그저 '오 팀장'이라고만 말했을 뿐인데 윤후의 심장이 덜컥 내려앉았다.

"최 실장하고 교제한단다."

"예?"

윤후의 목소리가 커지자 재욱이 난간을 등지고 서서 길게 한숨을 내쉬었다.

"SJ 최승현 실장하고 사귄다고. 그냥 만나는 것도 아니고, 결혼을 전제로 만나는 거란다."

그 순간 영서가 했던 이야기가 윤후의 뇌리를 스치고 지나갔다.

『오늘 그 사람하고 선을 봤어. 그러니까 이제, 찾아오지 않았으면 좋겠어.』

그 순간 두 다리에 힘이 빠져나가자 윤후가 두 손으로 힘껏 난간을 붙잡았다.

"누가, 그러던가요?"

침착하게 물었지만 윤후의 표정은 어쩔 수 없이 굳어져 있었다. 아니 땐 굴뚝에서도 연기를 피워내고, 팥으로도 메주를 쑤는 일이 가끔씩 일어나는 분야였기에 재욱이 전하는 말을 곧이곧대로 믿을 수 없었다.

"최승현 실장한테 직접 들었어."

"최승현 실장이요?"

"응."

의외의 대답에 윤후의 미간이 심각하게 좁혀졌다. 필시 뜬소문이라고 여겼는데 당사자가 직접 그 말을 했다니! 윤후가 받은 충격의 여파는 점점 더 강해지고 있었다.

"어제 대표님하고 만났었는데 헤어질 때 그 얘기를 꺼내는 거야."

윤후의 표정이 달라진 것도 모른 채 재욱은 들은 얘기를 전하기 바빴다.

"영서 씨가 알면 부담스러워 할 테니까 모르는 척해달라나. 그럴 거면 아예 말을 꺼내지나 말지. 도대체 그런 말을 왜 하는 건지."

"……."

"오 팀장. 프로듀서 일로 나한테 삐친 거야. 그러니 나한테 일언반구도 없었지."

"……."

"윤후 넌, 두 사람이 어울린다고 생각하냐?"

"아니요."

윤후가 딱 잘라 아니라고 말하자 재욱이 동지를 만난 듯 반가운 표정을 지었다.

"그렇지? 전혀 안 어울리지?"

"정 과장님."

"응?"

"오 팀장님한테 마음 있으셨어요?"

날카로운 윤후의 질문에 재욱이 뜨끔한 얼굴로 두 눈을 빠르게 깜빡였다.

"뭐? 누, 누가 그래? 내가 영서한테 마음이 있었다고?"

재욱이 말까지 더듬자 윤후가 두 눈을 가늘게 떠 그를 보았다.

"그게 아니면 이런 반응을 보이시는 게 이해가 안 가서요."

"그거야 인마, 너무 놀라서 그러지. 오 팀장이 갑자기 결혼을 한다 그런 말이 나오니까."

"오 팀장님이 결혼을 한다는 게 왜 놀랄 일이죠?"

윤후가 이유를 묻자 재욱의 얼굴에 당황스러운 빛이 역력해졌다.

"넌 잘 몰라서 그러는데. 영서 걔 연애하는 것도 질색했어. 그런데 갑자기 결혼을 한다니까 꼭 속은 것 같은 기분이 들어서 그런다."

무방비 상태에서 툭툭 쏟아져 나오는 재욱의 말에 윤후의 얼굴에 의아한 빛이 떠올랐다.

"연애하는 걸 질색했다니, 그게 무슨 말씀입니까?"

"그게 말이다. 내가 아는 사람하고 관련이 좀 있는 일이거든."

당사자가 없는 상황에서 얘기를 꺼내는 것이 꽤나 겸연쩍었는지 재욱은 이마를 긁적였다.

"영서가 예전에 만났던 사람이 내 친구 형이었어."

"……!"

다른 때 같았으면 재욱의 말을 듣지 않았을 윤후였다. 더 이상 말하지 말라고 그의 입을 막았을지도 몰랐다. 그런데 그렇게 하지 않았다. 자신은 모르는 영서의 얘기를 어쩌면 다시는 들을 수 없는 그녀의 얘기를 어떻게든 듣고 싶었다. 아니, 반드시 들어야 했다.

"그 형이 영서를 꽤나 쫓아다녔었대. 그러다 사귀기 시작했고, 한 3년 되었을 때 결혼하자는 얘기가 나왔었나 보더라. 그런데 오 팀장은 아직은 일이 더 하고 싶다고 결혼은 미루자고 한 거야. 그걸로 몇 번 티격태격하다가 어느 날은 아주 제대로 싸웠던 모양이야."

"……."

"그런데 오 팀장 친구 중 하나가 형을 맘에 두고 있었나 봐. 그래서 그 형이 힘들어 할 때 얘기도 들어주고, 위로도 해주고. 그러다 둘이 같이 밤을 보낸 거야. 형은 하룻밤 실수라고 덮어두려고 했지만 그 친구가 바로 임신을 했고. 아이를 지워라, 못 지우겠다, 다투는 걸 오 팀장의 다른 친구가 들은 거지."

"……!"

"형은 실수였다고 용서를 구했지만 오 팀장은 이미 큰 충격을 받아서 결국 그 형이랑 그 친구, 그리고 다른 친구들과의 인연을 끊어버리고 오로지 일에만 매달린 거야."

"그래서, 두 사람은 어떻게 됐죠?"

질문을 던지는 윤후의 목소리는 알아챌 수 없을 만큼 미세하게 흔들렸다.

"어떻게 되긴, 결혼해서 살고 있지. 중간에 별거를 한다, 이혼을 한다 말이 있긴 했는데. 애를 둘이나 낳고 행복하게 잘 살고 있대."

직원 한 사람이 두 사람을 찾으러 옥상으로 올라온 바람에 재욱의 얘기는 거기서 끝이 났다.

"아까 내가 한 얘기 한 귀로 듣고 한 귀로 흘려라. 괜히 아는 척하지 말고."

당부한 재욱은 구부정하게 어깨를 숙인 채 자신의 자리로 돌아갔다.

"……."

기획사에서 보내온 영화 포스터 초안들이 모니터 가득 떠 있었지만 윤후는 그것을 보고 있지 않았다.

『나는 아직 누군가를 만날 마음의 준비가 안 되어 있어. 마음에 담았던 사람을 잊는 일도, 그 사람의 마음이 변해서 결국 날 배신하게 되는 일도, 정말이지 두 번 다시 겪고 싶지 않아. 네가 겁쟁이라고 비웃어도 어쩔 수 없어. 난 그게 제일 두려워……』

아픈 한숨을 흘리며 윤후는 질끈 두 눈을 감아버렸다. 영서에게 그토록 큰 상처를 주고 버젓이 잘 살고 있다는 그들이 원망스러워서 가슴이 터질 것처럼 뜨거웠다.

'그래서 안 되는 거였어요?'

영서를 붙잡을 수 없을 거란 절망감이 고개를 들려 하자 윤후가 감은 눈을 뜨며 거세게 주먹을 움켜쥐었다. 어둡게 가라앉은 까만 눈동자 속에 분노와 슬픔의 빛이 형형하게 이글거렸다.

11.

너에게 가까이 - 1

'생각보다 입이 무거운 사람들이로군.'

이쯤이면 도대체 무슨 소리를 하고 다니는 거냐고 따지는 영서의 전화가 왔어야 했다. 하지만 승현의 전화는 조용했고, 덕분에 아주 골똘히 생각에 잠겨야 했다.

만일 이야기를 듣고도 반응을 보이지 않는 것이라면?

그녀라면 충분히 그럴 수도 있다는 판단이 서자 그의 미간이 못마 땅하게 일그러졌다.

'내가 무슨 말을 하든 아예 관심조차 두지 않겠다는 건가, 오영 서?'

언제나 짐작과 다르게 반응하는 영서에게 승현은 강한 반발심을 느꼈고, 그럴수록 제 손아귀에 넣고 맘대로 휘두르고픈 욕망이 일었 다. 영서가 무시할 수 없는 제안을 하겠노라 계획을 세운 승현은 장 대표에게 바로 전화를 걸었다. 조금 전 홍보부실에서 두고 간 보고 자료를 보며 떠오른 계획이었기에 지체할 이유가 조금도 없었다.

승현이 받은 보고서의 내용은 간단했다. 추석 이후 하향세를 그렸던 극장 관객 수가 지난주 개봉 영화 '비연'으로 뚜렷한 상승세를 그리고 있다는 낙관적인 내용이었다. 스크린 쿼터제가 폐지되고 제작비 규모 자체가 비교가 되지 않는 할리우드 블록버스터의 홍수 속에서 눈에 띄게 선전을 하고 있는 국내영화 '비연'. 개봉 2주 만에 백오십만 관객을 돌파한 영화는 호의적인 입소문에 힘입어 오는 연말엔 삼백만 명을 무난하게 통과할 것이라는 핑크빛 기대가 점쳐지고 있었다.

"장 대표님? 최승현입니다. 기분 좋은 소식을 전해 드릴까 해서 연락을 드렸는데요."

—기분 좋은 소식?

"예. 잠시 통화 괜찮으십니까?"

—최 실장 전화면 아무리 바빠도 받아야지.

시원스러운 장 대표의 목소리를 들으며 승현은 입꼬리를 길게 올렸다. '비연'을 기획하고 개봉하기까지 힘을 쏟은 '라루스'의 직원들과 영화 관계자들을 초대해 노고를 치하하고 자축파티를 여는 것, 그것이 승현이 생각해 놓은 계획의 일부였다.

영화의 배급과 투자에 일조한 SJ 측에서 진행하는 파티니만큼 평소 우호적인 관계를 맺어온 영화와 드라마 제작 분야의 관계자들이 그 자리에 참석할 것이 분명했다.

오영서와 떼려야 뗄 수 없는 눈들이 모인 자리에서 무시할 수 없는 제안을 했을 때 그녀가 어떤 반응을 보이게 되는지. 승현은 영서가 하게 될 대답이 너무도 궁금했다.

자신의 호의를 조금의 망설임도 없이 거절해 버린 도도한 여자, 오영서.

그녀가 자신에게 매달리며 애원하는 것을, 곤란함에 어쩔 줄 몰라 하는 모습을 볼 수만 있다면. 그 짐작만으로도 더없이 만족스러운 미소가 그의 입가에 드리워지고 있었다.

*　　*　　*

"예. 덕분에 잘 쉬고 있어요. 다음 주 토요일이요? 아직 특별한 약속은 없는데요. 파티요? 그런데 제가 거길 가도 될까요? 후반부 작업은 신영 프로듀서가 거의 다 했는데요."

영서의 말에 장 대표가 열을 올리며 영서를 설득했다.

―기획 단계부터 주연배우 섭외까지 중요한 일은 오 팀장이 다 한 거잖아. 그러니 꼭 와야 한다! S호텔 다이아몬드 룸에서 저녁 7시부터 한다니까 시간 맞춰서 와.

"대표님. 생각할 시간을 조금만 주세요. 아니요. 결정 되는 대로 연락을 드릴게요. 네."

통화를 마친 영서가 작게 한숨을 짓자 곁에 있던 정희가 무슨 일이냐고 눈짓을 보냈다.

"장 대표님. 다음주에 '비연' 축하 파티 하는 데 꼭 오라고."

"영화 반응이 되게 좋은가 보네. 파티까지 하는 거 보면."

"응. 누적 관객수가 백오십 만이 넘었대."

"어머나! 정말 잘 됐다! 영서 너, 캐스팅 하느라 애 많이 먹었잖아. 그 말 들으니까 내가 다 기분이 좋다."

"응. 나도 좋아."

"뭐야, 그게 다야?"

"그럼 뭐 막 소리라도 지르고 그럴까?"

"그건 아니지만, 네 반응이 너무 싱거우니까 하는 소리지."

"거기 내가 꼭 가야 하는 자린가 싶어서. 솔직히 내가 안 가도 문제가 없는 자리거든."

"아무렴 네가 안 와도 되는 자리에 부르셨을까? 저렇게 전화까지 하신 걸 보면 네가 가야 하는 자리 맞는가 본데. 웬만하면 가서 얼굴이라도 비추고 와."

정희의 조언에 영서가 정말 그래야 하나 생각에 잠기자 정희가 찻잔을 내려놓으며 맞은편 의자에 앉았다.

"그렇게 가기 싫어?"

"싫다기보다 불편할 것 같아서."

그 자리에 승현이 참석할 것이 분명했기에 그곳에 가는 것이 영 꺼림칙하고 탐탁찮았다.

영서의 얼굴에 불편한 기색이 가득하자 차를 마시던 정희가 포근한 목소리로 말했다.

"불편하면 가지 마."

그 말에 영서가 두 눈을 동그랗게 뜨고 친구를 쳐다보았다.

"휴직원 낸 거 몸도 마음도 편하게 쉬려고 낸 거잖아. 그럼 정말 편하게 있어야지. 불편한 자릴 굳이 뭐 하러 찾아가. 안 그래?"

"정말 나 편한 대로 해?"

"응. 너 편한 대로 해."

정희가 언니다운 얼굴로 웃음을 보태자 영서의 얼굴에도 밝은 미소가 떠올랐다.

"고마워, 홍 여사."

"별 말씀을. 우리 차 마시고 영화 보러 갈까?"

"좋지. 생각해 놓은 영화 있어? 내가 인터넷으로 예매할게."

"미리 예매 안 해도 될걸? 평일 낮이라 표 넉넉하게 있을 거야."

"아, 그런가?"

영서의 말에 정희가 피식 웃으며 영서를 보았다.

"이 황금 같은 휴가 기간에 나랑 영화 보는 거 아쉽지 않아?"

"홍정희 여사가 어때서? 내 베프잖아."

"누가 그런 말인가. 너희 사무실에 괜찮은 사람 없니?"

"우리 사무실?"

"전에 네가 그랬잖아. 네 일 이해해 주는 사람 만났으면 좋겠다고."

"응. 그렇게 말했었어."

"그럼 괜히 먼 데서 찾지 말고, 네 주변에서 찾아 봐."

어깨를 토닥여 준 정희가 외출 준비를 하러 간 사이 영서는 찻잔을 들고 싱크대로 향했다.

흐르는 물에 예쁜 찻잔을 씻으며 조금 전 정희가 해준 말을 잠시 떠올려 보았다.

'나의 일을, 이해해 줄 수 있는 사람……. 나를, 이해해 줄 수 있는 사람…….'

그렇게 중얼거리다 가만히 한숨을 내쉬었다.

"잘 가요, 영서 씨."

"네, 오빠. 태워 주셔서 감사해요."

"여보. 영서 바래다주고 올게요."

"응. 그래."

정희와 민수 부부의 차를 타고 터미널에 도착한 영서는 고속버스에 올라 자신의 자리를 찾았다. 버스가 타는 곳까지 영서를 배웅한 정희는 '도착하면 전화해.'라고 크게 손을 흔들었다.

"알았어. 전화할게."

정희를 향해 미소를 지은 영서는 정희가 보이지 않을 때까지 한껏 손을 흔들어 주었다.

MP3의 이어폰을 꽂으며 차창 밖으로 눈길을 주던 영서는 화려하게 물든 11월의 산자락에 한동안 시선을 두었다. 단풍이 저렇게 곱게 들었는데 이제 곧 12월이 온다는 것이 좀처럼 실감이 나지 않았다.

영서가 서울 집 근처에 도착했을 때 시간이 얼추 6시에 가까워져 있었다. 중간에 들른 휴게소에서 음료수만을 마셨던 터라 속이 몹시 출출했다. 가끔 들르는 분식점에서 김밥과 떡볶이를 사먹은 영서는 머플러를 단단하게 두르고서 집으로 씩씩하게 걸음을 옮겼다.

현관 안으로 들어서자마자 보일러를 켠 영서는 옷을 갈아입고서 먼저 욕실로 향했다. 세탁기가 밀린 빨래를 하는 동안 창문을 열어 환기를 시키고 집안 청소를 시작했다. 그 사이 말라 버린 장미를 치우고, 청소기를 돌리고, 간단하게 걸레질 하는 것도 빼먹지 않았다.

탈수까지 마친 빨래를 탁탁 털어 건조대 위에 널자 섬유유연제 향기가 집안 전체로 은은히 퍼져나갔다. 그 향기에 왠지 느긋한 기분이 된 영서는 안방으로 가 이불과 베개를 주섬주섬 꺼냈다.

방바닥이 뜨끈하게 데워진 게 확인되자 침대가 아닌 바닥에 잠시 눕고 싶어졌다.

포근한 이불에 폭신한 베개를 베고 누워 목욕을 할까 말까 고민하다가 까무룩 눈을 감았다. 열린 창문도 닫아야 하고 쓰레기도 버려야하는데 갑자기 모든 게 귀찮아졌다.

그러다 깜빡 잠이 든 영서는 문자 수신음에 퍼뜩 두 눈을 떴다. 정희에게서 온 문자를 확인한 영서는 잘 도착했다는 답문을 보낸 뒤 기지개를 켜며 자리에서 일어났다.

열린 창문을 닫고 벽시계를 보다 9시를 넘긴 시간에 깜짝 놀라 '헉!' 소리를 냈다. 아주 잠깐 졸았다고 생각했는데 두 시간 가까이 잠이 들었으니 놀랄 수밖에 없었다.

재활용 쓰레기와 일반 쓰레기봉투를 대문 밖에 내다놓은 영서는 우편물을 꺼내 다시 집으로 돌아왔다. 집을 비운 지 일주일 정도가 되어서인지 손에 잡힌 우편물이 제법 두툼했다.

텔레비전을 켜 뉴스 채널을 튼 영서는 우편물을 찬찬히 넘겨보다 어느 순간 고개를 갸웃거렸다. 맑고 푸른 하늘과 하얀 뭉게구름이 담긴 엽서 크기의 풍경 사진이었는데 뒤집어 보니 우체국 소인이 찍힌 진짜 우편엽서였다.

주소와 이름, 간단한 사연 모두를 펜으로 손수 적은 엽서를 너무 오랜만에 받아서인지 내용을 읽기도 전에 가슴이 뭉클해졌다. 이런 아날로그적 감성을 발휘한 사람이 누구일까 생각하며 보낸 사람의 이름을 보았을 때 영서의 눈동자가 커다랗게 동그래졌다.

'강윤후.'

그의 외모만큼이나 단정한 글씨체를 보며 영서는 가만히 그 이름을 되뇌었다. 그리고 그가 쓴 짧은 사연을 천천히 읽어보았다.

[보고 싶어요. 하늘만큼…….]

짧고 간결한 두 단락에 문장에 그만 울컥 눈앞이 흐려졌다. 엽서를 쥔 손을 아래로 내린 영서는 다른 손으로 제 입술을 꾹 눌렀다. 말로 표현하기 힘든 벅찬 감정이 저릿하게 차오르자 손끝과 어깨가 가늘게 떨리었다.

"……하아."

강윤후는 둘 중 하나일 것이다. 완벽한 선수이거나 외곬수의 고집불통이거나.

그래도 그 엽서가 너무나 반가웠다. 그리고 그만큼, 윤후가 보고 싶었다.

"정희야. 통화 괜찮아?"

─응. 괜찮아. 왜? 무슨 일 있어?

정희의 물음에 영서는 입술을 깨물며 전화기를 바꿔 들었다. 친구의 음성을 들으니 윤후 얘기를 꺼내는 것이 왠지 머쓱하게 느껴졌다.

─영서야. 생각나는 대로 얘기해.

그런 마음을 읽은 것처럼 정희가 푸근하게 대꾸를 해주자 영서가 세운 양 무릎을 한 팔로 가만히 감싸 안았다.

"나 말이야. 신경 쓰이는 사람이 있어."

─신경 쓰이는 사람?

"응……."

영서의 대답에 정희가 잠시 침묵을 하더니 '그게 누군데?' 라고 물었다.

"응?"

―네가 좋아하는 사람이 누구냐고.

정희의 물음에 영서의 미간이 설핏 좁혀졌다.

"내가, 좋아하는 사람?"

―그래, 네가 좋아하는 사람. 아무렴 날 좋아하는 사람을 물을까?

가벼운 핀잔에 영서는 느리게 두 눈을 깜빡거렸다. 모르는 체 덮어
두려던, 떨쳐내려 무던히도 애를 쓰던 감정이 '좋아하는'이란 말로
분명하게 정리되자 심장 전체가 찌르르하게 저릿해졌다.

―어떤 사람이니?

영서가 벙한 얼굴로 별 대꾸가 없자 답답해진 정희가 다시 질문을
던졌다.

―뭐하는 사람이냐고?

그러나 영서의 표정은 안개에 싸인 것처럼 여전히 멍하고 아득했
다.

영서의 침묵에 수화기 너머의 정희는 은근한 걱정이 되었다. 사람
으로 상처를 입은 사람 중에 또 다른 사람을 만나는 것으로 상처를
치유하려는 경우를 종종 봐왔기 때문이었다. 영서가 행여 좋아하지
말아야 할 사람을 마음에 품은 게 아닌가 걱정이 되어 정희는 조심스
럽게 말문을 열었다.

―그 신경 쓰인다는 사람, 유부남이니?

'유부남'이란 단어에 아득해져 있던 영서의 정신이 퍼뜩 제자리를
찾았다.

"아니야, 결혼한 사람."

영서는 강하게 부정하며 정희가 마치 앞에 있는 것처럼 힘껏 손사
래를 쳤다. 영서의 즉각적인 반응에 정희는 '다행이다.'라며 안도의

숨을 내쉬었다.

—그런데 뭘 그렇게 뜸을 들여? 괜히 걱정했잖아.

"그러니까, 그게…… 자신이 없어서."

—자신이 없다고?

"응."

—그게 다야? 더 해줄 말 없어?

정희의 물음에 영서는 잠시 입술을 깨물었다. 윤후에 대한 감정을 인정하자마자 윤후에 대한 얘기를 꺼낸다는 것이 성급한 게 아닐까 망설여졌다.

—직업이 뭐니? 그 사람 혹시, 영화배우니?

영서가 몇몇 배우들과 꽤 친한 사이라는 걸 정희는 잘 알고 있었다. 그러다 보니 영서가 자신이 없다는 말을 그렇게 받아들였던 거였다.

"아니야. 그냥 평범한 사람이야."

—뭐야, 그런데 왜 자신이 없어?

"그 사람을 너무 많이 좋아하게 될까 봐……. 그러다 헤어지게 되면 너무 많이 힘들까 봐……. 그게 겁이 나고, 자신이 없어."

—…….

영서가 이유를 설명하는 동안 정희는 조용히 그 말을 들어 주었다. 영서가 누군가를 마음에 담기 시작한 것이 기쁘면서도, 무엇을 두려워하는지 알기에 섣부른 충고를 하고 싶지 않았다.

"그 사람이 기하 선배처럼 흔들리는 걸 보게 되면……."

영서가 말끝을 흐리자 정희가 '그래, 맞아. 너 충분히 겁날 수 있어.'라며 동조를 해주었다.

—그렇지만 영서야.

"응?"

—그 사람은 기하 선배가 아니야.

정희의 말에 영서의 두 눈이 멈칫 커다래졌다.

—그 사람은 네가 신경 쓰이고, 네가 좋아하는 사람일 뿐이야. 그런 사람을 그냥 두고 보기만 할 거야? 그러다 다른 사람이 데려가면 어쩌려고?

"다른 사람이 데려간다고?"

—네 마음에 드는 사람이면 다른 사람 마음에도 드는 사람일 가능성이 무지 높을 거 같은데. 그럴수록 너만 보고, 너만 생각하게 만들어야지. 안 그래?

정희의 물음에 영서의 눈동자가 더욱 커다란 동그라미가 되었다.

—누군지 되게 궁금하다. 우리 영서 마음을 열게 만든 사람.

기대에 찬 정희의 목소리에 영서의 눈시울이 촉촉하게 젖어들었다. 하지만 그것은 슬픔의 눈물이 아니었다. 단단하게 얼어 있던 감정들이 녹아지며 생겨난 따스한 기쁨의 눈물이었다.

—잘 됐다, 이참에 화장도 좀 하고, 예쁘게 꾸미고 해서 그 사람 만나러 가.

"그건 너무, 이상하지 않을까? 평소에 안 그러던 사람이 갑자기 그러면 어색하고 부담스러울 거 같아."

영서가 눈가를 닦으며 당황해하자 정희가 후훗 웃음을 터뜨렸다.

"거봐. 너도 웃기지? 그렇지?"

—응. 웃겨, 되게 웃겨.

"그렇게 웃긴 걸 왜 하라는 거야?"

영서가 볼멘소리로 대꾸를 하자 정희가 웃음을 머금은 채 영서를 놀렸다.

—너, 그 사람 되게 좋아하나 보다. 당황해서 어쩔 줄 모르는 걸 보니.

"내, 내가 언제. 네가 이상한 소리를 하니까 그런 거지."

—어머머. 이젠 말까지 더듬네?

"하지 마. 그만해, 정희야."

—호호호. 알았어, 그만 놀릴게. 근데 이건 확실하게 짚고 넘어가자. 좋아하는 사람한테 예쁘게 보이라는 거 절대 이상한 말 아니다?

"……응. 나도, 알아."

—안다니 다행이네. 암튼 너무 요란하지 않게 자연스럽게 예쁘게 하고 가. 참, 그전에 확인 좀 하자. 그 사귀는 사람이 있다거나 그런 건 아니지?

"응. 없어, 그런 사람."

—그럼 망설이지 말고 더 확실하게 밀고 가. 용기 있는 사람이 미남을 얻는 법이거든.

"미인을 얻는 게 아니고?"

영서가 미심쩍은 얼굴로 확인을 하자 정희가 대수롭지 않게 '미인이나 미남이나.' 라며 대꾸를 해주었다. 그 말에 영서가 웃음을 터뜨리자 정희가 신이 나서 목소리를 높였다.

—얘기 나온 김에 내일 당장 마사지부터 받으러 가.

"마사지?"

—화장을 잘 받게 하려면 피부 관리부터 해야지. 넌 기본 바탕이 되니까 조금만 신경 쓰면 확 달라질 거야.

"정희야. 그건 좀 과한 것 같아."

—과하긴 뭐가 과해? 좋아하는 사람한테 고백할 건데 그만한 정성도 안 들이려고? 너, 그 사람 좋아한다며?

"그렇긴 한데."

—그럼 정성을 들여야지. 누군가한테 들이는 시간이나 마음이 아깝게 느껴진다, 그건 네가 그 사람을 좋아하지 않는다는 증거야.

속사포처럼 쏟아지는 정희의 잔소리에 영서는 그저 두 눈을 깜빡이기만 했다. 정희가 하는 말이 구구절절 옳았기에 무어라 반박을 할 수 없었다.

—사람 마음 얻는 데 그만한 정성도 안 쏟고. 그러는 건 아니지. 나중에 더 잘 할 걸 후회하지 말고, 기회가 왔을 때 아끼지 말고 표현을 해. 영서 너. 그 사람, 보고 싶지 않아?

그 물음에 영서가 호흡을 멈추었다 천천히 내뱉었다.

"······보고 싶어."

—그럼 보러 가. 평소보다 예쁘게 하고.

간단명료한 정희의 지시에 영서는 알았다며 고개를 끄덕였다. 정희와 제법 긴 통화를 마친 영서는 전화기를 내리며 벽에 걸린 달력을 보았다.

『S호텔 다이아몬드 룸에서 저녁 7시부터 한다니까 시간 맞춰서 와.』

최승현 때문에 피하고만 싶었던 약속이 윤후를 만날 수 있는 약속으로 바뀌자 두 뺨 가득 발그레한 홍조가 떠올랐다. 날아갈 듯 들뜬 마음으로 침대에서 내려선 영서는 얼굴을 감싼 채 방안을 거닐다 창가로 다가갔다.

닫혀 있던 창문을 활짝 열고 찬바람을 쏘이며 여전히 홧홧거리는 두 뺨에 손 부채질을 해주었다. 설렘과 기대로 뛰는 심장 때문에 열기를 식히는 데 생각보다 시간이 오래 걸렸다.

*　　*　　*

"어머나. 오 팀장, 너어무 오랜만이다."

유명 배우와 가수들의 스타일리스트로 왕성한 활동을 벌이고 있는 앤드류 정은 영서가 문을 들어서자마자 반갑게 포옹을 해왔다. 그가 운영하는 멀티숍 매장에 이따금 들렀었지만 그에게 스타일링을 받는 것이 처음인지라 영서는 어쩔 수 없이 어색한 기분이 들었다.

"휴가를 만끽하느라 두문불출한단 말은 들었어."

영서가 쭈뼛거리고 있음을 알아차린 그는 다정한 미소를 지으며 영서를 안으로 잡아끌었다.

"제 얘기가 선생님 귀까지 들어갔어요?"

"오모. 당연하지. 내가 오 팀장을 얼마나 애정 하는지 잘 알면서, 그런 반응은 너무 섭하다."

훌쩍 큰 키에 호리호리한 몸매를 가진 40대 후반의 남자, 앤드류 정에겐 할머니에게서 느껴질 법한 푸근한 미소가 어려 있었다.

영화 촬영이나 프리미어가 있을 때 의상에 대해 상의를 하기도 했고, 몇몇 배우들의 스타일 코칭에 그를 소개해 주면서 둘 사이엔 나이와 성별을 뛰어넘는 우정이 자연스럽게 자리를 잡고 있었다. 사근사근한 말투로 상대방을 기분 좋게 만드는 것이 이 분야 사람들의 '비즈니스 마인드'라는 것을 영서도 잘 알고 있었다.

그러나 앤드류 정에겐 판에 박힌 립 서비스 이상의 진심이 담겨 있었다. 그는 진심으로 사람을 좋아했고, 한 사람이 가진 개성과 매력을 알아보는 빼어난 눈썰미를 갖고 있었다. 신체적 결점을 커버하고 장점을 극대화시키는 데 탁월한 재능을 가진 그는 소재나 브랜드에 구애를 받지 않는 열린 사고를 가진 사람이기도 했다.

잘 빠진 모델이나 연예인에게 유명 수입 브랜드를 입히기만 하는 것이 아니라 국내외 신진 디자이너의 실험적인 작품이나 동대문과 남대문 시장의 브랜드까지 과감하게 믹스매치 할 줄 아는 스타일. 그가 추구하는 스타일은 도전하기 힘든 무엇이 아니라 한번쯤 따라 하고픈 친근함을 담고 있었기에 영서는 그의 일을 몹시 지지(支持)했다.

"축하 파티에 참석을 한다고?"

"네. 배급사 쪽 분들이랑 언론사에서도 참석하는 자린데요. 너무 튀지 않았으면 좋겠어요."

"그러니까 평소에도 입을 수 있는 의상이었으면 한다, 뭐 그런 뜻인 거지?"

앤드류 정이 정확하게 의미를 파악하자 영서가 크게 고개를 끄덕였다.

"어머, 그럼 백화점으로 갔어야지. 여기는 왜 찾아왔니?"

그가 가벼이 핀잔을 주자 영서가 '그럼 그냥 갈까요?' 라며 뒤로 물러나는 시늉을 하였다. 그러자 앤드류 정이 밉지 않게 영서를 흘겨보았다.

"암튼 자기는 지나치게 실용적이야. 자기 같은 사람들만 있으면 매장 문 닫고 손가락만 빨고 있어야 할걸?"

"설마요."

"몰랐어? 원래 설마가 사람을 잡는 거야."

그 말에 영서가 웃음을 터뜨리자 그가 영서의 어깨를 가볍게 토닥이며 말했다.

"이왕 마음먹은 거 제대로 한번 입어 봐. 안 그래도 자기한테 어울릴 만한 걸로 몇 벌 준비를 해뒀어."

"벌써요?"

"당연하지."

앤드류 정에게 손목을 붙잡힌 영서는 그와 함께 VIP전용 룸으로 향했다. 그가 준비해 놓은 여러 벌의 원피스와 세미 드레스를 본 영서는 그 화사함에 두 눈이 휘둥그레졌다. 파티에 참여한다는 이유 때문인지 그녀가 입던 것들과 사뭇 다른 분위기의 옷이 진열되어 있었다.

전반적인 디자인은 대체로 심플했지만 블링블링한 스팽글과 비즈, 하늘거리는 시스루 소재나 과감하게 파인 절개선 등으로 의상마다 각각의 포인트를 주어 여성스러우면서도 섹시한 분위기가 물씬 풍겼다.

"어때? 예쁘지?"

"네에. 그런데 전, 못 입을 거 같아요."

영서가 고개를 저으며 솔직한 심정을 털어놓자 앤드류 정이 그중 한 개를 골라 부드럽게 어루만지며 말했다.

"세상에. 이렇게 예쁜 애들을 왜 안 입니? 노출도 그리 심하지 않고, 색상도 블랙, 차콜, 브라운같이 튀지 않는 걸로 내가 얼마나 신경을 썼는데."

그럼에도 영서가 선뜻 다가오지 않자 그가 들고 있던 원피스를 그녀의 품에 맡기 듯 척 안겼다.

"도망갈 생각만 말고 일단 입어나 봐. 애들 보는 거랑 입는 거랑 천지 차이라니까. 정 맘에 안 들면 저 앞에 트레이닝복 매장에서 내가 한 벌 사줄게."

그 말에 다시 웃음을 지은 영서는 그가 내민 옷을 들고 탈의실로 향했다.

잠시 후 영서가 원피스를 입고 등장하자 앤드류가 손을 모으며 두 눈을 커다랗게 떴다.

"오모나, 오 팀장 너어무 예쁘다아. 고 실장, 어떠니? 저 옷 완전히 오 팀장 옷 아니니?"

"맞아요, 정말 오 팀장님 맞춤 옷 같은데요?"

영서가 옷을 갈아입고 나올 때마다 앤드류와 그의 스태프들은 만족스럽게 웃으며 환호 섞인 박수를 쳐주었다. 옷차림이 바뀔 때마다 다른 분위기로 변신하는 자신의 모습에 영서 또한 놀랐기에 그가 마련한 옷들을 결국 모두 입어 보게 되었다.

"자기, 목선에서 쇄골까지가 완전 예술이다. 뼈 모양도 어쩜 이렇게 예쁘니? 아니 이렇게 예쁜 애들을 왜 그렇게 꽁꽁 싸매두고 다닌 거야? 혹시 무슨 결벽증이니?"

"그게, 날씨가 추워서."

"뭐어?"

영서의 대답에 황당한 표정을 짓던 앤드류는 이내 호탕하게 웃음을 터뜨렸다.

"대답 완전 걸작이다. 그럼 한여름엔? 햇볕에 탈까 봐 싸맸구?"

"어떻게 아셨어요? 저 살 타는 거 싫어하거든요."

"어머머, 세상에. 내가 말을 말아야지. 자, 저기 앞을 잘 봐. 내 몸이 어디가 예쁜지 어디가 부족한지 아는 게 패션의 기본이거든. 그런데 자기는 어디 부족한 데가 없어."

"에에? 설마요. 전…… 가슴도 작은 편이고."

"어머. 그 키에 그 몸에 딱 적당한데 왜 그래? 조물주께서 다 알아서 갖춰 놓은 걸 억지로 키우면 그게 다 부작용을 낳는 거야."

그 말에 영서가 웃음을 터뜨리자 앤드류가 진지한 얼굴로 영서의 옷을 제대로 만져 주었다.

"먹고 살려니까 입에 발린 소리도 가끔 하지만 오늘은 진심으로 온전하게 뿌듯해."

앤드류의 진심 어린 칭찬에 수줍기만 하던 영서의 마음에도 자신감과 용기가 조금씩 커져갔다. 파티에 입을 의상이 정해지자 앤드류는 영서에게 헤어스타일과 메이크업에 관한 얘기를 꺼냈다. 영서는 의상만 있으면 된다고 만류했지만 앤드류는 여기 들어온 이상 머리부터 발끝까지 완벽하게 마무리를 해서 나가야 한다고 영서를 설득했다.

"돈 안 받는다잖아. 내가 알아서 해주겠다는데 왜 자꾸 싫다는 거니?"

"전요, 공짜로 협찬 받고 그러는 거 딱 질색이에요. 선생님도 아시잖아요."

"그럼 날더러 어쩌란 거야? 해주는 것도 싫다, 공짜도 싫다."

"선생님이야 말로 곤란하게 왜 그러세요. 전 정말 이 원피스 한 벌이면 충분해요."

"오 팀장이 우리 매장 들렀다 간 거, 알 사람들은 다 알게 될 텐데. 자기 옷이랑 스타일이 매치가 안 돼 봐. 그 욕 누가 먹니? 날 패

선계의 안티로 만들어야 속이 시원하겠어?"

"선생님."

"자꾸 이렇게 비협조적으로 나오면 당분간 자기 안 본다. 나, 뒤끝
작렬인 거, 자기도 잘 알지?"

실감나는 앤드류의 협박에 영서는 한숨을 지을 수밖에 없었다. 그
의 말이 과장만이 아니란 것을 알고 있었기 때문이었다. 얼핏 팽팽해
보이던 두 사람의 실랑이는 앤드류의 완벽한 승리로 끝이 나버렸다.
그의 집요한 부탁과 협박에 영서는 결국 모든 것을 그에게 일임하기
로 결정했다. 하지만 요란하지 않게, 자연스럽게 해달라는 당부를 끝
끝내 잊지 않았다.

* * *

"오 팀장은?"

장 대표의 물음에 재욱이 시계를 보며 곧 도착할 거라는 대답을
했다. 재욱의 말을 듣기도 전에 윤후의 시선은 이미 연회장 입구에
고정되어 있었다. 좀 더 정확하게 말하자면 연회장에 들어서는 순간
부터 영서를 기다리고 있었다는 것이 옳았다.

그녀가 최승현 실장과 교제 중이라는 얘기에 적잖은 충격을 받았
음에도 오늘 영서를 볼 수 있다는 사실에 윤후의 심장은 어느 때보다
떨리고 있었다. 설렘과 초조함으로 뒤엉킨 마음에 입안이 바짝 말라
오자 목을 축이기 위해 음료 코너로 자리를 옮겼다.

"어머나! 오 팀장님!"

"우와, 완전 최고로 예뻐요!"

"세상에. 쉬는 동안 혹시 성형수술 하신 거 아니에요?"

"야, 이게 누구야? 그냥 지나쳤으면 못 알아봤겠다. 응?"

사람들의 소란스러운 반응이 누구를 지칭하는 것인지 깨달은 윤후는 물 잔을 잡으려던 손을 거두고 고개를 돌렸다. 몇 걸음이 떨어진 자리에 영화사 직원들에게 둘러싸인 영서의 모습이 얼핏 보였다. 조금 더 가까이 보기 위해 걸음을 옮기던 윤후는 영서의 아리따운 모습에 그만 걸음을 멈추고 말았다.

영서는 완만한 스퀘어 라인이 돋보이는 차분한 원피스에 하얀색 퍼 베스트를 입고 있었다. 무릎 위에서 바로 떨어지는 스커트 라인과 은은하게 빛나는 비즈가 고급스러운 원피스는 짧고 앙증맞은 퍼 베스트로 인해 섹시하면서도 귀여운 느낌을 자아냈다.

윤기가 흐르는 갈색머리카락을 자연스럽게 틀어 올려 드러난 길고 하얀 목덜미와 귀걸이가 반짝이는 작고 예쁜 귀. 화사하면서도 전혀 과하게 느껴지지 않는 자연스러운 메이크업.

윤후의 눈에 비친 그녀는 틀림없는 오영서였지만 그동안 익히 보아왔던 그녀와 너무도 다른 느낌을 주고 있었다.

참으로 오랜만에 보게 된 그녀가 감탄사가 나올 만큼 아름답게 등장한 것이 반가우면서도 마음 한켠이 묘하게 서걱거렸다. 이곳에 있는 수많은 남자들의 시선이 그녀에게 필요이상으로 머무는 것이 못마땅하다못해 불쾌하기까지 했다.

여직원들과 이야기를 나누던 영서는 얼굴에 와 닿는 한 시선에 돌아보기도 전에 심장이 두근거렸다. 그 시선의 주인공이 윤후라는 걸 느끼면서도 그를 선뜻 쳐다볼 수가 없었다.

최대한 자연스럽게 보고 싶은데 그렇게 볼 수 있는 마음의 여유가 조금도 생기지 않았다. 윤후를 보게 되면 오늘 이렇게 단장을 한 이유가 빤히 드러날 것 같아 괜스레 민망했다. 하지만 윤후를 보고픈 마음이 그런 부담감을 서서히 앞지르기 시작했다. 오늘 이곳을 찾은 이유가 윤후에게 제 마음을 전하기 위한 것임을 잊지 않았기 때문이었다.

"윤후 선배, 오 팀장님 예쁘지 않아요?"

막내 여직원 유선미가 해맑게 동조를 구하자 윤후가 짧게 고개를 끄덕이며 영서에게로 다가갔다. 둘 사이의 거리가 좁혀질수록 두 사람의 심장박동은 점점 빠르고 높아졌다.

"……잘 지냈어요?"

윤후의 물음에 영서는 우선 '응.'이라고 짧게 대답하였다. 그리고 겨우 고개를 들어 윤후의 얼굴을 쳐다보았다. 자신을 바라보는 까만 눈동자와 정면으로 부딪치자 감출 수 없는 반가움과 떨림이 온몸을 감싸고 지나갔다. 몸 전체가 심장이 된 것처럼 몹시도 두근거리자 영서는 윤후의 얼굴을 오래도록 쳐다볼 수 없었다.

영서가 어색한 미소를 보인 후 슬그머니 시선을 거두자 윤후는 그대로 얼굴이 어두워졌다. 가까이 마주한 영서의 아름다움에 심장이 뛰다 못해 터질 것 같았고 온몸의 피가 뜨겁게 끓어올랐다. 그녀가 준비한 모든 것이 최승현을 위한 것이란 데에 생각이 머물자 커지는 질투심을 견디기 어려웠다.

"연애를 한다더니 아주 확실하게 티를 내는구만."

영서가 장 대표와 이야기 나누는 것을 보며 재욱은 못마땅하게 불만을 토로했다. 그가 쓸쓸하게 중얼거리며 샴페인을 마시는 동안 윤

후는 차가운 물로 뜨거운 속을 달랬다. 그러나 생수를 마시는 윤후의
얼굴은 독한 술을 마신 사람처럼 심각하게 구겨지고 있었다. 한없이
달콤한 '연애'라는 단어가 너무도 쓰게 들려왔기에 저절로 그런 표
정이 지어졌다.

사람들과 이야기를 나누는 중에도 영서의 신경은 온통 윤후가 머
물고 있는 뒤쪽에 가 있었다. 윤후를 보았을 때만 해도 단 둘이 얘기
를 나눌 시간이 있을 거라 기대를 했었다. 그런데 어찌된 영문인지
그럴 기회가 좀처럼 생기지 않았다.

예전 같으면 윤후를 따로 불러 말을 걸 수도 있으련만, 윤후에 대
한 마음을 인정하게 된 후 다가가는 것이 오히려 쉽지 않았다. 거기
에 어딘가 그늘져 보이던 윤후의 표정이 영서로 하여금 다가가기 힘
든 거리감을 느끼게 만들었다. 그렇다고 마냥 이렇게 손을 놓고 있을
순 없었다.

초대받은 사람들이 대부분 도착하고 축하연 행사가 시작되자 영서
는 조용히 자리를 빠져나왔다. 그리고 연회장 뒤쪽으로 가 부지런히
윤후를 찾아보았다. 하지만 연회장 어디에도 윤후의 모습은 보이지
않았다. 초조한 눈길로 주변을 살피던 영서는 혹시나 하는 마음에 혼
자서 연회장을 빠져나왔다.

시끄럽던 주변의 소음이 일시에 잠잠해지자 윤후를 만나야 한다는
생각이 더욱 크게 마음을 울려왔다. 클러치 백에서 전화기를 꺼낸 영
서는 복도 중간에 멈춰 서서 윤후에게 전화를 걸었다. 익숙한 연결
음이 수화기 너머로 들려오자 손에 저절로 힘이 들어갔다.

―여보세요?

너무나 익숙한 그럼에도 그리운 목소리가 가까이 들려오자 순간

코끝이 시큰해졌다.

—여보세요? 팀장님?

"……강윤후."

—네.

"지금 어딨어?"

침착하고 밝게 물으려 했지만 영서의 목소리와 전화기를 든 손은 미세하게 흔들렸다.

—잠깐 밖에 나왔어요. 안에 있기 답답해서.

"나도 지금 나왔는데. 어디, 정원에 있는 거야?"

—예. 그렇긴 한데. 팀장님은 어디예요?

"응. 지금 너한테 가는 길이야."

그 말을 하며 실외 정원으로 이어진 통로를 향해 걷기 시작했다.

—내가 갈게요. 거기서 잠깐 기다려요.

"아니야. 내가 그리로 갈게. 너한테 할 말도 있고."

—나오지 말고 거기 있어요. 여긴 바람이 쌀쌀해서 생각보다 추워요.

윤후의 당부에 영서는 걸음을 멈추고 밝게 눈초리를 휘었다.

"괜찮아. 나 따뜻하게 입었어. 너도 봤잖아."

그러자 윤후가 살짝 한숨을 짓더니 부드럽게 그녀를 달랬다.

—내가 안 괜찮아요. 꼼짝 말고 기다려요. 금방 갈 거니까.

"……응, 그럴게. 여기 있을게."

영서가 그러겠다고 대답을 하자 윤후는 곧바로 전화를 끊었다.

윤후와 통화를 마친 영서는 휴대전화를 클러치 백에 집어넣으며 깊게 숨을 들이마셨다. 막상 윤후를 본다고 생각하니 떨리고 긴장이 되어서 저절로 심호흡을 하게 됐다.

그 사이 윤후는 정원을 빠져나와 영서가 있는 자리로 힘껏 뛰어오고 있었다. 영서와 통화를 한 것은 아주 짧았지만 무어라 표현할 수 없는 감정이 거센 파도처럼 밀려들었다.

영서가 자신에게 하려는 말이 최승현 실장과 관련된 것이라 해도 상관없었다. 더 늦기 전에 그녀에게 자신의 진심을 제대로 전해야만 했다. 최승현이 아닌 나, 강윤후의 손을 잡으라고, 반드시 그래야 한다고 설득을 해야 했다.

그가 가진 조건과 환경이 자신보다 우위에 있다는 걸 인정했지만 그것 때문에 그를 선택하진 말아달라고 분명하게 얘기해야 했다.

유리문 안으로 들어선 윤후는 자신을 보고 있는 영서를 보자마자 저절로 걸음이 빨라졌다.

검정색 슈트 차림의 윤후가 시야에 들어오자 영서 역시 그를 향해 빠르게 뛰기 시작했다.

하지만 영서보다 윤후가 더 빠르게 그녀 앞에 도착하였다. 하이힐을 신어 조심스러울 수밖에 없는 영서보다 길고 빠른 다리를 가진 윤후가 먼저 다다른 것은 당연한 이치였다.

차가운 밤바람을 뚫고 달려와서인지, 보고 싶었던 그녀가 앞에 있어서인지 윤후의 심장은 몹시도 벅찬 숨소리를 내보내고 있었다. 마주선 그녀를 안고 싶은 마음이 치솟았지만 주먹을 그러쥐며 달뜬 마음을 가라앉혔다.

"왜 그렇게 뛰어와? 기다릴 거라고 했잖아."

영서가 걱정스럽게 자신을 쳐다보자 윤후는 옅게 미소 지으며 그녀에게 대답했다.

"보고 싶으니까."

담백하고 솔직한 윤후의 대답에 영서는 핑그르르 눈물이 차올랐다.

"나도 그랬어……."

"……뭐가요?"

"나도 윤후 네가, 너무나 보고 싶었어……."

"……!"

말끝을 흐리는 영서의 표정에서 수줍음과 떨림의 빛이 고스란히 드러나자 그녀를 지켜보는 윤후의 눈매가 옆으로 가늘어졌다. 그녀가 한 말이 어떤 의미를 담고 한 말인지 속단해선 안 된다고 생각했지만 그의 심장이 머리보다 빠르게 반응을 보였다.

"지금 그 말, 무슨 뜻이에요?"

두근거리는 마음을 애써 누르며 윤후는 침착하게 질문을 던졌다.

"여기 널 보러 왔어. 너한테 꼭 할 말이 있어서. 아니, 하고 싶은 말이 있어서."

"무슨 말인데요?"

"나, 나 말이야. 윤후 널……."

그러나 영서의 말이 채 끝나기도 전에 굵직한 남자의 목소리가 불쑥 끼어들었다.

"오영서 씨."

둘 사이를 당당하게 방해하는 오만한 목소리에 영서와 윤후는 동시에 고개를 돌렸다. 두 사람의 시선이 머문 자리엔 은회색 슈트를 입은 승현이 뻬딱한 자세로 서 있었다.

"거기서 뭐하는 거지?"

갑작스러운 승현의 등장에 놀랐던 영서는 앞으로 다가오는 그를 불편하게 쳐다보았다. 영서의 얼굴에 떠오른 불편함을 의아하게 바라보는데 영서가 곁에선 윤후의 옷자락을 작게 붙잡았다. 그녀가 떨고 있음을 알게 된 윤후는 그녀의 손을 부드럽게 그러쥐며 자연스럽게 자신의 등 뒤로 보냈다.

"굉장히 어이가 없는 장면이로군 그래."

윤후가 보호하듯 영서를 막아서자 승현은 가소로운 듯 코웃음을 쳤다. 네까짓 게 뭔데 나를 막는 거냐고 매섭게 쏘아보았지만 윤후는 그저 차분하게 승현을 바라보기만 했다.

'건방진 자식.'

윤후의 태도에 기분이 상한 승현은 송곳니를 드러낸 야수처럼 맹렬한 적대감을 한껏 드러냈다. 그러나 윤후의 까만 눈동자는 어떤 흔들림도 없이 그를 주시할 뿐이었다.

그것이 자신을 무시하는 것이라 여긴 승현은 못마땅한 얼굴로 입술을 씰룩거렸다. 그러던 어느 순간 그의 미간이 꿈틀 비좁아졌다. 조용하고 강렬한 어떤 아우라가 순식간에 그를 제압해왔기 때문이었다.

"……!"

그 압도적 서늘함에 가슴이 철렁했지만 승현은 태연한 척 시선을 거두지 않았다. 맞은편 애송이와 기 싸움에서 자신이 밀리고 있다는 걸 인정할 수도 받아들일 수도 없었다. 하지만 그런 의연함을 가장할 시간이 그리 많지 않았다는 걸 그의 본능은 확실하게 느끼고 있었다.

12.

너에게 가까이 - 2

"강윤후 씨. 자리 좀 비켜주겠어? 오영서 씨와 긴히 할 얘기가 있어서 말이야."

듣기엔 예의를 갖춘 말투였지만 승현의 표정은 다분히 명령조에 가까웠다.

"무슨 얘긴지 여기서 하시죠."

윤후가 차분하게 받아치자 승현이 두 눈을 가늘게 뜨고 비릿한 웃음을 지었다.

"강윤후 씨가 듣기에 거북스러운 얘기일 수도 있는데. 그래도 상관없다면."

얼핏 윤후에게 하는 말처럼 들렸지만 그것은 분명 영서를 향한 얘기였다.

"윤후야. 잠시만 비켜줄래?"

승현의 의중을 간파한 영서가 앞으로 나오자 윤후가 걱정스레 시선을 주었다.

"괜찮겠어요?"

"응."

하지만 윤후는 영서의 손을 놓지 않았다. 승현에게서 좋지 않은 기운이 느껴졌기에 그녀를 혼자 두는 것이 영 꺼림칙했다.

"아니요. 여기 있어야겠어요. 아무래도 신경이 쓰여요."

"걱정 마. 아무 일 없을 거야. 그리고 그렇게 오래 걸리지도 않을 거야."

"하지만……."

"최승현 씨와 얘기가 끝나야 우리 얘기도 할 수 있어."

영서가 부드럽게 설득을 해오자 윤후가 마지못해 고개를 끄덕였다.

"알았어요. 근처에 있을게요."

"응."

영서를 걱정스럽게 바라보던 윤후는 잡았던 손을 꼭 쥐었다 놓으며 겨우 발길을 떼었다. 모퉁이를 향해 걸어가는 윤후를 애틋하게 쳐다보던 영서는 그가 사라지자 들리지 않게 한숨을 내쉬었다.

"우리 얘기?"

비아냥거리는 목소리에 영서가 승현 쪽으로 천천히 몸을 돌렸다.

"두 사람, 언제부터 그런 호칭을 하는 사이였지?"

자신이 보는 앞에서 버젓이 속마음을 드러내는 영서 때문에 승현의 표정과 말투는 불쾌하게 꼬여 있었다.

"할 얘기라는 게 뭐죠?"

영서의 물음에 승현은 입술을 씰룩이며 그녀 앞으로 성큼 다가갔다. 충분히 위압적인 행동이었음에도 영서는 뒤로 물러나지 않고 똑바로 승현을 쳐다보았다. 조금 전 강윤후를 떠올리게 만드는 그녀의 반응에 승현은 있는 대로 이맛살을 찌푸렸다.

"팀장님."

또 다시 들려오는 윤후의 목소리에 승현은 어금니를 앙다물며 빠르게 고개를 돌렸다. 언제 나타났는지 윤후가 서너 걸음 떨어진 곳에서 영서를 보며 서 있었다. 영서와 눈이 마주친 윤후는 승현을 바로 지나치더니 영서 앞에서 걸음을 멈추었다.

"팀장님 휴대폰이 저한테 있어서요."

"내 휴대폰이?"

영서가 의아한 얼굴로 되묻자 윤후가 빠르게 한쪽 눈을 찡긋거렸다. 윤후의 행동에서 뭔가를 눈치챈 영서는 '아, 그랬었지.'라며 자신의 클러치 백을 열었다. 윤후가 내민 휴대전화를 안에 넣은 영서는 윤후를 보며 옅은 미소를 지었다.

"고마워, 챙겨 줘서."

"네."

윤후는 영서의 한쪽 어깨를 가만히 쥐었다 놓으며 걱정 말라는 눈빛을 한 번 더 보냈다. 영서가 작게 고개를 끄덕이자 윤후가 안타까움을 뒤로한 채 그녀에게서 돌아섰다.

윤후가 자신을 무시한 채 다시 옆을 지나치자 승현은 기가 막힌 듯 짧게 웃음을 터뜨렸다. 윤후의 뒷모습이 모퉁이 너머로 완전히 사라지자 승현은 기다렸다는 듯 둘의 사이를 이기죽거렸다.

"전화기까지 챙겨 주는 사이인지 미처 몰랐군, 그래."

"하려던 얘기가 그 얘긴가요?"

영서의 말이 떨어지기가 무섭게 승현은 영서를 붙잡아 밀치듯 벽에 세웠다. 다소 거친 행동에 영서의 두 눈이 커다래지자 승현이 한쪽 팔을 벽에 짚고서 한껏 상체를 숙였다. 다분히 위압적으로 느껴지는 자세에 영서가 백을 쥔 손을 가슴께로 올리자 승현이 비웃음을 흘리며 한쪽 입꼬리를 올렸다.

"왜, 그걸로 치실 건가?"

"할 얘기가 뭐죠?"

영서가 다시 질문을 던지자 승현이 두 눈을 번득이며 낮게 목소리를 깔았다.

"이봐, 오영서 씨. 내 말이 그렇게 우스워? 내가 원하는 건 질문에 관한 답이지 또 다른 질문이 아니야."

"제대로 된 답을 듣고 싶으면, 제대로 된 질문을 예의 갖춰서 하세요."

영서가 또박또박하게 반박을 하자 승현이 피식 입술을 허물어뜨렸다.

"좋아. 그럼 질문을 바꾸도록 하지. 당신과 강윤후, 어떤 사이지?"

"그걸 왜 궁금해 하는 거죠?"

"이런, 반응이 참 재밌군 그래. 강윤후란 애송이와 특별한 사이라도 된다는 건가?"

승현이 유들유들하게 빈정거렸지만 영서는 일자로 입을 다물었다. 윤후를 폄하하는 그에게 함부로 말하지 말라고 따지고 싶었지만 그 말을 삼키며 침묵을 지켰다. 최승현의 도발에 울컥해서 윤후에 대한 감정을 드러내는 것도 그로 인해 윤후가 괜한 일에 말려드는 것도 원치 않았다.

"당신 취향이 저런 애송이였다니 꽤 실망이야."

"할 말이란 게 대체 뭐죠?"

"내 말이 궁금하긴 한가 보군."

"계속 그렇게 말장난을 할 거라면 그만 가겠어요."

영서가 걸음을 옮기려 하자 승현이 곧바로 그녀의 앞을 막아섰다. 그에 영서가 옆으로 지나치려 하자 이번엔 영서의 팔을 붙잡아 자신을 보게 만들었다. 걸핏하면 완력을 쓰는 승현을 한심하게 쳐다보던 영서는 그를 향해 분명한 목소리로 요구했다.

"비켜요."

"왜? 이번에도 정강이를 차 줄 건가?"

"못할 것 없죠."

승현이 가소롭다는 듯 비웃음을 흘렸지만 영서는 아랑곳하지 않고 잡힌 손을 빼내려 했다.

"사람들 앞에서 망신당하고 싶지 않으면 얼른 놔요, 이 손."

하지만 승현은 잡은 손에 힘을 주며 영서를 찬찬히 훑어보았다.

"오늘 이렇게 꾸미고 온 이유가, 강윤후 그 자식 때문이었군 그래."

"놓지 않으면 소리를 지르겠어요."

"지르고 싶으면 얼마든지 질러. 날 무시하고 망신 준 대가를 톡톡하게 치르게 해 줄 테니."

"뭐라구요?"

영서가 기가 막힌 얼굴로 쳐다보자 승현이 고개를 숙이며 더욱 나직하게 속삭였다.

"다시 한 번 말해 줄까? 날 무시한 대가를 톡톡히 치러 주겠다고 했어."

"대체 나한테 왜 이러는 거예요?"

영서가 날카롭게 따지자 승현이 서늘하게 웃으며 다른 손을 자신의 심장 위에 올렸다.

"당신 때문에 여기가 아주, 심하게 다쳤거든."

"……!"

"가해자인 오영서 씨가 제대로 된 사과를 하고, 뭉개진 자존심을 회복시켜 준다면, 그간의 무례에 대해서 눈을 감아 줄 생각인데 말이지."

승현의 억지에 영서는 말 그대로 황당한 얼굴이 되었다.

"무너진 자존심이요? 사람이 좋고 싫은 감정을 어떻게 그렇게 해석할 수 있죠? 최승현 씨, 자존심이란 게 뭔지 알고나 있는 거예요?"

"이봐, 오영서 씨. 내가 듣고 싶은 건 그런 잔소리가 아니야."

"그래요? 그럼 뭘 원하는데요? 내가 무릎이라도 꿇고 백배 천배 사죄의 절이라도 올려야 하나요? 당신처럼 대단한 사람을 거절했으니 용서해달라고 손이 발이 되게 빌어야 해요?"

"백배 천배 사죄의 절을 올리겠다고? 내가 당신한테 원하는 게 고작 그런 것 같아?"

"방금 전 당신 입으로 분명히 말했잖아요, 내 사과를 원한다고."

"그래, 하지만 내가 원하는 건 그런 형식적인 사과가 아니야. 난 오영서의 진심 어린 사과, 당신의 마음을 원한다고, 알아듣겠어?"

"대체 같은 말을 몇 번이나 해야 되죠? 난 최승현 씨한테 줄 마음 같은 건 갖고 있질 않아요."

영서가 또박또박 분명하게 강조를 하자 승현이 두 눈을 가늘게 뜨고 그녀의 말을 되뇌었다.

"나한테 줄 마음이 없으시다……?"

"그래요, 없어요."

영서의 단정에 승현은 갑자기 허탈한 웃음을 터뜨렸다. 그 웃음에
거절의 말을 하는 영서의 기분도 과히 좋지는 않았다.

"난, 최승현 씨가 기대하게 만들 어떤 말이나 행동도 취하지 않았
어요. 그건 최승현 씨도 알고 있잖아요. 아닌가요?"

영서가 안타까운 얼굴로 되묻자 승현이 모든 것을 이해한 사람처
럼 천천히 고개를 주억거렸다.

"아주 잘 알고 있지. 그걸 모를 리가 있나."

"그렇게 잘 알면서 왜 자꾸 말도 안 되는 소리를 하는 건데요. 대
체, 왜?"

"당신이 갖고 싶으니까!"

"최승현 씨."

영서가 침착하게 그의 이름을 불렀지만 승현은 아랑곳하지 않고
자신이 하고픈 말을 퍼부었다.

"그래서 이런 자리까지 마련했는데, 당신 마음이 엉뚱한 녀석한테
가 있으니 진정이 안 된다고. 알겠어?"

승현의 두 눈이 갑자기 무섭게 번득이자 영서는 전에 없는 두려움
을 느끼기 시작했다.

"당신은 날 자극해. 당신의 표정과 말투, 입술의 감촉과 숨결. 그
모든 게 날 끊임없이 자극한다고. 그러니 이건 내 탓이 아니야. 모두,
당신 탓이지."

승현이 그 말을 하며 거리를 좁히자 영서는 더욱 물러나며 분명하

게 고개를 저었다.

"최승현 씨는 지금, 정상이 아니에요……."

"맞아. 난 지금 정상이 아니야."

"……!"

"누군가에게 이토록 철저하게 거절당한 것도, 그런데도 이렇게 갖고 싶은 마음이 드는 것도, 전부 처음이거든."

소유하지 못하면 꺾어버리기라도 할 것 같은 노골적인 소유욕에 영서는 일단 뒷걸음을 칠 수밖에 없었다. 그러나 또 다른 벽에 가로막혀 열기를 뿜어내는 눈빛을 고스란히 받아야 했다.

"마음을 주기 싫다면, 다른 걸 줘도 좋아."

소름이 끼칠 만큼 음침한 목소리와 적나라한 눈빛을 견디지 못하고 영서가 고개를 돌리자 승현이 고개를 숙여 그녀의 귓가에 남은 말을 속삭였다.

"당신 몸."

그 말에 흠칫 물러나려 하자 승현이 영서의 팔을 붙잡아 결박하듯 제 품에 가두었다.

"그럼 좀 진정이 될 것 같은데. 어때, 내 제안이?"

"당신은, 미쳤어!"

영서가 떨리는 목소리로 대꾸하자 승현이 갑자기 커다랗게 웃음을 터뜨렸다. 한 번 터진 웃음소리가 점점 크게 이어지자 영서를 붙잡고 있는 그의 손이 자연스럽게 헐거워졌다. 그 기회를 놓치지 않은 영서는 승현의 손을 힘껏 뿌리치며 빠르게 뒤돌아섰다.

자신을 벗어난 영서가 반대편으로 달아났지만 승현은 바로 뒤를 쫓지 않았다.

"당신이 말했었지? 당신과 나 사이엔 연결고리가 많다고."

그럼에도 영서가 걸음을 멈추지 않자 가슴 앞으로 팔짱을 끼며 다음 말을 이었다.

"당신이 사랑하는 회사, 존경하는 이모부, 강윤후란 애송이까지."

"……!"

영서가 결국 걸음을 멈추자 승현은 그럼 그렇지, 하는 얼굴로 입꼬리를 말아 올렸다.

그녀가 어떻게 나올 것인가 반응을 기다리고 있을 때 마치 대답처럼 영서가 휙 돌아섰다.

단단히 화가 난 얼굴로 승현을 노려보던 영서는 식식거리며 그에게 다가왔다. 영서가 스스로 자신과의 거리를 좁히자 승현은 당연하다는 듯 그녀를 기다렸다.

"지금 날 협박하는 거예요?"

한 걸음 앞까지 다가온 영서가 주먹을 꼭 쥐며 그렇게 묻자 승현은 빙그레 웃으며 그녀에게 되물었다.

"협박이라니? 무슨 말을 하는 거지?"

"방금 당신이 한 말, 그거 분명한 협박이잖아요. 아닌가요?"

"내 대답이 궁금해?"

"말 돌리지 말고 똑바로 얘기해요."

"그럼 계속 날 거부해. 그럼 내 말이 거짓인지 아닌지 확실히 알게 되겠지."

"이 나쁜!"

"그 말은 무슨 뜻이지? 당신 때문에 애먼 사람들이 피해 입는 걸 원한다는 뜻인가?"

승현의 질문에 영서는 대답대신 아랫입술을 깨물었다.

"그건 싫은 모양이군."

"……."

"대답은 빠를수록 좋아. 난 보기보다 성격이 급하거든."

영서가 원망스럽게 노려보자 승현이 팔짱을 풀고 그녀 앞으로 천천히 다가왔다. 승리에 한껏 도취된 미소를 지은 그는 영서의 눈을 보며 다시 은밀한 귀엣말을 속삭였다.

"말이 나왔으니 오늘 밤은 어때? 여기 스위트룸, 꽤 쓸 만……!"

그러나 승현은 자신이 하고자 했던 말을 끝까지 하지 못했다. 영서가 클러치 백을 쥔 손으로 그의 뺨을 힘껏 올려붙였기 때문이었다.

"미친 자식!"

승현을 향해 욕설을 내뱉은 영서는 떨리는 몸을 추스르며 천천히 돌아섰다.

영서에게 맞은 뺨을 감싸고 있던 승현은 그 손을 내리며 그녀를 원망스럽게 쏘아보았다.

"……오영서."

그녀를 부르는 승현의 목소리엔 분노와 원망이 어둠처럼 짙게 깔려 있었다.

조금 전 자신이 한 제안이 무리라는 걸 그도 알고 있었다. 그래도 끝까지 몰아붙인 건 그녀가 두려움에 떨며 울먹이거나 어떻게든 해결을 보려 애를 쓰려는 모습을 보기 위해서였다.

그런데 오영서는 달랐다. 그의 기대를 여지없이 무너뜨린 것도 모자라 그의 뺨을 있는 힘껏 때리기까지 했다. 거기까지 생각이 미치자 어둡게 일그러졌던 그의 얼굴이 걷잡을 수없이 붉게 달아올랐다. 한 여자에게 정강이를 걷어차인 것도 모자라 뺨까지 얻어맞았다는 사실에 있는 대로 분노가 폭발했다. 자신의 말과 행동이 지나치게 잘못되었다는 걸 인정하는 이성은 순식간에 마비가 되었고 어떻게든 끝장을 보고야 말겠다는 감정만이 격렬하게 그를 지배했다.

"거기 서, 오영서!"

"……."

"거기 서란 말이야!"

그럼에도 영서가 멈추지 않자 이마와 관자놀이 핏줄이 불뚝하게 솟아올랐다. 성난 황소처럼 영서를 뒤쫓던 승현은 그녀를 잡기 위해 길게 팔을 뻗었다. 그의 커다란 손이 가녀린 팔을 우악스럽게 거머쥐려는 순간 누군가 그의 뒷덜미를 뒤에서 힘껏 낚아챘다.

예상치 못한 충격에 승현이 컥! 소리를 내며 주춤대자 영서가 소리에 놀라 얼른 뒤를 돌아보았다. 그 순간 퍽! 소리와 함께 승현의 얼굴이 반대 방향으로 휘익 돌아가는 게 보였다. 중심을 잃은 승현의 몸이 포물선을 그리며 카펫 바닥으로 떨어지자 영서의 두 눈이 놀라움으로 한껏 커다래졌다.

육중한 소리와 함께 승현이 정신을 잃고 쓰러지자 영서는 두 손으로 제 입을 가리고 말았다. 액션영화의 한 장면을 보는 것 같은 일이 눈앞에서 벌어졌지만 너무 놀라서 아무 말도 할 수 없었다.

"……님. 괜찮아요? 오 팀장님?"

애타게 부르는 목소리에 고개를 돌린 영서는 자신을 걱정스레 보고 있는 윤후와 그대로 눈이 마주쳤다.

"강윤후다……."

"네. 맞아요, 강윤후. 근데 정말 괜찮아요?"

윤후의 물음에 영서는 얼떨떨한 얼굴로 고개를 끄덕였다. 방금 승현이 쓰러지는 것을 목격했으니 그를 저렇게 만든 이가 윤후일 거란 짐작이 들었다. 하지만 그럼에도 불구하고 그것이 전혀 믿겨지지 않았다.

"그냥 고개만 끄덕이지 말고 제대로 생각하고 대답을 해요. 진짜로 어디 다친 데 없어요?"

윤후가 눈을 맞추며 침착하게 물어오자 영서가 그에 맞추어 천천히 고개를 끄덕였다.

"······응, 괜찮아."

"정말로 괜찮은 거예요?"

"응. 조금 놀란 거 말고는 아무 이상 없어."

혹시나 하는 마음에 영서를 살피던 윤후는 그녀의 대답에 안도의 숨을 내쉬었다. 흐트러진 그녀의 머리카락을 정리해 준 윤후는 영서의 손을 잡으며 다시 차분한 목소리로 말했다.

"큰소리가 나서 달려왔어요. 다행이에요. 늦지 않아서."

"어. 다행이야, 정말······. 그런데, 윤후야."

"예."

"네가 정말, 저렇게 한 거야?"

영서의 물음에 멈칫하던 윤후는 곧 천천히 고개를 끄덕였다.

"어쩔 수가 없었어요. 팀장님한테 완력을 쓸 거 같아서."

윤후의 설명에 영서는 '아, 그랬구나.' 라고 조그맣게 중얼거렸다.

"그런데, 최승현 씨 왜 못 일어나는 거니? 혹시······."

"턱을 맞아서 잠시 정신을 잃은 거예요."

"정신을 잃어?"

"네. 턱 같은 급소를 제대로 맞으면."

거기까지 설명을 하다가 윤후는 아니라며 가볍게 고개를 저었다.

"아무튼 조금 뒤엔 깨어날 거예요. 크게 걱정 안 해도 돼요."

영서가 하얗게 질려 있는 것이 마음에 걸렸기에 윤후는 우선 그렇게 그녀를 안심시켰다.

"정말로 조금 뒤에 깨어나는 거지?"

"네. 그러니까 걱정 말아요."

윤후의 말에 영서는 천천히 고개를 끄덕였다. 영서의 얼굴에 차츰 혈색이 돌아오자 윤후가 그녀의 어깨를 가만히 쥐었다 놓았다.

"그럼 이제 가요."

"정말 가도 돼?"

"그럼, 가지 말까요?"

"나중에 최승현 씨가 깨어나서 말도 안 되는 소리를 하면 어떡해?"

영서는 승현이 쓰러진 것도 그가 깨어난 후의 일도 계속 신경이 쓰였다.

"그렇게 못 할 거예요."

"그렇게 못 할 거라니?"

영서가 의아한 얼굴로 이유를 묻자 윤후가 손을 들어 천장의 한 곳을 가리켰다.

"저기 증거가 있으니까."

윤후의 손이 가리키는 곳을 올려다본 영서는 그곳에 설치된 CCTV를 발견하고 두 눈이 커다래졌다.

"그럼 이제 괜찮은 거죠?"

"정말 괜찮을까? CCTV 녹화 장면이 사라지거나 저 사람이 조작을 하거나 하면 어떡하지?"

"우리 팀장님 영화를 너무 많이 보신 거죠."

"그래도 혹시 모르는 거잖아. 괜히 나 때문에 네가 이상한 일에 휘말릴까 봐 걱정이 돼. 이미 휘말리고 있는 거지만."

영서가 불안과 걱정으로 초조한 얼굴이자 윤후가 자상하게 그녀를 달래주었다.

"걱정 말아요. 아무 일 없을 거니까."

"정말로 아무 일이 없을까?"

"그럼요. 하늘이 알고, 땅이 알고, 팀장님하고 내가 아는 일이잖아요. 절대 섣부르게 행동 못 할 거예요."

침착하고 믿음직한 윤후의 눈빛을 보며 영서는 천천히 고개를 끄덕였다.

"앞으론 그럴 일 없겠지만 혹시라도 최승현 씨와 있게 되면 절대 단둘이 있지 말아요. 내 말 무슨 뜻인지 알죠?"

"응. 그럴게."

영서에게 다짐을 받은 윤후는 그럼 되었다면서 영서와 함께 그 자리를 빠져나왔다.

영서의 부탁에 어쩔 수 없이 물러나 주었지만 무슨 일이 일어날지 짐작할 수 없었기에 윤후는 기다리는 동안 속이 탔다. 만일의 경우에 대비해 나름의 조치를 취했지만 그것이 얼마나 큰 효과를 발휘할지 확신이 없었기에 기다리는 내내 피가 마르는 것 같았다.

"최승현 씨 얘기, 대표님께 말씀드려야겠어."

연회장으로 가는 길목에서 영서는 자신의 생각을 윤후에게 털어놓았다.

"오늘은 아니에요."

"오늘은 아니라고?"

"네."

윤후가 신중하게 대답을 하자 영서가 무엇 때문이냐고 이유를 물었다. 그동안 최승현이 퍼뜨린 거짓말과 오늘 일에 대해 확실히 밝히고 그에 상응하는 대가를 치르게 해야 한다는 것이 영서의 생각이었다. 그런데 윤후가 아니라는 말을 하니 이유가 궁금할 수밖에 없었다.

"지금 대표님께 최승현 씨에 관한 얘기를 하게 되면 비연 축하연은 완전히 망치게 될 거예요. 대표님이 취하지 않으셨다면 어떤 여지가 있을 텐데 이미 취하신 상태라 감정적인 대응을 하실 게 분명해요. 그럼 오늘 자리한 언론들은 축하연 기사 대신 다른 기사를 다루겠죠."

윤후의 말에 영서는 천천히 고개를 끄덕였다.

"최승현 실장의 문제는 그 사람 개인뿐 아니라 SJ측과도 밀접한 관련이 있는 거라 자칫 잘못하면 회사 간의 싸움으로 번질 수가 있어요. SJ는 워낙 덩치가 큰 회사라 회사 이미지에도 많은 신경을 쓸 텐데 최승현 실장의 일이 이미지에 타격을 주게 되면 역으로 우릴 공격할 수도 있어요."

그 말을 들으며 영서는 이맛살을 찌푸렸다. 윤후가 무엇을 걱정하는 지 바로 이해했지만 화가 나는 건 어쩔 수가 없었다.

"네 말이 맞아. KTN과 공동으로 추진하는 드라마 제작에 태클을 걸 수도 있고, 장 대표님이나 나에게 직간접적으로 압박을 줄 수도 있겠지……. 그렇다고 이 문제를 그냥 덮어둘 순 없어."

"당연히 덮어두면 안 되죠."

윤후가 분명하게 대답을 하자 영서가 의아한 얼굴로 그를 쳐다보았다.

"그럼 어떻게 할 생각인데? 다른 방법이 있는 거야?"

"그전에 확인할 게 있어요. 팀장님은 프로듀서 일을 계속할 거죠?"

윤후의 물음에 영서는 그렇다고 확실하게 고개를 끄덕였다.

"그럼 최승현 씨를 만나서 개인적으로 해결을 짓는 게 우선이에요. 팀장님도 아는 것처럼 여긴 정말 좁은 바닥이잖아요. 어제 죽을 것처럼 싸웠던 사람과도 내일 다시 손을 잡고 일을 해야 하는 경우도 비일비재하고. 이곳 일을 아예 하지 않는다면 모를까 그 많은 사람들을 다 적으로 만들어선 곤란해요."

그 말에 영서는 아랫입술을 잘근 깨물었다. 윤후의 말이 맞다는 걸 알고 있었지만 인정을 해야 하는 상황들이 역시나 맘에 들지 않았다.

"이 문제는 나에게 모두 맡겨 주세요."

"너에게 맡기라고?"

"난 당장 일을 그만둬도 상관없지만 팀장님은 아니잖아요. 이 일을 누구보다 좋아하고 그만큼 잘해 왔잖아요."

"……!"

"어쨌든 최승현 씨는 워낙 평판이 좋은 사람이에요. 팀장님과 그 사람 사이에 실랑이가 있었던 부분은 두 사람이 선을 봤고 결혼을 전제로 사귄다는 말까지 나왔기 때문에 팀장님이 과민 반응을 한 것으로 무마될 가능성이 높아요. 팀장님이 병가로 휴직원을 낸 상태라 얼마든지 말을 바꿀 여지가 있다는 거죠."

"말도 안 돼. 어떻게 그런……."

"그러니 내가 나서야 한다는 거예요. 만약 최승현 씨가 상식적인 반응을 하지 않는다면 그에 상응하는 방법을 찾아도 늦지 않구요."

"상식적인 반응? 네가 오늘 그 사람을 못 봐서 그래. 그 사람 아깐 정말 어딘가 문제가 있는 사람처럼 보였어. 그리고 난, 네가 나서는 거 반대야. 최승현 씨가 폭력으로 널 물고 늘어지게 되면 어쩌려고 그래?"

"그럴 가능성은 희박해요."

"희박하다고?"

"그걸 문제 삼게 되면 곤란해지는 사람은 내가 아니라 최승현 실장 본인이에요. 날 문제 삼으려면 나한테 맞았다는 걸 밝혀야 하고, 그렇게 되면 팀장님과 사이에 일어난 일도 자연히 드러나게 될 텐데 자신이 먼저 그 얘기를 꺼내진 않을 거예요."

"정말 그럴까? 내가 거절했다는 말에도 자존심 운운하면서, 피해 자라고 화를 내던 사람이었어."

"그러니까 더 숨기려고 하겠죠."

"어떻게 그렇게 확신해?"

"지금 팀장님이 알려줬잖아요. 최승현 실장이 자신의 체면이나 자존심, 명예, 그런 걸 더 중요하게 여기는 사람이라고."

"……!"

"그 부분을 제대로 공략하면 해결책이 나올 거예요."

침착하게 실마리를 찾아가는 윤후를 보며 영서는 거듭 감탄에 감탄을 하였다.

그동안 윤후를 자신의 직속 부하 직원이라고만 여겨왔다. 그런데 오늘 그는 더 이상 자신의 부하 직원이 아니었다. 당면한 문제에 휘둘리지 않고 한 발짝 떨어져 냉정하게 분석을 하고 그에 걸맞은 대응책을 차분하게 강구하는 모습이 오히려 그녀보다 한 수 위였다.

어떤 문제를 그저 단순히 옳고 그름으로만 바라보는 것이 아니라 그에 관련된 사람과 그가 속한 회사 그리고 무엇보다 영서의 입장을 가장 고려하고 최대한 배려하는 답을 찾아가는 모습은 감동적이기까지 했다.

그러자 앞에 선 윤후가 너무나 다르게 보였다. 여느 사람보다 훌쩍 큰 키만큼이나 그가 큰 사람으로 보였고 반듯하고 너른 어깨만큼이나 든든한 남자로 보였다. 남성성을 과시하며 상대방을 압도하고 짓누르는 마초적인 모습이 아니라 상대방을 배려하고, 보호하며, 든든하게 감싸 주는 그야말로 남자다운 모습에 듬직함과 따스함 그리고 설렘이 자연스럽게 느껴지고 있었다.

"대표님께는 컨디션 때문에 일찍 들어가야 한다고 얘길 해요."

"응. 그럴게."

윤후와 함께 연회장 안으로 들어간 영서는 장 대표에게 윤후의 조언대로 몸이 좋지 않아 먼저 들어가겠다는 말을 전했다. 그사이 영서의 클러치 백을 옮겨 든 윤후는 그녀가 장 대표와 이야기를 나누는 동안 자신의 휴대전화를 꺼냈다. 전화기를 그대로 귀에 가져간 윤후는 누군가와 짧게 통화를 하고 곧바로 전화기를 내렸다.

얼굴과 목이 붉어진 정도로 얼큰하게 취한 장 대표는 영서의 어깨를 꼭 끌어안고서 수고했다, 고맙다, 미안하다는 말을 몇 번이나 반복했다.

"대표님. 전 오 팀장님 바래다 드리고 들어가겠습니다."

어느새 다가온 윤후는 장 대표의 품에서 영서를 자연스럽게 빼내었다.

"어? 그럴래? 오케이. 윤후 네가 수고를 좀 해다오."

"예. 걱정 마십시오."

장 대표에게 목례를 한 윤후는 영서를 데리고 곧바로 연회장을 가로질렀다. 단정한 슈트를 입은 훤칠한 윤후와 사랑스럽게 차려입은 영서가 나란히 걸음을 옮기자 연회장에 있던 사람들의 시선이 두 사람에게로 향하였다. 한 눈에 보기에도 무척이나 잘 어울리는 한 쌍이었기에 어떤 이들은 부러움으로 어떤 이들은 흐뭇함으로 둘의 모습을 눈여겨 쳐다보았다.

"뭐예요? 영서, 아니 오 팀장, 집에 가는 겁니까?"

재욱의 물음에 장 대표가 '어. 컨디션이 좋지 않단다.' 라고 가볍게 대꾸를 해주었다.

"아니. 그런데 왜 윤후가 오 팀장을 챙기죠? 최승현 씨는 어디에 두고?"

"듣고 보니 그러네. 아니, 근데 최 실장은 어디에 있는 거야? 김 대표님, 최승현 실장 못 보셨습니까?"

장 대표가 김동규 대표가 있는 자리로 비척거리며 걸어가자 재욱이 얼른 다가가 그를 부축했다. 하지만 재욱의 시선은 연회장 문 쪽에 계속 머물렀다. 영서와 교제중인 사람이 최승현 실장이라고 들었는데, 윤후가 영서를 데려다 주는 것이 의아했기 때문이었다.

무언가 이상한 느낌에 고개를 갸웃하던 재욱은 순간 멈칫하더니 '에이. 설마.' 라고 고개를 저었다. 두 사람이 어울려 보이는 건 그동안 함께 일해 온 모습을 봐왔기에 눈에 익은 것뿐이라며 애써 자신의 생각을 털어냈다.

호텔 로비를 나온 두 사람은 나란히 택시를 기다렸다. 오래지 않아 빈 택시가 도착하자 윤후와 영서는 함께 뒷좌석에 올랐다.

"**동으로 가주세요."

"네."

택시가 출발하자 영서는 작게 한숨을 지었다. 그녀를 지켜본 윤후는 걱정 말라는 것처럼 그녀의 손등을 가볍게 두드렸다. 그 손길에 영서가 미소를 짓자 윤후가 이번엔 툭툭 제 어깨를 두드렸다.

"응?"

"나한테 기대요."

"왜?"

영서가 두 눈을 동그랗게 뜨고 쳐다보자 윤후가 그녀에게로 살짝 고개를 기울였다.

"혼자 버티지 말고, 이렇게요."

그 말을 하며 영서의 옆머리를 감싼 윤후는 그녀의 머리를 제 어깨에 기대게 만들었다.

얼결에 윤후에게 기대게 된 영서는 이게 무슨 일인가 하는 얼굴로 두 눈을 깜빡였다.

"자요. 도착하면 깨워 줄게요."

윤후가 토닥이는 것처럼 다정하게 말을 하자 영서가 기댄 채로 고개를 저었다.

"나, 안 졸려."

"난 졸려요."

그러자 영서가 고개를 들고 옆에 앉은 윤후를 보며 말했다.

"그럼, 자. 내가 깨워 줄게."

"알았어요. 꼭 깨워 줘요."

말을 마친 윤후는 눈을 감고 시트에 깊게 몸을 기댔다. 그런 윤후를 지켜보던 영서는 들리지 않게 숨을 쉬고서 윤후처럼 시트에 몸을 기대었다.

빠르게 명멸하는 창밖의 풍경을 보며 영서는 가만히 두 눈을 깜빡였다. 승현과의 일로 긴장했었던 신경이 느슨하게 풀어지자 눈꺼풀이 무거워지면서 자꾸만 졸음이 쏟아지려 했다.

어깨에 와 닿는 감촉에 눈을 뜬 윤후는 영서에게서 흘러나오는 향기에 설핏 미소를 지었다. 깊게 잠이 든 영서의 머리가 앞으로 툭 떨어지자 윤후가 빠르게 손을 들어 그녀의 이마를 감싸주었다. 영서의 머리를 원위치로 가게 한 윤후는 영서의 고개가 앞으로 떨어지지 않도록 조심스레 자신의 자세를 가다듬었다. 영서가 깨지 않고 계속 고른 숨을 쉬자 그녀를 잡고 있던 손을 내리며 옅게 안도의 미소를 지었다.

그때 '딩동' 하고 문자 수신음이 들려왔다. 주머니에서 전화기를 꺼내 문자를 확인한 윤후는 제호에게 「고맙다. 조금 있다 들를게.」라는 답문을 보내주었다. 나직하게 한숨을 쉬며 차창 너머를 바라보던 윤후는 유리창에 반사된 영서의 모습에 그대로 시선을 멈추었다. 영서는 윤후의 어깨와 팔에 몸을 기댄 채 곤하게 잠이 들어 있었다. 그런 영서를 바라보는 윤후의 얼굴은 몹시 평온했지만 그의 머릿속은 승현의 일을 어떻게 처리할 것인가로 분주하게 움직이고 있었다.

* * *

"팀장님. 도착했어요."

윤후의 목소리에 눈을 뜬 영서는 주변의 풍경을 두리번 살펴보았다. 익숙한 골목 어귀의 풍경이 눈에 들어오자 남아 있던 잠이 깨끗하게 달아났다.

"어? 벌써 도착했네?"

"늦은 시간이라 그런지 차가 별로 안 막혔어요."

윤후가 뒷좌석 문을 열고 택시에서 내리자 영서가 클러치를 열고 지갑을 꺼냈다.

"내가 했어요."

"응?"

"계산했다구요."

"아, 고마워."

영서가 인사를 하고 차에서 내리자 윤후가 그녀의 손을 붙잡으며 내리는 것을 도왔다.

"얼마나 나왔어?"

"많이 안 나왔어요."

"그래도 꽤 나왔을 텐데."

"정 그럼 커피 한 잔 사주세요."

"커피?"

"네. 커피요."

"알았어. 사줄게."

영서가 선뜻 그러겠다고 하자 윤후의 눈썹이 휘익 올라갔다.

"진짜 사줄 거예요?"

"응. 네 말 들으니까 나도 마시고 싶어서."

"피곤하지 않아요? 아까 택시 안에서 되게 잘 자던데?"

"그건, 긴장이 풀려서."

그 말을 하다가 영서는 콧잔등을 찡그리며 바로 재채기를 했다.

"안 되겠다. 커피는 다음에 마시고 오늘은 일단 올라가서 쉬어요."

"아니야. 나, 컨디션 괜찮아."

"내 말대로 해요. 그러다 감기 걸리면 어쩌려고 그래요."

"정말 괜찮은데."

그러다 영서가 다시 재채기를 하자 윤후가 재킷을 벗어 그녀의 어깨에 바로 걸쳐 주었다.

"말 들어요. 집에 감기약은 있어요?"

"응. 있어."

"확실해요?"

"응."

"그럼 됐어요."

윤후가 골목 어귀를 향해 걷기 시작하자 영서도 하는 수 없이 윤후를 따라 걸음을 옮겼다.

"구두, 불편하지 않아요?"

윤후의 물음에 영서는 '아니. 안 불편해.' 라고 밝게 대답을 해주었다.

"커피, 마시고 싶어요?"

잠깐의 침묵 뒤에 윤후가 그 말을 꺼내자 영서는 가볍게 고개를 저었다.

"아니. 괜찮아."

"마시고 싶으면 얘기해요. 내가 사다 줄게요."

'그래 줄래?' 라고 말하려던 영서는 대답처럼 다시 고개를 저었다. 그리고 말없이 걸음을 옮기기만 했다. 그런데 어찌된 영문인지 두 볼이 열기를 쏘인 것처럼 발그레하게 달아오르기 시작했다. 어깨를 덮고 있는 재킷에서 윤후의 체향이 고스란히 전해지자 저절로 그런 반응이 일어난 것이었다. 열이 오른 뺨이 화끈거릴 만큼 뜨거워지자 영서는 민망함에 얼른 고개를 숙였다. 행여 윤후가 그 모습을 보게 될까 봐 입을 꾹 다문 채 걷는 일에만 집중을 했다.

"······."

"······."

영서가 조용히 걷기만 하자 나란히 걸어오던 윤후도 저절로 말이 없어졌다. 고개를 숙인 채 묵묵하게 걸어가는 영서를 보며 컨디션이 좋지 않은 거라고 짐작을 할 뿐이었다.

그렇게 집 대문 앞까지 다다랐을 때 달아오른 열기가 그나마 조금 식었다. 지금이 늦은 밤인 것이 천만 다행이란 생각을 하며 영서는 얼른 윤후의 재킷을 벗었다.

"재킷 고마워."

영서가 내민 재킷을 받아든 윤후는 그녀를 보며 괜찮다는 듯 미소를 지었다.

"오늘 여러 가지로 정말 고마웠어."

"팀장님도 오늘 고생 많았어요. 들어가면 약 꼭 챙겨먹고 따뜻하게 하고 자요."

"응."

"얼른 들어가요. 추워요."

"너 가는 거 보고."

"먼저 들어가요. 그래야 내가 안심하고 가죠."

"난 문만 열고 들어가면 되잖아. 그러니까 먼저 가."

"고집 부리지 말고 얼른 들어가요."

다정하지만 거스르기 힘든 윤후의 말에 영서는 마지못한 얼굴로 알았다고 대답을 해주었다. 열쇠로 대문을 연 영서는 윤후에게 잘 가라는 인사를 하며 짧게 손을 흔들었다.

"잘 자요."

"응. 윤후 너도."

다정하게 인사를 전한 영서는 돌아서서 대문 안으로 들어갔다. 영서가 들어가고 대문이 닫히자 윤후는 안도와 아쉬움이 한데 뒤섞인 긴 한숨을 지었다. 오늘 그녀에게 들어야 말을 듣지 못한 것이 아쉬웠지만 그녀와 최승현과의 사이가 아무것도 아니라는 것이 밝혀졌기에 일단 마음이 놓였다. 그렇다고 완전히 마음을 놓은 건 아니었다.

정 과장이 영서를 마음에 두고 있다는 걸 알게 되었고, 오늘 영서를 눈여겨보던 남자들이 적지 않았다는 걸 기억하고 있었기 때문이었다. 어쩌면 자신이 알지 못하는 또 다른 경쟁자가 있을 거란 예감이 들자 잠잠했던 머릿속이 복잡하게 엉키는 것 같았다.

영서에게 받은 재킷을 입으며 윤후는 차가운 밤공기를 한껏 들이마셨다. 청량한 공기 사이로 달콤한 향기가 느껴지자 미간을 좁히며 주변을 휙 둘러보았다. 그러다 그 향기가 재킷에서 흘러나오는 것임을 깨닫고는 부드럽게 입꼬리를 말아 올렸다.

틀림없는 영서의 향기로 기분이 좋아진 윤후는 가벼운 걸음으로 골목길을 천천히 내려갔다. 그런데 뒤쪽에서 대문 열리는 소리가 들려왔다. 돌아보니 영서가 대문을 열고 계단을 내려오는 게 보였다. 놀란 윤후는 발길을 돌려 곧장 그녀 앞으로 다가갔다. 혹시 무슨 일이 생긴 걸까 걱정이 되어 저절로 걸음이 빨라졌다.

"무슨 일이에요? 현관 열쇠, 잃어버렸어요?"

영서의 옷차림이 변함없이 그대로였기에 저절로 그런 짐작을 하게 되었다.

"아니. 아니야."

영서가 고개를 젓자 윤후가 의아한 얼굴로 영서를 바라보았다. 그녀가 다시 밖으로 나온 이유를 쉽게 짐작할 수 없었다.

"그럼, 왜……?"

"아까워서."

"아깝다니요? 뭐가요?"

"모처럼 예쁘게 꾸몄는데, 아직 12시도 안 됐어."

그 말에 눈썹을 휘익 올렸던 윤후는 곧 '그건, 그렇긴 해요.'라며 동조의 미소를 지었다.

"너한테 보여주고 싶었어."

"네?"

"이렇게 차려입은 거. 너한테 보여주고 싶어서 입은 거라고."

윤후의 얼굴에 놀라운 기색이 더해지자 영서가 입술을 깨물며 살짝 얼굴을 붉혔다.

"아, 말하고 나니까 되게 창피하다. 하지 말 걸 그랬나 봐."

영서가 쑥스러움에 고개를 숙이며 얼굴을 두드리자 윤후가 그녀에게로 얼른 고개를 숙였다.

"아니에요. 잘 했어요."

그런데도 영서가 고개를 들지 않자 고개를 더 숙이며 부드럽게 속삭였다.

"나 지금 무지 감동 받았는데."

감동이란 말에 고개를 들던 영서는 윤후의 얼굴이 코앞에 보이자 움찔하며 고개를 뒤로 뺐다. 그녀의 반응에 윤후가 고개를 들며 한 손으로 머리를 쓸어 올렸다.

"그것도 모르고 열이 나서 돌아 버리는 줄 알았어요."

윤후가 짐짓 심각하게 투덜거리자 영서가 궁금한 얼굴로 '왜?' 라고 물었다.

"최승현 씨 때문에 이렇게 하고 온 줄 알았으니까."

"정말?"

"예."

그 말에 영서가 웃음을 터뜨리자 윤후가 여전히 심각한 얼굴로 말을 이었다.

"내 눈엔 충분히 예쁘니까 너무 이렇게 꾸미지 말아요."

"이렇게 꾸미는 거 싫어?"

"네. 싫어요. 남자들이 자꾸 쳐다봐서 안 돼."

윤후는 불만을 토로하고 있었지만 영서는 섭섭하다거나 서운한 마음이 전혀 들지 않았다. 윤후가 하는 말과 표정이 봄 햇살처럼 말랑하게 심장을 어루만졌다. 그러자 윤후에게 하려던 말을 꼭 해야겠다는 생각이 들었다. 모처럼 예쁘게 꾸몄으니까, 아직 12시가 넘지 않았으니까. 더 늦기 전에 들려줘야만 했다.

"좋아해, 강윤후."

"……!"

영서의 갑작스러운 고백에 윤후가 주춤하며 그녀를 바라보았다.

"널 좋아하지만, 여전히 두려워. 너 때문이 아니라 나 때문에."

시간이 정지된 것처럼 미동도 않는 윤후를 보며 영서는 차분하고 솔직하게 제 마음을 털어놓았다.

"내 마음 속에 누군가를 들여놓는 게, 여전히 겁이 나. 그 자리가 텅 비어졌을 때 느꼈던 상실감을 다시 견뎌낼 자신이, 아직은 없어."

"……."

"그래서 널 밀어내려고 했어. 널 받아들이는 것보다 그 편이 훨씬 편할 거 같았으니까."

"……."

"그런데 그게 더 어렵고 힘든 일이라는 걸 알아버렸어. 그래서 네 말대로 해보려고. 널 더는."

영서의 말이 채 끝나기도 전에 윤후의 두 팔이 그녀를 아늑하게 감싸왔다. 따스하고 포근한 기운이 어깨를 감싸오자 영서가 뭉클한 얼굴로 말을 끝맺었다.

"밀어내지 않으려고."

"잘 생각했어요."

"……응."

영서의 작은 대답에 윤후가 두 팔에 힘을 주며 고개를 숙였다. 단단한 턱 아래 영서의 정수리가 와 닿자 그의 심장이 뻐근하게 벅차올랐다.

"잘 할게요."

"응."

"나한테도 잘 해줘요."

"응."

영서가 망설임 없이 대답을 해주자 윤후가 미소를 지으며 그녀를 더 꼭 끌어안았다. 담백하고 편안한 윤후의 목소리와 은은한 비누 향을 느끼며 영서도 기쁘게 두 눈을 꼭 감았다. 윤후에게 안겨 있는 이 순간이 너무 평온하고 행복해서 얼굴 가득 환한 미소가 떠올랐다.

"커피 마시러 가야 하는데."

윤후의 중얼거림에 영서가 후후 작게 웃음을 터뜨렸다. 그 웃음소리에 윤후가 팔을 느슨하게 내리며 살며시 고개를 숙였다. 동그랗고 예쁜 이마에 입술을 누르고 나서 영서를 다시 꼭 껴안았다. 제 품에 안겨 있는 영서의 작은 몸이 따스하고 부드러워서 하루 종일 이렇게 안고 싶어졌다. 키스하고 싶어졌다.

"키스해도 돼요?"

그 말에 영서가 움찔하며 감은 눈을 떴다.

"키스하고 싶어 죽을 것 같아."

애써 담담한 그럼에도 절실한 목소리에 영서의 심장이 콩닥콩닥 바쁘게 뛰었다. 등허리와 어깨를 감싸고 있던 윤후의 팔이 다시 느슨해지자 윤후의 옷깃을 붙잡고 있던 손에 저절로 힘이 들어갔다.

윤후의 기다란 손가락이 턱 끝을 쥐고 부드럽게 끌어 올리자 영서는 저도 모르게 숨을 멈추었다.

깊고 까만 윤후의 눈동자가 허락을 구하는 눈빛을 보내자 영서는 스르르 두 눈을 감았다.

따스하고 부드러운 촉감이 입술 위로 지그시 내려오자 그녀의 속눈썹이 살며시 떨리었다. 부드럽게 맞닿았다 떨어진 입술이 좀 더 깊게 와 닿자 작은 입을 벌려 그를 초대했다. 여린 입술을 가르고 들어온 촉촉한 혀가 입안의 점막을 천천히 어루만지자 영서가 윤후의 목을 가만히 끌어안았다.

윤후의 커다란 손이 영서의 뒷머리를 감싸오자 둘의 입맞춤이 점점 깊고 진해졌다. 자연스럽게 고개를 엇갈리며 두 사람은 서로의 입술과 숨결을 농밀하게 맛보았다. 말캉한 혀를 희롱하며 휘감아 끌어당기고, 달콤한 타액을 마음껏 나누고 빨아들였다.

부드럽고 다정했던 키스가 열정적으로 거세어지자 윤후의 몸이 뚜렷하게 반응을 보이기 시작했다. 몸이 점점 뜨겁게 달아오르자 오가는 숨결과 손길이 다급하게 거칠어졌다. 키스만으로 채워지지 않는 욕망에 헛헛한 갈증을 느꼈지만 윤후는 영서와의 키스를 가까스로 멈추었다.

아무리 맛보고 빨아들여도 여전히 모자란 입술 위에 짧게 입을 맞추고 나서 아쉬움 가득한 호흡을 천천히 내뱉었다. 자신과 같은 열기로 발그레해진 영서의 얼굴과 촉촉하게 부푼 붉은 입술을 손끝으로 어루만지다 윤후는 질끈 두 눈을 감았다 떴다.

"……너무 오래 잡고 있었어. 어서 들어가요."

윤후가 손을 내리며 그 말을 꺼내자 영서가 두근거리는 심장을 누르며 윤후를 쳐다보았다. 열기로 뜨거운 눈동자를 하고서 그런 말을 애써 전하는 그가 더욱 믿음직스럽고 든든하게 느껴졌다.

"……응. 조심히 가."

"가서 전화할게요."

"응."

대답을 하고 나서 윤후의 입술 위에 짧게 입을 맞추었다 떼었다. 그녀의 입맞춤에 윤후가 놀란 얼굴이 되자 영서가 달아나듯 빠르게 대문으로 향하였다. 자신이 한 행동에 스스로 놀라 얼굴이 다시금 빨갛게 달아올랐다.

쿵! 소리를 내며 닫히는 대문을 보며 윤후는 얼떨떨한 얼굴로 두 눈을 깜빡였다. 그러다 갑자기 하하, 짧은 웃음을 터뜨렸다. 조금 전 영서가 해준 베이비키스에 기분 좋은 웃음이 저절로 터져 나왔다.

얼굴 가득 웃음을 머금은 윤후는 아주 깊게 차가운 밤공기를 들이마셨다. 폐부를 부풀리며 들어오는 차가운 바람이 달아오른 몸과 마음을 차분히 식혀 주기를 침착하게 기다렸다.

달아나는 영서를 붙잡을 수 있었지만 애써 그 마음을 참아냈다. 그녀를 붙잡게 되면 키스만으로 만족할 수 없다는 걸 분명하게 느꼈기 때문이었다.

그에겐 이 모든 것이 처음이었다.

누군가를 좋아하기 때문에 끓어오르는 욕망을 견디기 힘든 것도.

누군가를 좋아하기 때문에 그 욕망을 참아낼 수 있는 것도.

너무나 모순된 그럼에도 이해할 수 있는 감정들을 떠올리며 윤후는 천천히 골목길을 내려왔다. 11월 끝자락의 스산한 바람이 온몸을 에워쌌지만 그의 기분은 햇살이 가득한 오후처럼 한없이 따스하고 달콤했다.

13.

마음의 무게

'빌어먹을!'

윤후가 사무실로 들어서는 순간 승현은 속으로 그 말을 내뱉었다. 윤후를 마주한 순간 어떤 반사작용처럼 턱 한쪽이 아프게 욱신거렸다. 불시의 공격이긴 했지만 윤후의 펀치를 맞고 단번에 정신을 잃어버렸다. 누군가와 일대일로 주먹다짐을 하진 않았지만 그런 경우가 생겼을 때 이렇게 맥없이 지리라고는 생각지 않았다.

웬만큼 운동을 한다고 여겼고 체력으론 남들에게 뒤지지 않는다는 자부심이 있었는데, 강윤후의 한 방에 허무하게 무너졌다는 사실은 받아들이기 힘들 만큼 크나큰 충격이었다. 실전 경험이 전무(全無)해 어이없게 당한 거라고 위로를 했지만 무언가 씁쓸한 기분을 떨치긴 어려웠다. 그러다 보니 강윤후란 녀석이 어떤 삶을 살아온 건지 저절로 궁금해지기 시작했다. 자신보다 무려 일곱 살이나 어린 녀석에게 기(氣) 싸움뿐 아니라 주먹 싸움에서도 완패를 당했으니 납득할 만한 이유를 찾아야 했다.

"그래. 용건이 뭐지?"

윤후가 응접 소파에 앉자마자 승현은 곧바로 질문을 던졌다. 윤후가 자신을 찾아온 이유가 대강 짐작이 되었기에 어쩔 수 없이 말투가 날카로웠다.

승현의 물음에 윤후는 대답처럼 가져온 가방을 테이블 위에 올렸다. 역시나 침착한 윤후의 태도에 승현은 얼굴 가득 못마땅한 기색을 드러냈다. 연기자 지망생들이나 신인배우들, SJ보다 열악한 위치에 있는 종사자들이 비굴하리만큼 낮은 자세로 절절매는 것에 익숙해 있던 그에게 그런 것과 무관한 윤후의 모습은 손끝에 박힌 가시처럼 마음을 불편하게 했다.

그런 승현의 마음을 아는 건지 모르는 건지 윤후는 조용히 가방을 열었고, 그 안에서 투명한 케이스에 담긴 CD 두 장을 꺼냈다.

"이걸 전하러 왔습니다."

윤후가 내민 CD 케이스를 보며 승현은 있는 대로 미간을 좁혔다.

"이게 대체 뭔데?"

"최승현 실장님과 오영서 팀장님이 함께 있던 S호텔의 CCTV 화면과 대화 내용이 녹취된 파일입니다."

설명을 마친 윤후는 싸아하게 굳어진 승현의 얼굴을 말없이 바라보았다.

영서와의 일이 고스란히 기록되어 있다는 자료 앞에서 승현은 잠시 할 말을 잃었다. 그러나 곧 뭔가 찜찜한 생각이 들었다. CCTV의 녹화장면이야 그렇다 쳐도 녹취자료까지 있다는 것이 선뜻 이해가 되지 않았다.

"······!"

그 순간 한 장면이 섬광처럼 떠올랐다 사라졌다. 영서에게 전화기를 건네던 윤후의 모습이 떠오르자 승현의 두 눈과 두 손에 힘이 들어갔다.

'그 전화기로 녹취를 한 거였어?'

승현이 흥분하여 완전히 이성을 잃었던 그날, 강윤후는 너무도 침착하게 그가 생각지 못한 부분을 계산에 넣고 있었다. 그간의 침묵이 자신의 위치를 두려워한 약자들의 비겁함이나 자신과 더는 얽히기 싫어하는 영서의 거부감이라고만 여겨왔었다. 그런데 이토록 확실한 증거를 만들기 위해 시간을 번 것이란 사실에 얼음덩이에 싸인 것처럼 등줄기가 서늘해졌다.

그러나 곧 말할 수 없는 짜증과 분노가 치밀어 올랐다. 그 자료를 준비하면서 득의양양해 했을 윤후의 모습을 생각하니 어금니가 저절로 앙다물어졌다. 눈앞의 CD를 당장이라도 부수고 싶었지만 앞에 놓인 물 잔을 비우는 것으로 애써 열기를 식혔다. 강윤후 앞에선 그런 식의 빈틈을 두 번 다시 보이고 싶지 않았다.

"이걸 가져온 이유가 뭐지? 이걸 빌미로 날 협박하겠다는 건가?"

승현이 호기롭게 질문을 던지자 윤후가 다시 똑바로 그를 바라보았다. 새까맣게 또렷한 눈동자가 속을 꿰뚫듯 다가오자 승현의 미간이 저절로 좁혀졌다. 하지만 윤후의 눈빛을 피하지 않았다. 이곳이 자신의 집무실이라는 것이 윤후가 홀로 있다는 것이 그것을 가능하게 만들었다.

"말이 없는 걸 보니 내 짐작이 맞는 거로군."

"······"

"그래? 이걸로 한몫 단단하게 챙길 생각인가? 어느 정도까진 괜찮 겠지만 상식 이상의 금액은 곤란해."

"얼마를 주실 겁니까?"

윤후가 되묻자 승현이 그럼 그렇지 하는 얼굴로 입술을 비틀었다.

"원하는 금액을 제시해. 그게 거래의 기본이니까."

"다행이군요."

"다행이라고?"

"이 CD의 내용이 협박의 도구로 쓰일 만큼 문제가 있고, 돈으로 무마시켜야 할 만큼 심각하다는 걸 인식하고 계시니까요."

윤후의 대꾸에 승현의 눈가와 입술이 부르르 떨렸다.

'여우같은 자식!'

"남의 먼지를 털어서 주머니나 채우려는 주제에 꽤 정의로운 척 구는군."

"최승현 실장님을 꽤 괜찮은 남자라고 생각했습니다."

윤후에게서 의외의 말이 흘러나오자 승현의 두 눈이 옆으로 가늘 어졌다. 자신이 무언가 잘못 들은 게 아닌가 하는 생각을 했을 때 윤 후의 말이 곧바로 이어졌다.

"오 팀장님과 교제한다는 얘길 들었을 때 꽤 힘든 라이벌을 만났 다고 여겼었죠."

"라이벌?"

"내가 도전장을 내밀 수도 없을 만큼 대단한 사람이라고 해도 절 대 양보할 생각은 없었으니까요."

"……!"

"하지만 이 기록들을 보면서 확신을 갖게 됐습니다. 당신에겐 절대 양보할 수 없다고. 무슨 일이 있어도 말입니다."

계속되는 윤후의 말에 물을 마셨음에도 목이 타들어갔다. 자신의 짐작과 상식을 무너뜨리는 윤후의 반응에 사고회로가 엉망으로 뒤엉키고 있었다.

"이 자료를 가져온 이유는 하납니다. 당신보다 약자인 사람을 대하는 당신의 태도가 어떤지를 무언가를 갖고 싶은 욕심에 형편없이 망가진 당신 모습을 당신 눈으로 직접 보고, 듣고, 확인하라는 의도였습니다."

한 마디 한 마디 힘 있게 전해지는 윤후의 목소리에 승현의 얼굴은 충격으로 점점 굳어졌다. 지극히 평범한 두 장의 CD를 뚫어져라 바라보던 승현은 주먹을 꾹 쥐며 윤후를 날카롭게 쏘아보았다.

"그래서? 그게 다란 건가?"

"……."

"강윤후 씨 말 대로 이걸 끝까지 감상하면 끝이냐고 묻는 거야."

"그걸로 끝이 나선 안 되겠죠."

"그럼, 어쩌란 거지? 기자회견이라도 열어서 공개사과라도 하란 건가?"

여유로움을 잃지 않기 위해 애를 썼지만 승현의 얼굴은 수치심과 분노로 벌겋게 변해 있었다.

"오영서 팀장에게 사과를 하는 건 기본입니다. 그것이 공식적이든 비공식적이든 진심 어린 사죄의 마음이 전제되어야 하겠죠. 최 실장님의 사과를 받아들이고 용서하는 것은 온전히 오영서 팀장의 몫입니다. 그리고……."

"이 자리에서 물러나라, 그 말을 하고 싶은 거겠지."

불편한 감정을 누르며 꺼내는 말이라 승현의 목소리는 지독히도 낮게 깔려 있었다.

"아니요. 그 자리를 꼭, 지키십시오."

"자리를 지키라고?"

"예."

윤후의 대답에 승현은 기가 막힌 듯 코웃음을 쳤다. 대체 무슨 생각으로 그런 말을 하는 것인지 그 다음 말이 저절로 기다려졌다.

"그리고 지금보다 훨씬 괜찮은 최승현 실장님이 되십시오. 다른 사람들이 알고 있는 것처럼, 당신 스스로 자부하는 것처럼 정말로 괜찮은 남자가 되란 얘깁니다."

"……!"

"최 실장님이 추진하고자 했던 계획들, 작가를 육성하고 기본기가 탄탄한 드라마를 만들겠다는 생각들을 잊지 말고 제대로 실천해 주십시오. 당신이 가진 재능과 힘을 쓸데없는 일에 낭비하면서 당신이 실수라고 여기는 일들을 반복하면서 살아가지 말라는 겁니다."

윤후의 그 말에 승현은 그대로 멍한 얼굴이 되었다. 그리고 잠시 후 엄청난 둔기로 얻어맞은 것 같은 충격이 그의 온몸과 마음을 얼얼하게 흔들었다.

"……그 말을 하려고 날 찾아왔다고?"

"예."

"어째서? 무엇 때문에?"

미심쩍은 얼굴로 질문을 던지는 승현의 목소리는 어느새 점점 크고 높아졌다.

"잠깐이지만 일을 대하는 진심을 봤으니까요."

"……!"

"사람은 누구나 실수를 하는 것이고, 실수를 하지 않는 것보다 실수를 인정하는 것이 더 중요하다고 배웠습니다. 그래서 그 기회를 당신에게도 주어야 한다고 생각했습니다."

윤후의 대답에 연이어 충격을 받은 승현은 윤후가 일어나는데도 따라 일어서지 못했다.

"선택은 온전히 최 실장님의 몫입니다. 이 기회를 붙잡는 것도, 거부하는 것도, 이 일 이후에 어떤 반응을 하느냐도 전적으로 최 실장님의 손에 달려 있습니다."

"……."

"하지만 이 얘기에서 오영서 팀장님은 제외니다. 그 사람에게 한번 더 완력을 썼다간 턱이 아니라 목이 부러질 각오를 하십시오."

윤후의 목소리는 여전히 침착했지만 눈동자엔 전에 없는 냉기가 흐르고 있었다. 그 살벌한 기운에 승현은 자기도 모르게 고개를 주억거렸다.

"그럼 충분히 알아들으신 걸로 알고, 이만 물러가겠습니다."

승현을 향해 공손하게 목례를 한 윤후는 그대로 걸음을 옮겨 집무실을 나갔다. 탁, 소리와 함께 문이 닫히자 승현은 무너지듯 소파에 등을 기댔다. 목을 죄던 넥타이 매듭을 헐겁게 풀어주자 눌려 있던 숨통이 그나마 트였다.

"후우."

기나긴 숨을 내쉬던 승현은 갑자기 피식 허탈한 웃음을 지었다. 그러다 이마에 손을 올리며 두 눈을 깊게 감아버렸다. 그저 대화를 나눈 것뿐인데 엄청난 전투를 마친 장수처럼 걷잡을 수 없는 피로감이 몰려들었다.

'라이벌이라고? 천만에.'

강윤후는 최승현의 라이벌이 아니었다. 자신과 비교할 수 없는, 자신을 예사로 뛰어넘는 훨씬 더 강력한 존재였다. 강윤후가 가진 강력한 아우라는 그를 에워싼 환경이나 배경의 힘이 아니었다. 그것은 그가 가진 본연의 힘, 그의 DNA 안에 내재된 고유한 힘이었다.

단순한 물리적 힘의 세기가 아닌 깊이가 더해진 사람됨에 이젠 파르르한 질투심조차 일어나지 않았다. 그러자 빌어먹게도 처참했던 기분이 조금씩 나아졌다.

얼굴을 가리고 있던 손을 내리며 승현은 감은 눈을 떴다. 자신의 패배를 인정하는 순간 어이없게도 피식 웃음이 흘러나왔다. 하지만 기분이 그렇게 씁쓸하지만은 않았다. 그토록 기피하고 거부했던 단어를 인정하는 순간 마음이 홀가분하게 가벼워졌고 뒤엉켰던 머릿속이 명징(明澄)하게 정리되었다.

* * *

"신랑 신부, 행진!"

사회를 맡은 용현의 목소리가 식장 안에 울려 퍼지자 하객들이 일제히 일어나 있는 힘껏 축하의 박수를 쳐주었다. 늠름한 새신랑 제호와 아리따운 새신부 누리가 나란히 행진을 해오자 윤후와 기준이 폭죽과 꽃가루를 날리며 행진의 분위기를 한껏 고조시켰다.

신랑신부의 가족과 친지, 친구들의 사진을 찍고 식당으로 향하는 내내 윤후는 영서의 손을 꼭 붙잡고 있었다. 다정하게 맞잡은 손 위에 얌전하게 자리한 커플링을 보면서 영서는 꿈을 꾸듯 행복한 미소를 지었다.

회사에 휴직원을 낸 기간 동안 크고 작은 일들이 끊임없이 일어났었다. 그중 가장 크고 중요한 일은 윤후와 자신이 연인이 되었다는 사실이었다. 그리고 그에 버금가는 중요한 일은 최승현 실장이 자신을 찾아와 제대로 된 사과를 전한 것이었다. 승현이 퍼뜨렸던 소문은 그의 연심이 빚어낸 해프닝으로 끝이 났기에 영서나 회사 측의 입장이 곤란하거나 불편해질 일이 없었다. 이전과 확연하게 달라진 것은 아니었지만 영서를 대하는 승현의 태도는 확실히 겸손했고, 눈에 보일 만큼 부드러웠다. 그것은 비단 영서만이 느끼는 점이 아니라 장 대표를 비롯한 주변의 사람들도 모두 느낄 만큼 놀라운 변화였다.

그가 달라진 이유 속에 윤후의 역할이 있을 거라고 짐작했지만 윤후는 최승현 실장에게 자신을 돌아볼 기회를 주었을 뿐이라는 지극히 원론적인 이야기를 들려줄 뿐이었다.

『자신이 무심결에 하는 말이나 행동을 누군가 고스란히 담아서 보여준다면 그걸 보면서 자극이나 반성을 느끼지 않는 사람은 아마 없을 거예요.』

실수나 잘못을 하지 않는 것보다 자신이 저지른 잘못이나 실수에 대해서 인정을 하는 것이 더 중요하다고 덧붙인 윤후는 그런 면에서 최승현 실장이 정말로 괜찮은 사람이라고 말해주었다.

『그런 생각들을 어떻게 하게 된 거야?』

영서가 물음에 윤후는 이마를 긁적이더니 꽤 머쓱한 얼굴로 말을 이었다.

『영화나 책에서요.』

『영화나 책에서?』

『좋은 영화나 좋은 책들은 진짜로 마음을 울리거든요. 그건 팀장님도 잘 알겠지만.』

『응…… 그건 정말 그래.』

『실제 삶은 죽은 뒤에야 결론을 알게 되지만 영화는 엔딩크레딧이 오를 때 책은 마지막 장을 덮었을 때 알 수 있잖아요. 그 속에서 일어났던 사건이나 갈등이 어떤 방식으로든 해결이 되는 거니까. 정의는 반드시 승리하고, 착한 사람이 결국 복을 받고, 물론 그렇지 않은 경우도 있지만.』

『맞아. 대부분이 해피엔딩으로 결말이 나. 사람들이 그걸 원하기도 하고. 현실이 그렇지 않으니까 그걸 보면서 대리만족을 하는 걸 거야.』

『어떤 사람들은 그것이 그럴싸한 거짓말 아니냐는 말을 하기도 해요. 사람이 만들어낸 허구의 얘기 속에서 의미를 찾는다는 게 모순이 아니겠냐고. 하지만 많은 사람들이 그런 결말을 바라는 건, 어쩌면 그게 제대로 된 결말이기 때문에 그런 게 아닐까 하는 생각을 했어요.』

윤후의 생각과 말이 자신의 생각과 일치가 되는 부분이 있었기에 영서는 귀를 기울이며 고개를 끄덕이기도 했다.

『그래서 좋은 영화나 좋은 드라마가 만들어져야 한다고 생각했어요. 우리가 사는 현실이 얼마나 엉망으로 망가졌는지 보여주는 것만큼이나 제대로 된 삶이 어떤 건인지 보여주는 역할도 분명히 필요하다고 생각했어요.』

그때의 말을 떠올리며 영서는 무대 위에 선 윤후를 보았다. 지금 윤후가 있는 곳은 제호의 피로연장으로 꾸며진 클럽 '너바나'의 무대였다. 제주도로 신혼여행을 가기로 결정을 내린 부부는 얼큰하게 취해 흥청거리는 피로연 대신 친구들과 함께 공연을 올리기로 계획을 세웠다. 오늘 공연에서의 모든 수익금은 부부가 후원을 하고 있는 다문화가정 문화센터에 보낼 것이란 제호의 말에 공연장 안에 있던 사람들이 휘파람을 불며 힘껏 박수를 쳐주었다.

한 시간 정도 소요되는 프로그램을 위해 네 친구들은 한 달여에 가까운 합주 시간을 가져야 했다. 각자가 속한 직장과 학업 때문에 모이는 시간은 늦은 저녁이었고, 토요일과 일요일은 온종일 연습실에서 보내기 일쑤였다. 그 때문에 윤후와의 데이트는 합정동에 있는 연습실을 오가면서 이루어졌다.

공연 준비 때문에 제대로 된 데이트를 못하게 된 것이 윤후는 못내 아쉽고 미안하다고 했다. 하지만 윤후의 친구들과 얼굴을 익히고 그들이 합주하는 모습을 보게 된 것이 영서는 더없이 기쁘고 즐거웠다.

신나는 기타 선율과 함께 묵직한 베이스 기타 소리, 경쾌한 드럼소리가 무대에서 흘러나오자 클럽 안에 있던 사람들이 일제히 환호성을 지르기 시작했다.

밴드가 첫 번째로 선보인 무대는 송골매의 '어쩌다 마주친 그대'였다. 보컬 용현이 노래를 부르자 사람들이 큰 소리로 노래를 따라하며 간주 중간엔 자발적으로 추임새를 넣기도 했다.

결혼식 피로연에 걸맞게 슈트 차림에 넥타이를 한 멤버들은 흡사 전성기 시절의 비틀즈를 연상케 했다. 특히 슈트를 입은 윤후는 여느 멤버들보다 유독 더 눈에 띄었다. 절제된 표정과 몸짓으로 베이스를 훌륭하게 연주하는 모습이 남자들의 입에서도 환호성을 불러일으킬 만큼 더없이 환상적이었다.

송골매를 시작으로 신중현과 산울림, 부활과 시나위, 사랑과 평화, 봄여름가을겨울, 넥스트의 곡들이 차례로 무대를 장악했다. 한번쯤은 들어 보았던 멜로디와 가사들에 흠뻑 취한 사람들은 이리저리 몸을 들썩이고 헤드뱅잉을 하며 신명나게 공연을 즐겼다.

드디어 공연의 막바지. 윤후가 어쿠스틱 기타를 들고 스툴에 앉았다. 윤후가 기타 연주를 하고 제호와 함께 익스트림(Extreme)의 'More Than Words'를 부르자 뜨거운 열기로 가득했던 공연장의 분위기가 순식간에 로맨틱하게 바뀌어졌다.

"윤후 오빠가 노래하는 거 처음 들어요."

옆자리에 있던 누리가 조그맣게 귀엣말을 하자 영서가 눈을 동그랗게 뜨고 그녀를 바라보았다.

"정말요?"

영서의 물음에 누리는 미소를 머금은 얼굴로 빠르게 고개를 끄덕였다. 그리고 두 손으로 턱을 괴며 기타 대신 마이크를 든 제호에게 시선을 주었다.

누리가 해준 말에 감동을 받은 영서는 두 손을 꼭 모으고 기타를 치고 있는 윤후를 쳐다보았다. 제호의 노래에 화음을 넣어주고 있는 윤후의 모습은 '익스트림'의 리더이자 기타리스트인 누노(Nuno Bettencourt)보다 훨씬 더 근사하고 섹시해보였다.

계속되는 앙코르 요청에 공연은 두 시간이 넘도록 이어졌고 이러면 지쳐서 신혼여행을 갈 수 없다는 제호의 말에 사람들이 웃으며 뜨거운 박수를 쳐주었다. 공연이 끝나고 클럽 안을 가득 메웠던 사람들이 모두 빠져나가자 멤버들이 남아 무대 정리와 청소를 시작했다.

그 와중에 제호가 일손을 거들겠다며 나서자 기준이 제호와 누리의 등을 떠밀다시피 해서 호텔 앞까지 두 사람을 바래다주는 일을 맡았다. 내일 공항으로 가는 길에 운전은 용현이 하기로 했기에 윤후와 영서가 마지막 마무리를 하고 클럽의 문을 닫았다.

"피곤하지 않아요?"

"아니. 하나도 안 피곤했어. 윤후 넌, 어때? 괜찮아?"

"네. 아주 좋아요. 오늘 공연 어땠어요?"

윤후가 슬쩍 공연에 대해 묻자 영서가 양손의 엄지를 치켜세우며 확실한 대답을 해주었다.

"최고였어! 진짜 너무너무 근사했어!"

영서가 신이 난 얼굴로 공연의 내용과 사람들의 반응에 대해서 들려주자 윤후가 미소 띤 얼굴로 그녀의 손을 꽉 붙잡았다. 재잘재잘 떠들며 계단을 올라가는 영서를 사랑스럽게 바라보던 윤후는 그녀가 자신보다 높은 계단에 자리에 올라서자 곧바로 그녀의 얼굴을 감싸왔다. 영서가 무슨 일인가하는 얼굴로 바라보자 윤후가 쪽 소리를 내며 바로 입을 맞추었다.

"계속해 봐요."

그 말에 영서가 무어라 입술을 움직이자 윤후가 다시 가볍게 입을 맞추었다.

"뭐야, 강윤후."

"왜요?"

"지금 이거, 그만 떠들란 뜻이지?"

"아닌데."

"아니긴 뭐가 아니야. 이렇게 뽀뽀를 하는데 어떻게 말을 해?"

영서가 미간을 좁히며 볼멘소리를 하자 빙긋이 웃으며 이번엔 그녀의 이마에 입을 맞추었다.

"인상 쓰지 말아요. 주름 생겨."

그리곤 손을 내리더니 영서의 양 쪽 뺨에도 쪽쪽 입을 맞추어 주었다. 어린아이에게 하는 것처럼 장난스러운 키스에 영서가 쿡쿡 웃음을 터뜨리자 윤후가 손끝으로 톡톡 제 뺨을 두드렸다. 그에 영서가 못 말리겠다는 얼굴로 윤후의 뺨에 맞춰주었다. 하지만 윤후는 절레절레 고개를 저으며 영서의 등허리를 껴안았다.

"왜?"

"다시 제대로 해봐요."

"했잖아."

"거기 말고, 입술에."

윤후가 달콤한 목소리로 요구해오자 영서가 곤란한 듯 입술을 깨물었다.

"노래도 열심히 불렀는데, 안 해줄 거예요?"

그 말에 별수 없이 부드럽게 입술을 눌렀다 떼었다.

"이제 됐지?"

하지만 윤후는 성이 안차는 듯 분명하게 고개를 저었다.

"어림없어요. 그 정도론."

그리곤 곧바로 영서의 입술을 제 것인 양 확실하게 빨아들였다. 계단 위에 올라선 영서와 키가 얼추 비슷했기에 키스를 나누는 일이 평소보다 훨씬 수월하고 편안했다. 하지만 메고 있던 기타가 은근히 방해를 했기에 그것을 내려놓고서 다시 영서의 입술을 찾아 머금었다.

누군가 계단을 내려오는 소리에 두 사람은 겨우 입술을 떼고 키스가 아닌 포옹을 나누었다.

"커피 마시러 갈래요?"

"응."

영서가 고개를 끄덕이자 윤후가 그녀의 이마에 부드럽게 입을 맞추었다. 꽤 오랫동안 키스를 했는지 영서의 입술은 발갛게 부풀어 있었다. 그 입술에 짧게 입을 맞추고서 영서의 손을 당연한 듯 꼭 쥐었다. 다정하게 손을 맞잡고 건물 밖으로 나온 두 사람은 어두워진 밤거리를 지나 이따금 들르는 커피숍으로 향했다.

2층 창가 자리에 영서를 앉힌 윤후는 주문을 위해 의자에서 일어났다. 그리고 아주 당연한 것처럼 영서의 이마에 입술을 눌렀다. 영서가 '그만 해.'라고 조그맣게 항의하자 영서와 눈을 맞추며 나직한 목소리로 대꾸했다.

"하지 말라고 하면 더 하고 싶어져요."

그러더니 그녀의 콧날과 입술에 연달아 입을 맞추었다. 영서의 얼굴을 홍당무로 만들어놓은 윤후는 아무렇지도 않은 얼굴로 2층의 계단을 내려갔다.

'내가 못 살아.'

화끈거리는 얼굴을 감싸고 있는데 잠시 후 윤후가 주문한 커피를 챙겨 계단을 올라왔다. 따스한 아메리카노와 생크림이 담뿍 올라간 카페모카를 챙겨오는 윤후에게 같은 층에 있던 사람들의 시선이 자연스럽게 머물렀다. 무대 정리와 마무리 때문에 땀에 젖은 윤후는 클럽 안에 있던 샤워부스에서 간단히 샤워를 하고 티셔츠와 청바지로 옷을 갈아입은 상태였다.

슈트 재킷 대신 평범한 야상점퍼를 입었음에도 주목받는 윤후를 보면서 영서는 그가 꽤 피곤하겠구나 하는 생각이 들었다. 자신이 원치 않는데도 주목을 받고, 그로 인해 편견과 선입견이라는 오해를 받기도 한다. 평범함을 뛰어넘는 잘생긴 외모는 요즘 같은 세상에 분명한 재능이자 축복이었지만 그것이 걸림돌이 될 수도 있다는 걸 윤후는 잘 알고 있었다.

『아버지께서 늘 말씀하셨어요. 사람은 외모가 아니라 마음이 제대로 생겨야 한다고. 그리고 항상 덧붙이셨죠. 남자는 남자답고 여자는 여자다워야 한다. 그래야 사람다운 세상이 되는 거다. 그렇게요.』

윤후가 반듯하게 자란 이유가 아버지의 영향 때문이란 걸 느낄 수 있는 말이었다. 윤후와 가까워질수록 외모가 아닌 됨됨이에 매료 될수록 그의 부모님이 어떤 분들일까 하는 궁금증이 점점 커졌다.

『정말로 궁금해. 아버님이랑 어머님이 어떤 분이실지.』

『아버진 내가 이 세상에서 가장 사랑하고 존경하는 분이세요. 어머닌 내가 제일 미안하고 죄송한 어른이시고요.』

부모님을 여읜 영서에게 그것은 굉장히 부러우면서도 보기 좋은 모습이었다. 자신의 주변에 존경할 어른이 있다는 것, 그런 어른이 자신의 부모님이라는 것은 굉장한 축복이자 행운이었기 때문이었다. 그동안 사회생활을 하고 여러 사람들과 부딪치며 깨닫게 된 것 중 하나는 가정환경이 한 사람의 인생에 어찌할 수 없을 만큼 강력한 영향을 끼친다는 것이었다. 누군가에게 가장 큰 사랑과 치유될 수 없을 만큼 깊은 상처를 모두 줄 수 있는 곳이 가정이라는 것은 아이러니한 사실이자 진실이었다.

"출근, 다음 달부터 하는 거죠?"

"응."

"으으. 좋다."

"뭐가 그렇게 좋아?"

"이제 매일매일, 하루 종일 볼 수 있으니까."

윤후의 말에 커피 잔을 쥐던 영서의 손길이 주춤 멈추어졌다. 이렇게 솔직한 윤후의 표현을 들을 때면 영서는 그런 말을 처음 들었을 때처럼 움찔 놀라곤 했다. 윤후와 만난 지 어느덧 100일이란 시간이 되어 가는데도 이토록 적응이 안 되는 걸 보면 '나이 때문에 그런가?' 하는 생각이 저절로 들었다.

"그게 그렇게 좋아?"

"당연히 좋죠."

명쾌하고 분명한 대답에 마시멜로를 먹는 것처럼 포근하고 말랑말랑한 기분이 되어간다.

"팀장님은요?"

"응. 나도, 좋아."

영서가 커피 잔으로 시선을 내리며 고개를 끄덕이자 윤후가 한쪽 팔에 얼굴을 괴며 영서를 물끄러미 보았다.

"큰일이다."

그 말에 영서가 눈을 동그랗게 뜨고 윤후에게 물었다.

"큰일이라니? 뭐가?"

"너무 좋아서 일을 못할 거 같아."

하지만 윤후의 얼굴은 난처한 걱정이 아닌 싱그러운 미소가 가득했다.

"나 일 못하면 무지 야단치고 그럴 거죠?"

"당연하지."

그러자 윤후가 팔을 내리며 영서에게로 상체를 기울였다.

"어떻게 그래요?"

"뭐가?"

"조금의 망설임도 없이 '당연하지' 라고 말하는 거."

"그래서 서운해?"

"당연히 서운하죠."

"서운해도 어쩔 수 없어. 일은 일이고……."

"사랑은 사랑이다?"

"잘 아네."

영서의 말에 윤후의 눈매가 옆으로 가늘어졌다.

"어찌나 냉정하신지."

"그래서 불만이야?"

"불만이 아니라……."

"불만이 아니면?"

"불안해요."

"불안하다고?"

영서가 되묻자 윤후가 고개를 끄덕였다. 대체 뭐가 불안하다는 것인지 이해가 안 된다는 말을 하려는데 윤후의 음성이 영서를 주춤하게 만들었다.

"나만 좋아하는 거 같아서."

"……!"

"팀장님은 담담한데 나만 애달아하는 것 같아서. 암튼, 뭐, 그렇다구요."

말을 마친 윤후는 다시 자세를 바로 하더니 무언가 허전한 얼굴로 커피를 마시기 시작했다.

"바보."

그 말에 잔을 내리던 윤후의 눈썹이 휘익 위로 올라갔다.

"좋아하지도 않는데 키스하고, 커플링까지 하니?"

그러자 윤후가 두 눈을 가늘게 뜨며 커피 잔을 내려놓았다.

"저런 바보를 계속 좋아해도 되나 몰라."

영서가 작게 투덜거리자 윤후가 제법 심각하게 영서를 바라보았다.

"그래도 내가 더 좋아하는 건 확실해요."

"그걸 어떻게 알아? 마음을 무게로 잴 수 있는 것도 아닌데?"

"다, 아는 수가 있어요."

"어떻게 아는데?"

"매일매일 참을 인(忍)자를 쓰고 있으니까."

"참을 인자를 쓴다고? 아니, 왜?"

'내가 그렇게 화가 날 일을 했었나? 아님 내가 한 말들 중에 무슨 문제라도?'

최근 윤후와 있었던 일들을 떠올리며 영서는 빠르게 두 눈을 깜빡였다.

"안고 싶은 마음, 그걸 참는 중이라고요."

"안고 싶은 마음?"

무심코 그 말을 되뇌다 영서의 눈동자가 멈칫 커다래졌다.

"그러니까 인정해요."

윤후가 진지하게 강조하자 차분했던 영서의 얼굴에 당혹스러운 빛이 드리워졌다.

"모, 몰라. 그런 거."

시치미를 뚝 떼며 시선을 내리는데 나직한 목소리가 덜컥 심장을 건드렸다.

"그럼 이제부터 생각해요."

"……!"

생각지도 못한 윤후의 말에 영서의 얼굴은 잘 익은 토마토가 되었고, 윤후는 후련한 듯 속 시원한 미소를 지었다.

14.

오, 달콤한 밤

예고편 회의가 생각보다 길어지자 영서의 입에서 자꾸 하품이 터져 나왔다. 티저 예고편이 생각만큼 좋게 나오지 않아 사람들의 의견이 분분했기 때문이었다. 그 와중에도 의견을 조율하고, 타깃 포인트를 잊지 않으며, 기획 당시 가장 빛났던 부분이 무엇이었나 놓치지 않은 사람은 역시나 영서였다.

예고편 때문에 썰렁했던 초반의 분위기는 마라톤 회의가 끝났을 무렵 더 괜찮은 놈이 나올 거라는 기대로 화기애애하게 마무리 되었다. 장 대표와 재욱이 간단하게 뭐라도 먹고 가자고 했지만 영서는 잠이 더 고프다면서 회의실을 빠져나왔다. 알아주는 헤비스모커들 덕분에 온몸에 담배 연기가 배어 눈이 아프고 목도 칼칼했다.

"후우."

그래도 로비를 빠져나오니 한마디로 살 것 같았다. 손목시계의 시간을 확인한 영서는 버스 정류장이 아닌 택시 정류장으로 걸음을 옮겼다. 그리 늦은 시간이 아니었지만 오늘은 택시를 타고 편하게 집으로 가고 싶었다. 긴장했던 목과 어깨를 툭툭 두드리며 걸어가는데 뒤쪽에서 자동차 클랙슨 소리가 들려왔다. 돌아보니 검정색 SUV가 불을 깜빡이고 있었다.

윤후의 차와 꼭 닮은 차라는 생각을 하고 있는데 운전석의 차창이 스르르 내려갔다. 그 너머로 반듯하게 잘생긴 윤후의 얼굴이 보이자 피곤에 절어 있던 얼굴이 이내 환하게 밝아졌다.

"어떻게 된 거야? 너도 스케줄 있다고 했잖아."

오늘 회의가 늦을 것 같다고 얘길 해주었는데 윤후가 이렇게 등장해주니 영서는 놀랄 수밖에 없었다. 영서가 보조시트에 앉자 윤후가 곧바로 안전벨트를 매주었다.

"그래서 싫어요?"

"당연히 좋지."

"촬영이 생각보다 빨리 끝나서 곧바로 왔어요."

"아, 그랬구나. 잠깐, 그럼 여기서 계속 기다린 거야?"

영서의 말에 윤후가 고개를 끄덕이며 차를 출발시켰다.

"얼마나 기다린 거야?"

"세 시간 됐나?"

"헉! 한두 시간도 아니고 세 시간이나?"

"드라마 기획안이랑 대본 검토하고, 참고 서적이랑 회의자료 찾느라 지루하진 않았어요."

드라마 제작 사업이 가시화되면서 윤후는 드라마 제작 쪽으로 부서 이동을 했다. KTN과 SJ가 자본을 투자하고 라루스 쪽에선 콘텐츠와 스태프들을 지원하는 것으로 참여를 하게 되었기에 영화사 내에서도 약간의 인사이동이 있었다. 덕분에 같은 건물 내에 근무하면서도 얼굴을 마주 보는 일이 드물 정도로 서로의 일이 바빴다.

"피곤했을 텐데, 가서 쉬지 그랬어."

"기다리면서 잘 쉬었어요."

"그래도."

영서가 몹시 미안한 얼굴이자 윤후가 검지를 들어 자신의 뺨을 톡톡 건드렸다.

"그렇게 미안하면 뽀뽀라도 해줘요."

"안 돼."

"왜요?"

"너구리들이랑 회의를 했더니 온통 담배 냄새야."

"상관없는데."

"난 상관있어."

"그럼 내가 해줄까요?"

"아니. 괜찮아."

영서가 거절했지만 윤후는 아랑곳 않고 그녀의 뺨에 입을 맞추었다.

"그러지 마. 사고 나면 어쩌려고 그래."

"괜찮아요."

그러더니 이번엔 입술에 입을 맞추려 했다.

"안 돼. 절대 안 돼."

영서가 양손으로 'X' 자를 만들며 입을 가리자 윤후가 차를 갓길로 보내며 브레이크를 밟았다. 아예 시동을 끈 윤후는 영서를 보며 진지하게 요구했다.

"빨리 해줘요."

"싫어."

"세 시간이나 기다린 사람한테 그것도 못 해줘요?"

"그래서 더 싫어."

영서가 단호하게 거부를 하자 윤후가 섭섭한 얼굴로 정면을 응시했다.

"어려운 거 해달라는 것도 아니고, 뽀뽀 한 번 해달라는 건데."

한숨까지 쉬는 윤후에게 미안한 맘이 들었지만 도저히 입을 맞출수가 없었다.

"담배 냄새 때문에 싫다고 했잖아. 너랑 키스하는데 담배 냄새 나는 거 싫단 말이야."

영서의 설명에 기분이 풀렸지만 윤후는 부러 섭섭한 얼굴로 정면을 계속 응시했다.

"누가 키스 한댔나. 뽀뽀한댔지."

"으. 고집불통."

그 말에 윤후가 고개를 돌리자 영서가 마지못해 입을 맞춰 주었다. 그러자 윤후가 날아갈 것 같은 얼굴을 하고서 얼른 차의 시동을 걸었다.

"빛의 속도로 데려다 줄게요."

"빛의 속도?"

고개를 끄덕인 윤후는 있는 힘껏 액셀러레이터를 밟았다.

자신이 뱉은 말을 그대로 지킨 윤후 때문에 차에서 내린 영서는 다리가 다 후들거렸다. 어찌나 속도를 높이며 달려왔는지 멀미를 느낄 만큼 속이 울렁거렸다.

"빛의 속도는, 무리야."

영서의 말에 윤후가 재미있다는 얼굴로 웃음을 터뜨렸다.

"알았어요. 앞으론 적당한 속도로 데려다 줄게요."

그 말에도 영서가 고개를 흔들자 윤후가 싱긋이 웃으며 그녀의 손을 붙잡았다.

영서와 사귀기로 한 그날부터 지금까지 특별한 일이 아니면 윤후는 언제나 집까지 영서를 바래다주었다. 최근에 승용차를 구입하게 된 것도 영서를 조금이라도 편하게 바래다주고픈 마음 때문이었다. 영서가 출근을 하면서 일이 늦을 때도 지방에 내려가야 할 일이 생길 때도 있었기에 그렇게라도 그녀를 도와주고 싶었다.

"열쇠 바꾼다고 하지 않았어요?"

열쇠 사건 이후로 몇 번 더 담을 넘어야 했기에 윤후는 장난스럽게 그것을 물었다.

"번호도 잃어버릴까 봐."

영서가 나름 심각하게 대꾸를 하자 윤후의 미간이 설핏 좁혀졌다.

"어째 진담 같아요."

"어."

영서가 곧바로 인정을 해 버리자 윤후가 고개를 숙여 영서의 안색을 살폈다.

"많이 피곤하구나."

"응. 조금……. 차 마시고 갈 거지?"

"차 안 마셔도 되는데."

"내가 마시고 싶어서."

그 말에 윤후가 '알았어요.'라며 그녀를 따라 안으로 들어갔다. 거실의 불을 켠 영서가 주방으로 걸음을 옮기려 하자 윤후가 영서의 손을 가만히 붙잡았다.

"잠깐만. 여기 앉아 봐요."

"……?"

영서를 식탁 의자로 데려가 앉힌 윤후는 그녀의 등 뒤로 가서 어깨를 꾹꾹 주무르기 시작했다. 윤후의 커다란 손이 결린 어깨와 목덜미를 풀어 주자 영서의 입에서 '으으으. 시원하다.' 소리가 흘러나왔다.

"나 너무 할머니 같지?"

"이렇게 예쁜 할머니, 못 봤는데?"

윤후의 대꾸에 영서가 쿡쿡 웃음을 터뜨렸다.

"피곤하고 힘들면 언제든 얘기해요. 괜히 무리하지 말고."

"응."

안마를 마친 윤후는 영서의 앞으로 다가와 상체를 숙이며 그녀의 안색을 살폈다.

"얼른 씻고 자요. 정말 피곤해 보여."

"차 안 마시고 갈 거야?"

"차는 뭐 내일 마셔도 되니까."

그리고 영서의 이마 위에 살짝 입을 맞췄다.

"갈게요."

"응."

"나오지 마요."

"그래도."

영서가 의자에서 일어나 뒤를 따라오자 윤후가 '괜찮아요.'라며 그녀의 정수리를 쓰다듬어 주었다.

골목길을 내려와 차문을 연 윤후는 보조석에 떨어져 있는 영서의 휴대전화를 발견했다. 아무래도 조금 전 질주에 정신이 꽤 없었던 모양이었다.

과속으로 영서를 놀라게 한 것이 못내 미안했지만 중요한 물건을 두고 내리는 빈틈을 보여준 그녀 때문에 윤후는 피식 웃음을 지었다. 이렇게 어수룩한 부분이 있는데 일은 어찌 그렇게 똑 부러지게 잘하는지 생각할수록 신기했다.

만약 그녀에게 이런 빈틈이 없었더라면, 너무도 완벽한 모습이었다면, 마음을 빼앗기지 않았을지도 모른다. 이렇게 챙기고 감싸 주고 싶은 마음이 들지 않았을지도…….

전화기를 챙겨 차에서 내리려던 윤후는 시간을 확인한 후 영서가 자주 들르는 샐러드 바로 향했다. 그곳에서 영서가 좋아하는 크램 차우더 스프와 두 종류의 샐러드를 포장한 윤후는 베이커리에 들러 브리오슈와 시나몬 롤을 구입했다.

"우와, 내가 좋아하는 샐러드다!"

그 사이 샤워를 마치고 머리를 말리고 있던 영서는 윤후가 내민 쇼핑백을 휴대전화를 찾은 것보다 훨씬 더 기뻐했다.

"휴대폰 좀 잘 챙겨요. 자꾸 버리고 다니지 말고."

"응. 알았어. 그럴게."

"아예 목걸이를 해서 걸고 다니는 건 어때요?"

"응. 생각해 볼게."

선선히 고개를 끄덕이며 열심히 대답하는 영서를 보며 윤후는 무언가 못마땅한 얼굴이었다. 그녀의 관심이 샐러드와 스프, 빵들에게만 집중이 되어 있어서였다. 흥얼흥얼 콧노래까지 부르는 것이 꽤나 기분이 좋은 것 같아 팔짱을 낀 윤후의 미간이 슬쩍 좁혀졌다.

"그렇게 좋아요?"

"어!"

영서가 넙죽 대답을 하자 윤후는 결국 웃음을 지을 수밖에 없었다.

큼직한 캐릭터 티셔츠에 하트와 별이 촘촘하게 깔린 핑크색 잠옷 바지를 입은 영서는 나이를 가늠할 수 없을 만큼 귀엽고 사랑스러웠다. 하지만 그래서 더 씁쓸한 기분이 들었다.

맛있는 것 앞에선 늘 뒷전으로 밀리는 존재의 서운함이랄까.

그렇다고 빵 따위를 질투할 순 없으니 이쯤에서 물러가야겠다고 마음을 다잡았다.

"······갈게요."

"응? 간다고? 이거 먹고 가야지?"

"별로 안 먹고 싶어요."

윤후가 심드렁하게 대꾸하자 영서가 두 눈을 동그랗게 뜨고 '아니, 왜?'라고 이유를 물었다. 섭섭하다는 말을 하기도 뭐해서 윤후는 다른 것으로 자연스럽게 화제를 돌렸다.

"자기 전에 먹는 거니까 너무 많이 먹지 말아요. 먹을 만큼 적당히 덜어서. 에헤이, 포장 다 뜯지 말구요."

자신의 만류에도 영서가 기어이 포장을 풀자 윤후가 결국 영서의 손목을 붙잡았다.

"저녁이니까 채소 샐러드만 먹어요. 과일 샐러드는 내일 아침에 먹고."

"둘 다 먹으면 안 돼?"

"안 될 건 없지만. 샐러드만 있는 것도 아니고, 스프랑 빵도 있잖
아요."

"네가 나 먹으라고 사온 거잖아. 그러니까 다 먹을 거야."

그 말에 윤후가 못 말리겠다는 듯 웃음을 터뜨렸다. 윤후가 웃자
영서가 고개를 기울이며 '그럼 먹어도 되는 건가?' 라며 두 눈을 반
짝였다.

"아깐 졸려서 시들시들한 얼굴이더니 샐러드 보니까 기운이 막 솟
아요?"

"응!"

영서가 바로 인정을 하며 딸기를 한 입 베어 물자 윤후가 후우, 한
숨 섞인 혼잣말을 했다.

"지난번엔 감자한테 밀리더니, 이젠 샐러드네……."

"감자랑 샐러드가 뭐?"

"그런 게 있어요. 근데 정말 다 먹을 거예요?"

"먹어도 된다며? 먹지 말까?"

영서가 천진한 얼굴을 하고서 대답을 기다리자 윤후가 움찔 눈썹
을 올렸다. 영서가 저렇게 쳐다보면 절대로 안 된다거나 싫다는 말이
나오지 않았다. 소맷부리 끝을 살짝 쥐고서 '강윤후? 응?' 이라며 허
락을 구할 때면 정말이지 깨물어 주고 싶을 만큼 귀엽다는 생각만 들
었다.

요즘 들어 영서에게선 전에 없었던 애교가 하나둘씩 늘어가고 있
었다. 정작 본인은 그것이 애교인지조차 모른다는 것이 장점이자 단

점이었지만. 그런 모습을 자신만이 볼 수 있다는 것에 윤후는 더없는 만족감을 느꼈다.

"알았어요. 대신 이거 먹고 바로 자면 안 돼요? 체했다거나 하면 절대 안 사올 거예요. 알았죠?"

오빠처럼 당부하는 윤후를 보며 영서는 열심히 고개를 끄덕였다. 그런 영서의 뺨에 입을 맞추고 나서 윤후는 다시 한 번 작별 인사를 전했다.

"이젠, 진짜 갈게요."

윤후가 영서의 어깨를 붙잡았다 놓으며 돌아서려 할 때였다.

"윤후야, 잠깐만."

무슨 일인가 하는 눈길로 윤후가 돌아보자 영서가 '잠깐만 기다려.' 라고 당부하며 작은 방으로 총총히 사라졌다. 잠시 후 나타난 영서는 등 뒤로 뭔가를 감춘 모습을 하고서 윤후를 향해 가볍게 턱짓을 했다.

"그리 오라구요?"

"아니. 의자에 앉으라고."

영서가 당황해서 얼굴이 발그레해지자 윤후가 피식 입꼬리를 올렸다. 말로 해도 되는 걸 저렇게 하는 모습이 암만 생각해도 귀여웠다.

"암튼, 일단 거기 앉아 봐."

웃음을 추스른 윤후는 영서의 요구대로 식탁 의자에 걸터앉았다.

"눈 감아. 내가 뜨라고 할 때까지 절대 뜨면 안 돼."

그녀의 말대로 윤후는 얌전하게 눈을 감았다. 그리고 잠시 후 부드럽고 따스한 감촉이 그의 목을 포근히 에워쌌다.

"이제 눈 떠도 돼."

그 말에 눈을 떴을 때 진회색의 니트 목도리가 눈앞에 들어왔다.

"귀찮더라도 하고 다녀."

"......!"

예상치 못한 선물에 윤후가 놀란 얼굴이 되자 영서가 다가와 그의 목을 가만히 끌어안았다.

"고마워, 윤후야."

진심이 담긴 목소리에 윤후의 입가에 화악 미소가 번졌다. 샐러드와 빵 따위로 서운했던 마음이 그녀의 선물과 포옹에 저 멀리로 휙 날아가 버렸다.

윤후를 감쌌던 팔을 내린 영서는 목도리를 보기 좋게 둘러 주었다. 신중한 얼굴로 목도리를 매만지는 그녀를 윤후는 미소를 머금은 채 가만히 바라보았다.

"시작하고 마무리하는 건 언니가 도와줬고, 나머진 내가 다 했어."

"이걸 다, 손으로 했다구요?"

"응. 100% 핸드메이드야."

"그럴 시간이 없었잖아요? 출근하자마자 계속 바빴고."

"틈틈이 떴어. 원래는 새해 선물로 주고 싶었는데 어쩌다 보니 밸런타인데이 선물이 되어 버렸어. 맘에 들어? 아니다, 맘에 안 들어도 하고 다녀야 해."

영서가 귀엽게 협박을 해오자 윤후가 그에 걸 맞는 유치한 조건을 제시했다.

"키스해 주면요."

"으으. 걸핏하면."

"그래서, 안 해줄 거예요?"

윤후를 잠시 흘겨보던 영서는 두 손으로 얼굴을 감싸더니 아주 부드럽게 입을 맞춰 주었다. 영서가 입술을 떼고 '됐지?'라고 묻자 윤후가 영서의 허리를 감싸며 불만스레 투덜거렸다.

"대체 몇 번을 말해요. 내가 이 정도로 만족할 거 같아요?"

그러더니 영서의 입술을 가르고 들어와 곧바로 혀를 집어넣었다. 뒷머리를 감싸며 밀착해오는 키스에 영서가 어깨를 움츠렸지만 윤후는 아랑곳하지 않고 영서의 입안을 샅샅이 어루만졌다. 부드럽게 때론 강하게 혀를 희롱하며 빨아드는 아찔한 키스에 영서가 신음을 흘리자 윤후가 갑자기 키스를 멈추고서 그녀를 두 팔로 꼬옥 끌어안았다. 평소보다 짧게 끝난 입맞춤에 영서가 팔을 내리며 걱정스럽게 윤후의 얼굴을 들여다보았다.

"왜? 무슨 일 있어?"

"아니요."

"그런데 왜 갑자기?"

영서의 물음에 윤후는 팔을 내리고서 촉촉이 젖은 그녀의 입술을 가만히 닦아 주었다.

"딸기 맛이 나요."

"응?"

"딸기 맛이 나서 멈추기가 힘들어."

"……!"

"아무튼 오늘은 이쯤에서 멈춰야 해요. 안 그럼 사고 칠 거 같으니까."

말을 마친 윤후가 의자에서 일어나자 영서의 눈동자가 잔잔하게 흔들렸다.

"나 내일 광주 쪽에 내려가요. 내일 저녁 늦게나 모레 아침에 올라 오니까 보고 싶어도 참아요."

"내일 토요일이잖아."

"그러게 말이에요. 우린 왜 주 5일의 혜택이 안 되는지 몰라."

윤후가 부러 투덜거리며 현관 앞으로 향하자 영서가 조용히 그 뒤를 따라왔다.

"목도리 고마워요. 매일매일 하고 다닐게요."

"응."

"갈게요. 나오지 말아요."

그 말을 하고 윤후가 현관문을 나서자 영서가 아랫입술을 깨물며 주먹을 그러쥐었다. 현관문 너머로 대문이 닫히는 소리가 들리는데 심장이 이상하게 두근거렸다. 무언가 허전하고 무언가 미안한 느낌에 심장이 저릿하게 아려오자 영서는 신발을 신고 서둘러 현관문을 빠져 나갔다.

"강윤후!"

자신을 부르는 영서의 목소리에 윤후가 걸음을 멈추고 얼른 뒤를 돌아보았다. 대문을 나선 영서가 다급히 골목길을 뛰어오자 의아한 얼굴로 성큼 걸음을 옮겼다.

"왜요? 내가 뭐 두고 갔어요?"

달려온 영서를 붙잡으며 윤후는 천천히 질문을 던졌다. 그에 영서가 아니라며 휘휘 고개를 저었다.

"그럼, 왜?"

"……키스해 줘."

"네?"

"키스해 줘, 강윤후."

영서의 요구에 윤후의 까만 눈동자가 멈칫 커다래졌다. 영서로부터 그런 말을 들었던 적이 한 번도 없었기에 아무래도 뭔가 잘못 들은 모양이란 생각이 들었다.

"무슨 일이에요? 어디, 아파요?"

윤후가 이마를 만지려 하자 영서가 윤후의 목도리를 잡아 제게로 끌어당겼다.

"네가 안 하면 내가 할 거야."

영서가 발뒤꿈치를 들어 올리며 입을 맞추려 하자 윤후가 '안 돼요.' 라며 빠르게 뒤로 물러났다.

"아까 내가 한 말 못 들었어요?"

"들었어."

"그런데도 하겠다구요?"

"그래, 할 거야. 하고 싶어."

영서가 분명하게 의사를 밝혔지만 윤후는 난감한 얼굴로 머리를 쓸어 올렸다. 후우, 긴 한숨을 내뱉은 윤후는 앞에선 영서를 심각하게 들여다보았다.

"지금 하면, 멈출 수가 없게 돼요. 끝까지 가게 된다구요."

"……."

"그 말이 무슨 뜻인지 몰라요?"

"……알아."

"그러니까 얼른 들어가요. 괜히 사람 곤란하게 하지 말고."

영서의 손을 잡으려던 윤후는 그것조차 그만두고 앞을 향해 걸음을 옮기기 시작했다. 그런 윤후를 지켜보던 영서는 그를 향해 떨리는 목소리로 말했다.

"멈추지 않으면 되잖아."

그 말에 윤후의 발걸음이 우뚝 멈추어졌다.

"멈추지 않아도, 된다고."

천천히 고개를 돌린 윤후의 눈에 바들바들 떨고 있는 영서가 보였다. 발그레한 두 뺨에 울 것처럼 촉촉한 눈빛을 한 영서는 주먹을 꼭 쥐고서 윤후를 열심히 쳐다보고 있었다.

건드리면 금방이라도 눈물이 떨어질 것 같은 그녀를 바라보다 그녀에게로 천천히 다가왔다. 그리고 기다란 두 팔로 그녀를 포근하게 안아주었다.

"정말 끝까지 가요?"

다정한 음성에 영서가 천천히 고개를 끄덕였다. 그러자 윤후가 낮게 웃으며 그녀의 뒷머리를 더욱 꼭 끌어안았다.

"그런데 왜 이렇게 떨어요?"

"추워서 떠는 거야. 무서워서 떠는 거 아냐. 절대로."

영서의 대꾸에 윤후는 후후 나직한 소리로 웃었다.

"무리하지 말아요. 난 괜찮으니까."

"응, 조금 무리하는 걸 수도 있어."

"거봐. 무리하는 거 맞네."

"그렇지만, 나도 널 안고 싶어."

"……!"

"키스만으론 뭔가 부족한 마음이 든다고……."

영서가 천천히 속마음을 얘기하자 윤후가 팔을 느슨하게 풀고서

영서의 얼굴을 들여다보았다. 윤후의 손가락이 그녀의 얼굴을 어루만
지자 영서가 그의 손을 제 입술에 자연스럽게 가져갔다. 영서가 손등
에 부드럽게 입을 맞추자 윤후가 꿀꺽 마른침을 삼켰다. 그 소리가
꽤 크게 들려오자 영서가 웃음 띤 얼굴로 윤후를 가만히 쳐다보았다.

"긴장했구나. 그렇지?"

"어, 뭐. 조금."

윤후가 머쓱한 얼굴로 솔직하게 대답을 하자 영서가 손을 들어 윤
후의 입술을 천천히 어루만졌다. 그녀의 손길에 윤후가 움찔 미간을
좁히며 영서의 손목을 그러쥐었다.

"지금, 나, 유혹하는 거예요?"

"응. 유혹하는 거야."

영서가 떨리는 목소리로 대답하자 윤후의 눈동자에 화악 열기가
피었다. 그와 동시에 윤후의 입술이 영서에게로 빠르게 내려앉았다.
윤후가 입술을 포개며 아랫입술을 빨아들이자 영서가 그의 목을 감싸
며 수줍게 입을 열었다.

뜨겁고 촉촉한 혀가 와락 밀려오자 영서의 팔에 저절로 힘이 들어
갔다. 입안의 점막과 치열을 어루만지는 터치에 영서가 눈을 감으며
가는 신음을 흘렸다.

그 소리가 어떤 신호인 것처럼 윤후의 입맞춤이 점점 진하고 거세
게 바뀌어졌다. 입술과 혀가 부딪치며 만들어내는 적나라한 소리와
호흡이 오가는 소리가 밤의 침묵을 깨트리자 온몸의 피가 타닥타닥
뜨거워졌다. 영서가 더욱 크게 입을 벌리며 적극적으로 반응을 해오
자 윤후가 더욱 강하게 입술을 밀착시키며 영서의 혀를 감아 당겼다.
혀끝이 아릿할 만큼 지독한 키스에 심장과 머리가 폭발할 것처럼 뜨

거워지자 오가는 숨결이 점점 더 가빠졌다.

"하아······!"

집요하게 맞물려 있던 입술이 잠시 떨어지자 달뜬 호흡이 아래로 거침없이 쏟아져 내렸다.

"······오영서."

윤후가 지독히도 낮은 목소리로 영서의 이름을 불렀다. 그저 이름을 불렀을 뿐인데 목 뒤의 솜털이 바르르 곤두섰다.

"왜, 강윤후."

영서가 그대로 맞받아치자 윤후의 입매가 보기 좋게 휘어졌다.

"마지막으로, 기회를 줄게."

"······."

"조금이라도 주저하는 마음이 있으면 지금 얘길 해."

그 말을 하는 윤후의 얼굴은 꽤 차분하고 침착해 보였다. 하지만 그의 까만 눈동자는 영서를 집어삼킬 것처럼 몹시도 뜨거웠다.

"안 된다고 하면, 여기서 멈출 거니까······."

지금 이 순간 너무도 간절하게 그녀를 원했지만 조금이라도 꺼려하는 마음이 있다면 멈추리라 다짐하며 남은 인내심을 깡그리 그러모았다.

"······."

주체할 수 없는 열기로 이글거리는 눈을 하고도 끝까지 인내심을 발휘하는 윤후에게 영서는 말할 수 없는 감격을 느꼈다. 그의 말속에 담긴 절절한 진심이, 앙금처럼 남아 있던 주저함을 깨끗이 거두어가자 그의 눈을 보며 여린 입술을 움직였다.

"멈추지 말라고 했잖아."

물기 어린 갈색 눈동자가 마음을 들려주자 윤후의 까만 눈동자가 커다랗게 흔들렸다.

"내가 그 말을 하는 게, 얼마나 큰 용기인 줄 모르는 거야?"

말을 마친 영서는 윤후의 얼굴을 감싸며 가만히 입을 맞추었다. 향 긋한 딸기향이 입안으로 스며들자 윤후에게 남아 있던 이성의 끈이 툭 끊어졌다.

현관문을 열고 거실을 가로지른 윤후는 침실 문을 닫자마자 영서에게 곧바로 입을 맞춰왔다. 손을 꼭 잡은 채 아무 말이 없던 윤후 때문에 긴장했던 영서는 모든 생각을 지워버리는 입맞춤에 그의 목을 끌어안으며 눈을 감았다. 달착지근한 과육을 빨아들이듯 서로의 타액과 혀를 빨아들이는 소리가 침실의 공기를 울리더니 영서의 등허리를 만지던 윤후의 손이 티셔츠 사이로 파고들었다.

영서가 처음이라는 걸 알기에 최대한 자제하고 싶었지만 만지는 손길이 어쩔 수 없이 다급해졌다. 브래지어를 풀고 티셔츠를 벗겨낸 윤후는 뽀얗게 드러난 그녀의 가슴을 거세게 움켜쥐었다. 손바닥으로 전해지는 따스한 기운과 부드럽고 말캉한 살결의 감촉이 좋아서 만지는 손에 저절로 힘이 들어간 것이었다.

"아!"

신음을 흘리는 영서의 입술을 다시 한껏 머금은 윤후는 영서의 턱과 목선을 따라 자연스럽게 고개를 낮추었다. 가녀린 쇄골에 붉은 자국을 남길 만큼 빨아들이고 뾰족하게 일어선 연분홍색의 자그마한 유실을 혀끝으로 살살 건드렸다.

축축하고 따스한 입속으로 힘차게 빨려 들어가는 가슴 끝이 미묘하게 아팠지만 아릿한 쾌감이 몸 전체로 서서히 퍼져나갔다. 그리고 분명한 욕망 하나가 영서의 내부에서 꿈틀 기지개를 켰다. 윤후를 받아들이고 싶다는 욕망. 한 번도 경험하지 못했으나 자연스럽게 깨달아지는 본능에 그녀의 하얀 몸이 핑크색으로 점점 물이 들었다.

영서를 침대에 눕힌 윤후는 자신을 가리고 있던 셔츠와 청바지를 빠르게 벗어버렸다. 섬세함과 강함이 느껴지는 근육들이 자리 잡은 그의 몸은 감탄사가 나올 만큼 아름다웠다. 하지만 그의 커다란 손이 잠옷 바지와 속옷을 벗겨내자 영서는 자기도 모르게 호흡을 멈추었다. 배 부근을 어루만지던 기다란 손가락이 비밀의 정원을 두드리자 영서가 움찔하며 그의 팔을 붙잡았다.

"쉬이, 괜찮아요."

긴장으로 움츠러드는 그녀에게 다정하게 입을 맞추며 그녀의 샘으로 가까이 다가갔다.

자신의 몸 안으로 들어온 낯선 감각에 윤후의 팔을 잡고 있던 영서의 손에 자꾸만 힘이 들어갔다. 야릇한 통증과 함께 느껴지는 묘한 쾌감에 어찌할 바를 몰라 하며 입술을 깨물었다. 말라있던 그녀의 샘이 촉촉하게 차오르자 윤후가 자리를 잡으며 그녀의 다리를 붙잡았다. 영서가 본능적으로 다리를 모으려고 하자 윤후가 손 하나를 깍지 끼며 그녀와 눈을 맞추었다.

"아프지 않게 할게요……."

"……괜찮아. 처음엔, 다 아픈 거래."

잔뜩 긴장했으면서도 그런 말을 하는 그녀가 예쁘고 고마워서 미소를 머금은 채 고개를 숙였다. 느릿하지만 깊은 키스에 그녀의 몸이 조금 유연하게 풀리자 주저함 없이 단번에 파고들었다.

고통스러워하는 그녀의 얼굴에 자잘하게 입을 맞추며 그녀가 익숙해지기를 잠시 기다렸다.

"움직여도, 되겠어요?"

영서가 천천히 고개를 끄덕이자 잠시 물러났던 윤후가 조금 더 깊게 파고들었다.

"흐읏!"

그가 움직일 때 마다 눈물이 나올 것처럼 아팠지만 죽을 만큼 참기 힘든 고통은 아니었다.

핏줄이 선 관자놀이와 땀이 맺히기 시작한 윤후의 이마를 보자 그 또한 힘겨워하고 있음을 분명히 느낄 수가 있었다.

영서가 손을 들어 그의 얼굴을 어루만지자 윤후가 그녀의 손바닥에 지그시 입을 맞추었다. 잠시 멈추어졌던 그의 몸이 서서히 속도를 올리자 영서에게서 또다시 신음이 터져 나왔다. 하지만 그에게 멈추라고 부탁하지 않았다. 그저 그에게 자신의 모든 것을 완전히 맡기기로 했다.

그를 좋아하니까. 이 직접적이고 고통스러운 행위를 견뎌낼 수 있을 만큼 좋아하니까. 그와 함께 하기로 했다. 하지만 무언가 부족했다. 그저 좋아한다는 말로는 지금 느끼고 있는 이 벅찬 감정의 실체를, 너무도 생생한 고통과 떨림을 도무지 담아낼 수 없었다.

"오영서……."

"……으응?"

"사랑해."

그 고백에 무어라 대답을 하기도 전에 윤후의 입술이 그녀의 입술을 완전히 뒤덮었다. 둘로 나뉘어져 있던 몸이 온전히 하나로 합쳐지는 순간 전혀 새로운 감각이 안으로부터 서서히 피어나기 시작했다.

보슬비처럼 연약하던 그 감각들은 어느새 몸 전체를 두드리는 세찬 소나기가 되었다. 뜨거운 땀방울이 온몸을 적시고 고통과 다른 종류의 신음이 연이어 터져 나왔다. 자신의 모든 것을 완전히 놓아버린 그 순간 감당할 수 없는 쾌감이 영서의 온몸을 하나로 관통했다. 숨이 터지고 심장이 터질 것 같은 절정 속에서 두 사람은 서로를 뜨겁게 끌어안았다.

"하아, 사랑해, 오영서⋯⋯."

벅차게 전해지는 목소리를 들으며 영서는 그대로 눈을 꼭 감아버렸다. 온몸으로 전해지는 충만한 사랑을 느끼며 땀에 젖은 그의 목덜미를 소중하게 꼭 끌어안았다.

"⋯⋯나도, 사랑해."

여전히 터질 것 같은 숨소리와 심장소리.

묵직하게 눌러오는 윤후의 몸을 느끼며 영서는 느리게 입을 맞추었다.

＊　＊　＊

믿어지지 않았다. 영서의 하얀 몸 위에 수없이 붉은 낙인을 찍었음에도 그녀와 하나가 되었다는 감격에 좀처럼 잠이 오지 않았다.

그녀가 처음이라는 걸 그래서 많이 아플 거라는 걸 알면서도 한 번으론 도저히 멈출 수 없었다. 그래서 두 번이나 그녀를 안았고, 다시 또 안고 싶은 마음을 다스려야 했다.

영서의 살결은 몹시도 부드럽고 따스했으며 체향은 그녀처럼 포근하고 향긋했다. 뜨겁고 안락한 그녀의 내부에 몸을 묻었을 때 말할 수 없는 쾌감과 충만한 전율을 함께 느꼈다.

그녀의 몸은 잘 익은 과실처럼 달콤했고 더없이 향기로웠다. 부산의 바닷가에서 느꼈던 향기는 그녀가 가진 그녀만의 고유한 체향이었다. 인공적으로 만들어진 달콤함이 아닌 그녀의 내부로부터 흘러나오는 그녀만의 향기.

"……."

새근새근 잠이 든 영서의 얼굴을 사랑스럽게 어루만지던 윤후는 살짝 벌어진 입술에 입을 맞추며 곧바로 혀를 집어넣었다. 꽃잎처럼 부드러운 그녀의 입술과 더없이 따뜻한 입안, 야생 꿀처럼 달콤 쌉싸름한 타액을 맛보고 싶은 마음 때문이었다.

가벼운 모닝키스로 갈증을 재우려던 마음은 어느새 그녀를 안는 것으로 바뀌어졌다.

오늘도 출근을 해야 한다는 제약이 그녀의 몸을 더욱 절박하게 그립게 만들었다.

영서의 몸 위로 체중을 실은 윤후는 속옷 아래 감춰진 그녀의 속살을 천천히 어루만졌다.

그의 은밀한 손길에 잠들어 있던 그녀의 몸이 서서히 반응하기 시작했다. 붉은 흔적이 도드라지는 뽀얀 가슴 위로 앙증맞은 분홍색 유실이 도도록하게 일어나자 그 열매를 핥으며 한입 가득 빨아들였다. 뽁뽁 소리가 날 만큼 빨아 당기는 힘과 밀부를 자극하는 손짓에 그녀의 내부가 촉촉하게 젖어들었다.

"아앗!"

단번에 밀고 들어오는 윤후의 존재감에 영서가 화들짝 잠에서 깨

어났다. 아래서 느껴지는 뜨거운 통증에 신음을 흘리며 기둥처럼 버
티고 있는 윤후의 팔뚝을 힘껏 붙잡았다.

"강윤후, 너 뭐하는 거야? 아아앗!"

"누가 그렇게, 예쁘게 자래요."

"뭐어? 흐으읏!"

영서의 손에 제 손을 깍지 끼운 윤후는 고개를 숙이며 뜨겁게 입
을 맞추었다.

어제보다 더 강하게 질주해오는 윤후로 인해 영서는 그대로 온몸
이 부서질 것 같았다.

고통과 함께 밀려오는 쾌락의 파도에 온몸이 녹아내릴 것처럼 흐
늘거리고 입에선 쉴 새 없이 신음이 터져 나왔다. 빠르게 속도를 높
이면서도 윤후는 영서의 입술을 결코 놓치지 않았다. 몸이 움직일 때
마다 맞닿아 있던 입술과 혀끝이 아슬아슬하게 붙었다 떨어지자 야릇
한 자극이 쾌감의 감도를 높여주었다.

점점 가까워지는 절정의 감각에 시트를 움켜쥔 손마디가 하얗게
올라왔다. 이름을 부르는 윤후의 거친 목소리를 들으며 영서는 하얗
게 타오르는 절정의 환희를 맛보았다. 묵직하게 뜨거운 윤후의 몸이
자신의 몸 위로 내려오자 커다란 심장 소리가 가장 먼저 가슴으로 전
해졌다. 달뜬 호흡이 목덜미 위로 부서져 내리자 땀에 젖은 영서의
머리카락이 간지럽게 휘날렸다.

"사랑해."

더없이 달콤한 그의 목소리를 들으며 영서는 빙그레 미소를 지었
다. 뜨겁고 촉촉한 윤후의 입술이 발그레한 뺨과 콧날 위로 내리는
걸 느끼며 오롯이 그를 쳐다보았다.

"나도, 강윤후를 사랑해."

그 말에 윤후가 웃으며 천천히 상체를 일으켰다. 그녀의 옆으로 몸을 누인 윤후는 기다란 팔로 그녀의 어깨를 가만히 감싸 안았다. 영서가 품으로 파고들며 '졸려…….' 라고 하자 그녀를 토닥이며 귓가에 다정하게 속삭였다.

"그래요. 더 자요."

"……응."

이마를 눌러오는 입술의 감촉을 느끼며 영서는 속절없는 잠에 빠져들었다. 온몸이 땀으로 끈적거렸지만 씻고 싶은 생각이 조금도 들지 않았다. 단단하고 따스한 그의 품에 안겨 있는 시간이 너무도 달콤해서 되도록 오래 깨어나고 싶지 않았다.

15.

받고 싶은 선물

"미안해. 오래 기다렸지?"

영서의 목소리에 벽에 기대 서 있던 윤후가 그녀에게로 성큼 다가왔다.

"아니. 별로."

"안에 들어가서 기다리지. 추운데 왜 여기 있어?"

영서의 말에 윤후는 싱긋 웃으며 그녀가 든 장바구니를 옮겨들었다.

"뭘 이렇게 많이 샀어요?"

"별로 많이 안 샀어. 주스랑 우유가 있어서 무거운 거야."

그 말을 하며 영서는 서둘러 대문을 열었다.

"기다려. 금방 준비해 줄게."

종종 걸음으로 현관 안으로 들어온 영서는 겉옷과 가방을 식탁 의자에 내려놓고는 욕실로 가 부지런히 손을 씻었다.

"천천히 해도 돼요."

"아니야. 아니야. 봉투 안에 빵 있으니까 주스든 우유든 같이 먹으면서 기다려."

손을 씻고 나온 영서는 장봐온 물건들을 정리하며 왔다갔다 바쁘게 움직였다.

"한 시간 정도 걸릴 거니까 안방에서 쉬든지 텔레비전 보든지, 너 편한 대로 해."

그런 영서를 가만히 지켜보고 있는데 그녀가 무언가를 찾는 듯 주위를 두리번거렸다. 그러자 윤후가 건조대에 걸려 있는 앞치마를 챙겨 영서에게 내밀었다.

"응? 어떻게 알았어?"

"척 보면 알아요."

"정말? 고마워, 윤후야."

영서가 그 말을 하며 생긋 미소를 짓자 윤후가 '천만에요.' 라며 친절한 미소를 지었다.

"끈 매줘요?"

"응? 응."

영서가 뒤돌아선 채 얌전하게 손을 내리자 윤후가 올리브 그린색의 앞치마 끈을 리본으로 예쁘게 묶어 주었다.

"됐어요."

"고마워."

대답한 영서가 긴 머리를 하나로 묶자 희고 가느다란 목덜미가 한눈에 들어왔다. 잡채에 쓸 재료를 꺼내 움직이는 영서를 윤후가 뒤에서 가만히 끌어안았다.

"뭐, 뭐 해줄 거예요?"

목덜미에 느껴지는 입술의 감촉에 영서의 눈동자가 움찔 커다래졌다.

"으, 응. 잡채랑 호박전이랑 나물이랑."

"다 내가 좋아하는 거네."

"응. 오늘 네 생일이잖아."

영서가 밝은 목소리로 대답하자 윤후가 '고마워요.' 라며 관자놀이에 입을 맞추었다. 그리고 다시 뺨에 입을 맞추자 영서가 '안 돼.' 라며 뒤를 돌아보았다.

"뭐가 안 되는데요?"

느긋하게 물어온 윤후는 두 팔로 영서의 등허리를 감싸 안았다. 윤후와의 거리가 빈틈없이 좁혀지자 영서가 당황하며 빠르게 두 눈을 깜빡였다.

"그, 그럼 저녁 만드는 시간이 길어지잖아."

영서가 눈길을 피하며 핑계를 대자 윤후가 피식 웃으며 그녀의 정수리에 입술을 눌렀다.

"저녁은 나중에, 지금은 당신이 더 고파요."

그 말에 영서가 움찔하자 윤후가 살짝 몸을 낮추는가 싶더니 눈 깜짝할 사이에 영서를 위로 들어 올렸다.

"엄마야!"

영서가 화들짝 놀라 옷깃을 붙잡자 윤후가 고개를 숙여 영서의 입술을 머금었다. 짧지만 강하게 영서의 입술을 맛 본 윤후는 그녀를 안아들고 곧바로 침실로 향했다.

지방 출장으로 영서와 일주일 만에 재회한 윤후는 목마른 사람처럼 허겁지겁 그녀의 입술을 탐했다. 다소 거친 키스에 움찔하던 영서도 곧 적응하며 윤후가 만족스러워 할 만큼의 키스를 돌려주었다. 미지근한 방안의 온도를 순식간에 끌어올린 두 사람은 입고 있던 옷가지들을 무거운 짐을 벗듯 훌훌 벗어버렸다. 부드러운 시트가 깔린 침대위로 쓰러진 둘은 키스를 나눌 때처럼 뜨겁게 서로의 입술과 몸을 어루만졌다.

촉촉하게 젖은 영서의 내부로 자신을 완전히 채워 넣은 윤후는 낮게 신음하는 그녀에게 길게 입을 맞추었다. 키스를 나눌 땐 거칠고 격렬할 때도 있었지만 영서를 안을 때의 윤후는 언제나처럼 자상하고 부드러웠다. 그는 자신의 욕심만을 채우는 것이 아니라 언제나 함께 절정에 오르도록 섬세한 배려를 잊지 않았다.

그런 섹스를 할 때면 그에게 사랑을 받고 있구나 우리가 사랑을 나누고 있구나 하는 생각이 자연스럽게 들었다. 영서에게 몇 번의 절정을 맛보게 한 윤후는 그녀의 배에서 꼬르륵 소리가 울리자 웃음을 터뜨리며 몸을 일으켰다.

"배 많이 고파요?"

"응. 너무 고파서 꼼짝도 못하겠어."

영서의 정수리를 쓰다듬어 준 윤후는 '잠깐 기다려요.' 라고 하더니 벗어 놓은 옷을 챙겨 입었다. 문을 열고 나갔다가 잠시 후 돌아온 윤후는 빵과 우유가 담긴 쟁반을 침대 옆 테이블에 내려놓았다.

"이걸로 요기만 해요. 저녁은 내가 준비할게요."

"안 돼. 싫어."

영서가 몸을 일으켜 침대에 앉자 윤후가 그녀의 얼굴을 감싸며 부드럽게 말했다.

"말 들어요."

"싫어. 오늘 네 생일인데 안 돼. 내가 해줄 거야."

"자꾸 그럼 한 번 더 안는 수가 있어요."

그 말에 영서가 흠칫 놀라자 윤후가 싱긋 웃으며 그녀의 머리카락을 예쁘게 넘겨주었다.

"쉬고 있어요. 다 되면 부를게요."

영서가 마지못해 고개를 끄덕이자 윤후가 짧게 입을 맞추고서 다시 침실을 나갔다.

윤후가 챙겨준 빵과 우유로 요기를 한 영서는 침대에 누웠다가 그대로 깜빡 잠이 들었다.

맛있는 냄새와 달그락거리는 소리에 화들짝 깬 영서는 서둘러 옷을 챙겨 입고 얼른 주방으로 나갔다. 그 사이 저녁상을 차린 윤후는 영서를 보며 씻고 오라는 말을 해주었다.

"벌써 다 준비한 거야?"

"그냥 뭐, 간단하게. 대신 맛은 장담 못해요. 국 거의 다 됐으니까 얼른 씻어요."

"응."

윤후의 말대로 욕실로 향한 영서는 최대한 빠르게 샤워를 마쳤다. 수건으로 대충 머리를 말린 영서는 머리를 하나로 묶고서 욕실을 나왔다. 영서가 의자에 앉아 윤후가 국그릇을 놓아주었다.

"미역국까지 끓였어? 미안해서 어떡해."

영서가 정말로 미안해서 어쩔 줄 몰라 하자 윤후가 맞은편 의자에 앉으며 대수롭지 않게 말했다.

"미역국은 아침에 먹었어요. 어머니가 끓여 주셔서."

"그래도."

"그렇게 미안하면 얼른 밥 먹고 기운 차려요."

윤후의 말에 영서가 그가 만든 유부초밥을 하나 집어 들었다. 영서의 두 볼이 불룩하게 솟아오르자 윤후가 흐뭇한 얼굴로 미소를 지었다.

"맛있어요?"

"응. 맛있어."

아닌 게 아니라 윤후가 차려놓은 저녁상은 달디 단 꿀 송이처럼 맛이 있었다. 유부초밥과 미역국, 계란을 입혀 부친 호박전과 김치볶음이 전부인 소박한 식탁이었지만 그의 정성이 고스란히 담겨 있어 진수성찬이 부럽지 않았다.

"이거 먹고 잡채 만들어 줄게."

"괜찮은데."

"내가 안 괜찮아. 그건 내가 꼭 만들어 줄 거야."

영서가 주먹까지 꼭 쥐며 투지를 불태우자 윤후가 알았다며 고개를 끄덕였다.

드디어 벼르고 별러 만든 잡채를 맛보게 한 영서는 윤후가 맛있다고 칭찬을 해주자 세상을 다 가진 것처럼 행복한 미소를 지었다.

"그렇게 좋아요?"

"응. 너무 좋아."

"내가? 아니면 잡채가?"

윤후가 묻자 영서가 두 볼이 발그레해져 '당연히 너지.' 라고 대답을 해주었다. 그녀의 대답에 꽤 만족스러운 얼굴이 된 윤후는 의자에서 일어나더니 다가와 그대로 입을 맞추었다.

"저녁도 먹고 설거지도 마쳤으니까 산책하러 갈까요?"

"응. 그러자."

간단하게 외출 준비를 마치고 대문을 나선 두 사람은 근처 공원으로 발길을 옮겼다. 달력의 날짜는 4월을 가리키고 있었지만 아침저녁의 공기는 봄날이 무색하게 쌀쌀했다.

"이러다 그냥 여름이 오는 거 아닐까?"

"5월이 되면 좀 나아질 거예요. 많이 추워요?"

"조금."

영서가 가볍게 어깨를 움츠리자 윤후가 긴 팔로 영서의 어깨를 감싸 안았다.

"이제 따뜻하죠?"

"응. 따뜻해."

"그래도 봄은 봄이에요. 여기저기 꽃들이 환한 걸 보면."

윤후의 말에 영서가 고개를 들어 주변을 바라보았다.

"우와. 정말이네……."

공원의 호수를 둘러싼 나무들이 앞 다투어 예쁜 꽃망울을 터뜨리고 있었다. 까맣게 내려앉은 밤하늘 아래 소담하게 피어난 백목련과 흐드러지게 피어난 벚꽃에 영서는 자연스레 시선을 빼앗겼다. 영서가 그리로 걸음을 옮겼을 때 어디선가 강한 바람이 불어왔다. 흔들리던 벚꽃 잎이 환하게 흩날리자 영서가 두 손을 머리 위로 들어 올렸다.

"꼭 눈이 내리는 거 같다. 그치, 윤후야?"

영서가 그 말을 하며 아이처럼 웃자 윤후가 고개를 끄덕이며 사랑스럽게 그녀를 보았다.

"생일 선물, 뭐로 해줄까?"

"생일 선물이요?"

"응. 너한테 필요한 걸 주는 게 좋을 거 같아서."

"……."

"생각나면 말해. 내가……."

"나랑 같이 살래요?"

"응?"

"나랑 같이, 살자구요."

또다시 불어온 바람에 영서의 머리카락이 사방으로 정신없이 휘날렸다. 그 바람 속에 하얀 눈송이 같은 벚꽃이 무수하게 떨어졌다. 바람을 따라 흩날리는 꽃잎 속에서 윤후는 흔들림 없는 모습으로 영서를 바라보고 서 있었다.

"지금 그거, 프러포즈야?"

"네."

담담한 대답에 영서의 두 눈이 빠르게 깜빡였다. 갑작스러운 프러포즈에 어떤 대답을 해야 할지 아무런 생각도 나지 않았다.

"안 된다고 하지 말아요. 오늘 내 생일이니까."

윤후가 진지하게 조건을 달자 영서가 두 눈을 동그랗게 뜨고 그를 보았다.

"그런 게 어딨어?"

"원래 다 그런 거예요."

"말도 안 돼."

영서가 볼멘소리를 하자 윤후가 다가와 그녀의 헝클어진 머리카락을 슥슥 정리해주었다.

"잘 생각해 봐요. 말이 안 되는 건 아니니까."

"……."

"싫다고 하면 나도 확, 선볼 거예요."

"뭐?"

"오늘 어머니가 그러셨어요. 엄마 친구 딸 한 번 만나 보지 않겠느
냐고. 그래서 말씀드렸어요. 결혼하고 싶은 여자가 있다고."

"……!"

"그랬더니 그럼 당장 데리고 오라세요."

"정말 그렇게 말했단 말이야? 아무리 그래도 이렇게 갑자기."

"갑자기는 뭐가 갑자기예요? 그럼 나랑 계속 연애만 하려고 했어
요? 책임질 행동을 했으면 책임을 져야죠."

"채, 책임?"

"당신한테 마음도 몸도 다 주게 해놓고, 나 몰라라 하려고 했어
요?"

계속 되는 윤후의 얘기에 영서는 뭐라 대꾸도 못하고 얼떨떨한 얼
굴이 되었다.

'그런 말은 남자가 아니라 여자가 하는 말이 아니야?'

민망함에 괜스레 엉뚱한 생각을 하는데 윤후가 그녀의 어깨를 잡
으며 고개를 숙였다. 검고 예쁜 눈동자가 정면으로 다가오자 머릿속
을 뛰어다니던 생각들이 고요하게 가라앉았다.

"나랑 결혼해 줘요. 그게 내가 받고 싶은 선물이에요."

또다시 불어오는 강한 바람에 영서의 머리카락이 빠르게 휘날렸
다. 그 바람 속에 청결한 비누 향과 달큰한 꽃향기가 은은하게 배어
있었다.

"……."

"……."

커다랗게 흔들리는 영서의 눈동자를 보며 윤후는 한없이 부드러운 미소를 지었다. 당신이 허락을 해줄 때까지 언제라도 기다리겠다는 것처럼 꽤 여유로운 미소였다.

"……내가 거절하면, 선볼 거야?"

영서의 물음에 윤후는 천천히 고개를 끄덕였다. 요란했던 바람이 잠잠해지자 윤후가 손을 들어 그녀의 머리카락을 매만져주었다.

"싫다고 해도?"

끄덕끄덕.

"거짓말하는 거 아니지?"

"그런 거짓말 안 해요."

그 말에 영서가 입술을 깨물며 심각하게 미간을 좁혔다.

"아침에 눈을 떴을 때 당신이 옆에 있었으면 좋겠어."

다정하면서도 힘 있는 목소리에 영서가 눈을 들어 윤후를 쳐다보았다.

"매일 매일 사랑해 줄게."

"……."

"매일 매일 웃게 해줄게."

"……."

'매일 매일 웃게 해줄게.'

영서는 그 말을 속으로 되뇌었다.

생각해보니 늘 웃지 않은 날이 없었다. 윤후의 손을 잡았던 그 날 이후부터.

빼어난 유머 감각을 가진 것도 아닌데, 윤후를 떠올리면 어느새 웃고 있는 자신이 보였다.

"절대로 외롭지 않게 할게."

"……."

"그러니까 나랑 같이 살자, 오영서."

"……."

"응?"

"……응."

영서가 고개를 끄덕이며 대답을 하자 윤후가 씨익 입꼬리를 말아 올렸다.

"잘 생각했어요."

"지금 한 말, 그대로 지켜야 해. 안 그럼……."

"안 그럼?"

"속상할 거야."

그 말에 윤후의 눈매가 다시 부드럽게 휘어졌다. 당연히 헤어질 거라는 말을 할 줄 알았는데. 그렇게 대답하는 그녀가 더없이 예쁘고 사랑스러웠다.

"고마워요, 허락해 줘서."

"응. 생일 축하해, 강윤후."

"고마워요."

"나도 고마워."

말을 마친 영서는 윤후의 입술에 살며시 입을 맞추었다. 그녀의 입맞춤에 미소를 지은 윤후는 그녀에게 이마를 맞대고 그녀의 손을 가만히 그러쥐었다.

"좋다······."

"나도 좋다."

누가 먼저랄 것 없이 웃음을 터뜨린 두 사람은 서로의 손을 잡고서 봄밤의 산책을 계속 했다. 둘을 감싸오는 바람 속에 무르익은 봄의 기운이 넘실댔다.

에필로그 — 1

"오영서, 이 내숭쟁이. 내가 잘 어울린다고 했을 때 부하 직원이니 나이차가 어쩌니 하면서 불같이 화를 내더니. 뭐? 결혼을 해?"

"……미안해, 언니. 입이 열 개라도 할 말이 없어."

진심이었다. 언니 영인에게는 입이 열 개라도 할 말이 없었다.

"그렇다고 바로 꼬리를 내리냐? 재미없게."

한껏 서운한 표정을 지었던 영인은 영서가 바로 사과를 하자 그렇게 대꾸했다.

"그리고 그렇게 미안해 안 해도 돼. 이혼도 아니고 결혼을 하겠다는 건데."

영인의 말에 두 눈을 동그랗게 떴던 영서는 갑자기 푸핫 웃음을 터뜨렸다.

"왜? 결혼 얘기 나오니까 듣기만 해도 좋냐?"

"아니야, 그런 거. 그냥, 나도 모르게 웃음이 나온 거야."

"그게 좋아서 나오는 웃음인 거지."

"그런가?"

영서가 고개를 갸웃하자 영인이 '그렇다면 그런 줄 알어.' 라며 찻잔을 들었다.

"그나저나 우리 제부, 생긴 거랑 다르게 성격이 급하셔. 추진력 있다고 해야 하나."

"응. 나도 그날 솔직히 좀 놀랐어. 이모부 뵙자마자 그 얘기부터 꺼내서."

"어쩐지 네가 좀 벙한 얼굴이더라니."

"티 많이 났어?"

"어. 완전 티 났어."

엊그제 영서는 한여름이 아닌데도 때 아닌 진땀을 흘렸다. 이모부 댁에 처음으로 인사를 드리러 간 자리에서 윤후가 바로 결혼 얘기를 꺼냈기 때문이었다. 윤후의 청혼을 받아들이긴 했지만 양가 어른들에게 인사를 하고 얼굴을 익힌 후에 얘기를 할 거라 생각했는데 곧바로 본론을 꺼냈으니 당황할 수밖에 없었다.

『영서 씨와 결혼하고 싶습니다. 결혼을 허락해 주십시오.』

『교제한 지 아직 1년도 안 됐잖은가. 너무 서두르는 거 아닌가?』

이모부가 넌지시 묻자 윤후는 기다렸다는 듯이 답을 이었다.

『정식으로 만난 지 이제 5개월이지만 함께 일을 한 시간은 햇수로 2년째입니다. 제가 서두르는 걸로 느끼실 수도 있지만 그건 어쩔 수가 없습니다.』

『어쩔 수가 없다니?』

『영서 씨보다 4년이나 늦게 태어났습니다. 그 이유 때문이라도 더 빨리 결혼해야겠다는 생각입니다.』

윤후의 당찬 대답에 이모부는 놀란 얼굴이 되었다가 이내 허허, 사람 좋은 웃음을 지었다.

『자네, 우리 영서가 그렇게 좋은가?』

『예! 아주 많이 좋아합니다. 그래서 하루도 떨어져 있고 싶지 않습니다.』

윤후의 적극적인 표현에 영서의 얼굴은 새빨간 홍시가 되었지만 이모부는 웃음 띤 얼굴로 연신 고개를 주억거렸다.

『꽤나 솔직하고 열정적인 친구로구만.』

『그럼 허락해 주시는 겁니까?』

『두 사람이 한 직장에서 근무를 했으니 서로의 장단점에 대해서는 더 잘 알겠지. 그런 중에 결혼을 결심한 거니 나로선 반대할 이유가 없네. 헌데 자네 부모님은 어떠신가? 영서가 연상인 걸 불편하게 여기진 않으실지 걱정이 되는구만.』

『아닙니다. 그런 부분은 전혀 걱정하지 않으셔도 됩니다.』

이모부와 윤후가 얘기를 나누는 동안 이모와 영인은 영서에게 눈짓을 하더니 작은 방으로 자리를 옮겼다.

『이모, 이모는 어떠세요?』

『어떻긴 뭐가 어때?』

『영서 신랑감이요. 이모부는 딱 맘에 들어 하시는 것 같던데.』

영인이 말을 꺼내자 이모가 '얼굴이 너무 잘났어.'라며 반대 의견을 피력했다.

『남자건 여자건 인물은 적당한 게 좋은 거야. 너무 잘나면 값을 하기 마련이거든.」

「아니에요, 이모. 윤후, 그런 사람 아니에요.」

영서가 윤후를 두둔하자 이모는 '지금이야 그렇지.' 라고 퉁명스럽게 대꾸했다. 이모는 영서의 맞선남 최승현을 마음에 두고 있었기에 그보다 조건이 월등하지도 않고, 나이까지 어린 윤후가 은근히 못마땅했다. 이모의 입장을 이해하긴 했지만 승현과 끝이 난 사이임에도 미련을 가지는 것이 영서는 적잖이 답답했다. 그렇다고 승현과 어떤 일이 있었는지 왈가왈부 하고 싶지도 않았다. 그는 자신이 저지른 잘못에 대해 진심어린 사과를 했고, 영서 또한 진심으로 그를 용서했기 때문이었다.

「못생긴 사위보다 잘생긴 사위가 낫죠. 그리고 영서가 아무렴 얼굴만 보고 결혼을 결심했겠어요?」

영인이 확실하게 윤후의 편을 들어주자 이번엔 이모가 영서에게 질문을 던졌다.

「말이 나온 김에 물어나 보자. 영서 너, 저 청년이랑 결혼하기로 한 이유가 뭐니?」

「결혼하기로 한 이유요?」

「그래. 1, 2년도 아니고 앞으로 수십 년을 같이 살 결심을 한 거면 그럴 만한 이유가 있을 거 아니야.」

「나도 진짜 궁금해. 연애면 몰라도 결혼이잖아. 사랑하니까 하는 거다, 그런 기본적인 거 말고, 좀 더 디테일한 설명을 해 봐.」

영인까지 나서서 이유를 궁금해 하자 영서가 입술을 깨물었다 천천히 말을 꺼냈다.

「매일 매일 웃게 해준다고 해서요.」

영서의 대답에 이모와 영인의 눈매가 동시에 휘익 동그래졌다.

『윤후한테 그 말을 들었을 때 '그럼 결혼 해야겠다.' 그런 생각이 들었어요.』

영서가 머쓱하게 웃으며 설명을 마치자 영인이 옆에 앉은 이모를 스윽 쳐다보았다.

『저 하늘에 별을 따다준다는 말보단 현실적이네요.』

『……』

영인의 말에 이모는 잠시 침묵을 지켰다. 저 하늘의 별도 달도 따주고, 손끝에 물 한방울 안 묻히게 하겠다는 그 엄청난 작업멘트는 이모부가 이모에게 보냈던 연애편지의 한 글귀였다. 영인이 그것을 빗대어 얘길 꺼내자 이모는 팔짱을 끼더니 짧은 한숨을 지었다.

『그건 뭐, 그렇지……. 그래도 그땐 그게 유행이었다.』

"엊그젠 이모부랑 이모가 계셔서 못 물어봤는데."

영인이 진지하게 말을 꺼내자 영서도 덩달아 진지하게 언니를 바라보았다.

"너들 혹시, 속도위반이니?"

"속도위반?"

"결혼을 서두르는 게 그런 이유가 아닐까 해서."

"언니. 그건 아니거든."

"아니야? 진짜 아니야?"

"설마, 그거 물어보려고 집까지 찾아온 거야?"

"어."

간단명료한 영인의 대답에 영서는 '그건 정말 아니야.' 라고 확실하게 못을 박았다.

"그럼 여태 손만 잡고 다닌 거야? 세상에, 너 결혼 생활에 그게 얼마나……"

그러다 영인은 갑자기 말을 멈추었다. 영서의 얼굴이 눈에 띄게 붉어지자 두 눈을 반짝이며 바짝 다가갔다.

"오오. 만리장성 쌓았구나! 어떠니? 잘하니? 아니다. 비교 대상이 없어서 모르려나?"

영인이 고개를 갸웃거리자 영서가 '어으. 진짜.' 라며 의자에서 얼른 일어났다.

"왜 벌써 일어나?"

"아까 얘기 했잖아. 오늘 윤후랑 약속 있다고."

"아, 맞다. 그랬었지. 그럼 잘 다녀와."

"뭐야? 언닌 계속 있을 거야?"

"나 여기 온 지 한 시간도 안 됐거든."

"차만 마시고 바로 갈 거라고 했잖아?"

"그래에. 그러니까 이 차는 마시고 가야지. 내가 알아서 치울 테니까 신경 쓰지 말고 나갈 준비나 해."

영인이 휘휘 손까지 흔들자 영서가 못 말리겠다는 얼굴로 작은 방으로 향했다. 그런 동생을 바라보다 영인은 남은 차를 맛있게 한 모금 마셨다.

"우리 영서, 다 컸네."

중얼거린 영인은 싱긋 웃으며 찻잔을 따스하게 그러쥐었다.

*　　*　　*

양가 상견례를 하고 결혼식에 관한 구체적인 준비를 하는 동안 영서와 윤후도 여느 예비부부 못지않은 바쁜 나날을 보냈다. 두 사람 모두 직장 생활을 하다 보니 평일엔 주로 필요한 것들에 대해 얘기를 나누었고 주말엔 결정된 것들을 차근히 진행시켰다.

두 사람이 함께 일을 해온 시간이 있어서 인지 일을 상의하고 진행시키는 데 별 다른 문제는 없었다. 다만 결혼 후 거취에 대해선 약간의 견해 차이를 보였는데 영서는 지금 살고 있는 집에서 그대로 지내는 것을 원했고 윤후는 새로운 보금자리에서 새로운 시작을 하는 게 어떻겠느냐는 의견을 갖고 있어서였다.

"나중에 아이가 생기면 그때 옮기는 게 낫지 않을까? 집이 있는데 또 다른 집을 구한다는 게 왠지 낭비 같아."

"우리 형편에 맞지 않게 무리해서 가자는 게 아니었어요."

"알아. 그런 의미로 말한 게 아니라는 거. 새로운 시작이니까 새로운 집에서 시작하고 싶은 거. 그런데 지금 집이 우리 둘이 지내기에 좁은 것도 아니고, 벽지랑 가구랑만 바꿔도 집안 분위기는 얼마든지 바뀌거든."

윤후가 턱을 만지며 생각에 잠기자 영서가 그를 보며 더욱 적극적으로 자신의 생각을 밝혔다.

"우리한테 생기는 여유 자금은 앞으로 들어가게 될 교육비나 우리 노후자금으로 알차게 모아두자. 응?"

"솔직히 말해 봐요."

"응? 뭘?"

"그런 생각을 하게 된 이유 중에⋯⋯."

"응."

"이사 갈 집을 알아보고 이사 가는 일이 귀찮아서가 포함이 돼요?"

"그걸 어떻게 알았어?"

영서가 놀란 얼굴로 쳐다보자 운전석에 앉은 윤후가 크게 웃음을 터뜨렸다.

"뭐야, 그 말이 그렇게 웃겼어?"

"네. 엄청 웃겼어요."

"웃겨도 어쩔 수 없어. 내 딴엔 무지 심각한 이유였다고."

"알았어요. 접수해줄게요."

"응? 진짜? 정말이지?"

"그럼 어떡해요. 나 좋자고 당신이 싫어하는 일 하게 할 순 없잖아요."

"역시 우리 강윤후 씨가 최고야."

영서가 신이 난 얼굴로 엄지를 들어주자 윤후가 빙그레 웃으며 말했다.

"암튼 특이해."

"특이하다고? 내가?"

"솔직히 아주 평범하진 않잖아요."

"그런가? 그럼, 이사를 해야 하는 거?"

"그렇게 쉽게 바뀔 결정이었어요?"

"아니야, 그건 아니고. 윤후 씨가 그렇게 말을 하니까."

"전혀 납득이 안 되는 이유가 아니니까 문제는 아니에요. 그런데 진짜 후회 안 할 자신 있어요?"

"후회? 무슨 후회?"

"신혼 분위기 제대로 안 내고 유야무야 넘어갔다고."

"아니. 전혀."

영서의 확답에 윤후는 알았다며 고개를 끄덕였다.

"대신 가구랑 벽지는 윤후 씨 취향으로 해줄게요."

"그런데 왜 아까부터 자꾸 윤후 씨라고 불러요?"

"응. 이제부터 윤후 씨라고 부르기로 했어."

"아니, 갑자기 왜?"

"언니랑 이모한테 야단 들었어. 신랑 될 사람 이름을 너무 막 부른다고."

"그래요? 난 괜찮은데. 야, 너, 그렇게 부르는 것도 아니고 그냥 이름을 부르는 거잖아요."

"그건 그런데, 생각해 보니까 언니랑 이모 말씀이 맞아. 앞으로 우리 집 가장(家長)이 될 사람인데 호칭이 너무 좀 그랬어. 그러니까 좀 어색하더라도 참고 들어주세요."

"알았어요. 좀 어색하긴 하지만 잘 참고 들어줄게요."

"고마워. 윤후 씨."

"그런데 윤후 씨 말고 다른 걸로 하면 안 되나?"

"다른 거? 다른 거, 뭐?"

"우리 집 가장이라면서요? 그럼 윤후 씨가 아니라 여보야, 라든가 자기야, 라든가. 그렇게 말해야지 않나?"

윤후가 장난스럽게 말을 잇자 영서가 '어우, 그건 너무 닭살이다.' 라며 제 팔을 문질렀다.

"그럼 윤후 오빠, 그건 어때요?"

"헉! 지금 그거 농담이지?"

"글쎄요."

"뭐야? '글쎄요.'라는 거 보니까 진짜로 듣고 싶은 모양이네."

"듣고 싶다고 하면 해주긴 할 거예요?"

"아니, 뭐, 지금 당장은 어렵긴 한데. 그래도 아주 못하고 그럴 말
은 아닌 것 같기도 하고."

영서의 대꾸에 윤후가 가볍게 웃음을 터뜨렸다.

"내키지 않으면 안 해도 상관없어요."

"그럼 안 해도 돼?"

"네에."

"나중에 막 서운해 하고 그러면 안 돼."

"알았어요. 서운해 하지 않을 테니까 걱정 마십시오."

영서의 집 골목 어귀에 도착한 윤후는 운전석에서 내려 보조석으
로 향했다. 차에서 내린 영서의 손을 꼭 잡은 윤후는 영서와 이야기
를 나누며 골목길을 걸어 올라갔다.

"벌써 도착했네."

"응."

"들어가요. 들어가는 거 보고 갈게."

"아니야. 윤후 씨 가는 거 보고 갈래."

"아니에요. 당신이 먼저 들어가요."

대문을 코앞에 둔 두 사람은 서로에게 먼저 들어가라는 말을 하면
서도 헤어짐이 아쉬운 듯 잡은 손을 꼭 놓지 않았다.

상견례를 마친 이후부터 윤후는 영서의 집에서 밤을 지새우는 일
이 한 번도 없었다. 결혼을 약속한 사이라고는 하지만 여자 혼자 사

는 집에 남자가 밤늦게 드나드는 것이 보기에 흠이 될 수도 있다는 어른들의 말씀 때문이었다. 요즘 같은 세상에 너무 과민한 반응이 아니냐고 할 수도 있었지만 윤후는 '알겠습니다. 그렇게 하겠습니다.' 라고 바로 대답을 했고, 영서도 무어라 이의를 제기하지 않았다. 독립하지 않고 이모부 식구와 함께 지냈다면 당연히 듣게 될 말이었기에 자연스럽게 받아들일 생각이었다. 하지만 서로의 마음을 확인하고 한창 뜨거운 연애 중이었기에 그 약속을 지키는 것이 생각보다 어려웠다.

"……자고 가면 안 되나?"

영서가 조심스럽게 말을 꺼내자 윤후가 미간을 찌푸리며 괴로운 한숨을 흘렸다.

"나, 시험하지 말아요."

"아무것도 안 하고 그냥 코, 자면 되잖아. 그건 괜찮지 않을까?"

영서가 순한 눈망울로 그렇게 말하자 윤후가 잡은 손에 힘을 주며 고개를 숙였다.

"당신은 가능할지 몰라도 난 절대, 안 돼요."

그리곤 영서의 이마에 입술을 꾹 눌렀다 떼었다. 따스하게 닿았다 떨어진 입술에 더욱 서운해진 영서는 두 팔로 윤후를 끌어안으며 그의 가슴에 머리를 기댔다.

"강윤후 씨랑 빨리 결혼했으면 좋겠다."

안타까움이 가득 담긴 말인데 윤후의 얼굴에 피식 미소가 배어나왔다. 아이처럼 솔직한 그녀의 칭얼거림이 윤후가 느끼는 남자만의 고통을 부드럽게 완화시켜 주었다.

"나도 그랬으면 좋겠다."

나직하게 중얼거리며 영서를 따스하게 꼭 끌어안았다. 그렇게 서로를 안은 두 사람은 꽤 오랫동안 그 자리에 서 있었다. 아무것도 하지 않고 그저 안고 있을 뿐인데도 따스한 이불을 두른 것처럼 마음이 한없이 포근했다.

에필로그 - 2

3개월 후.

영서와 윤후는 청첩장이 담긴 봉투를 장표에게 내밀었다.

"이게 무엇인고?"

카드를 꺼낸 장 대표는 주머니에 있던 안경을 챙겨 쓰더니 초대 글귀를 소리 내어 읽었다.

"강윤후와 오영서의 결혼식에 초대합니다. 이게 뭐야? 여기 있는 이름, 자네들 이름이잖아?"

"예. 저희 맞습니다."

윤후가 차분하게 대답하자 장 대표가 안경을 내리며 두 사람의 얼굴을 번갈아 쳐다보았다.

"이거 진담이야? 확실해?"

"네, 대표님. 저 강윤후 씨랑 결혼해요."

영서가 그 말을 하며 상냥한 미소를 짓자 장 대표의 눈썹이 위로 휘익 올라갔다.

"이거 진짜냐? 나 놀래키려고 장난치는 거 아니고?"

"네에. 아무리 바빠도 꼭 오셔서 축하해 주세요."

"맙소사! 이거 이거 정말인가 보구만. 허허. 아니, 대체 언제 연애를 한 거야?"

여전히 믿기지가 않았는지 장 대표는 연신 놀란 얼굴이었다. 장 대표의 물음에 영서가 그간 있었던 일을 짤막하게 들려주었다. 두 눈을 크게 뜨고 연신 고개를 끄덕이던 장 대표는 영서가 이야기를 마치자 껄껄껄 시원한 웃음을 터뜨렸다.

"그러니까 오 팀장하고 강 대리하고 내가 취한 사이에 연애를 했다, 그거지? 이야. 암튼, 축하해. 축하한다, 오 팀장. 축하한다, 강 대리."

장 대표는 얼마 전 승진한 윤후의 직함을 잊지 않고 불러주었다. 그리고 두 사람의 손을 번갈아 잡으며 꾹 잡았다 놓았다.

"그나저나 이거 큰일이다."

"네? 큰일이라뇨?"

영서의 물음에 장 대표가 주름 진 이마를 슬쩍 매만졌다.

"정 과장 말이다. 걔가 오 팀장을 좋아했잖냐. 지금도 좋아라 하지만."

"네? 정 과장이요?"

"그러니까 재욱이한테 줄 청첩장은 나한테 맡기고 가. 내가 나중에 따로 불러서 얘기 할 테니까."

"정말 그렇게 하는 게 나을까요? 아무리 그래도 제가 주면서 얘길 하는 게 더 낫지 않을까요?"

"어때? 강 대리 생각은?"

"누가 얘길 한다고 해도 충격은 똑같이 받을 겁니다. 하지만 대표님이나 오 팀장님이 얘기를 하는 것보다 제가 하는 게 나을 것 같은데요."

"응? 자네가?"

"저한테는 오히려 속 시원하게 하고 싶은 말을 할 수 있지 않을까 해서요. 정 과장님께는 그게 더 낫지 않을까 생각합니다만."

윤후의 말에 장 대표는 고개를 주억거렸고, 영서는 놀란 눈으로 곁에 앉은 윤후를 보았다. 윤후가 재욱의 감정에 대해서 이미 알고 있다는 것이 정말로 놀라웠기 때문이었다.

이야기를 마치고 장 대표의 집무실을 나온 영서는 곧바로 윤후의 팔을 붙잡았다.

"재욱이, 아니 정 과장 일, 알고 있었어?"

"네."

"언제? 어떻게?"

"지난번에 최 실장님 일로 알게 됐어요."

"말도 안 돼……."

말끝을 흐리는 영서의 얼굴은 적잖이 혼란스러워보였다.

"말이 안 되는 건 아니죠. 사람이 사람을 좋아하는 일이."

"그건 그렇지만. 난, 왜 여태, 그걸 몰랐지?"

"전에 나한테 그랬잖아요. 한 번에 두 가지 일 못하고, 집중하면 다른 소리도 잘 못 듣는다고. 기억나요?"

"응……. 기억 나."

"그때 몸도 아팠고, 복귀해선 일 때문에 바빠서 신경을 못 쓴 걸 거예요. 그러니까 너무 마음 쓰지 말아요."

"아무리 그래도."

자신의 둔감함에 왠지 미안한 마음이 들었기에 영서는 시무룩하게 한숨을 지었다.

"걱정 말아요. 내가 책임지고 잘 얘기 할게요."

윤후가 안심시키듯 그녀의 등을 토닥이자 영서가 윤후를 쳐다보며 말을 이었다.

"응. 부탁할게, 윤후 씨."

"그래요. 나만 믿어요."

부드럽게 웃는 윤후를 보며 영서는 알았다고 고개를 끄덕였다. 그렇게 말하는 윤후가 정말로 믿음직스러워서 자연스럽게 마음이 놓이는 미소가 떠올랐다.

그러나 영서는 그로부터 일주일간 윤후를 제대로 만날 수 없었다. 적어도 일주일은 제대로 위로해줘야 한다는 재욱의 억지를 윤후가 말없이 받아주었기 때문이었다.

실연으로 울적해하는 재욱의 맘을 달래기 위해 윤후는 늘 새벽까지 술잔을 기울였고, 눈물에 콧물까지 쏟는 기나긴 넋두리를 군말 없이 들어주었다.

"너어, 날 한심하다고 생각하지? 좋아하는 사람한테 입 한 번 벙긋 못한, 미련한 놈이라고 생각하지?"

"아니요. 그렇게 생각하지 않습니다."

"아니긴 뭐가 아니야. 그렇게 생각하고 있잖아."

"과장님……."

"이럴 줄 알았으면 영서한테 솔직하게 고백이라도 하는 건데. 차

일 땐 차이더라도 그렇게 한 번 질러보는 건데."

얼큰하게 취한 얼굴로 절절하게 푸념하는 재욱을 윤후는 그저 안타깝게 바라보았다. 누군가를 좋아하기 때문에 생기는 두려운 감정이 어떤 것인지 겪었기에 그의 후회나 속상함을 십분 이해할 수 있었다.

"강윤후."

"네."

"너, 영서한테 잘 해야 한다. 영서 눈에서 눈물 나오게 하면, 내가 진짜, 기필코, 가만 안 있을 거야. 후배고 나발이고 아주 그냥 묵사발을 만들 거니깐, 그렇게 알라고. 알았냐?"

재욱이 주먹까지 쥐어 보이며 협박 아닌 협박을 하자 윤후가 잘할 거라고, 그러니 걱정 말라고 그를 차분하게 안심시켰다.

"그래. 어련히 알아서 잘 하려고."

"……."

"내가 봐도, 강윤후 넌, 썩 괜찮은 놈이야……."

목소리를 높이며 화를 내는가 싶다가 어느새 윤후를 괜찮은 놈이라 칭찬한 재욱은 졸린 듯 눈을 껌뻑거리더니 테이블 위로 쿵! 고개를 떨구었다.

"과장님. 정 과장님."

"하아아, 안녕이다, 오영서. 이젠 진짜루 안녕이야……."

혀가 잔뜩 꼬부라진 소리로 영서를 부르던 재욱은 결국 완전히 정신을 놓아버렸다.

만취한 재욱을 부축해 술집을 나온 윤후는 그를 택시의 뒷좌석에 태우며 일단 숨을 돌렸다.

재욱이 혼자 살고 있는 오피스텔 앞에 택시가 멈춰 서자 다시 그를 부축해 엘리베이터로 향했다. 마침내 재욱의 방문 앞까지 도착한 윤후는 그를 침대에 눕히고 가쁜 숨을 몰아쉬었다. 큰 키에 덩치까지 있는 남자가 기운 없이 축 늘어져 있으니 아무리 체력이 좋은 윤후라도 숨이 찰 수밖에 없었다.

"으으. 속 쓰려어……."

이튿날 잠에서 깨어난 재욱은 쓰린 배를 부여잡고 침대에서 겨우 몸을 일어났다. 묵직한 취기에 제대로 떠지지도 않는 눈을 해가지고 욕실로 간 그는 찬 물로 세수를 하면서 몽롱한 정신을 추슬렀다.

주방의 냉장고에서 생수병을 꺼내 병째로 마신 재욱은 냉장고 문을 닫고 돌아서다 멈칫 뒤를 돌아보았다. 두 눈을 게슴츠레 뜨고 앞으로 가니 냉장고 문에 붙어 있는 메모지 한 장이 보였다.

[콩나물국 끓여놨으니까 데워서 드십시오. 훌훌 털고 일어나시면 좋은 인연 소개시켜 드리겠습니다. ―윤후]

'콩나물국'에 두 눈을 껌뻑이던 재욱은 '좋은 인연'과 '소개'라는 단어에 남아 있던 술기운이 확 달아났다.

"이 자식이 사람을 뭐로 보고."

발끈한 재욱은 윤후가 남긴 메모지를 잡아떼 꼬깃꼬깃 바닥에 집어던졌다. 그러나 몇 걸음 가지 않아 발길을 되돌렸다. 바닥에 떨어진 메모지를 주워든 재욱은 잔뜩 구겨진 종이를 제대로 펴 다시 냉장고 앞에 붙였다.

혼자 부축하기에 꽤 부담스러웠을 텐데. 자신을 버려두지 않고 오피스텔까지 데리고 온 윤후가 고맙다는 생각이 들었다. 메모 말미에 있던 '좋은 인연'이란 단어가 새록새록 눈에 들어오자 재욱은 자신의 후줄근한 옷매무새와 여기저기 솟구친 머리카락을 쓱쓱 매만졌다.

윤후가 빈 말을 하는 성격이 아님을 알기에 곧 다가올 소개팅을
생각하며 볼록하게 올라온 술 배에 불끈 힘을 주어 넣어보기도 했다.
하지만 그전에 일단 부족한 잠을 더 자야겠다는 생각을 하며 침대로
어슬렁 걸음을 옮겼다.

＊　＊　＊

모두의 축복 속에서 결혼식을 올린 윤후와 영서는 발리에서의 신
혼여행을 마치고 이제 두 사람의 보금자리가 된 신혼집으로 돌아왔
다.

양가 어른들과 결혼식에 찾아와준 어른들께 감사의 인사를 드리고
친구와 지인들을 초대해 몇 번의 집들이 행사까지 치르고 나니 3개월
이란 시간이 다시 훌쩍 지나가 있었다.

같은 시간에 출근을 하고 제 시간에 혹은 늦게 퇴근을 하는 일상
은 결혼식을 올리기 전과 다를 것이 없었다. 하지만 하루하루 쌓여가
는 시간 속에서 이전과 다른 변화들이 하나둘 눈에 보이기 시작했다.

그중 가장 눈에 띄는 변화는 아침에 눈을 떴을 때 이 세상에서 가
장 사랑하는 사람이 자신의 곁에 곤하게 누워 있다는 사실이었다. 고
단하고 힘겨운 하루를 마치고 집으로 돌아왔을 때 자신을 맞아줄 누
군가가 있고, 때로 자신이 상대방에게 그런 존재가 되어준다는 것은
전에 느끼지 못했던 간질간질한 행복과 따스한 충만함을 함께 전해주
었다.

그리고 가장 편해진 한 가지는 상대방에게 애정 표현을 하는 데

다른 이들의 시선을 크게 의식하지 않아도 된다는 점이었다. 결혼 전 사내연애를 할 땐 연애하느라 일에 소홀하다느니, 연상연하 커플이라 어떻다더라, 하는 말이 나오는 게 싫어서 교제 사실을 군이 드러내지 않았었다. 그러다 보니 손을 잡는 것은 고사하고 서로에게 눈길을 주는 것조차 사람들의 시선을 의식할 수밖에 없었다. 그러나 정식으로 부부가 된 지금은 손을 잡는 것은 물론이요, 가벼운 포옹이나 뽀뽀까지 그 범위가 상당히 넓어졌기에 직장에서 우연히 마주치게 되는 일을 은근히 기다릴 정도였다.

두 사람에게 일어난 여러 가지 변화들 중 가장 특별하게 느껴지는 한 가지는 누군가에게 상대방을 소개할 때 '나의 아내'나 '나의 남편'으로 소개를 하게 되었다는 것이었다. 아내와 남편이란 두 글자는 이 사람이 내가 가장 사랑하고, 믿고, 의지하며, 지키고, 존중해야 하는 사람이라는 말을 함축적으로 담고 있는 아주 특별한 단어였다. 그리고 내가 누군가에게 존재만으로도 힘이 되는, 꾸미지 않은 날것의 웃음과 눈물을 보여주어도 두렵지 않은 존재가 되었다는 무척이나 든든하고 가슴 뭉클한 단어이기도 했다.

―지금 어디예요?

"사무실."

―퇴근 안 해요?

"뭘 좀 보고 가야해서. 한 시간 정도 더 걸릴 것 같아."

―한 시간 정도?

"응. 어쩌면 그보다 더 걸릴 수도 있고, 괜찮으니까 윤후 씨 먼저 들어가."

—그렇게 말하면 나 진짜 먼저 들어갑니다.

윤후의 목소리에 서운함이 팍팍 느껴지자 영서가 차분하게 그를 달랬다.

"어제 밤새고, 오늘 외근까지 했다면서? 그래서 먼저 들어가서 쉬라고 한 거야. 그러니까 괜히 서운해 하고 그러지 마세요."

—나 생각해서 해주는 말인 거 아는데, 왜 더 서운하지?

"응? 아니, 왜?"

—그러게. 아깐 조금 서운했는데 당신 말 들으니까 배로 서운해졌어.

그 말에 눈을 동그랗게 떴던 영서는 이내 후후 소리 내어 웃기 시작했다. 윤후의 목소리가 장난스럽게 풀어진 것이 느껴졌기에 저절로 그런 웃음이 나왔다.

—좋아요. 그럼 진짜 먼저 들어갑니다. 나중에 서운하다고 하지 말아요.

"절대 안 그래."

—알았어요. 그래도 너무 늦게까지 있지 말아요.

"응. 아주 많이 늦진 않을 거야. 응, 출발하기 전에 전화할게."

윤후와 통화를 마친 영서는 웃음기가 가득한 얼굴로 가볍게 기지개를 켰다. 그리고 서류 봉투 안에 있는 밀착 인화지를 꺼내 로맨틱 코미디 영화의 촬영 분을 확인했다. 영서가 보고 있는 인화지엔 어젯밤부터 오늘 오후까지 이어진 영화 장면이 슬라이드필름을 보는 것처럼 다닥다닥 자그맣게 붙어 있었다.

"흠……."

평소에 즐겨 쓰는 연필을 손가락 장난으로 돌리면서 영서는 낮게 한숨을 지었다. 여주인공의 의상과 헤어, 메이크업이 영 마땅치가 않아서였다. 이틀에 걸쳐 촬영된 장면은 남주인공이 여주인공을 여동생이 아닌 여자로 매력을 느끼게 되는 중요한 시퀀스 중 하나였다.

여주인공은 짝사랑하는 대학 선배에게 마음을 고백하기 위해 작은 이벤트를 준비 중이었다. 남주인공은 여주인공에게 여자가 먼저 고백을 해선 안 된다고 충고를 하지만 여주인공은 그의 말을 듣지 않고, 실제 이벤트 때 실수하지 않도록 선배의 역할을 대신 해달라는 부탁을 한다. 마지못해 소극장을 찾아간 남주인공은 자리에 앉아 시큰둥하게 무대를 쳐다보고 여주인공은 한 달간 연습한 피아노 반주에 맞추어 노래를 부르기 시작한다.

도입부분은 그나마 들어줄 만하지만 반주는 계속 틀리고 반주에 신경 쓰다 보니 노래 또한 끊기기 일쑤다. 여주인공이 처음 실수를 했을 때 그는 차가운 실소를 보내지만 어느 순간 그녀의 노래에 점점 빠져드는 자신을 보게 된다. 서툴기 그지없는 피아노 솜씨와 겨우 들어줄만한 노랫소리가 심장을 울리고 급기야 그의 눈시울을 뜨겁게까지 만든다. 여주인공의 순수한 진심이 그런 감동을 전하자 질투심을 느낀 그는 자리에서 벌떡 일어나 그녀에게로 다가간다.

"내가 들어도 못 들어 주겠다, 그렇죠?"

여주인공이 실망하며 한숨을 짓자 남주인공은 그녀의 얼굴을 감싸며 곧바로 입을 맞춘다. 그리고 놀란 그녀에게 결정적 대사를 날리는, 아주 중요한 장면인데!

여주인공의 의상과 헤어, 메이크업이 순수함과 거리가 먼 싸구려 쇼걸 스타일이었다.

"한숨이 나올 만하네."

곁에서 들리는 목소리에 영서가 깜짝 놀라며 얼른 고개를 돌렸다.

"뭐야, 강윤후. 진짜, 놀랐잖아."

말을 하는 영서의 얼굴이 가늘게 떨리자 윤후가 '미안해요.' 라며 얼른 그녀의 얼굴을 감싸주었다.

"놀래주려고 한 건 맞는데, 이렇게 심하게 놀랄 줄 몰랐어."

"뭐야, 정말. 아까 집에 간다고 했잖아."

영서가 촉촉한 눈망울로 원망스럽게 쳐다보자 윤후가 '진짜 잘못했어.' 라며 그녀의 눈가를 쓱쓱 닦아주었다.

"처음엔 정말 가려고 했어요. 그런데 발이 안 떨어지더라고. 우리 예쁜 마누라 누가 업어 가면 어쩌나 걱정도 되고."

그 말에 영서가 결국 웃음을 터뜨리자 윤후가 짐짓 심각한 표정을 지으며 말했다.

"울다가 웃으면 큰일 나는데."

"으이그. 장난 좀 그만 해."

"알겠습니다. 그만 하라면 그만 해야죠."

그리곤 영서의 옆 자리 의자에 자리를 잡고 앉았다.

"윤후 씨가 봐도 별로지?"

"그렇게 썩 좋아 보이진 않아요."

"진짜 큰일이네. 가뜩이나 촬영 일자 늦어진다고 말이 나오는데."

"그런데 일부러 이렇게 한 게 아닌가 싶기도 하고."

"일부러 이렇게 했다고?"

"여주인공이 자기를 꾸미고 그러는데 워낙 서툰 사람으로 나오잖 아요. 그러니까 부러 더 어색하게 꾸며서 여주인공이 가진 순수함을 돋보이게 만들려는 의도가 아닐까 싶어서. 우린 이렇게 작은 이미지로만 보는 거지만 실제 촬영장에서 분위기나 영상으로 볼 때 느낌은 완전히 다를 수도 있는 거니까."

"그런 의도를 갖고 촬영한 거라고 해도 연기가 따라주지 못하면 오히려 역효과가 클 수 있어. 여주인공의 마음을 느끼기도 전에 시각적인 거부감이 먼저 다가오거든."

"그럼 일단 모니터링을 하고 감독님이랑 얘기를 해봐요. 당신이 문제를 느꼈다는 것도 중요하지만 다른 사람들은 이걸 어떻게 느끼느냐도 중요하니까. 이 영화랑 이해관계가 있는 사람들 말고 순수한 관객의 입장에서 객관적인 얘길 해줄 수 있는 사람들로 해서."

"알았어, 그렇게 해야겠어. 고맙습니다, 강윤후 씨. 덕분에 골 아픈 숙제가 해결됐어."

"별 말씀을요, 오영서 씨."

같은 분야에서 일을 하다 보니 일 때문에 생기는 고충이나 문제에 대해 둘은 좀 더 속 깊은 얘기를 나눌 수가 있었다. 어떤 문제가 생겼을 땐 실제적인 조언을 해줄 수 있었기에 서로에게 도움이 되었고 때로 서로에게 좋은 자극을 주고받기도 했다. 물론, 이런 부분은 결혼 전에도 나누었던 경험이었지만 결혼 후엔 보다 사려 깊고 세심하게 서로를 다독이고 챙겨줄 수 있었다.

"내가 또 도와줄 건?"

"음, 예산안이랑 결재할 서류들 보는 거라서 부탁하고 싶어도 부탁할 수가 없어."

"그럼 서류 보기 전에 이것부터 먹고 해요."

윤후가 작은 비닐 봉투를 책상 위에 올리자 영서가 두 눈을 동그랗게 뜨고 그것을 바라보았다.

"이게 뭔데?"

"당신이 좋아하는 거."

"내가 좋아하는 거?"

그렇게 물으며 영서는 봉투 안에 든 것을 꺼내보았다. 투명한 비닐 포장 안에 알록달록 상큼한 빛깔의 마카롱을 본 영서는 두 눈동자와 두 뺨 가득 기쁜 기색을 드러냈다.

"와, 마카롱이다!"

"커피 내려 올 테니까 그거랑 같이 먹어요."

"응!"

대답하는 영서의 정수리를 예쁘게 쓰다듬어준 윤후는 탕비실로 가서 그녀가 마실 원두커피를 내렸다. 모두 퇴근을 하고 둘 밖에 남지 않은 고즈넉한 사무실엔 향긋한 커피 냄새가 은은하게 퍼지기 시작했다.

종이 접시에 윤후가 사온 마카롱을 올린 영서는 입꼬리를 위로 올리며 고개를 양 옆으로 연신 까딱거렸다. 노란색이 상큼한 레몬과 핑크색이 향긋한 라즈베리 로즈, 진한 초콜릿 맛이 일품인 초콜릿무스와 연록색의 아보카도, 신비한 보라색의 라벤더 등등. 모두 자신이 좋아하는 맛들로 준비한 윤후의 센스에 마음이 기분 좋게 짠해졌다.

"커피 대령했습니다. 뜨거우니까 조심해서 받아요."

"넵. 감사합니다."

영서가 어린아이처럼 두 손으로 잔을 거머쥐자 윤후가 의자에 앉으며 피식 웃음을 지었다.

"그런데 왜 안 먹고 있어요?"

"나만? 윤후 씨도 같이 먹어야지."

"뭐 얼마나 된다고. 난 괜찮으니까 신경 쓰지 말아요."

"좀 달긴 해도 커피랑 먹으면 괜찮은데."

"당신 주려고 사온 거니까 당신이 다 먹어요."

"정말 하나도 안 먹을 거야?"

"네."

"그럼 나도 안 먹을래."

"가만 보면 은근히 고집이 있어."

"가만히 안 봐도 고집은 있어."

영서의 대꾸에 윤후가 피식 웃더니 '그럼 딱 한 개, 아니 반만 줘요.'라고 말했다.

"뭐로 줄까?"

"아무거나."

"좋아. 그럼, 라즈베리 로즈 당첨!"

그 중에서 가장 달디 단 마카롱을 골라주는 영서의 센스에 윤후는 끄응 소리를 내며 미간을 좁혔다. 윤후가 마카롱 반쪽을 몇 번 만에 꿀꺽 삼키자 영서가 '단 게 그렇게 싫어?'라고 물었다.

"이렇게 단 건 적응이 잘 안 돼. 그래도 예전에 비하면 많이 나아진 거지."

"그건 그렇긴 해."

그 말을 하며 영서가 초콜릿 마카롱을 베어 물자 윤후가 그런 영서를 지그시 바라보았다.

"더 줄까?"

영서의 물음에 윤후는 고개를 젓더니 영서가 앉은 의자의 팔걸이를 자신에게로 끌어당겼다.

무슨 일이냐는 듯 영서가 두 눈을 동그랗게 뜨고 쳐다보자 윤후가 대답처럼 싱긋 웃더니 그대로 다가와 영서의 입술을 부드럽게 맛보았다. 도톰한 아랫입술을 머금었다 살짝 뗀 윤후는 그녀의 얼굴을 감싸며 좀 더 깊게 입을 맞추었다.

　달고 향긋한 마카롱의 맛과 은은한 커피의 맛이 하나로 겹쳐지자 좀 더 그 맛을 음미하고픈 마음이 더없이 간절해졌다. 하지만 이쯤에 멈추어야 했다. 키스의 시간이 길어지면 그 이상의 진도를 나갈 것이 분명했기에 겨우 겨우 키스를 멈추고 떼어지지 않은 입술을 떼었다.

　"자아. 이제 일해요."

　영서가 발그레한 얼굴로 고개를 끄덕이자 윤후가 그녀의 입술을 닦아주고서 의자를 원래의 자리로 돌려놓았다.

　"난 얌전하게 책 보고 있을 거니까 신경 쓰지 말고 집중해서 해요."

　"알았어. 절대로 신경 안 쓸게. 완전히 집중해서 할게."

　"늦어도 되니까 천천히 제대로 해요. 괜히 두 번 일하지 말고."

　"응. 알았어."

　착실하게 고개를 끄덕인 영서는 연필을 쥔 손에 힘을 주며 모니터를 쳐다보았다. 키스의 여운이 채 가시지 않아 심장이 콩닥거렸지만 해야 할 일을 생각하며 정신을 집중시켰다.

　얼마나 지났을까.

　정말로 집중해서 모니터와 서류를 확인하던 영서는 30분이 훌쩍 지난 것을 보자 깜짝 놀라 옆으로 눈을 돌렸다.

　"윤후……."

　이름을 부르려다 말고 영서는 가만히 입을 다물었다. 꽤 피곤했는지 윤후는 한쪽 팔을 베개 삼아 책상에 기대 눈을 감고 있었다. 방해하지 않으려는 듯 숨소리조차 조용한 그를 영서는 미안함과 안쓰러움을 담아 바라보았다. 좀 더 속도를 내야겠다는 생각을 하며 서류로 눈을 돌리던 영서는 잠깐 주춤하더니 의자에서 살짝 일어나 윤후에게 다가갔다.

그의 이마에 살며시 입을 맞춰준 영서는 자신의 자리로 가서 남은 일을 시작했다. 그 사이 감은 눈을 뜬 윤후는 일에 집중하는 아내의 뒷모습을 그저 조용히 아주 사랑스럽게 지켜보았다. 단정한 입매 가득 더없이 행복한 미소를 담은 채로.

에필로그 - 3

늦은 퇴근을 한 영서는 현관문을 조용히 열고 집 안으로 들어왔다. 오늘 부서의 회식이 있어서 평소보다 훨씬 늦게 퇴근을 한 것이었다.

윤후에게 늦을 것 같다고 했더니 끝나는 시간에 맞춰서 데리러 갈까 물었다. 그에 영서는 같은 팀 여직원이 바래다주기로 했다면서 걱정 말고 먼저 자라는 얘기를 해주었다.

발뒤꿈치를 들고 작은 방으로 향한 영서는 갈아입을 옷을 챙겨 욕실로 향했다. 따스한 물에 간단하게 샤워를 마치고 젖은 머리는 드라이어 대신 수건을 이용해서 말렸다. 헤어드라이어를 이용하면 소리가 시끄러워 윤후를 깨울 것 같아서였다. 욕실 정리를 마친 영서는 안방 문을 열고 조심스럽게 걸음을 옮겼다. 널따란 침대 한쪽에 모로 누워 잠든 윤후가 보이자 그녀의 입가에 옅은 미소가 떠올랐다.

다음 주부터 합작회사의 창립기념 드라마가 방영이 되었기에 윤후는 하루하루를 몹시 바쁘게 보내고 있었다. 드라마의 주요 촬영지가 지방에 있어서 아침 일찍 출근을 하고 밤늦게 퇴근하는 일이 잦았다. 사실 윤후는 드라마의 기획 파트였기에 현장 스태프들만큼 스케줄이 빡빡한 편은 아니었다. 그러나 드라마 제작의 전반을 이해하고 배우기 위해 촬영현장을 부러 챙겨보는 중이었다.

영화가 2시간의 러닝타임을 채우기 위해 3, 4개월을 소요하는 데 비해 드라마는 일주일이란 기간에 2시간이 넘는 분량을 만들어야만 했다. 처음 기획했던 시놉시스와 대본도 시청자들의 반응에 따라 바뀔 가능성이 있었기에 영화 쪽 일을 했던 스태프들은 적응이 쉽지 않았다. 서로 다른 분야에서 자기들만의 방식으로 일을 했던 스태프들의 고초를 알고 있었기에 윤후는 그들 사이의 괴리감을 조절하면서 서로를 이해시키는 데 애를 쓰고 있었다. 물론 이 모든 것은 윤후가 아니라 그가 함께 일을 하고 있는 팀원들에게서 들은 이야기였다.

결혼 후엔 콩깍지가 떨어져 서로의 장점도 단점으로 보인다던데.

어찌된 영문인지 영서는 결혼 전보다 지금의 윤후를 더 좋아하게 되었다. 함께 살을 맞대고 지내면서 알게 된 그만의 습관이나 버릇도 좀처럼 미운 데가 없었다. 예전엔 미처 알지 못했던 알았더라도 그저 지나쳤을 장점들이 새록새록 눈에 들어와 그가 더더욱 좋아졌다.

그는 빈틈없이 완벽한 남자가 아니라 자신이 처한 상황에서 항상 최선을 다하려 애를 쓰는 지극히 평범한 남자였다. 하지만 그에겐 언제나 뜨거운 진심이 담겨 있었다.

그의 말과 그의 눈빛, 그의 생각과 행동, 그 모든 것이 그것을 자연스럽게 드러냈다.

매일 사랑해주고 매일 웃게 해주며 절대로 외롭지 않게 하겠다는 그 약속을 지키기 위해 노력하는 모습은 언제나 영서의 마음을 기쁘게 감동시켰다.

『그게 콩깍지야. 결혼 3년 차 돼 봐. 확실하게 없어질 거니깐!』

영인이 장담을 했지만 3년이 아니라 30년이 지나도 쉽게 벗겨질 것 같지 않은 예감이 들었다. 언니에게 그런 말을 들었다고 했더니 정희도 자기 역시 그 콩깍지가 아직 벗겨지지 않았다며 넌지시 속을 드러내 얼마나 웃었는지 몰랐다.

『근데 느이 신랑 멋지긴 하더라. 얼굴도 얼굴이지만 속이 제대로 꽉 찬 사람 같았어.』

『네가 봐도 그러니? 난 내 눈에만 그렇게 보이는 줄 알았어.』

『우리 오빠보다 조금 못하지만 영서 너, 결혼 잘한 것 같아.』

침대위로 올라와 윤후의 곁에 누운 영서는 곤하게 잠든 자신의 반쪽을 사랑스럽게 바라보았다. 윤후와 한 침대를 쓴 지 1년이 되었지만 그의 얼굴을 바라보는 것은 언제나처럼 설레었다. 단정하게 잘생긴 남편의 얼굴을 바라보며 결혼식 준비를 하던 때와 신혼 초의 일들을 다시금 떠올렸다.

시어머니는 늦어도 3년 안엔 아이를 낳았으면 좋겠다고 했지만 윤후는 영서의 의견을 존중하고 싶다고 했다. 임신과 출산은 아내 혼자 감당해야 할 것이 너무 많았기에 영서의 마음이 무엇보다 중요하다고 늘 말해주었다. 하지만 시어머니는 출산이 늦으면 늦을수록 건강을 회복하는데 시간이 걸린다면서 영서를 은근히 설득해왔다.

『아이만 낳아. 키우는 건 내가 다 할 테니까. 윤후가 외동이라 그런지 난 손자는 적어도 둘 이상은 됐으면 싶구나.』

시어머니는 자궁이 약해 몇 번이나 자연 유산을 했다는 말을 들려주었다. 그래서 윤후를 임신했을 때 기쁜 마음만큼 걱정이 앞섰다고 했다. 그러나 아들은 무사히 아홉 달을 견디었고, 건강하게 태어나고 자라 주었다. 그렇듯 귀하게 태어난 외동아들이었지만 시아버지는 그를 사내답게 키우려고 했고, 그 때문에 시어머니는 알게 모르게 맘고생을 많이 했다고 했다. 그가 어머니의 속을 썩였다는 것이 믿어지지 않았지만 시어머니로부터 몇 가지 굵직굵직한 사건을 듣고 고개를 끄덕일 수밖에 없었다.

아이를 빨리 낳아주길 바라는 시어머니의 당부에 영서는 앞으로의 결혼생활에 은근한 부담을 느꼈었다. 윤후가 외동이었기에 시어머니가 이런저런 간섭을 할 거란 영인의 말에 더욱 그런 생각이 들었는지도 몰랐다. 하지만 시부모님은 두 사람의 결혼생활에 일절 간섭을 하지 않았다. 전화통화를 하거나 집으로 찾아갈 때면 더없이 반갑게 맞아주었지만 그 외는 너무하다 싶을 정도로 관심이 없었다.

『둘이 사랑해서 결혼을 했으니 행복하고 건강하게 살아. 그거면 된다.』

그것은 신혼여행을 다녀온 후 시부모님께 첫 인사를 올렸을 때 시아버지가 해준 당부였다.

특히 시아버지는 영서가 하는 일을 무척 자랑스러워하며 그녀가 관여했던 영화들을 DVD로 구입해 챙겨보기까지 했다. 사랑을 받은 사람이 사랑을 베풀 줄도 아는 법이라고 두 분이 은근하게 때로 확실하게 며느리를 아껴주자 영서도 두 분을 자연스럽게 챙기게 되었다.

시아버지는 중국에 제조 공장을 두고 의류를 제작하고 판매하는 일을 하는 분이었는데 바쁜 중에도 주말에 가끔 시어머니와 함께 극장을 찾을 정도로 낭만적인 분이기도 했다.

윤후와 교제를 하면서 늘 궁금했던 시아버지를 실제로 뵈었을 때 영서는 적잖이 놀랐었다. 그도 그럴 것이 윤후의 외모가 시아버지를 꼭 빼닮았기 때문이었다. 하지만 시아버지는 출중한 외모보다 인품이 훨씬 더 근사하고 멋진 분이었다. 은근한 말썽쟁이 아들 윤후를 믿음과 사랑으로 품어주었을 뿐 아니라 첫눈에 반한 첫사랑과 결혼을 해 지금도 사랑한다는 말을 자주 할 만큼 자상한 면까지 두루 갖춘 분이었다. 사랑할 땐 더없이 큰 사랑으로 자식을 품어주지만 나와 다른 생각과 인격을 가진 독립체로 인정하며 되도록 간섭을 하지 않으려는 것이 두 분의 가치관이었다. 그러다 보니 영서는 두 분에 대해 존경심과 애정을 가질 수밖에 없었다.

『우리 부모님 좋아하는 건 좋은데 질투심 나게 하진 마.』

얼마 전 윤후가 했던 농담 섞인 진담을 떠올리며 영서는 푸시시 웃음을 지었다. 잘 만들어진 조각품처럼 수려하게 솟은 콧날과 남자답게 두툼한 입술에 입을 맞추고 나서 베개에 머리를 기대었다. 그때 윤후가 부스스 눈을 뜨자 영서가 다정한 목소리로 인사를 건넸다.

"다녀왔어요."

"으응. 지금 몇 시?"

졸음에 겨운 윤후의 목소리를 들으며 영서는 협탁 위 시계를 쳐다보았다.

"두시 반 좀 넘었어. 더 자."

"······으응."

눈을 감으며 낮게 대답한 윤후는 한 팔을 길게 뻗어 곁에 누운 영서를 끌어당겼다. 윤후에 의해 품에 꼭 안기게 된 영서는 그의 가슴에 얼굴을 기대었다 꼼지락 고개를 들었다.

회식을 마치고 돌아왔을 때만 해도 곧바로 잠이 올 것 같았는데 지금은 잠이 오지 않았다. 말똥말똥한 눈을 몇 번 깜빡이던 영서는 윤후의 얼굴과 근육이 탄탄한 몸에 자연스럽게 시선을 두었다. 수염이 파르스름하게 올라온 날렵한 턱과 단단한 목을 손끝으로 어루만져 본 영서는 이번엔 그의 턱 끝에 살짝 입을 맞추었다. 넓고 단단한 가슴께를 어루만지며 잠을 청하려는데 단단하면서도 매끄러운 맨살의 느낌이 당연한 것처럼 연상되었다. 그러자 술을 마시지도 않았는데도 얼굴이 발갛게 달아올랐다.

윤후를 깨워선 안 된다고 생각하면서도 영서는 어느새 상체를 움직여 그의 입술을 보고 있었다. 잘생긴 입술 위에 제 입술을 포갠 영서는 윤후가 하는 것처럼 그의 윗입술과 아랫입술을 차례로 머금고 빨아들였다. 말캉한 혀를 밀어 넣어 입안을 부드럽게 어루만지는데 윤후가 한숨을 흘리며 반응을 보이기 시작했다. 여전히 잠결이었지만 영서의 혀를 붙잡아 빨아들이며 평소처럼 농밀한 키스를 해주었다.

잠든 윤후와 키스를 마쳤을 때 영서의 입술은 누구의 것인지 모를 타액으로 촉촉하게 반짝이고 있었다. 취침중인 그와 나눈 키스의 맛은 꿈결처럼 포근하고 부드러운 밀크초콜릿처럼 한없이 달달했다. 영서가 만족스러운 미소를 지으며 다시 몸을 뉘이자 이번엔 윤후가 그녀의 가슴께로 파고들며 나른한 숨을 내쉬었다. 간질거리면서도 따스한 느낌이 고스란히 전해지자 영서는 작게 웃으며 그의 정수리에 꾹 입술을 눌렀다. 자신보다 훨씬 큰 키에 커다란 덩치를 가진 그가 이렇게 파고들 때면 순하고 얌전한 래브라도 리트리버가 연상되었다.

하지만 요즘 들어 엄마 아빠와 함께 있는 아가들의 모습이 유독 눈에 들어왔다. 예전엔 조카를 보면 참 귀엽고 사랑스럽지만 하루 종일 돌보는 일은 벅차다는 생각을 했었는데 지금은 윤후를 닮은 아이를 안아 보고 싶다는 생각이 그 영역을 자꾸 넓히고 있었다.

그처럼 현명하고 그처럼 멋진 성품을 가진 아이라면.

그저 깊고 까만 눈동자 하나만을 닮은 개구쟁이에 말썽꾸러기라 해도.

윤후와 자신을 닮았다는 사실 하나만으로도 지극히 사랑스러울 것 같다는 생각이 저절로 떠올랐다. 윤기가 흐르는 그의 까만 머리카락을 어루만지던 영서는 '사랑해, 강윤후.' 라고 속삭이며 작게 입을 맞추었다. 넓고 반듯한 그의 어깨를 두 팔로 안으며 편안한 잠으로 깊게 빠져들었다.

*　　*　　*

주방에서 흘러나오는 소리와 고소한 음식 냄새에 눈을 뜬 영서는 자신의 옆자리가 비어 있는 것을 보았다. 협탁 위 시계바늘이 아침 7시를 가리키고 있자 영서는 침대에서 일어나 시원하게 기지개를 켰다. 긴 머리를 하나로 질끈 묶은 영서는 방문을 열고나오며 윤후에게 아침 인사를 했다.

"잘 잤어?"

"네. 덕분에."

영서가 다가오자 윤후가 고개를 숙여 짧게 입을 맞추었다.

"씻고 와요. 아침 거의 다 됐어."

말을 마친 윤후는 다시 몸을 돌려 보글보글 끓고 있는 스프를 국자로 휘휘 저었다.

"오늘 메뉴는 감자스프랑 모닝롤 샌드위치."

윤후가 알려준 메뉴를 듣고 짧게 박수를 치던 영서는 이내 걱정스럽게 그를 쳐다보았다.

"그거 만들려고 일찍 일어난 거야? 그러지 말고 좀 더 쉬지."

자신을 염려하는 영서의 말에 윤후는 기분이 좋은 듯 싱긋 입꼬리를 올렸다. 이제 그녀가 다른 어떤 것보다 자신을 먼저 신경 쓰고 있다는 걸 알았기 때문이었다.

"오늘 스튜디오 촬영이 있어서 아침 일찍 리딩을 한대요. 그래서 이거 먹고 나가봐야 해."

"응? 이렇게 일찍?"

"8시 30분부터라는데. 그전엔 가봐야 할 거 같아서."

"우리 신랑 왜 이렇게 바빠."

영서가 아쉬움 가득한 얼굴로 그를 껴안자 윤후가 '그러게 말이야.' 라며 가볍게 맞장구를 쳤다.

"안 씻어요?"

넓고 반듯한 그의 등에 얼굴을 기댄 영서는 '씻기 싫어.' 라며 가볍게 칭얼거렸다.

그러자 윤후가 손을 뒤로 보내며 그녀를 가볍게 토닥여 주었다.

"그런데 이거 뭔가 바뀐 거 같은데?"

"응? 뭐가?"

영서의 물음에 윤후가 천천히 뒤돌아서며 그녀에게로 고개를 숙였다.

"주방에서 일하는 사람 등 껴안는 거, 남자들이 주로 하는 거 아닌가?"

그 말에 두 눈이 동그래졌던 영서는 '아무렴 어때.' 라며 윤후를 다시 껴안았다. 영서의 반응에 웃음을 터뜨린 윤후는 그녀의 정수리에 가볍게 입을 맞춰주었다. 그러자 영서가 고개를 들더니 손끝으로 툭툭 제 입술을 건드렸다. 그에 윤후가 짧게 입을 맞춰주자 영서가 뾰로통하게 고개를 저었다.

"왜요?"

"부족해."

"응?"

"이걸론 부족하다고."

"부족해도 안 되는데."

"뭐가 안 돼?"

"키스하면 끝까지 가고 싶을 텐데, 오늘은 일찍 나가야 하는데."

"그럼, 아침을 안 먹음 되지."

윤후가 '아침을?'이라고 되묻는데 영서가 그의 목을 감싸며 곧바로 입을 맞춰왔다. 생각지 못한 입맞춤에 눈썹을 휘익 올렸던 윤후는 이내 영서의 등허리를 감싸며 반응을 보였다. 영서에게서 잠시 입술을 뗀 윤후는 가스레인지의 불을 완전히 끈 후 그녀의 입술을 다시 제 것으로 만들었다.

이른 아침부터 뜨거운 키스를 나눈 두 사람은 침대에 쓰러지면서도 쉽게 입술을 놓지 않았다. 키스만으로 이미 충분히 열이 오른 두 사람은 누가 먼저랄 것 없이 서로의 옷가지를 벗겨 내렸다. 맨살을 어루만지고 쉼 없이 입을 맞추는 동안 두 사람의 몸은 빠르고 촉촉하게 젖어들었다. 영서의 몸이 자신을 받아들일 준비가 되자 윤후가 자리를 잡고서 협탁으로 길게 손을 뻗었다.

"괜찮아."

"응?"

"오늘은 그냥 해도 돼."

영서가 그의 손을 잡으며 그 말을 하자 윤후는 잠시 놀란 얼굴로 그녀를 바라보았다. 아이는 1년 후에 갖는 것으로 계획을 세웠기에 가임기간엔 늘 피임을 했기 때문이었다.

"정말 괜찮아?"

"응. 괜찮아."

"충분히 생각한 걸 테지만 그래도 한 번 더 생각을 하고."

그녀 안으로 들어갈 만반의 준비를 갖췄음에도 윤후는 고집스러우리만큼 영서를 배려하고 있었다.

"우릴 닮은 아일 거잖아. 그럼 아주 예쁠 거 같아."

영서가 발그레한 얼굴로 수줍게 말하자 윤후의 얼굴에 이내 환한 미소가 떠올랐다.

"당연히 그럴 거야."

붙잡은 영서의 손에 깍지를 끼운 윤후는 뜨거워진 그녀 안으로 자신을 깊이 새겨 넣었다. 어느 때보다 강하게 느껴지는 그의 존재감에 영서는 신음을 흘리며 몸을 활처럼 휘었다.

거친 신음소리와 함께 완벽한 일체가 된 두 사람은 한없이 뜨겁고 열렬하게 서로를 안고 서로를 맛보았다. 영서와 함께 절정의 끝에 다다른 윤후는 그녀의 몸 안에 자신의 모든 것을 쏟아 붓고서 아주 소중하게 꼭 끌어안았다. 영서의 숨소리가 정상 속도를 되찾자 윤후가 고개를 들어 그녀의 뺨과 입술에 부드럽게 입을 맞추었다.

"샤워, 할까?"

"……응."

영서가 겨우 대답을 하자 윤후가 그녀에게서 빠져나와 침대에서 몸을 일으켰다. 땀과 열기로 반짝이는 영서를 안아든 윤후는 욕실로 성큼성큼 걸음을 옮겼다.

"······아무래도 오늘, 좀 늦는다고, 해야겠어."

영서와 함께 샤워를 마친 후에 출근 준비를 하려 했는데 물에 젖어 촉촉해진 그녀를 보자 다시 안고 싶은 마음이 고개를 들었다.

"응?"

처음 그 말을 알아듣지 못했던 영서는 달라진 윤후의 몸을 확인하곤 얼굴이 붉게 달아올랐다. 하지만 그래도 되는가 싶어서 걱정스레 윤후를 쳐다보았다.

"정말 그래도 돼?"

"응. 그러고 싶어."

열기 어린 눈동자로 대답한 윤후는 영서를 벽에 기대 세우며 부푼 입술을 머금었다. 활짝 열린 몸 안으로 윤후가 깊게 들어오자 영서에게서 새된 신음이 연이어 터져 나왔다.

따스하게 쏟아지는 물줄기 아래서 사랑을 나눈 두 사람은 몸의 물기를 닦을 새도 없이 또다시 침실로 향했다. 사랑의 열기로 온몸의 물기가 증발하고 뜨거운 땀방울이 마른 몸을 적실 때까지 둘은 사랑을 나누었고, 달콤한 절정의 맛을 몇 번이나 황홀하게 음미했다.

그리고 그로부터 몇 주 후.

두 사람에게 한 아이의 부모가 될 수 있다는 기쁜 소식이 피어난 봄꽃과 함께 날아들었다. 벅찬 감격에 서로를 껴안은 두 사람은 서로에게 사랑한다, 고맙다는 말을 전하며 다정하게 입을 맞추었다.

"여자 아이일까? 남자 아이일까?"

"아기 태명은 뭐로 하는 게 좋겠어요?"

앞으로 태어날 아이에 대해 이야기를 나누며 두 사람은 봄꽃이 피어난 공원길을 천천히 거닐었다. 맑은 햇살을 담은 한 낮의 바람 속에 봄꽃들의 화사한 축하 노래가 끊임없이 이어지고 있었다.

—FIN—

작가 후기

'달콤하게 채우다'는 로맨스 소설의 연재를 시작하고 나름의 완결을 지었던 가장 첫 번째 작품이었습니다. A4용지로 40장 정도의 분량이었던 이야기가 2년여의 시간을 거쳐 한 권의 책으로 완성이 된 것을 보니 감개무량이란 말이 저절로 떠오릅니다.

이번 작품은 제가 일을 하면서 겪었던 경험담과 연애담이 일부분 녹아 있어서 작품을 쓰는 동안 설레기도 했고 가슴이 아프거나 답답함을 느낄 때도 있었습니다. 하지만 지나온 시간들을 차분하게 돌아보고 잔잔하게 웃을 수 있는 추억들이 있어 행복하고 고맙고 의미가 있는 시간이기도 했습니다.

어쩔 수 없는 이유로 이별을 선택하고 그로 인해 견디기 힘들 만큼 고통스러운 시간을 겪었다고 해도 누군가를 진심으로 사랑했던 일은 충분히 해볼 만한 가치가 있는 일이라고 감히 말씀드리고 싶습니다.

'사랑한다는 것이 상처받을 수 있는 위험에 자신을 노출시키는 행위'라는 C. S. 루이스의 글이나 '사랑하라, 한 번도 상처 받지 않은 것처럼'이란 알프레드 D. 수자의 시처럼 사랑한다는 행위는 상처와 아픔을 당연하게 안고 있는 것이 분명해 보입니다.

그러나 그런 아픔과 고통이 있기에 사랑의 기쁨과 행복이 더욱 달게 느껴지는 것이 아닐까 생각하며 세 번째 글이 나오기까지 사랑과 응원을 아끼지 않아준 고마운 분들께 감사의 인사를 드리고자 합니다.

언제나 가족처럼 챙겨주고 아껴주고 격려해주는 늘 고마운 지희 선배와 준섭 선배.

일 때문에 바쁜 중에도 안부를 챙겨주고 응원해주는 여동생 상희를 비롯한 가족들에게 고맙다는 인사와 사랑한다는 말을 전합니다.

글이 막혀 좌절 모드가 될 때마다 진정한 힘을 더해주는 주은영 작가와 정서영, 막시밀리언, 양초, 꽃새를 비롯한 로맨틱 다이어리의 동료 작가님들.

마음이 담긴 응원을 해주시는 체리사탕 님을 비롯한 로디송의 팬 여러분과 새롭게 둥지를 틀게 된 연합홈피 '별다방'의 작가님들과 팬 여러분.

다정한 힘과 위로를 주는 라임모모, 교월, 알래스카 작가님께도 고마움의 인사를 전합니다.

'달채커플'의 이야기가 출간될 수 있도록 기회를 주신 뿔미디어의 정필 대표님과 기획자 손수화 님, 교정교열을 챙겨 주신 조주영 님, 이경순 님, 그리고 로망띠끄의 이성희 사장님께도 감사의 인사를 드립니다.

변함없이 진중한 좋은 친구 정은과 은정, 앞으로가 더욱 기대되는 씩씩한 글 친구 정우.

　　볼수록 매력이 넘치는 단비와 단정하고 상냥한 명아 씨, 독특한 개그 안목을 가진 미청년 정목 군이 함께하는 SF 모임.

　　기도로 챙겨주는 선한 친구 명희와 용숙, 베푸는 모습이 아름다운 민호 지선 부부, 언제나 신혼 같은 덕산 소영 부부와 배울 점 많은 리더 대원이 속한 7진 9팀.

　　내가 기댈 수 있는 언덕이자 친구처럼 다정한 종애 언니, 상희 언니, 은영 언니, 유경 언니.

　　뛰어난 재능과 인격을 겸비한 선하고 멋진 벗 신연식 감독과 그의 사랑스러운 아내 권한빛에게도 지면을 빌어 고마운 인사를 전합니다.

　　언제나 제 건강을 염려해주시는 아버지. 아버지! 아버지 건강이 우선이라는 거 절대 잊으시면 안 돼요. 아버지께서 건강하게 오래오래 계시는 것이 저에게 가장 큰 힘이에요. 사랑하고 믿어주셔서 늘 감사해요.

　　마지막으로 한없이 부족하고 나약하지만 그런 부분까지도 사용해주시는 그분께 감사를 드리며 이 글을 읽는 동안 여러분의 시간들이 달콤함으로 채워지셨기를 소망합니다.

2011년 9월
가을을 맞이하는 시간, 세 번째 후기를 마치며.
－ 김진영

Scarlet

스칼렛

Scarlet

스칼렛